STOLZ UND VORAHNUNGEN
DIE GEHEIMNISSE DES NEVERMORE BOOKSHOP, 3

STEFFANIE HOLMES

Von Mäusen und Morden

Begleite einen grüblerischen Antihelden, einen Meisterverbrecher, einen frechen Raben und eine Heldin mit einem großen Herzen (und einer noch größeren Büchersammlung) in dieser heißen, neuen Reverse Harem Paranormal Mystery Serie.

Als der örtliche Club der verbotenen Bücher seinen Versammlungsraum verliert, bietet Mina ihnen den Nevermore Bookshop an (natürlich ungeachtet von Heathcliffs mürrischen Protesten). Sie ahnt nicht, dass der Buchclub der alten Damen bald mörderisch werden wird.

Zuerst vergiftet jemand Frau Scarlett, und dann fallen die Mitglieder des Buchclubs um wie die Fliegen. Wer im Dorf wird zum Mörder, nur um Leute davon abzuhalten, ein paar staubige alte Bücher zu lesen? Mina muss es schnell herausfinden, sonst ist ihre geliebte Lehrerin Frau Ellis die Nächste, die sterben wird.

Zum Glück hat sie Moriarty, Heathcliff und Quoth, die ihr

helfen. Das heißt, wenn sie sich über ihre Gefühle für die drei fiktiven Männer klar werden könnte, bevor die magische Buchhandlung von sexueller Spannung zerrissen wird.

Sie wollen sie. Sie kann sich nicht entscheiden.
Aber vielleicht ... muss sie das auch gar nicht.

Die Geheimnisse des Nevermore Bookshops sind das, was du bekommst, wenn alle deine Book Boyfriends zum Leben erwachen. Neu von der *USA Today-Bestsellerautorin* Steffanie Holmes. Lies nur weiter, wenn du glaubst, dass ein heißer Buchheld nicht genug ist!

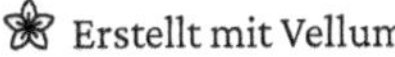 Erstellt mit Vellum

ABONNIERE DEN NEWSLETTER FÜR UPDATES

Möchtest du eine kostenlose Bonusszene aus Quoths Sicht oder Heathcliffs Ladenregeln haben? Dann hole dir das *Cabinet of Curiosities* für Bonusszenen und zusätzliches Material, ein Steffanie Holmes-Kompendium mit Kurzgeschichten und Bonusszenen, indem du dich für den Steffanie Holmes-Newsletter anmeldest.

http://www.steffanieholmes.com/newsletterdeutsch

In meinem Newsletter erzähle ich jede Woche von wahren Begebenheiten, seltsamen Ereignissen, verfallenen Ruinen und gruseligen Fakten, die meine Geschichten inspirieren. Du erhältst außerdem exklusive Bonusszenen und Updates. Ich liebe es, mit meinen Lesern zu sprechen, also komm zu mir und erleb gruseligen Spaß :)

*Für all meine Book Boyfriends,
die mich die ganze Nacht wachhalten.*

INSCHRIFT

»Es wird immer eine Menge nicht ganz zurechnungsfähiger Spinner auf den Straßen geben, und die neigen dazu, sich in Buchläden herumzutreiben.«
— George Orwell, *Bookshop Memories*, 1936.

I

»Ich habe Zweifel an der Weisheit dieses Plans«, sagte Morrie, während er sich einen Stapel Kissen unter den Arm klemmte.

»Wenn deine Weisheit so beleidigt ist, musst du nicht mitkommen«, erinnerte ich ihn, band mein Haar zurück und strich die Vorderseite meines Snoopy-Pyjamas glatt. »Du kannst wieder nach unten gehen und die Ausstellung fertigstellen, die ich für das Jane-Austen-Festival in Argleton begonnen habe.«

»Mach keine Witze, meine Hübsche. Dieser Raum hat mich interessiert, seit ich in deiner Welt angekommen bin. Ich werde keine Bänder um triviale Bücher binden, während der Rest von euch seine Geheimnisse entdeckt.« Morrie griff unter mein Hemd und rollte meine Brustwarze zwischen seinen Fingern. »Außerdem sollte man die Gelegenheit, die Nacht mit dir zu verbringen, nie ungenutzt verstreichen lassen.«

»Jane Austen ist nicht trivial«, schoss ich zurück, packte sein Handgelenk und verdrehte es, sodass seine Hand von meiner Brustwarze rutschte und ich wieder klar denken konnte.

»So etwas solltest du im Moment nicht in Argleton sagen. Das ganze Dorf ist verrückt nach Austen.«

Es stimmte. Vor zehn Jahren hatte ein berühmter örtlicher Gelehrter namens Algernon Hathaway eine Aufzeichnung darüber entdeckt, dass Jane Austen Weihnachten in Baddesley Hall verbracht hatte, dem prachtvollsten der herrschaftlichen Häuser über Argleton, das heute den Lachlans gehörte. Seit der Entdeckung ihres berühmten zeitweiligen Bewohners feierte das Dorf ein jährliches Regency-Weihnachtsfest, das im Laufe der Jahre immer aufwendiger wurde. Es gab Teepartys, szenische Lesungen, eine Kostümschau und einen Tanz im Regency-Stil im Saal sowie eine Bücheraktion, bei der die Dorfbewohner armen Kindern Lesestoff spendeten.

In diesem Jahr veranstalteten die Lachlans sogar die Jane Austen Experience. Eine akademische Konferenz und ein Erlebnis, bei dem die Gäste Hunderte von Pfund zahlten, um ein Wochenende lang in Baddesley Hall zu verbringen. Und sich in alberne Kostüme zu kleiden, an schicken Bällen und Teepartys teilzunehmen und sich gegenseitig Heiratsanträge zu machen. Dieses Jahr war der berühmte Gelehrte Professor Hathaway selbst der Ehrengast.

Natürlich wollte Heathcliff nichts mit dem Jane-Austen-Festival zu tun haben. Er wies alle meine cleveren Ideen zurück. Professor Hathaway für eine kostenlose öffentliche Vorlesung im Raum für Weltgeschichte einzuladen, einen Stolz & Vorurteil-Quizabend zu veranstalten und Quoth mit einer winzigen vogelgroßen Haube zu verkleiden. Eigentlich war Quoth derjenige, der sein Veto einlegte. Heathcliffs eklatanter Mangel an kaufmännischem Interesse war wahrscheinlich der Grund, warum er am Vorabend des Festes vorgeschlagen hatte, meine Idee in die Tat umzusetzen, die Nacht im magischen Raum zu verbringen und zu versuchen, seine Geheimnisse zu ergründen.

»Ich sage, was ich will«, zwinkerte Morrie mir zu, während er einen vornehmeren Akzent anschlug. Seine Hand glitt wieder unter mein Hemd. »Das hat dir doch noch nie etwas ausgemacht.«

Nein, es macht mir überhaupt nichts aus. Morries Lippen flatterten an meinem Hals entlang. Seine Hand umfasste meine Brust, seine Finger zwickten und neckten meine Brustwarze. *Wenn das ein Hinweis darauf ist, was heute Abend passieren könnte, sollte die Vergangenheit besser aufpassen.*

»Aus dem Weg, ihr Turteltauben«, brüllte Heathcliff aus seinem Schlafzimmer. Einen Moment später segelte eine riesige braune Bettdecke durch die Tür und knallte über unseren Köpfen an die Wand. Ich riss mich aus Morries Umarmung und sprang weg, als sie auf den Boden rutschte und sich zu dem großen Haufen von Heathcliffs Sachen gesellte, der sich bereits vor der Tür stapelte.

Er hofft, dass wir vor nächster Woche nicht wieder auftauchen.

»Wir sollten das lieber woanders hin verlagern, falls Sir Reizbarton mit seinen Whiskyflaschen wirft.« Morrie führte mich zur Seite und seine Hand strich besitzergreifend über meinen Rücken, was mein Herz zum Flattern brachte.

Morries Lippen hatten meine kaum gestreift, als wir erneut unterbrochen wurden. Quoth kam mit seinen Sachen von seinem Dachboden heruntergeklettert. Wie immer trug er nur ein Minimum an Kleidung. In diesem Fall eine schwarze Boxershorts, die nichts der Fantasie überließ. Ich befeuchtete meine Unterlippe. Wie sollte ich die Nacht mit allen dreien überleben, ohne dass es zu einer bacchantischen Orgie kam?

Warum ließ der Gedanke an eine bacchantische Orgie mit den dreien die Hitze zwischen meinen Beinen aufsteigen?

Denk daran, warum wir das tun. Lass dich nicht von Quoths schönen Augen oder Heathcliffs starken Händen oder Morries wandernder Zunge ablenken ...

»Das ist alles, was ich brauche.« Quoth reichte mir eine Tüte mit Beeren. Ich steckte sie in mein Snackpaket zu meiner Notfallausrüstung.

»Bist du sicher, dass wir dieses ganze Zeug mitnehmen sollen?« Morrie betrachtete stirnrunzelnd die Tragetaschen, die ich mit Trockenfutter, einem Campingkocher, Wasserflaschen, Notfackeln und Tampons gefüllt hatte. Heathcliff war nicht der Einzige, der im Pfadfindermodus war. »Das ist nicht sehr eindrucksvoll und auch nicht sehr historisch.«

»Wir wissen nicht, was uns auf der anderen Seite erwartet und wie lange wir brauchen werden, um die Tür wieder in die Gegenwart zu öffnen. Ich möchte auf alles vorbereitet sein.«

»Dem stimme ich zu.« Heathcliff stolperte aus seinem Zimmer. Unter einem Arm trug er drei Flaschen Whisky und ein Paket Wagon Wheels. Unter dem anderen ein langes, spitzes Schwert mit einem kunstvollen Griff.

»Was hast du mit dem Ding vor?« Morrie betrachtete stirnrunzelnd das Schwert.

»Marshmallows rösten«, grunzte Heathcliff. Er schob seine Flaschen in meine Tasche, steckte das Schwert in eine Scheide an seinem Gürtel und zog seinen Schlüssel heraus. »Machen wir das jetzt, oder nicht?«

Ich nickte. Wir brauchten Antworten, und der einzige Weg, sie zu finden, war, die Geheimnisse der Buchhandlung Nevermore zu lüften, angefangen mit dem Raum, der durch die Zeit reiste ... oder so.

Morrie strich den Kragen seines Armani-Pyjamas glatt. »Welchen Raum glaubst du, werden wir auf der anderen Seite sehen? Ich schlage eine Wette vor, der Verlierer muss das Badezimmer putzen. Ich hoffe auf ein Regency-Boudoir mit dem berüchtigten Sexsessel Le Chabanais von Edward VII.«

»Ich bin für den leeren Dachboden«, sagte Heathcliff.

»Natürlich bist du das.«

»Ich will die Büros von Herman Strepel«, fügte ich hinzu. »Aber ich mache bei dieser Wette nicht mit, denn du wirst mich auf keinen Fall dazu bringen, auch nur einen Fuß in dieses Badezimmer zu setzen.«

»Ich hoffe auf Dinosaurier«, fügte Quoth hinzu.

»Du *hoffst* auf Dinosaurier? Du bist ein Idiot. Gut, dass Heathcliff sein Schwert hat.« Morrie schnappte sich den Schlüssel von Heathcliff und steckte ihn in das Schloss. Ich errötete bei seiner Beleidigung, aber Quoth schien das nicht zu interessieren. In den letzten Wochen waren Morries Kommentare uns allen gegenüber immer bissiger geworden. Normalerweise waren es freundliche Sticheleien. Es war, als wollte er uns allen immer wieder versichern, dass wir ihm egal waren und dass er sich uns in jeder Hinsicht überlegen fühlte. Das ging mir allmählich auf die Nerven, vor allem, wenn er es bei Quoth tat, der nie etwas erwiderte und jeden Kommentar zu verinnerlichen schien.

Die Tür drehte sich mit einem unheilvollen Klicken. Morrie trat zurück und gestikulierte zur Tür. »Nach dir, meine Hübsche. Das war deine clevere Idee.«

Ja, das war es. Und wenn es uns hilft, herauszufinden, was in diesem Laden passiert, wirst du mir dankbar sein.

Ich holte tief Luft und stieß die Tür auf.

2

Die Tür schwang auf und gab den Blick frei auf ein elegantes Himmelbett, das mit reichen Stoffen behangen war, und eine Sitzgruppe, die mit weißen Tüchern bedeckt war. Es war, als würden ein paar Gespenster am Fenster herumlungern. Schwere Samtvorhänge hingen von jeder Vorhangstange, und durch eine offene Tür auf der anderen Seite des Bettes konnte ich den Rand der Klauenfußbadewanne in der Mitte des achteckigen Badezimmers erkennen. Es war das Schlafzimmer, das ich gesehen hatte, als ich dieses Zimmer vor über einem Monat zum ersten Mal betreten hatte, bevor ich wusste, was der Raum wirklich war.

»Puh«, atmete ich aus. »Wenigstens haben wir ein anständiges Bett.«

»Und keine Dinosaurier.« Heathcliff durchquerte den Raum, hob mit der Spitze seines Schwertes die Vorhänge an und sah unter den Stühlen nach.

»Es sieht nicht so aus, als ob die Roboter die Welt übernommen hätten«, sagte Morrie und zog die Samtvorhänge zurück, um aus dem Fenster zu schauen.

»Die Fenster geben uns immer noch einen Blick auf die

Gegenwart frei, schon vergessen?« Nachdem er sich vergewissert hatte, dass sich keine Velociraptoren unter dem Bett versteckt hatten, lehnte Heathcliff sein Schwert an die Wand. »Nur in diesem Zimmer existieren wir außerhalb der Zeit.«

»Das wusste ich. Ich bin nicht dumm«, schnauzte Morrie. »Aufgrund der Webart dieser Vorhänge nehme ich an, dass wir uns in der späten viktorianischen Ära befinden.«

»Na, wenn da mal nicht der Experte für Inneneinrichtung spricht«, sagte ich grinsend, während ich Quoth dabei half, unsere Vorräte durch die Tür zu schleppen. Morrie ging mir jetzt schon auf die Nerven, und das gute Gefühl, das er in meinem Körper ausgelöst hatte, während wir auf die anderen gewartet hatten, war völlig verblasst.

»Miiiiaaaauuuu!« Als ich Heathcliffs Bettdecke anhob, schoss ein schwarzes Fellbündel darunter hervor und flitzte zwischen meine Beine.

»Nein, Kätzchen!« Ich drehte mich rechtzeitig um und sah, wie Grimalkin sich auf Heathcliffs Hose stürzte und ihre Krallen in seinen Oberschenkel bohrte. Er brüllte, packte sie am Genick und zerrte sie weg. *RITSCH!* Streifen seiner Hose lösten sich mit Grimalkins Krallen plus einer wahrscheinlich nicht unerheblichen Menge Fleisch.

Ich rannte quer durch den Raum und schnappte mir Grimalkin. Sie schwang ihre Pfoten in der Luft und versuchte, sich gegen mich zu wehren. »Wir werden dich nicht in Gefahr bringen. Raus mit dir!« Ich drehte mich um, um sie wieder nach draußen zu bringen, aber als ich einen Schritt auf die Tür zuging, knallte sie zu.

»Miau!«, rief Grimalkin triumphierend aus.

Quoth griff nach dem Knauf und zerrte daran. »Sie klemmt fest. Wir kommen hier nicht mehr raus.«

»Alle unsere Dinosaurier-Notvorräte sind noch auf der anderen Seite«, sagte Morrie wenig hilfsbereit.

»Und mein Scotch«, grunzte Heathcliff.

Ich drückte Grimalkin an meine Brust. »Du dumme Katze. Wir haben dir unten Futter für mehrere Tage hingestellt. Ich habe nicht einmal einen Happen Fisch für dich eingepackt.«

Grimalkin schnurrte und knabberte an meiner Wange, offenbar ohne sich darüber Gedanken zu machen, dass es in unserer unmittelbaren Umgebung kein Katzenfutter gab.

Ich setzte Grimalkin auf der Fensterbank ab. Draußen schloss das Dorf in der Gegenwart seine Pforten für die Nacht. Die einzigen Menschen auf den Straßen stolperten von der Kneipe nach Hause. Die blasse Kugel des zunehmenden Mondes leuchtete wie eine Straßenlaterne über den Strohdächern und Tudorhäusern. Auf der anderen Straßenseite konnte ich einen Lichtfleck am Fenster von Frau Ellis ausmachen. Ich hoffte, dass es ihr gut ging. Es war erst ein paar Wochen her, dass ihre enge Freundin Gladys Scarlett ermordet worden war, während ihre Cousine Brenda Winstone nun auf einen Prozess wegen Mordes wartete. Angesichts Brendas Geisteszustand vermutete ich, dass sie eher in der Psychiatrie als im Gefängnis landen würde.

Als ich mich vom Licht des Fensters abwandte, wurde meine Sicht schwarz. Es war, als hätte jemand eine Augenbinde über meine Augen gestülpt. Die Neugierde nagte an meinem Magen. Ich wollte jeden Winkel des Raumes absuchen und dieses Geheimnis lüften. Aber ich konnte kaum meine Finger vor meinem Gesicht sehen. Ich hörte die Jungs herumschlurfen, aber ich konnte keinen von ihnen sehen.

Ich hasse das. Ich hasse es, so nutzlos zu sein.

Aus meiner Tasche zog ich ein Feuerzeug. Ich zündete eine der Kerzen an, die ich mitgebracht hatte, und tastete mich an der Wand entlang, um den Wandleuchter zu finden, an den ich mich vom letzten Mal erinnerte. Die Kerze ließ sich leicht einstecken, aber außerhalb des schwachen Kreises ihres Lichts konnte ich kaum die Formen im Raum erkennen. Ich zündete eine weitere Kerze an und steckte sie in einen silbernen Halter. Ich hielt sie vor mein Gesicht und bahnte mir einen Weg zum Bett, während ich den Jungs zuhörte, wie sie den Raum von oben bis unten nach Hinweisen durchsuchten. *Wären wir tagsüber gekommen, hätte ich mich auch umsehen können.* Aber wir hatten es für unwahrscheinlicher gehalten, dass uns jemand aus der Vergangenheit erwischen würde, wenn wir über Nacht blieben.

»Ich habe noch mehr Kerzen gefunden«, verkündete Quoth irgendwo aus dem Schatten heraus. Er kam herüber und zündete die Kerzen an meiner Flamme an, dann stellte er sie in die Wandleuchter im Raum. Es war immer noch nicht hell genug, um den Raum zu untersuchen, aber wenigstens konnte ich jetzt die Umrisse meiner Jungs und einige der Grundformen der Möbel erkennen. An dem kleinen Schreibtisch hielt Heathcliff einen Brief an eine nahe gelegene Kerze. »Du hast die Zeit richtig erraten«, sagte er zu Morrie. »Dieser Brief ist von 1896. Hast du noch eine Kerze, Mina? Ich werde mich durch diese Korrespondenz lesen. Vielleicht gibt sie Aufschluss über die Identität des derzeitigen Bewohners unseres Zimmers.«

Ich kramte in meiner Tasche und fand eine weitere Kerze, die Heathcliff neben sich auf den Schreibtisch stellte. Ich zündete sie mit meiner Flamme an und lehnte mich an die Tischkante, um ihn bei der Arbeit zu beobachten. Das Licht beleuchtete die Ränder von Heathcliffs Gesicht, flackerte über seinen wilden Bart und seine tanzenden Augen. Mein Herz schlug schneller, als er seinen Kopf zum Lesen neigte, und ich war einen Moment lang von seiner wilden Schönheit gefangen.

Welche Antworten wir in diesem Raum wohl finden? Alle meine Jungs waren aus ihren Romanen gerissen und in diese Welt gestoßen worden, und wir hatten immer noch keine Ahnung, warum. Wenn dieser Raum uns das sagen könnte, wenn er ihnen Antworten geben könnte, dann würde Heathcliff vielleicht in der Lage sein, sich selbst zu verzeihen, wer er in seinem Buch war. Und Morrie würde sein Bedürfnis loslassen können, alles zu kontrollieren, und Quoth, vielleicht würde Quoth die Freiheit finden, nach der er sich tief im Inneren sehnte.

Während ich meine Jungs beobachtete und ein unbändiger Hunger in mir aufstieg, verdrängte eine andere Frage die letzte. *Was könnte passieren, wenn wir vier zusammen sind und es nur ein Bett gibt?*

Ich wusste, was ich mir wünschte, aber auch, wovor ich Angst hatte. *Wenn wir diese Grenze gemeinsam überschreiten, gibt es kein Zurück mehr.* Und so sehr ich mir auch einredete, dass es nur um Sex ging und es völlig in Ordnung war, mit jedem zu schlafen, den ich wollte, während ich den Verlust meines Augenlichts betrauerte, so deuteten doch ein unangenehmes Gefühl in meinem Nacken und ein Schmerz in meiner Brust darauf hin, dass meine Gefühle für die Jungs tiefer gingen. Wenn ich Schlussfolgerungen ziehen müsste, würde ich zu dem Schluss kommen, dass ich vielleicht, möglicherweise ...

... vielleicht war ich schwer verliebt. Und zwar in alle drei.

Ein Grunzen aus dem Bad lenkte mich von meinen Gedanken ab. Ich stand auf und schob meine Kerze in den Raum. Morries Schultern spannten sich an, als er die Badewanne hochhielt, während Quoth an den primitiven viktorianischen Rohrleitungen herumfummelte. »Ich bin neugierig, wo das Antike aufhört, und das Moderne beginnt«, erklärte Morrie, als er meinen Blick sah.

»Ich kann nichts sehen.« Quoth legte sein Handy mit der Taschenlampen-App beiseite, verwandelte sich in seinen Raben und steckte seinen Kopf in das Rohr. »Krächz!«, rief er in die Dunkelheit unter ihm.

»Beeil dich, Vögelchen, die Wanne ist nicht leicht«, beschwerte sich Morrie.

Quoth hüpfte davon. Er verwandelte sich zurück in einen Menschen und hielt sich die Hände vor die Nase. »Es stinkt da unten.«

»Was hast du gesehen?«

»Nicht viel. Es sieht alles ziemlich alt aus. Und eklig. Wer auch immer diese Räume besitzt, hat noch nie den Abfluss gereinigt.« Quoth ging zu dem Wasserkrug am Waschbecken, um sich das Gesicht zu waschen.

Ich ließ sie zurück, damit sie den Rest des Badezimmers untersuchten, und ging in den Kleiderschrank, wo ich mit meinen Händen über die Regale fuhr. Luxuriöse Seide, Chiffon, Samt und Leinen glitten durch meine Finger. Feine Spitze und prächtige Borten schmückten Kragen, Ärmel und Säume. Büstenhalter und modische Hüte mit Spitze, Netzschleier, Seidenblumen und Perlenketten hingen an einem Regal am Fenster. Die viktorianische Mode war so sinnlich, so extravagant. Ich konnte das Gefühl der Kleidung genießen, auch wenn ich die Farben und Formen nicht sehen konnte.

Ich zog ein besonders feines Kleid aus Seide und Damast aus den Regalen und hielt es an meinen Körper. Die Rippen des Korsetts rieben an meiner Haut. Morrie beobachtete mich mit einem fiesen Grinsen von der Tür aus, während ich herumwirbelte und bewunderte, wie die schweren Röcke meine Beine umspielten. »Ist es nicht seltsam, dass der Schreibtisch voller Briefe, und der Schrank voller Kleider ist, aber die Stühle am Fenster sind zugedeckt, als ob sie nicht benutzt werden sollen?«, fragte ich.

»Nicht unbedingt«, antwortete Morrie. »Das könnte ein Zimmer sein, das für Gäste reserviert ist. Das Abdecken der Möbel würde helfen, sie staubfrei zu halten.«

»Das ist es nicht«, rief Heathcliff aus dem Büro.

Ich schob das Kleid zurück in den Ständer. Morrie bot mir seinen Arm an. Ich zögerte. *Ich schaffe die Tür auch alleine.* Aber es war dunkel und ein Kopfschmerz flackerte über meine Schläfen, der Beginn einer der Migräneanfälle, die mich in diesen Tagen immer öfter plagten. Ich biss mir frustriert auf die Lippe, legte meinen Arm in seinen und ließ mich von ihm zurück in den Hauptraum führen. Wir gingen am Fenster an Quoth vorbei, der sich Wasser aus meiner Trinkflasche über die Hände spritzte, um den Dreck aus dem Abfluss zu entfernen. Ich setzte mich auf das Bett, während Heathcliff mir Passagen aus den Briefen vorlas.

»'Verehrte Madame'«, stimmte er an, und seine tiefe Stimme hallte durch meinen Körper, bis hin zu meinen Zehen. »Ich hoffe, dieser Brief erreicht Sie wohlauf. Ich habe die Werke von Francis Bacon beigefügt, zehn Bände im großen Oktavformat, gebunden in Kalbsleder von J. Johnson aus London, mit vergoldeten Titeln und Beschlägen, wie von Ihnen gewünscht. Der zweite Band hat einen kleinen Schönheitsfehler auf dem Einband, und ich habe meinen Preis entsprechend angepasst. Für den Fall, dass Sie eine Sammlung okkulter Materialien zusammenstellen, habe ich eine Liste mit weiteren Titeln beigefügt, die ich in meinem Besitz habe. Ich möchte Sie insbesondere auf die *Sphere Cabalistice Fatidicis numeris contexte* aufmerksam machen, die ich kürzlich erworben habe – dieses attraktive kabbalistische Manuskript enthält sechsundzwanzig Blätter mit Weissagungstabellen und Listen von Tieren und Vögeln zur Vorhersage. Wenn Sie es besitzen möchten, schicken Sie mir bitte schnellstens meinen Brief zurück, denn ich habe noch zwei andere Interessenten ...« Heathcliff legte den Brief weg. »Die meisten Briefe sind ähnlich geartet und betreffen den Kauf und Verkauf von okkulten Büchern. Dieses besondere Schreiben war an die berüchtigte französische Hellseherin Madame de Thèbes gerichtet. Es gibt ähnliche Briefe an die anderen bekannten Okkultisten der damaligen Zeit. Die Frau, die in diesem Haus lebte, eine Victoria Bainbridge, war Buchhändlerin. Sie war auf den An- und Verkauf seltener antiquarischer okkulter Bücher spezialisiert.«

»Eine simple Einschätzung, die sich nur auf oberflächliche Details stützt, wie man es nicht anders von deinem wilden, faulen Verstand erwarten kann«, schmollte Morrie. »Gib mir den Brief. Dann kann ich dir ihre Haarfarbe, den zweiten Vornamen ihrer Schwester und ihre Ansichten zum Kolonialismus verraten.«

Heathcliff sträubte sich bei dem Wort »wild«, ging aber nicht auf Morries Stichelei ein. Stattdessen steckte er den Brief zurück in den Schreibtisch. »Der viktorianische Buchhandel wurde von Männern dominiert, aber Frau Bainbridge hat sich einen Namen gemacht, indem sie ihre Kundschaft bei den spiritistischen Versammlungen in feinen Häusern und unter den intellektuell Neugierigen der Oberschicht umwarb. Es schien, dass sie einen gewissen Lebensstandard halten musste, da sie häufig Kunden in ihrem Haus empfing. Aus dem Ordner geht jedoch hervor, dass sie, als sie in Schwierigkeiten geriet, Mitarbeiter entlassen musste. Wahrscheinlich schloss sie auch Räume ab, um die Heiz- und Reinigungskosten zu senken.«

Mir gefiel der Gedanke, dass hier im Nevermore Bookshop eine unternehmungslustige Frau lebte, die sich mit ihrem Geist und ihrer Intelligenz eine Existenz aufbaute.

»Ihrem letzten Brief zufolge reist sie im Winter auf das Festland, um die neuesten Bände der französischen Spiritualisten zu lesen und dem schlechten Wetter zu entkommen.« Heathcliff legte die Zeitung weg. »Clevere Frau. Sie wird erst nach Weihnachten zurückkehren. Daher wohl auch die Abdecktücher über den Möbeln, damit sich nicht zu viel Staub ansammelt, bis sie zurückkommt.«

»Noch eine Buchhändlerin«, bemerkte Morrie. Er bewegte

sich neben mir und sein Körper zuckte vor Aufregung. »Das kann kein Zufall sein.«

Heathcliff rieb sich die Augen. »Wahrscheinlich nicht, aber ich bin zu müde, um jetzt daran zu denken.«

Müde? Ich war alles andere als müde. Ich wollte mehr über diese Frau erfahren. Ich wollte jede Schublade in ihrem Schreibtisch ausräumen und jedes schöne Kleidungsstück in ihrem Kleiderschrank anprobieren. Meine Haut kribbelte vor Vorfreude. *Wir stehen kurz davor, die Geheimnisse von Nevermore zu lüften, ich kann es spüren.*

Eine Hand strich über mein Bein und mir wurde klar, dass Heathcliff vielleicht an das Bett dachte, aber nicht an Schlaf.

»Ja«, sagte ich, und meine Stimme wurde rau, als mein Herz in meiner Brust pochte. »Wir haben unsere Suche abgeschlossen und es ist schon spät. Ich denke, wir sollten alle ins Bett gehen.«

Ich zog die Decke zurück. Heathcliff hielt die Kerze hoch und überprüfte das Bett, um sicherzugehen, dass es sauber war. Wir hatten keine Ahnung, was für eine Frau Victoria Bainbridge war und was sie zwischen diesen Laken tat. Heathcliff erklärte das Bett für sicher und ich schlüpfte zwischen die Decken. Grimalkin hüpfte über die Bettdecke und kuschelte sich in mein Haar.

»Nicht jetzt, Kätzchen«, flüsterte ich, als ich sie losmachte und auf dem Boden absetzte. Sie miaute, bevor sie in die Dunkelheit huschte.

»Kluger Schachzug, Süße.« Morrie rutschte neben mich und schob seinen Arm unter meinen Kopf. »Wir wollten nicht, dass Grimalkin sieht, was passieren wird.«

»Was soll denn passieren?«, wollte ich wissen und war mir immer noch nicht sicher, ob ich ihn jetzt noch wollte, nach den unhöflichen Dingen, die er gesagt hatte. »Beleidigst du jetzt deine Freunde noch ein bisschen?«

»Nur wenn sie mir in die Quere kommen.«

Morries Lippen trafen meine. Der Kuss versengte mich innerlich und äußerlich, vollgepackt mit all den Versprechungen, mit denen er mich den ganzen Tag lang geneckt hatte. Ich sank in die weiche Bettwäsche, während Morries Hände meinen Körper erkundeten, und all seine nörgelnden Beleidigungen und bissigen Kommentare verschwanden aus meinem Gedächtnis, während seine Berührungen mich erleuchteten.

Ich sollte stärker sein ... ich sollte ihn dazu bringen, sich mir zu öffnen ... aber vielleicht später ...

Das Bett knarrte, als Heathcliff nach Morrie hineinkletterte. Er hatte alle Kerzen bis auf eine neben dem Bett gelöscht, sodass ich nur noch seinen Kopf sehen konnte, wo das flackernde Licht auf seinem wilden Haar tanzte. »Nimm deine Füße von meiner Seite«, beschwerte er sich bei Morrie.

»Schlaf auf der Couch, wenn du Angst hast, dass sich unsere Füße berühren«, warnte Morrie. »Mina und ich haben Pläne.«

»Hör nicht auf Morrie. Er ist ein Wichser.« Ich griff hinter Morrie und packte Heathcliffs Handgelenk, um ihn festzuhalten. Morrie hatte heute Abend nicht das Sagen. Ich hatte es. Und ich wollte sie alle bei mir im Bett haben, auch wenn das bedeutete ...

Hör auf. Denk nicht darüber nach, sonst redest du es dir noch aus.

Quoths Flügel flatterten, als er hochflog, um eine Sitzstange zu finden. Seine Krallen kratzten an der Kammertür. Mit meiner freien Hand klopfte ich auf das Bett hinter mir. »Quoth, warum kommst du nicht her?«

»Krächz!«

»Ja, ich bin sicher.« Ich schenkte ihm mein strahlendstes Lächeln. »Ich bin mir sehr *sicher*.«

Heathcliff zerrte an seinem Arm und versuchte, sich zu befreien, aber ich hielt ihn fest.

»Mach das Licht aus, ja?«, murmelte Morrie und ließ seine Lippen an meinem Schlüsselbein entlangwandern.

Nachdem er sich vergewissert hatte, dass sein Schwert in Reichweite war, falls uns ein marodierender Dinosaurier überraschen würde, blies Heathcliff die nächstgelegene Kerze aus und versetzte den Raum in Dunkelheit. Quoth flatterte herunter und landete auf dem Kissen hinter mir. Das Bett knarrte erneut, als er seinen warmen, nackten Körper zwischen die Laken schob. Zwischen ihm und Morrie summte meine Haut vor Hitze. Ich lauschte angestrengt, als Morrie eine Spur von Küssen auf meinen Hals hauchte, und suchte in der Stille nach einem Zeichen der anderen Jungs, einem Hinweis darauf, was sie dachten.

Morrie verschwendete keine Zeit. Er presste seine Lippen auf meine, und seine Hand griff unter den Bund meiner Pyjamahose, um die Wärme zwischen meinen Beinen zu spüren. »Was machst du denn da?«, flüsterte ich. »Geh es langsam an. Quoth und Heathcliff sind auch hier.«

»Ich weiß.« Seine Stimme grollte in meiner Brust. »Ist es nicht köstlich?«

Eine Hand glitt um meinen Oberkörper und schob mein Hemd hoch. Lippen drückten sich auf mein Schlüsselbein. *Quoth.* »Mina«, murmelte er gegen meine Haut.

Ich hatte Heathcliffs Arm immer noch nicht losgelassen. Er stützte sich mit dem Ellbogen auf das Kissen, um sein Gesicht näher an meins zu bringen. »Wenn es so sein soll, sollte Morrie besser seinen fetten Hintern rüberschieben.«

Morrie zog mich unter sich und drückte mich mit seinem Körper tiefer ins Bett. »Besser?«

»Viel besser.« Heathcliff neigte meinen Kopf zu sich und küsste mich auf den Mund. Sein wilder Kuss stürzte mich in den

Strudel seiner Gedanken. Wenn Heathcliff küsste, konnte ich nicht vergessen, wer er war und mit welcher Wildheit er fühlte und handelte.

Meine Brust zog sich zusammen. Die Intensität, mit der die drei bei mir waren, die Hitze, die von ihren Körpern aufstieg, als sie mich berührten und küssten und meinen Körper beanspruchten, zog mich tiefer in ihre Herzen. Das Zimmer, der Buchladen, die unbeantworteten Fragen, meine Frustration über meine kaputten Augen und Morries Verhalten ... all das verschwand, als sie meinen Körper neckten und streichelten.

Heathcliff schlug die Laken zurück, während Quoth mir sanft mein Pyjama-Oberteil auszog. Morrie riss mir in einem seltenen Anfall von unkontrollierter Eile meine Hose mit solcher Wucht von den Beinen, dass ich hörte, wie eine Naht riss. Die Luft knisterte auf meiner nackten Haut, als ob ein magischer Zauber uns vier miteinander verwoben hätte.

Wie kann das alles echt sein? Ich klammerte mich an Heathcliffs Bizeps und war mir sicher, dass ich jeden Moment durch den Boden fallen und in meinem Bett in der Wohnung meiner Mama aufwachen würde. Und dass sie keine lebenden, atmenden Männer mehr sein würden, sondern Figuren aus Büchern, und dass ich niemals von drei wunderschönen Seelen geküsst worden wäre, die mein Herz entflammt hätten.

Heathcliffs Küsse holten mich in die Gegenwart zurück. Natürlich waren sie echt. Nur etwas Echtes konnte sich so gut anfühlen. Quoths Finger tanzten über meine Brust, seine federleichte Berührung ließ Funken durch meinen Körper sprühen. Seine Lippen drückten gegen meinen Nacken und seine Härte glitt zwischen meine Arschbacken.

Morrie wanderte meinen Körper hinunter und spreizte meine Beine. Er drückte seine Lippen zwischen meine Schenkel, genau auf die Stelle, die vor dringendem Verlangen brummte. Ich stöhnte zwischen Heathcliffs Lippen, als Morrie langsam über meinen Schlitz leckte. Er hielt über meinem Kitzler inne, ließ mich warten, verlangte, dass ich darum bettle. Quoth bewegte seinen Mund zu meiner Brust und umschloss meine Brustwarze.

Drei Lippen auf mir, die mich küssten, verwöhnten und um mehr baten. Drei Lippen, um meine Ängste zu vertreiben.

Ich spannte meine Hüften um Morries Kopf. Er verstand den Wink und seine Zunge leckte langsam und sanft über meine Klitoris, um den Schmerz in mir zu entfachen, bis er zu einem Feuer wurde. Heathcliff vertiefte den Kuss und schüttete Feuer und Schwefel direkt in meine Kehle und in meine Brust. Meine Finger griffen nach unten, um sich in Quoths Haar zu winden. Er stöhnte und kratzte mit seinen Zähnen an meiner Brustwarze.

Ich kam mit einem Schauder, der zu einer Welle wurde, die durch meinen Körper schwappte und mich nach unten zog, bevor mein Körper gegen das Ufer ihrer Körper prallte. Heathcliffs Lippen lösten sich von meinen, während ich zurück in die Kissen sank und auf der Welle ritt, bis sie über mich hereinbrach und in einem gleichmäßigen, warmen Summen verebbte.

»Was sagt ihr, Jungs?«, fragte Morrie. »Sollen wir es noch einmal versuchen?«

»Ich sage, ich bin da unten dran«, schoss Heathcliff zurück. Ein wildes Grinsen breitete sich auf meinem Gesicht aus. *Wie kann das mein Leben sein?*

Heathcliff und Morrie tauschten die Plätze. Morrie drückte mein Gesicht in Richtung Quoth. »Gib dem kleinen Vögelchen etwas Liebe«, flüsterte er und seine Finger fuhren über meinen Rücken.

Eifrig nahm ich Quoths Gesicht in meine Hände und suchte den Trost seines Mundes. Quoths Lippen auf meinen waren weich und empfindlich und versprachen, dass er immer auf mich aufpassen würde. Doch dann traf Heathcliffs Mund auf meine Klitoris, seine Zunge griff mich mit all seiner aufgestauten Aggression an, und mein Rücken wölbte sich und ich drückte Quoth an mich, presste meinen Körper an seinen und spiegelte Heathcliffs unerbittlichen Ansturm.

Hinter mir küsste und streichelte Morrie meinen Rücken. Unter seinen Fingern stellten sich die Haare auf meiner Haut auf und warme Schauer durchliefen meine Haut. Er drehte mich auf die Seite und seine Hände kneteten meine Oberschenkel und meinen Hintern. Seine Härte drückte zwischen meine Arschbacken und seine Muskeln spannten sich an, als wäre er kurz davor, die Kontrolle zu verlieren.

Was hat Morrie vor?

Ich hatte keine Zeit zum Grübeln, denn Heathcliffs Nägel gruben sich in meine Oberschenkel und seine Zunge machte dieses *Ding* und Quoths Lippen öffneten sich und Morries Grapefruit- und Vanilleduft erfüllte meine Nasenlöcher und mein Körper explodierte. Ich schwebte in dem dunklen Raum zwischen Wachsein und Schlaf und lebte in der Lust, bis sie meinen Körper freigab und ich wieder auf die Erde sinken konnte.

»Das sind zwei«, hörte ich das zufriedene Grinsen in Morries Stimme. »Glaubst du, sie kommt nochmal, wenn zwei von uns gleichzeitig in ihr sind?«

Verzeihung, was?

»Ich glaube, dass solltest du lieber erst mit Mina besprechen«, sagte Heathcliff mit einem Hauch von Warnung in der Stimme.

»Offensichtlich hat sie Lust darauf, sonst hätte sie uns nicht alle drei angefleht, mit ihr ins Bett zu gehen.« Morries Finger streichelten meine Arschbacke. »Seit sie mit diesem hübschen Ding in den Laden gekommen ist, will ich unbedingt in ihren Arsch.«

Oh nein, das hat er nicht gesagt.

Quoths Arme legten sich enger um mich. »Lass dich von Morrie nicht drängen«, flüsterte er.

»Mach dir keine Sorgen. So wie er sich jetzt aufführt, wird Morrie mich zu gar nichts drängen oder *irgendetwas* in mich hineinstecken.« Ich richtete mich im Bett auf und sah Morrie an. Quoths Arme hielten mich immer noch fest. »Als Besitzer des besagten Arsches mische ich mich ein. Du darfst nicht ...«

»Was zum Teufel glauben Sie, was Sie da tun?«

Eine scharfe Stimme durchbrach die Dunkelheit. Heathcliff sprang von mir herunter. Quoths Arme legten sich um mich und drückten mich an sich, als ob er mich mit seinem Körper beschützen wollte. Morrie drehte sich natürlich um, als hätte er alle Zeit der Welt.

»Ich schlafe in diesem Bett«, schnarrte die Stimme. Ein Streichholz flackerte in der Dunkelheit. Einen Moment später offenbarte eine Kerze eine strenge Frau mit einem Gesicht wie gekochter Kohl. Hinter ihr griff Heathcliff nach seinem Schwert.

»Heathcliff, nicht!«, rief ich, als seine Hand um den Griff glitt und er die Waffe gegen ihren Kopf schwang. Die Frau duckte sich unter dem Schlag, packte Heathcliffs Arm, drehte ihn um sich selbst und übte Druck auf seinen Ellbogen aus, bis sich seine Finger lösten und er das Schwert fallen ließ. Quoth jaulte vor Schreck auf. Federn flogen über das Bett, als er sich über der Tür niederließ.

»Diesen Trick habe ich von Algernon Blackwood gelernt«, sagte sie mit einem Hauch von Triumph in der Stimme.

Morrie klatschte. »Bravo!«

Die Frau richtete sich auf und ließ Heathcliff auf den Boden fallen, wo er mit einem *PLUMPS* landete. Sie hob die Waffe auf und schwang sie durch die Luft. »Das ist eine schöne Klinge. Unter diesen Umständen werde ich sie wohl behalten. Hätte er mir gesagt, dass Sie mein Boudoir für bacchantische Rituale nutzen und versuchen würden, mir den Kopf abzuschlagen, hätte ich meine Reise nach Paris nicht aufgeschoben, um Sie zu treffen.«

Parisreise? Ich zuckte zusammen, als ich die Verbindung herstellte. »Sie sind Victoria Bainbridge, die okkulte Buchhändlerin.«

Sie schwenkte die Kerze über das Bett und betrachtete zweifellos unseren unbekleideten Zustand. »Ich bin eine Händlerin, vielen Dank. Eine Händlerin, die jetzt ihr Bettzeug verbrennen und meinen lieben Freund Herrn Crowley beauftragen muss, diesen Raum zu reinigen«, erklärte sie. »Ich hätte fast Lust, Ihnen eine Rechnung zu schicken, um die Laken zu ersetzen. Was um alles in der Welt hat Sie dazu veranlasst, in Anbetracht der ernsten Lage so etwas zu tun?«

»Welche ernste Lage? Wer hat Ihnen befohlen, unseretwegen zurückzukommen?«, verlangte Heathcliff zu wissen. »Wer wusste, dass wir hier sein würden?«

»Ist Ihr Freund *Aleister* Crowley? Hat er Ihnen gesagt, dass wir hier sein würden?«, fragte Morrie. »Ich war schon immer daran interessiert, ihn zu treffen.«

»Um Himmels willen, nein. Aleister würde sich niemals in diese Sache einmischen. Er würde es niemals riskieren, seine Jünger in einem anderen Jahrhundert zurückzulassen. Ich kann Ihnen nicht sagen, wer mich vor Ihrem Besuch gewarnt hat. Die Namen meiner Kunden sind streng vertraulich. Sie werden den Namen des Zeitreisenden nicht von mir erfahren. Aber Sie sind das Mädchen Wilhelmina, richtig?«

»Woher kennen Sie meinen Namen?« Ich kramte nach meinem Snoopy-Oberteil und zog es über.

Victoria ging zum Schreibtisch hinüber. Ich hörte, wie sie eine Schublade herauszog und etwas aufklappte.

»Heathcliff, du hast eine versteckte Schublade übersehen«,

sagte Morrie. »Ich hätte die versteckte Schublade nicht übersehen.«

»Fahr zur Hölle, Morrie.«

Victoria lehnte sich über das Bett und wedelte mit etwas vor meinem Gesicht herum. Ein kleiner, weißer Umschlag. »Nehmen Sie ihn. Er hat ihn für dich hinterlassen.«

»Wer?«, fragte ich.

»Ihr Vater, natürlich.«

3

Ich schnaubte. »Ich glaube, Sie verwechseln mich mit jemandem. Mein Vater war ein nutzloser Kleinkrimineller in *meinem* Jahrhundert, der meine Mama gleich nach meiner Geburt verließ. Er hat mir nichts hinterlassen außer Verbitterung und eine schwindende Netzhaut.«

»Sie glauben, ich habe Sie mit einem anderen zeitreisenden Mädchen namens Wilhelmina verwechselt, das zwei ungehobelte Männer und einen Raben als Begleiter hat?« Victoria grinste. »Nehmen Sie den Brief. Vielleicht gibt es mehr über Ihre Vergangenheit zu erfahren, als man Ihnen weismachen will.«

Das Papier glitt zwischen meinen Fingern hindurch. *Halte ich wirklich etwas von meinem Vater in der Hand?* Das ergab keinen Sinn. Wir hatten diesen Raum betreten, um nach Antworten zu suchen, aber *damit* hatte ich nicht gerechnet.

»Nun.« Victoria strich die Vorderseite ihres Korsetts glatt. »Da Sie meinen Schreibtisch durchwühlt und mein Bad auf den Kopf gestellt haben, kann ich Ihnen versichern, dass in meinem Boudoir keine weiteren Hinweise zu finden sind. Wenn Sie mein Haus so schnell wie möglich verlassen könnten, wäre ich Ihnen sehr dankbar. Mein Kunde hat mir etwas erklärt, das man das ontologische Paradoxon nennt. Ich möchte nicht, dass Sie aus Versehen eine Spinne zerquetschen und den großen Spinnen-Mensch-Krieg Ihrer Zeit auslösen.«

»Nur für den Fall würde ich gerne mein Schwert zurückhaben.« Heathcliff streckte seine Hand aus, aber Victoria ließ die Klinge außerhalb seiner Reichweite baumeln.

»Wie kommen wir zurück in unsere eigene Zeit?«, fragte Morrie. »Wir kriegen die Tür nicht auf.«

»Warten Sie bis zum Morgen.« Victoria seufzte und schlich sich in die Dunkelheit. »Wenn er mich besucht hat, musste er immer bis zum Morgen warten. Einmal glaubte ich, dass er das nur als Vorwand benutzte, um bei mir zu bleiben, aber er versicherte mir, dass das ein Teil der Magie des Zimmers sei. Ich werde wohl in meinem Stuhl schlafen müssen.«

»Miiiiiiiaaaaaauuuuu!«, rief Grimalkin.

Victoria sprang auf die Füße. »Wie ich sehe, ist mein Stuhl schon besetzt.«

Ich versuchte, aus dem Bett zu rutschen, aber Morries Körper drückte mich nieder. »Wir sollten Ihnen nicht das Bett wegnehmen. Die Jungs und ich werden die Stühle nehmen ...«

»Miiiiau!« Grimalkin klang entrüstet.

»Ich bestehe darauf«, sagte Victoria. »Nach dem, was Sie zwischen den Laken gemacht haben, möchte ich es nicht anfassen. Sie können es genauso gut für den Rest der Nacht genießen. Aber Ihre Katzenfreundin wird Ihnen Gesellschaft leisten müssen.«

Grimalkin miaute, als Victoria sie auf meinen Füßen absetzte. Das Kerzenlicht schwankte durch den Raum. Das Sofa knarrte, als sie die Decke zurückwarf und sich darauf niederließ. Einen Moment später flackerte das Licht aus.

»Du hast die Dame gehört.« Morries Hand schlängelte sich wieder um meine Brust.

Ich stieß ihn von mir. »Du kannst doch jetzt nicht ernsthaft darüber nachdenken?«

»Doch, doch, das kann ich.«

»Morrie, geh von mir runter. Abgesehen davon, dass ich einen Brief von meinem Vater in der Hand halte und eine viktorianische Buchhändlerin drei Meter vom Bett entfernt auf dem Sofa schläft, ich also *anderen Scheiß im Kopf* habe, bin ich wütend auf dich.«

»Habe ich etwas getan, das dich beleidigt?«

Ich schnaubte. »Darüber werde ich jetzt nicht reden. Aber wenn wir zurück sind, schreibe ich dir eine Liste.«

»Ich freue mich schon darauf«, schnauzte Morrie in einem verletzten Ton. Er drehte sich um und zog die Decke um sich herum, sodass für mich nur noch eine winzige Ecke übrigblieb und für Quoth gar nichts mehr.

Quoth lehnte sich über das Bett, zurück in seiner menschlichen Gestalt. Seine Hand legte sich auf meine. »Mina, wenn wir die Kerze anzünden, kann ich dir den Brief vorlesen.«

Mein Herz pochte. Es juckte mich in den Fingern, ihn ihm zu überreichen. Ich musste unbedingt wissen, was darinstand. Aber ich zog meine Hand zurück und schüttelte den Kopf. »Ich weiß das zu schätzen, aber ich glaube, ich muss es selbst lesen. Das heißt, wir können nichts anderes tun, als auf den Morgen zu warten.«

»Mir würde schon einiges einfallen«, schmollte Morrie. Aber er drehte sich nicht um und warf sich nicht auf mich. Er gab jedoch ein weiteres Stück der Decke frei.

Ich schlüpfte zurück unter die Decke, und alle Gedanken an sexy Zeiten flohen aus meinem Kopf. Quoth schlich sich in die Dunkelheit, und ich hörte das Flattern der Federn, als er sich zurückzog. Heathcliff rutschte auf meine andere Seite und legte seinen Arm über meine Brust, um mich mit seiner Masse zu stützen und zu schützen. Meine Finger fuhren über die Ränder des Umschlags. Was enthielt er? Was hatte *mein Vater* mit der Nevermore Buchhandlung zu tun?

Neben mir schnarchte Heathcliff und sein Bart kitzelte meine Schulter. Der gleichmäßige Rhythmus von Morries Atem streichelte meine Haut. Nur Quoth blieb wach, hoch oben auf seiner Sitzstange über der Tür. Seine Augen fingen das Mondlicht ein und durchdrangen die Düsternis, als sie auf die meinen blickten. Wir betrachteten uns gegenseitig.

Schlaf, Mina, sagte er. *Ich werde über dich wachen.*

Aber ich konnte nicht schlafen. Nicht mit Victoria Bainbridge, von der man ein nasales Pfeifen von der Couch hörte, Grimalkins kleinem Körper, der gegen meinen Fuß schnurrte, dem seltsamen, aber vertrauten Haus, das knarrte und ächzte, und den Rändern des Umschlags, die an meinen Fingern hafteten. Ich starrte an die Decke. Meine Augen suchten nach einem visuellen Anhaltspunkt, den es nicht gab. Ich ging die Informationen durch, die wir bis jetzt herausgefunden hatten. Aber es brachte nur mehr Fragen als Antworten.

Mein Vater ist in der Zeit zurückgereist, um Bücher bei Victoria zu kaufen und eine Nachricht für mich zu hinterlassen. Aber woher wusste er, dass ich eines Tages hierherkommen würde? Herr Simson hatte den Jungs gesagt, sie sollten auf mich aufpassen und dass ich in Gefahr sei. Wollte er mich vor meinem Vater beschützen? Arbeiteten sie irgendwie zusammen? Dieses Gebäude ist seit tausend Jahren mit der Buchbranche verbunden. Und warum? Was war vor der Zeit von Herman Strepel? Was war der Nevermore Bookshop damals? Und wie kam es dazu, dass er diese magischen Fähigkeiten hatte? Seit wann tauchen hier fiktive Figuren auf? Wie lange ist dieser Raum schon ein Portal durch die Zeit? Ist Herr Simson eine erfundene Figur? Ist er mein Vater?

Draußen ging die Sonne über dem Dorf auf. Ladenglocken bimmelten. Lastwagen rumpelten auf ihrer morgendlichen

Auslieferung über den Dorfanger. Ich rieb mir die Augen und wünschte, die Dunkelheit würde sich lichten, damit ich sehen konnte. Aber ich bräuchte die volle Sonne am Himmel und einige weitere helle Lampen, bevor ich viel von diesem Raum erkennen könnte. Die Kirchenglocken läuteten die Stunde. Die Tür öffnete sich knarrend und gab den Blick auf den Flur der Wohnung frei, in der noch alle Lichter brannten und unsere Notfallausrüstung an der Wand gestapelt war.

Grimalkin stand auf, streckte ihren Körper in einer Katzen-Yoga-Pose und trottete dann durch die Tür.

Ich stürzte mich aus dem Bett. »Lasst uns gehen!«

Auf der Couch schreckte Victoria auf. »Junge Dame, Sie sollten sich anständig anziehen, bevor Sie aufgeregt herumspringen!«

Mit glühenden Wangen schnappte ich mir meine Pyjamahose vom Boden, nahm eine Handvoll Klamotten von den Jungs und warf sie aufs Bett. Morrie gähnte und rutschte völlig nackt aus dem Bett. Sein Schwanz hüpfte vor Victorias Gesicht. »Es war mir ein Vergnügen.«

»In der Tat.« Victorias Lippen verzogen sich zu einem so furchteinflößenden Grinsen, dass Morries Schwanz weich wurde. Er zuckte zusammen, als er seinen Kopf durch die Tür schob. Die alten Baumeister hatten die Türöffnungen nicht für jemanden von Morries Größe gebaut.

Heathcliff zog sich unter der Bettdecke an und schlüpfte aus dem Bett. Quoth flatterte herunter und hockte sich auf meine Schulter, als ich über die Taschen stieg. »Danke für meinen Brief, Victoria«, sagte ich. »Ich weiß das wirklich zu schätzen ...«

»Das Schwert.« Heathcliff hielt ihr auffordernd die Hand hin.

»Leben Sie wohl, Wilhelmina.«

Victoria hielt den Griff fest in der Hand und grinste uns an.

Heathcliff sah aus, als wollte er mit ihr darum kämpfen. Ich schubste ihn in Richtung Tür.

»Wenn wir uns das nächste Mal sehen, wirst du blutbesudelt sein.«

»Moment, was meinen Sie mit ...« Ich kam nicht dazu, meinen Satz zu beenden, bevor die Tür vor mir zuschlug.

»Hey.« Ich schlug mit der Faust gegen die Tür. »Hey, Victoria? Was haben Sie gerade gesagt? Warum bin ich blutbesudelt? *Wessen Blut ist es?*«

»Ganz ruhig, meine Schöne. Solange es nicht dein oder mein Blut ist, wen kümmert es? Ich brauche Kaffee«, gähnte Morrie.

»Den musst du dir selbst kaufen.« Ich schubste ihn in Richtung des Wohnzimmers. »Weil ich diesen Brief lesen werde, und ich will nicht, dass deine beschissene Einstellung in meiner Nähe ist, während ich das tue ...«

Meine Worte erstarben in meiner Kehle.

In der Mitte des Flurs stand ein Teenager-Mädchen, groß und schlank, mit einem hellen Teint und braunem Haar, das in üppigen Locken um ihr Gesicht fiel. Aber was an ihr ungewöhnlich war, abgesehen von der Tatsache, dass sie in der Wohnung stand, die eigentlich verschlossen und leer sein sollte, war das, was sie trug: ein weißes Musselin-Kleid mit einer Empire-Taille, das bis zum Boden fiel, weiße Handschuhe, die bis über die Ellbogen reichten, und eine Spitzenhaube, die schief um ihren Hals hing. Seit ich New York City verlassen hatte, verfolgte ich die neuesten Modetrends nicht mehr, aber ich wusste, dass Empire-Kleider und Hauben nicht wieder modern waren.

»Verzeihen Sie mir, meine schönen Herren.« Das Mädchen eilte auf uns zu und hob den Saum ihres Kleides auf, als sie über unsere Sachen stolperte. Sie stieß mich mit dem Ellbogen in die Seite, während sie zu Morrie eilte und ihn am Arm packte. »Ich war auf dem Weg nach London mit einem entzückenden Geliebten. Er hat mir seine unsterbliche Liebe erklärt, und alles war einfach wunderbar! Unsere Kutsche hielt zum Mittagessen in der Stadt, und ich bin wohl falsch abgebogen. Ziemlich falsch, wenn man bedenkt, wie schäbig Ihr Geschäft ist.«

»Wenn Sie den Rest der Jane-Austen-Verrückten suchen, finden Sie sie auf dem Stadtplatz oder in Baddesley Hall«, murmelte Heathcliff. »Und jetzt verschwinden Sie.«

Ja, natürlich. Sie war wahrscheinlich einer der Festivalgäste, die den Feldweg, der zu Baddesley Hall hinaufführte, nicht finden konnte. »Wir wollen nicht unhöflich sein. Es tut mir leid, dass Sie sich verlaufen haben. Wenn Sie uns sagen, auf welcher Veranstaltung Sie sein sollen, wird Morrie Sie dorthin bringen, wo Sie hinmüssen. Möchten Sie zuerst eine Tasse Tee? Es ist furchtbar kalt draußen.« Schnee und Wind schlugen in eisigen Flocken gegen die Fenster, obwohl mir auffiel, dass das Kleid des Mädchens trocken war.

»Danke, aber ich habe es mir schon gemütlich gemacht.« Das Mädchen wies auf das Wohnzimmer, wo der Couchtisch unter einem Stapel leerer Teetassen und einer halbleeren Schachtel Wagon Wheels begraben war. Klebrige Schokoladenfingerabdrücke bedeckten die Armlehne von Heathcliffs Stuhl.

Heathcliff drängte sich an ihr vorbei und stürzte sich auf seinen Stuhl. »Ihr verdammter Arsch hat ihn ruiniert. Ich habe Jahre gebraucht, um diesen Stuhl genau so zu bekommen, wie ich ihn mag. Haben Sie das Schild nicht gelesen?« Er warf unserer Besucherin einen bösen Blick zu. »Keine Kunden im Obergeschoss.«

Ich wandte mich an Heathcliff. »Wenn du mir erlaubt hättest, die illustrierte Karte des Festivals ins Schaufenster zu hängen, gäbe es dieses Problem nicht.«

»Es gehört sich nicht für eine Dame, sich an ihren

vermeintlichen Siegen zu weiden, vor allem, wenn sie auf Kosten eines so würdigen Herrn gehen.« Das Mädchen klimperte mit den Wimpern in Heathcliffs Richtung. Als er finster dreinschaute, richtete sie ihre Aufmerksamkeit auf Morrie. »Ah, ich sehe, Sie sind der Gentleman in dieser Gruppe.«

»Ja, Mina. Keine Schadenfreude. Wir können eine Jungfrau in Not nicht abweisen. Wir rufen Ihnen eine Mitfahrgelegenheit, sobald wir unten sind, Fräulein.« Morrie legte seine Hand auf ihre und schenkte ihr sein strahlendes Lächeln. Seine Augen huschten zu meinen, als wolle er, dass ich protestiere.

Was macht er da? Warum benimmt er sich so kindisch?

»Wie bitte? Ich verstehe nicht ganz. Was ist diese Mitfahrgelegenheit? Meinen Sie eine Kutsche? Wie können Sie reich genug sein, um sich eine Kutsche zu leisten? Sind Sie Ausländer? Ihre Kleidung ist furchtbar seltsam.« Sie legte den Kopf schief. »Mein Name ist Lydia Bennet, bald Lydia Wickham. Ich bin auf der Suche nach meinem Verlobten. Haben Sie ihn gesehen?«

4

»Lydia Bennet?« Meine Worte blieben mir im Hals stecken. Ich rieb mir die Seite, wo ihr scharfer Ellbogen mich erwischt hatte. »Wie die Lydia aus *Stolz und Vorurteil*?«

Sie blinzelte mich an. »Hat Ihre Mutter Sie auf den Kopf fallen lassen? Ich habe gesagt, dass ich Lydia Bennet heiße und ich sehe keinen Grund, bei solchen Angelegenheiten zu lügen. Was Ihre andere Beleidigung angeht, so empfinde ich weder übermäßigen Stolz, es sei denn, er bezieht sich auf die Attraktivität meines Wickham oder die Schönheit meiner Locken, noch habe ich ungewollte Vorurteile! Da ich in dieser rückständigen Grafschaft keinen nennenswerten Ruf genieße, konnte er mir noch nicht vorauseilen. Dennoch reden Sie mit mir, als ob Sie meinen Namen kennen.«

»Pssst«, schnauzte Heathcliff. »Sie weiß noch nicht, wer sie ist.«

Ja, natürlich. Sie war wirklich Lydia Bennet, so wie Heathcliff der unvergessliche Held von Sturmhöhe war und Morrie der Napoleon des Verbrechens und Quoth der Vogel, der Poes traurige Fantasie zum Lächeln verführte. Die andere besondere Fähigkeit der Buchhandlung, abgesehen von dem Raum, der in der Zeit reiste, war, dass sie gelegentlich Figuren aus Romanen in die reale Welt brachte. So war ich bei meinen drei Jungs gelandet. Bis jetzt hatte ich es nur von den anderen gehört, das jetzt war das erste Mal, dass ich tatsächlich dabei war, als es passierte.

Und dass es ausgerechnet die fiktive Figur Lydia Bennet war, *die* Lydia Bennet, vielleicht die berühmteste verzogene Göre, die je die Seiten der Literatur geschmückt hat, und dass sie während des Jane-Austen-Weihnachtsfestes auftauchte, kurz nachdem wir das Schlafzimmer verlassen hatten ... Wie Morrie immer sagte, ich glaubte nicht an Zufälle.

Wenn ich ehrlich war, war ich gar nicht so begeistert von Jane Austen. Sicher, ihre Fähigkeit, sich geistreich zu unterhalten, und die Sorgen der Oberschicht satirisch auf die Schippe zu nehmen, war unübertroffen. Aber es gab für meinen Geschmack nicht annähernd genug Leichen, spannende Geheimnisse oder, von Darcy einmal abgesehen, leidenschaftliche Helden, bei denen man in Ohnmacht fallen konnte.

Das hieß aber nicht, dass die Aussicht, Lydia kennenzulernen, nicht aufregend war. Vorausgesetzt, sie würde sich nicht ständig an Morrie klammern und mir so einen besitzergreifenden Blick zu werfen.

Wenn Morrie auch nur im Geringsten so schockiert war wie ich, ließ er es sich nicht anmerken. Er nahm Lydias Hand in seine und wies mit einer Geste auf das Wohnzimmer. »Wenn Sie bitte mit uns kommen möchten, Fräulein Bennet, werden mein Freund und ich Ihnen alles erklären.«

Sie kicherte. »Ich gehe mit Ihnen bis ans Ende der Welt, Sir, wenn Ihr Freund einwilligt, uns zu begleiten. Oh, was werden wir für einen Spaß haben!«

Ich lächelte, als Lydia ihre andere Hand durch Heathcliffs

Arm schob und ihn kühn den Flur hinunterführte. Wie schnell hatte sie doch ihren »lieben Wickham« vergessen!

»Krächz!«, sagte Quoth in einem missbilligenden Ton.

»Genau«, stimmte ich zu.

Wenigstens konnte ich Morrie durch Lydias Anwesenheit für den Augenblick aus dem Weg gehen. Sobald sie außer Sichtweite waren, flogen meine Gedanken wieder zu dem Brief. Ich ließ mich in Heathcliffs Stuhl fallen, gestärkt durch den rauchigen und würzigen Duft seines Körpers, der in den Stoff eingewebt worden war. Quoth flatterte nach unten und ließ sich auf der Stuhllehne nieder. Er benutzte seinen Schnabel, um den Arm der Leselampe zu mir zu stoßen.

Ich schaltete die Lampe ein, um einen Kreis auf meinem Schoß zu beleuchten, und warf einen Stapel Bücher und den gestrigen *Argleton Anzeiger* mit der sensationellen Schlagzeile ARGLETON SCHMUCKDIEB SCHLÄGT WIEDER ZU! auf der Titelseite zur Seite. Ich hielt den Umschlag nahe an mein Gesicht und betrachtete ihn von allen Seiten. Er war quadratisch und bestand aus einem dicken Karton, der sich rau anfühlte, selbstgemachtes oder recyceltes Papier. Auf der Vorderseite stand mein Name in einer kursiven Schrift mit geschwungenen Enden, die mir seltsam bekannt vorkam, obwohl ich die Schrift nicht ganz einordnen konnte. Er war mit Wachs versiegelt.

Meine Hand zitterte. Ich starrte meinen Namen eine gefühlte Ewigkeit lang an, während mein Herz flatterte. Ich konnte diesen schönen Umschlag und die ausgefallene Handschrift nicht mit dem Samenspender in Einklang bringen, der meine Mutter verlassen hatte. Mein ganzes Leben lang hatte ich meinen Vater für einen miesen Kriminellen gehalten, der uns im Stich gelassen hatte. Mama hatte nie von ihm gesprochen und war jeder meiner Fragen ausgewichen. Sie wollte nicht, dass ich unter Kriminellen aufwuchs, also floh sie mit meinem Vater nach Argleton. Als er keine ehrliche Arbeit fand, verließ er uns und hatte sich nie die Mühe gemacht, mit uns in Kontakt zu treten. Mama hatte mir nicht einmal ein Foto von ihm gezeigt. Für mich war er nicht mehr als ein Geist.

Dieser Brief machte ihn real.

Quoth tippte mit seinem Schnabel auf das Siegel und drehte seinen Kopf so, dass mich seine braunen Augen ansahen. Feuer flackerte an den Rändern auf.

Was auch immer dieser Brief enthält, du kannst damit umgehen, sprach er in meinem Kopf.

»Ich denke, das werden wir herausfinden«, sagte ich, schob meinen Finger unter das Wachs und brach das Siegel.

Ich zog ein einzelnes Blatt Papier heraus, dünner als der Umschlag, aber von der gleichen rauen, handgemachten Qualität. Es war geviertelt mit sauber geschnittenen Rändern, die mit einer handgezeichneten Tuschebordüre verziert waren, auf der springende Tiere und kleine Männer mit Schwertern und Schilden zu sehen waren. Ein paar der Tiere liefen über den Rand hinaus, als wären sie zu wild, um sie zu bändigen. Ein Datum in der oberen Ecke setzte den Brief etwa ein Jahr nach meiner Geburt. Dieses Datum war durchgestrichen und durch ein anderes Datum daneben ersetzt worden. Aber das war wiederum so gründlich durchgestrichen, dass ich keine Hoffnung hatte, es zu lesen.

Ich holte tief Luft und begann zu lesen:

MEINE LIEBE WILHELMINA,

Ich habe diese Nachricht bei Victoria hinterlegt, damit du sie bei deinem Besuch entdecken kannst. Ebenso habe ich Kopien bei Mary (1741) und Henrietta (1220) hinterlegt, falls ich mich mit dem Datum geirrt habe, an dem du durch die Schlafzimmertür treten wirst. Wenn es um Zeitreisen geht, lohnt es sich, gründlich zu sein.

Wenn das erledigt ist, werde ich dich verlassen.

Es ist nicht mein Wunsch, dich im Stich zu lassen, aber es ist die Pflicht eines Vaters, seine Tochter zu beschützen. Mein Feind hat seinen Zug gemacht, und in dem großen Schachspiel, das wir beide spielen, bin ich nun am Zug. Solange er nichts von deiner Existenz weiß, wirst du sicher sein.

Du sollst wissen, dass ich dich immer lieben werde und dass du und deine Mutter für immer in meinem Herzen seid. Solange du im Schutz des Nevermore Bookshops stehst, kann er dir nichts anhaben. Aber du musst vorsichtig sein. Immerhin bist du meine Tochter.

Meine ganze Liebe,

H

ICH STARRTE AUF DIE WORTE, bis sie jeden Sinn verloren, bis sie nur noch Tintenkratzer auf der Seite waren. Selbst dann machten die Kratzer mehr Sinn. Quoth schmiegte sich an meine Hand. Mit zitternden Fingern strich ich über die Federkrause um seinen Hals.

Mein Vater war irgendwie mit der Nevermore Buchhandlung verbunden. Bevor er meine Mutter verlassen hatte, war er in das Zimmer im Obergeschoss gegangen und hatte in drei verschiedenen Zeiten eine Nachricht für mich hinterlassen.

Aber warum?

Eine Million Fragen tanzten in meinem Kopf herum. *Wer ist dieser Feind? Was will er von meinem Vater, und warum hat er es auf mich abgesehen?*

Hat es etwas damit zu tun, was Victoria gesagt hat; dass ich bei unserem nächsten Treffen blutbesudelt sein werde?

Warum las sich dieser Brief wie ein intelligenter, redegewandter Mann auf der Flucht vor irgendwelchen Problemen? Das passte überhaupt nicht zu dem Bild meines

Vaters als drogensüchtiger Kleinkrimineller, der seine Familie im Stich gelassen hatte, weil er keine Verantwortung tragen wollte.

Was brauchst du?, fragte mich Quoth.

Ich faltete den Brief zusammen und steckte ihn in meine Tasche. In meinem Kopf drehte sich alles und der Schmerz pochte in meinen Schläfen. Ein kalkgrünes Neonlicht flackerte in meinem Blickfeld. *Bitte jetzt kein Feuerwerk.*

Ich wusste nicht, was ich brauchte. Im Moment war Lydia Bennet unten, Morrie war ein Wichser, meine Augen wurden immer schlechter, ich wusste nicht, was ich für die Jungs empfand und was letzte Nacht fast passiert wäre, und das Dorf war voller Jane Austen Fans. Ich konnte jetzt nicht darüber nachdenken.

Ich erhob mich vom Stuhl, stützte mich mit dem Arm der Lampe ab und streckte meinen Ellbogen aus, damit Quoth aufspringen konnte. Ich nahm die Zeitung in die Hand und zeigte ihm die Schlagzeile über den Juwelendieb. Ich überflog den Text. Dem Artikel zufolge war im letzten Monat in fünf Herrenhäuser in der Gegend eingebrochen worden. Bei allen Einbrüchen war nur Schmuck gestohlen worden. Es gab keine Anzeichen für ein gewaltsames Eindringen, und viele glaubten, dass der Schmuck schon seit Wochen oder Monaten verschwunden war, bevor die Diebstähle bemerkt wurden. *Stell dir vor, du bist so reich, dass du nicht merkst, wenn einige deiner unbezahlbaren Juwelen verschwunden sind.*

Die Polizei bat jeden, der Informationen hatte, sich zu melden, und hielt die Bewohner an, jeden Schmuckdiebstahl zu melden. *Interessant.* Sofort gingen mir die Möglichkeiten durch den Kopf. *Es muss jemand sein, der Zugang zu den Häusern hatte, wie das Reinigungspersonal oder ein Corgi-Pfleger ...*

Mina, wenn wir noch einmal auf den Brief zurückkommen

könnten ... Quoth hüpfte an meinem Arm entlang. *Was brauchst du?*

Ich grinste. »Ich muss ein Rätsel lösen, eines, das nichts mit meinem Leben zu tun hat. Was meinst du, Quoth? Es ist zwar kein Mord, aber einen Juwelendieb zu fangen, könnte genau das Richtige für mich sein.«

In meinem Kopf seufzte der Rabe.

5

»Oje. Das ist alles sehr seltsam.« Lydia setzte sich auf die Fensterbank gegenüber den klassischen Regalen, wo sie zum ersten Mal erschienen war. Sie wedelte mit einem Fächer vor ihrem Gesicht herum. Unter ihrer Schminke war es schwer zu erkennen, aber sie sah blass und verängstigt aus, auch wenn ihr schmollender Gesichtsausdruck das gut verbarg. »Ich mag Bücher nicht besonders, und zu entdecken, dass ich eine Figur aus einem Buch bin, ist eine schreckliche Tragödie!«

»Du wirst dich schon daran gewöhnen«, gurrte Morrie. »Außerdem wirst du feststellen, dass diese Welt in vielen Dingen besser ist als Longbourn. Zum Beispiel ist das Fastfood unendlich viel besser. Hast du schon mal Rogan Josh gegessen? Es ist *göttlich*, ein Essen für die Götter.«

»Willst du damit sagen, dass ich meinen Wickham nie wieder sehen werde? Oder meine Eltern oder meine Schwestern? Ich gebe zu, dass Mary eine schreckliche Langweilerin ist, aber Kitty werde ich wohl vermissen. Und wie soll ich mich selbst versorgen? Ich habe kein Geld bei mir, kein eigenes Vermögen.« Sie warf einen kritischen Blick zwischen

Morrie und Heathcliff hin und her. »Ich sehe keine Eheringe. Ihr seid beide Junggesellen und gutaussehend genug. Einer von euch muss das Ehrenhafte tun und mich heiraten. Ich verlange es!«

Ja, Lydia ist wirklich enttäuscht, ihren geliebten Verlobten zu verlieren.

»Du brauchst in dieser Welt keinen Ehemann«, sagte ich. »Es gibt den Feminismus, und hier können Frauen ihren eigenen Lebensunterhalt verdienen und ihre Zukunft selbst bestimmen. Wir können Karriere machen und unser eigenes Geld verdienen, also brauchen wir keine Ehemänner.«

»Frauen haben keine Ehemänner? Sie *arbeiten?* Was ist das für ein Unsinn?« Lydias Schrei brachte die Fensterscheiben zum Klirren. Sie wedelte mit ihren behandschuhten Händen vor meinem Gesicht herum. »Diese Finger sind nicht für die Arbeit gemacht! Sie sind dazu da, die Schultern meines Mannes sinnlich zu streicheln und unverschämten Dienern auf die Wangen zu klatschen!«

»Wir haben auch keine Diener mehr.«

»Keine Bediensteten? Ihr kocht selbst eure Mahlzeiten und macht eure eigenen Betten?« Lydia verzog das Gesicht, ihr Gesichtsausdruck konnte man nur als »fassungslos« bezeichnen. »Ich bin gerade mal zwei Stunden in dieser Welt und schon sehne ich mich in die Mittelmäßigkeit von Longbourn zurück!«

»Das ist nicht möglich, also gewöhne dich daran.« Heathcliffs Geduld war bereits erschöpft.

»Du *kannst* einen Ehemann haben, wenn du einen willst«, sagte ich und versuchte, ihr keinen falschen Eindruck zu vermitteln. »Es ist nur so, dass du jetzt noch nicht darüber nachdenken musst. Die meisten Menschen warten, bis sie älter sind. Du bist doch erst sechzehn, oder? Du könntest zur Schule gehen und ...«

»Wer will schon zur Schule gehen? Ich habe die Nase voll von all den Büchern, die meine Schwester Lizzie liest. Ich *werde* einen Ehemann haben. Wenn Wickham für immer verloren ist, dann muss einer von euch einspringen. Aber wer wird es sein? Ich möchte nicht in diesem schmuddeligen Haus leben, und der Lebensunterhalt eines Ladenbesitzers reicht nicht aus, um mir meinen Lebensstil zu ermöglichen. Herr Heathcliff kommt also nicht infrage.« Mit einer Handbewegung ließ Lydia den größten romantischen Helden der Literatur außer Acht und richtete ihren Blick auf den kriminellen Drahtzieher. »Sie also, Herr Moriarty. Was für ein Vermögen verwalten Sie?«

Morrie lachte. »Schätzchen, ich glaube, du bist ein bisschen zu jung für mich.«

»Ich bin nicht zu jung, und ich bin schon draußen.«

»Draußen? Wo draußen?«

»Draußen in der Gesellschaft, du Dummkopf. Du magst gut aussehen, aber du bist furchtbar einfältig.« Lydia grinste mich an. »Kein Wunder, dass Mina hier keine Ahnung hat, wie man sich wie eine Dame kleidet.«

Ich starrte auf den Misfits-Kapuzenpulli, den ich mir eilig über meine Pyjamahose gezogen hatte. »Was stimmt denn nicht mit diesem Outfit?«

Die Ladenglocke bimmelte. »Verdammte Scheiße«, schrie Heathcliff Morrie an. »Ich habe dir gesagt, du sollst das Schild umdrehen, während wir uns darum kümmern!«

»Aber wo bleibt denn da der Spaß?«

»Mach dir keine Sorgen.« Ich hielt meine Hände hoch. »Ich kümmere mich darum.«

»Bitte«, Morrie verschränkte die Hände vor der Brust. »Lass mich nicht mit ihr allein.«

»Tut mir leid. Sie ist deine zukünftige Frau und du bist für sie verantwortlich. Ich und meine undamenhafte Kleidung müssen gehen und unsere Arbeit machen.« Ich schlug Morrie die Tür zum Klassikraum vor der Nase zu und schlenderte in den Flur, um unseren Kunden zu treffen.

»Cynthia, hallo.« Ich setzte ein breites Lächeln auf, als ich Cynthia Lachlan erkannte, Mitglied des berüchtigten Clubs der verbotenen Bücher und Ehefrau des großen Bauunternehmers Grey Lachlan. Ich hatte Cynthia seit dem bedauerlichen Tag nicht mehr gesehen, an dem ihre Freundin Gladys Scarlett genau hier im Laden an einer Arsenvergiftung gestorben war. »Willkommen zurück im Nevermore Bookshop. Was kann ich heute für Sie tun?«

»Mina, Sie sind genau die Frau, die ich sehen wollte«, schwärmte Cynthia, nahm meine Hände in ihre und drückte meine Finger. An ihren Handgelenken glitzerten goldene Armbänder. »Ich wollte Ihnen noch einmal dafür danken, dass Sie den Mord an der armen Gladys aufgeklärt haben. Ohne Sie wären Grey und ich immer noch in dieser verkommenen Polizeizelle eingesperrt.«

Weil Cynthia und ihr Mann (den ich nie kennengelernt hatte) von Gladys' Tod profitiert hätten und Grey durch seine Kontakte im Baugewerbe Zugang zu Arsen hatte, hatte die Polizei sie unter dem Verdacht des Mordes an Frau Scarlett in Untersuchungshaft genommen, bis ich den Fall für sie gelöst hatte. »Bitte, es gibt keinen Grund, mir zu danken. Ich wollte nur die Wahrheit herausfinden und ...«

»Unsinn. Sie haben mir einen guten Dienst erwiesen und ich möchte sicherstellen, dass Sie eine Entschädigung erhalten.« Cynthia kramte in ihrer Handtasche und zog einen Umschlag heraus. »Ich weiß, wie sehr Sie Bücher und das Lesen lieben. Wir veranstalten die erste Argleton Jane Austen Experience in Baddesley Hall. Vielleicht haben Sie schon davon gehört?«

»Ein bisschen, ja.« Ich musste mir ein Lachen verkneifen. Frau Ellis hatte in der letzten Woche über nichts anderes gesprochen. Ihr zufolge haben die Lachlans keine Kosten für ihre extravagante Veranstaltung gescheut. Die VIP-Tickets kosteten jeweils Tausende von Pfund und beinhalteten die Unterkunft im Haus und die Verpflegung durch einen Michelin-Sternekoch, den sie aus Paris eingeflogen hatten.

»Die Karten waren natürlich schon vor Monaten ausverkauft. Aber es gibt gewisse Privilegien, wenn man die Veranstaltung leitet.« Cynthia drückte mir den Umschlag in die Hand. »Grey und ich würden uns geehrt fühlen, wenn Sie und Ihre drei reizenden Freunde die Jane Austen Experience als unsere VIPs besuchen würden. Mit diesen Tickets erhalten Sie einen All-Access-Pass für alle Veranstaltungen, eine wunderschöne Suite mit zwei Doppelzimmern in Baddesley Hall für das Wochenende, Mahlzeiten und einen Platz an unserem Tisch für den Ball am Samstagabend.«

»Oh, ähm ...«

»Ein Ball?«, rief eine Stimme vom Ende des Gemeinschaftsraums her. Lydia stand in der Tür zum Hauptraum und hüpfte in ihrem Empirekleid vor Freude auf und ab. »Es ist natürlich noch nicht die richtige Jahreszeit, aber ich bin gerne bereit, dabei zu sein.«

Frau Lachlans Augen weiteten sich. »Sie sehen aus, als wären Sie bereits für den Ball gekleidet, Fräulein. Haben Sie schon eine Eintrittskarte?«

»Wer braucht schon eine Eintrittskarte für einen privaten Ball? Entweder man ist eingeladen oder nicht.« Lydia starrte mich an. »Wenn man bedenkt, dass man mich auf grausame Weise aus meiner Welt, in der ich den entzückenden Wickham heiraten wollte, in Ihre gerissen hat, ist das meine beste Gelegenheit, mir einen Ehemann zu sichern ...«

»Das ist Lydia, äh ... Wilde«, sagte ich schnell, während Cynthia Lydia neugierig musterte. »Sie ist meine Cousine zweiten Grades. Ihre Eltern haben sie über die

Weihnachtsferien hergeschickt, um das Fest zu genießen. Sie ist Französin, verstehen Sie, also ist sie ein bisschen ...« Ich machte eine Bewegung, die Cynthia auf viele verschiedene Arten interpretieren konnte.

»Ich bin keine Französin.« Lydia stampfte mit dem Fuß auf. Wie kannst du es wagen, so etwas zu behaupten!«

»Ich sag's Ihnen ja«, zwinkerte ich. Cynthia nickte und trat zur Seite. Sie deutete auf den Umschlag in meiner Hand. »Ich wusste nicht, dass Sie Familienbesuch haben. Ich fürchte, ich habe nur vier Karten zur Verfügung ...«

Lydia eilte nach vorne und schnappte sich den Umschlag. Sie zog eine der Karten heraus. »Diese gehört mir. Was du mit dem Rest machst, ist deine Sache.«

Ich schaute in den Umschlag und sah mir die drei verbliebenen Tickets an. Meine Hand schob sich in meine Tasche und berührte den Rand des Briefes meines Vaters. *Wir haben gerade diesen großen potenziellen Hinweis auf das Geheimnis des Nevermore Bookshops bekommen, und dass etwas in der Zukunft blutig sein wird, und mein Vater irgendwie darin verwickelt ist. Ist es wirklich der beste Zeitpunkt, um ein Wochenende woanders zu verbringen?*

Aber dann dachte ich darüber nach, wie seltsam Morrie in letzter Zeit war und dass es vielleicht damit zu tun hatte, dass er im Laden eingesperrt war. Und wie die Spannung, die Heathcliff gefangen hielt, nachließ, wenn er draußen an der frischen Luft war, und wie Quoth sich auf dem Dachboden mit seinen Bildern und seinen schönen traurigen Augen versteckte.

Und ich konnte mich des Gedankens nicht erwehren, dass all diese reichen Leute mit ihren ausgefallenen Juwelen, all das zusätzliche Personal, all die Leute, die kommen und gehen ... das perfekte Jagdrevier für den Juwelendieb von Argleton waren. Der Einbrecher würde sich diese Gelegenheit auf keinen Fall entgehen lassen.

So sehr ich auch in der Buchhandlung sitzen und herausfinden wollte, warum mein Vater mir aus der Vergangenheit Briefe schickte und warum Victoria mich blutbesudelt gesehen hatte, wollte ich auch … nicht darüber nachdenken. Mein Kopf war schon ganz durcheinander. Ich hatte Heathcliff und Morrie immer noch nicht erzählt, dass ich die Neonlichter gesehen hatte. Und wenn ich es tat, würde Nevermore nicht länger eine Flucht vor meinen Problemen darstellen. Ich war mir nicht sicher, ob ich bereit war, mich all dem zu stellen, meinem Vater, meinen Augen, meinen Gefühlen für die Jungs, noch nicht.

Vielleicht würde es mir helfen, ein paar Tage aus Nevermore herauszukommen, um mich darauf vorzubereiten, und vielleicht würde das auch Morries schlechte Laune vertreiben. Das heißt, wenn Lydia ihn nicht dazu zwang, sie zu heiraten.

Cynthia schaute von Lydia zu mir. »Sie kommen also?«

Hinter ihr steckte Heathcliff seinen Kopf durch die Tür und machte mit seiner Hand eine Bewegung, als würde er sich die Kehle durchschneiden. Ich strahlte ihn an und schnappte mir die drei Tickets. »Danke, Cynthia. Wir würden die Jane Austen Experience um nichts in der Welt verpassen wollen.«

6

»Was sollen wir mit *ihr* machen?«, zischte Morrie. Wir vier drängten uns um das lodernde Kaminfeuer in der Wohnung. Draußen vor dem Fenster rieselte der Schnee und hüllte Argleton in eine flauschige Urlaubsatmosphäre. Auf dem Tisch standen leere Takeaway-Behälter aus dem Curry House, und die Luft war erfüllt vom Duft von Rogan Josh und Irish Coffee.

Für den Fall, dass wir nicht wussten, auf wen er sich bezog, zeigte Morrie mit dem Finger auf seinen Schreibtischstuhl, auf dem Lydia hockte und vor Freude quietschte, als sie mit einem Finger auf die Tasten tippte.

»Ich habe es geschafft!«, rief sie. »Lord Moriarty, ich habe mein erstes *Social-Media-Profil* erstellt. Sieh dir all die Männer an, die sich bereits nach meiner Freundschaft erkundigt haben! Das ist unendlich viel einfacher, als darauf zu warten, dass Papa sich den geeigneten Männern in der Nachbarschaft vorstellt. Ich frage mich, ob ich mit ein paar Soldaten reden kann ...«

Der Boden zu Lydias Füßen war übersät mit leeren Getränkedosen und Verpackungen von Schokoriegeln. Sie hatte den ganzen Tag damit verbracht, Morrie (oder Lord Moriarty, wie sie ihn jetzt nannte) dazu zu zwingen, sie mit den Annehmlichkeiten des modernen Lebens vertraut zu machen. Nach einer ausführlichen Lektion über Elektrizität und Mikrowellen-Popcorn hatte Morrie sie nach draußen gezerrt und verlangt, dass er ihr eine Mitfahrgelegenheit bestellt, damit sie die Wunder des Automobils erleben konnte. Sie fuhren aufs Land und kehrten mit fünf Tüten Junk-Food und einem sehr zurückhaltenden Meisterverbrecher zurück. Jetzt drehte sich Lydia auf ihrem Stuhl herum und ihre Augen funkelten. »Lord Mooooorrrriarty, dieser Mann namens Ahmed hat mir einen Brief geschickt. Oh, es scheint eine Art Porträt zu sein. Ich frage mich, ob er gutaussehend ist ...«

»Klick auf das Umschlagsymbol und finde es heraus«, sagte Morrie seufzend. »Keiner unserer anderen fiktiven Besucher war je so anstrengend.«

»Dein Schützling hat sich gut eingelebt«, sagte Heathcliff.

»Sie ist nicht mein Schützling«, schoss Morrie zurück.

»Das solltest du ihr vielleicht sagen, *Lord Moriarty*«, spottete Heathcliff.

»Sie hat darauf bestanden, dass ich einen Titel haben muss, wenn mein Bankkonto so groß ist, wie ich behauptet habe!«

Lydia blickte stirnrunzelnd auf den Bildschirm. »Das ist kein Porträt! Es scheint eine Art faltige Wurst zu sein. Aber warum sollte dieser Mann das Bedürfnis haben, ein Abbild seines Fleisches mit mir zu teilen?«

Ich schnaubte. Lydia war soeben die erste Bennet-Schwester geworden, die ein Dicpic erhalten hatte. Sie hatte noch viel zu lernen.

»Anscheinend soll ich sie an diesem lächerlichen Wochenende begleiten«, erklärte Morrie und massierte sich die Schläfen, als würde er gegen Kopfschmerzen ankämpfen. »Vielleicht kann ich einen glaubhaften Selbstmord arrangieren.«

»Komm schon, *Lord Moriarty*. Das wird lustig«, strahlte ich, auch wenn meine eigenen Kopfschmerzen an den Rändern meines Schädels aufflackerten. In der Ecke des Raumes flackerte ein neongrünes Licht über den dunklen Rand meines Blickfeldes.

»Lustig?« Morrie nahm die Broschüre in die Hand und las aus der Liste der Aktivitäten vor. »Was ist an einer Kostümshow, einem Hutmacher-Workshop oder einem Vortrag über Sex und Sinnlichkeit lustig ... Wobei, der klingt tatsächlich faszinierend.«

»Das ist die Keynote von Professor Julius Hathaway.« Ich zeigte auf das Bild des Mannes über Morries Schulter. »Er ist der Historiker, der Jane Austens Verbindung zu Argleton zuerst entdeckt hat. Anscheinend ist er für die Janeites eine kleine Berühmtheit.«

»Janeites?« Morrie verzog die Lippen zu einem Spott.

»Das ist die liebevolle Bezeichnung für Jane Austen-Fans.« Ich lenkte seine Aufmerksamkeit auf ein Glossar auf der Rückseite der Broschüre. »Janeites gehen, reden, kleiden sich und leben wie Austen. Das Einzige, was sie noch mehr hassen als Verfilmungen mit ungenauen Kostümen, sind Brontians – das sind Fans der Brontë-Schwestern ...«

»Das habe ich mir schon gedacht«, sagte Morrie schnippisch. »Du musst mir nicht jede Kleinigkeit erklären. Abgesehen von der Sexvorlesung hast du mich immer noch nicht davon überzeugt, warum ich teilnehmen sollte.«

»Weil ich es will. Das reicht doch aus.«

»Ich bin deinem Charme nicht so verfallen, dass ich dir wie ein Hündchen folge«, erklärte Morrie. »Oder wie ein Rabe.«

Quoth, der im Schneidersitz auf dem Boden neben meinem Stuhl saß, den Kopf an mein Bein gelehnt und ein aufgeschlagenes Skizzenbuch in seinem Schoß, versteifte sich bei Morries Worten. Ich widerstand dem Drang, ihn zu rügen.

Morrie würde nicht nachgeben und vor den anderen Jungs über seine Gefühle sprechen, und schon gar nicht vor Lydia. Wenn ich die Wahrheit über seine jüngste Unhöflichkeit hören wollte, musste ich ihn allein erwischen. Und seinen Küssen lange genug widerstehen, um eine Antwort von ihm zu bekommen. Beides würde nicht einfach werden.

Ich warf die Zeitung in Morries Richtung. »Gut. Wie wäre es mit einem Auftritt des Argleton Juwelendiebs? Bei all den reichen Gästen wird er sicher in Versuchung geraten, aufzutauchen. Wenn du nach etwas suchst, das deinen Verstand anregt, könnten wir versuchen, ihn auszuräuchern, vorausgesetzt, dein Ego ist noch nicht so groß, dass du nicht mehr durch die Türen passt.«

Vom Schreibtisch aus schnaubte Lydia. »Das war eine wirklich beeindruckende Schmähung, Mina. Ich werde sie mir für zukünftige Interaktionen merken müssen.«

Morries Augen überflogen den Artikel. »Faszinierend.«

»Also nicht dein Werk?« Heathcliffs Augen funkelten. »Ich war mir sicher, dass diese Juwelen bald Lydias dünnen Hals schmücken würden.«

»Ich war es nicht.« Morrie warf die Zeitung auf die leeren Kartons. »Okay, ich gehe mit. Aber ich werde nicht mit Lydia tanzen.«

»Doch, das wirst du!«, kreischte Lydia. »Ich muss dich auf dem Ball vorführen, sonst kann ich keinen der anderen Männer eifersüchtig machen. Du bist ein wesentlicher Bestandteil meiner Pläne.«

»Lass dich von Lydia auf der Tanzfläche vorführen«, grinste ich. »Ich kann ja schlecht mit mehr als einem Date auftauchen und ich nehme bereits Heathcliff mit.«

»Was?« Heathcliff funkelte mich an. »Nein, das tust du nicht.«

»Ich habe ein viertes Ticket in meiner Tasche, das etwas anderes besagt.«

»Ich mache es nicht. Ich müsste den Laden über das verlängerte Wochenende schließen, und wie du schon richtig bemerkt hast, boomt das Geschäft mit all den Jane-Austen-Freaks in der Stadt. Abgesehen davon, dass kein Schmiergeld der Welt ausreichte, um mich dazu zu bringen, ein Halstuch zu tragen oder tattrigen alten Professoren bei Gesprächen über Strumpfhosen zuzuhören. Gib Quoth das Ticket. Er ist ein Vogel. Die lieben es, ihr Gefieder aufzufächern und bei albernen Paarungsritualen herumzuhüpfen.«

Ich schaute Quoth an, und er nickte. »Quoth und ich haben es schon besprochen. Er fühlt sich unter all den Leuten, die dort sein werden, nicht wohl. Er wird hierbleiben und sich um den Laden kümmern, und Jo hat versprochen, ebenfalls zu kommen und zu helfen. Quoth wird uns abends in unserem Zimmer auf dem Anwesen besuchen und vielleicht geht er auch zu einigen Vorträgen, wenn einer von euch ihm sein Eintrittsbändchen leiht. Aber ich brauche ein Date für den Ball und das bist du.«

»Gibt es eine Chance, dass ich aus der Sache rauskomme?«

»Keine einzige.«

Heathcliff seufzte und verschränkte die Arme. »Na gut. Aber ich werde kein albernes Kostüm tragen.«

Ich verschränkte die Finger hinter meinem Rücken und erinnerte mich an den Hinweis auf der Rückseite der Eintrittskarte: Kostüme sind obligatorisch und werden jedem Besucher, der ohne kommt, zur Verfügung gestellt. »Oh nein, ich bin sicher, das geht in Ordnung. Wenn wir jetzt zu etwas Wichtigerem übergehen könnten ...«

Mein Telefon piepste mit einer Nachricht. Ich warf einen Blick auf den Bildschirm. Mama verlangte von mir, dass ich nach Hause kam und ihr bei ihrem neuesten Plan, schnell reich zu werden, half. Sie hatte ihre Haustierwörterbücher aufgeben müssen, nachdem der Ersteller des Wörterbuchs herausgefunden hatte, dass er im Laden-Dessen-Name-Nicht-Genannt-Werden-Darf mehr Geld damit verdienen konnte. Jetzt stellte sie mit ihrer Freundin Sylvia Blume Seifensets zum Selbermachen zusammen, was zur Folge hatte, dass die Küche zum Katastrophengebiet geworden und jede Oberfläche im Haus mit einer Schicht glitzerndem Seifenschaum überzogen war.

Aber *eigentlich* wollte sie mich nur aus den Fängen von Heathcliff befreien. Weil sie mit dem Gedanken nicht umgehen konnte, dass ich ihn dem reichen und charmanten Morrie vorziehen könnte.

Denn wenn sie Heathcliff ansieht, sieht sie aus irgendeinem Grund meinen Vater.

Die Erkenntnis traf mich wie ein Güterzug und verdrängte alle anderen Gedanken. Die Worte aus dem Brief meines Vaters schossen mir durch den Kopf. Wenn das, was er sagte, wahr war, wenn er wirklich versucht hatte, uns beide zu beschützen, hatte meine Mutter dann davon gewusst? *Alles in meinem Leben ist eine Lüge.* Ich steckte das Telefon zurück in meine Tasche, ohne zu antworten.

»Ich bin jetzt so weit, dass ihr ihn lesen könnt.« Ich holte den Brief aus meiner Tasche und breitete ihn über meinem Knie aus. Morrie nahm ihn in die Hand und überflog mit seinen Augen den Text, bevor er ihn Heathcliff überreichte. »Was hältst du davon?«, fragte ich.

»Das Papier ist ungewöhnlich«, sagte Morrie und hielt den Brief gegen das Licht. »Es ist rauer, als man es von Victorias Briefpapier erwarten würde. Die Tinte hat eine interessante Patina.« Er leckte die Spitze seines Fingers ab und rieb damit über den Rand des Briefes, dann probierte er die Tinte. »Wie ich vermutet habe. Dieses Papier und die Tinte sind älter als 1896.«

»Was noch?«

»Die Zeichnungen im Rand bestätigen meine Vermutung, dass der Brief älter ist als der Zeitpunkt, an dem wir ihn erhalten haben. Sie sehen aus wie Zeichnungen, die man auf einem mittelalterlichen Manuskript sehen würde.«

Hmm … Ich kramte in dem Bücherstapel auf dem Tisch herum und zog Herman Strepels Band von Homers Frosch-Maus-Krieg heraus. Er hatte einen griechischen Titel, aber ich konnte ihn nicht aussprechen. Als ich durch die Seiten blätterte, blieb ich bei einer der Zeichnungen stehen, auf denen die Mäuse die Frösche angriffen. »So wie hier?«

»Genau.« Morrie holte eine Lupe von seinem Schreibtisch und hielt sie an die Seite. »Ich müsste sowohl das Papier als auch die Tinte unter dem Mikroskop untersuchen, aber ich glaube, dieser Brief könnte aus der gleichen Zeit stammen wie dieses Buch. Siehst du die Handschrift?«

Mir drehte sich der Magen um, als ich die Schrift auf beiden Dokumenten verglich. *Dort habe ich sie also schon einmal gesehen.* Die seltsamen Schnörkel an den Buchstaben kamen mir bekannt vor, denn sie stimmten genau mit der Handschrift von Herman Strepel überein.

»Heißt das, dass mein Vater Herman Strepel ist?« Ich schüttelte den Kopf. »Nein, das ist unmöglich.«

In meiner Tasche summte wieder mein Handy. Ich ignorierte es.

»Ist es das? Wir wissen, dass dein Vater in der Lage war, in beide Richtungen durch die Zeit zu reisen, denn Victoria hat behauptet, dass er sie schon einmal besucht hat.« Morrie lächelte. »Und sie hat angedeutet, dass sie miteinander intim geworden sind.«

»Ja, sag das nicht«, schluckte ich. »Du deutest damit an, dass mein Vater in diesem Bett gewisse Dinge getan hat, und wir haben auch gewisse Dinge in diesem Bett getan.«

»Nicht annähernd genug«, sagte Morrie seufzend. »Ich

schließe daraus, dass Herman in unser Jahrhundert hinübersprang, lange genug, um deine Mutter zu schwängern und sich einen mächtigen Feind zu machen, bevor er in seine eigene Zeit zurückkehrte.«

Ich rieb mir den Kopf, wo sich die Migräne durch meine Schläfe und über die linke Seite meines Schädels ausgebreitet hatte. »Das klingt wie eine Folge von Doctor Who.«

»Doctor Who?«, grunzte Heathcliff.

»Ganz genau.«

Heathcliff starrte mich an. »Was redest du da?«

»Wie kann es sein, dass du noch nie von Doctor Who gehört hast? Das ist doch die beliebteste britische Science-Fiction-Serie aller Zeiten.«

»Heathcliff lässt uns keinen Fernseher haben«, sagte Morrie.

»Was redest du denn da? Wir haben einen Fernseher.« Heathcliff zeigte in eine dunkle Ecke des Zimmers, wo die Jungs einen Berg schmutziger Wäsche gestapelt hatten. Morrie kramte darunter herum und zog eine winzige Schachtel heraus, die so groß wie sein Kopf war. Ein großes, sichelförmiges Loch klaffte in der Scheibe.

»Den hat Herr Simson für mich dagelassen. Er meinte, es würde mir gefallen.« Heathcliff streckte sein Bein aus, um zu zeigen, dass das Loch im Bildschirm genau der Spitze seines Stiefels entsprach. »Er hat sich geirrt.«

Meine Tasche summte wieder. Ich nahm mein Handy heraus und schaltete es aus. Quoth hob eine Augenbraue.

Morrie hielt den Brief hoch. »Kann ich den behalten? Ich werde ein paar Nachforschungen anstellen und sehen, was wir herausfinden können. Aber nicht heute Abend, nicht wenn du bleibst.«

»Sie wird nicht bleiben«, sagte Quoth leise. »Ich bringe dich nach Hause, Mina.«

»Du sprichst nicht für sie, kleines Vögelchen.«

»Das tust du auch nicht. Und Quoth hat recht. Ich bleibe nicht hier. Aber ich gehe auch nicht zurück in meine Wohnung. Jo und ich machen eine Pyjamaparty.« Ich hob meinen Rucksack hinter dem Stuhl hervor. »Ich sollte jetzt gehen. Sie wartet auf mich.«

»Warum zu Jo gehen, wenn du hier bei mir sein könntest?« Morrie schmollte.

Weil du ein Wichser bist und ich gerade nicht in deiner Nähe sein möchte. Außerdem bist du, wenn du kein Wichser bist, eine wunderschöne Ablenkung, aber ich kann nicht zulassen, dass das, was gestern Abend passiert ist, noch einmal passiert, nicht mit diesem Brief in den Händen. »Ich brauche nur etwas Zeit mit einem Mädchen, das ist alles.«

»Aber ich brauche dich ...« Morries Blick wanderte zu seinem Computer, wo Lydia vor seiner Webcam herumwirbelte.

»Viel Spaß mit Lydia und Ahmed!« Ich gab ihm einen Kuss auf die Wange. Heathcliff umarmte mich und gab mir einen Kuss, der mich atemlos machte. Quoth folgte mir die Treppe hinunter.

»Warum vermeidest du es, nach Hause zu gehen?«, flüsterte er, als er mir in meinen Mantel half.

»Du weißt warum.«

»Du gehst den Jungs aus dem Weg und ignorierst deine Mutter.« Feuer flackerte in Quoths Augen auf. »Du wirst sie nach dem Brief fragen müssen. Und nach deinen Augen.«

»Ich weiß.«

»Was ist, wenn das Blut, von dem Victoria gesprochen hat, ihres ist?«

»Ich weiß!« Ich zog meine Wollmütze über meine Ohren. »Glaub mir, ich weiß es. Aber nicht jetzt. Nicht heute Abend.«

»Warum vermeidest du es, dich damit zu befassen? Ich

dachte, du wolltest nichts weiter, als das Geheimnis von Nevermore lösen.«

»Das war, bevor ich wusste, dass mein Vater darin verwickelt ist.«

»Warum ändert das etwas?«

»Weil ..., weil es *einfach so ist!*«

Quoth zuckte zusammen. Gewissensbisse schossen durch mich hindurch. »Es tut mir leid. Ich wollte nicht schreien. Dieser Brief hat meinen Verstand auf den Kopf gestellt. Und Morrie ist ein Arschloch und ich habe einfach ...«

Quoth beugte sich vor und drückte seine Lippen auf meine. »Ich wünschte, ich würde es verstehen. Bist du sicher, dass du nicht einfach hierbleiben willst? Wir könnten die Sterne durch das Dachbodenfenster beobachten.«

Bei dem Gedanken, mit Quoth zu kuscheln, kribbelte es in meinem Magen, aber ich schüttelte den Kopf. »Das klingt toll, aber ich kann nicht. Ich muss nachdenken, und das kann ich nicht, wenn ich mit einem von euch zusammen bin. Ihr macht meinen Kopf ganz matschig.«

»Willst du immer noch, dass ich morgen früh mit dir komme?«

»Was ist morgen früh? Oh.«

Mein Herz sank wie ein Stein.

Morgen früh.

Das hatte ich völlig vergessen.

Im Chaos des Briefes, von Lydia und dem Juwelendieb und der Jane Austen Experience war mir entfallen, dass ich einen Termin bei einer neuen Augenärztin im nahe gelegenen Barchester General Hospital gemacht hatte. Sie würde meine Augen untersuchen und mir hoffentlich einen Hinweis darauf geben, wie schnell ich meine Sehkraft verlieren würde, da ich nun ab und zu Neonlichter sah. Nur Quoth wusste davon, weil ich ihn gebeten hatte, mich zu begleiten. Das war der einzige

Grund, warum ich in dieser Nacht bei Jo übernachtete. Der Termin war gleich morgen früh und ich wollte nicht, dass Mama oder die Jungs Fragen stellen.

Scheiße, Scheiße, Scheiße. Zu allem Überfluss musste ich auch noch die Nachricht von meiner bevorstehenden Erblindung verkraften. Na toll.

Ich drückte Quoths Hand. »Ja, bitte komm mit mir.«

Seine Hände fühlten sich sogar durch meine Wollhandschuhe warm an. Er beugte sich vor und drückte seine Lippen auf meine Stirn. »Es wird alles gut, Mina.«

Fast konnte ich ihm glauben.

7

»Bist du sicher, dass du im Krankenhaus klarkommst?«, fragte ich Quoth zum fünfzigsten Mal, als unsere Mitfahrgelegenheit auf die Schnellstraße nach Barchester abbog. »Es ist ein großer Ort mit vielen Menschen und seltsam piepsenden Maschinen.«

Quoth lehnte sich über die Rückbank und drückte meine Hand. »Du wirst dort sein, und das ist alles, was zählt. Hör auf, mich zu fragen, ob es mir gut geht. Das sollte eigentlich meine Aufgabe sein. Geht es dir gut?«

Ich schluckte schwer. Die Sorge, dass Quoth sich versehentlich in der Öffentlichkeit verwandeln könnte, lenkte mich vom eigentlichen Zweck unseres kleinen Ausflugs ab. Daran wollte ich nicht denken.

»Mir geht es gut. Besser, wenn ich nicht darüber rede. Wie kommt Morrie mit seiner neuen Freundin zurecht?«

»Als ich heute Morgen runterflog, lag er zusammengekauert auf dem Sofa unter dem Fenster. Ich glaube, er wurde aus seinem Bett geschmissen. Lydia hüpfte nach mir runter. Ich bin gegangen, als sie ihn für seinen Hochzeitszylinder vermessen hat.«

Der Fahrer hielt vor einem glänzenden Krankenhaus an. Ich hatte das Barchester General seit meiner Highschoolzeit nicht mehr betreten, als ich mir bei einer Punkshow im Moshpit den Arm gebrochen hatte. Meine ursprüngliche Diagnose, Retinitis Pigmentosa, stammte von einem Augenarzt in New York City. Aber da ich kein Geld auf der hohen Kante hatte, lustigerweise wurde ich als Buchhandelsassistentin noch schlechter bezahlt als bei meinem Modepraktikum, war ein erneuter Besuch bei ihm nicht infrage gekommen. Das Büro meines neuen Facharztes hatte mir mitgeteilt, dass alle meine Unterlagen erfolgreich übertragen worden waren.

Jetzt blieb mir nichts anderes übrig, als mich meinem Schicksal zu stellen.

Meine Finger krümmten sich um die Kante des Sitzes. Quoth lief um die Seite des Wagens und öffnete mir die Tür. Er nahm meine Hand. »Du siehst aus, als würdest du auf den Galgen zusteuern.«

»Vielleicht tue ich das auch.«

»Du hast diese Woche schon einen Schock erlitten«, sagte er. »Wenn du nach Hause gehen und das Ganze auf einen anderen Tag verschieben willst, verstehe ich das.«

Der Brief meines Vaters blitzte vor meinen Augen auf. Die ganze Nacht über hatte ich die Decke in Jos Wohnung angestarrt, die Worte gingen mir immer wieder durch den Kopf und vermischten sich mit meiner Angst, mein Augenlicht zu verlieren. Zweimal hatte ich letzte Nacht die schwebenden Neonlichter in grellen Pink- und Grüntönen gesehen. *Damit* konnte ich mich jetzt nicht befassen, aber ich *musste* mich dem hier befassen.

Ich schüttelte den Kopf. »Gib mir nicht die Möglichkeit, das Auto zu wenden, denn ich würde es tun. Ich *muss* das durchziehen. Die Hälfte der Angst, die ich habe, besteht im

Nicht-Wissen. Wenn ich es weiß, kann ich mich der Sache stellen.«

Quoth nickte. Er verstand das besser als jeder andere. Nichts in Quoths Leben war definiert worden. Während Morrie und Heathcliff wenigstens auf Erinnerungen aus ihrem Bücherleben zurückgreifen konnten, hatte Quoth nichts außer dem trochäischen Oktameter, der das unbrauchbarste aller poetischen Metren war.

Quoths Hand ergriff meine, als wir uns auf den Weg in die Augenarztpraxis machten. Eine muntere Krankenschwester hinter dem Schreibtisch gab mir ein Formular zum Ausfüllen und forderte mich auf, Platz zu nehmen. Ich kritzelte irgendeinen Unsinn auf das Formular und blätterte in einem Modemagazin, während wir darauf warteten, dass mein Name aufgerufen wurde. Die neueste Kollektion von Marcus Ribald prangte auf der Titelseite. Es fühlte sich komisch an, wie ein anderes Leben.

Ich zupfte am Saum des übergroßen Misfits-Shirts, das ich zu einem Bodycon-Kleid umfunktioniert hatte. Nachdem ich die Jungs getroffen, etwas über den Buchhandel gelernt und zwei Morde aufgeklärt hatte, hatte ich seit über einem Monat nicht mehr an Mode gedacht.

»Mina Wilde, Dr. Clements wird Sie jetzt empfangen.«

Ich stand auf und stützte mich an der Wand ab, als meine Beine zitterten. Quoth stand ebenfalls auf und drehte sich zu mir um. Er legte seine Hand in meine und schenkte mir ein wunderschönes, trauriges Lächeln. Ich schöpfte Kraft aus seiner sanften Freundlichkeit und zwang meine Füße, sich vorwärtszubewegen. Wir schlurften in ein helles Eckbüro mit Blick auf den Parkplatz und den dahinter liegenden öffentlichen Garten. Die Wände waren mit alten Schwarz-Weiß-Filmplakaten und alten LPs bedeckt. In der Ecke stand ein schwarzer Vogelkäfig, in dem ein Kakadu auf einer Stange herumhüpfte.

Neben mir versteifte sich Quoth. Ich schaute ihn besorgt an. Würde er in der Lage sein, in menschlicher Gestalt zu bleiben, während ihm ein anderer Vogel so nahe war? Sein Kiefer verkrampfte sich. Er nickte leicht und rutschte näher an mich heran.

Dr. Clements stand auf und begrüßte mich. Sie war jünger, als ich erwartet hatte, hatte ein freundliches Lächeln und rotes Haar mit leuchtend rosa Strähnen auf dem Kopf. Ich mochte sie sofort.

»Hallo, Wilhelmina.«

»Nennen Sie mich Mina.« Ich zeigte auf ein Poster aus dem *Dracula*-Film von 1933, das hinter ihr an der Wand hing. »Wie Mina Harker. Und das ist mein Freund, Quoth. Seine Eltern waren Gruftis.«

»Mina und Quoth, es ist mir eine Freude, Sie beide kennenzulernen.« Sie klopfte auf den Stuhl neben sich. »Nehmen Sie Platz. Ich habe Ihre Unterlagen von Ihrem New Yorker Spezialisten gelesen. Es sieht so aus, als hätten Sie alle üblichen diagnostischen Tests hinter sich. Ich nehme an, Sie wollten mich sehen, weil sich Ihr Sehvermögen verändert hat.«

Ich drückte Quoths Hand. »Ich sehe diese Lichtexplosionen«, sagte ich. Meine Stimme klang seltsam hohl, als ob ich sie aus weiter Ferne hören würde. Ich löste mich von den Worten, die ich sprach. Mein Bewusstsein schwebte über meinem Körper, als würde ich über meine eigene Schulter blicken, während ich meine Vision beschrieb. Es fühlte sich surreal an, als würde ich über eine andere Person sprechen. »Sie sehen aus wie ein Feuerwerk oder Neonlichter. Sie scheinen aufzutreten, wenn ich besonders emotional bin oder ... oder ...«

Beim Sex mit einem oder mehreren meiner drei fiktiven Liebhaber, aber das konnte ich nicht gerade sagen.

»Hat Dr. Phillips Ihnen erklärt, welche Phasen für Ihre Art von RP typisch sind?«

»Ein bisschen.« Hinter Dr. Clements pickte der Kakadu an seinem Futterhäuschen und zog krächzend eine Beere heraus. Quoths Finger krallten sich in meine, aber er blieb ruhig und menschlich neben mir.

»Ihre Netzhaut ist eine Schicht lichtempfindlichen Gewebes auf der Rückseite Ihres Auges. Sie wandelt Licht in elektrische Signale um, die ihren Weg zum Gehirn finden und Ihnen ein Bild vermitteln. Wenn sich die Zellen in der Netzhaut verschlechtern, versucht das Gehirn, ein eigenes Bild zu erzeugen, um zu erklären, warum es keine Signale mehr bekommt. Das ist es, was Sie sehen.«

»Dr. Phillips hat mir erklärt, dass ich in Zukunft vielleicht Lichter oder zufällige Formen sehen werde, aber er hat gesagt, dass das erst in einigen Jahren der Fall sein wird.«

»Das ist richtig. Ich würde mir Ihre Augen heute gerne mal ansehen, dann können wir uns ein besseres Bild von der Geschwindigkeit der Verschlechterung machen.« Dr. Clements rollte ein Diagnosegerät herbei und führte mit mir eine Reihe von Tests durch. Ich studierte Diagramme, ordnete Farben und schaute auf blinkende Lichter. Quoth hielt die ganze Zeit über meine Hand.

Zurück an ihrem Schreibtisch öffnete Dr. Clements eine Schublade und bot mir einen Cadbury-Schokoriegel an. Ich nahm ihn an, öffnete die Verpackung und steckte mir die Hälfte des Riegels in den Mund. Den Rest bot ich Quoth an, aber er schüttelte den Kopf. Während ich kaute, studierte Dr. Clements den Bildschirm. »Ich sehe mir gerade Ihre Ergebnisse an, Mina. Was ich hier sehe, zeigt, dass die Verschlechterung der Netzhaut schneller eingetreten ist, als Dr. Phillips vorhergesagt hat. Das ist nicht ungewöhnlich, denn die Verschlechterung kann sich in jeder Phase verlangsamen oder beschleunigen, ohne dass wir wissen, wodurch diese Veränderungen ausgelöst werden.«

Ich nickte, mein Mund war zu voll mit Schokolade, um zu sprechen. Kauen, kauen, kauen. Mein Magen verdrehte sich zu einem Knoten.

»Von diesem Punkt aus ist es sehr schwer, Ihnen einen genauen Zeitplan zu geben. Jeder Mensch ist anders. Aber bei Ihnen geht es schneller voran, als wir normalerweise erwarten würden.«

Ich schluckte und die Schokolade sank mir wie ein Stein in den Magen. »Können Sie mir eine ungefähre Prognose geben? Wie lange wird es dauern, bis ich völlig blind bin?«

»Bei Ihrer speziellen Form von RP werden Sie vielleicht nie ganz blind«, sagte sie. »Ich habe schon viele Patienten gesehen, die ein gewisses zentrales Sehvermögen behalten haben. Sie werden mit ziemlicher Sicherheit ihre Lichtempfindlichkeit beibehalten. Aber ich denke, dass Sie damit rechnen können, dass sich Ihr peripheres Sehen in den nächsten achtzehn Monaten weiter zurückbilden wird und Sie mehr von diesem Feuerwerk sehen werden.«

Achtzehn Monate.

Ein Taubheitsgefühl breitete sich in meinem Körper aus. Meine Schläfen brannten, als ob mein Kopf in Eiswasser getaucht worden wäre. Quoths Hand drückte meine, aber ich nahm seine Berührung kaum wahr.

Achtzehn Monate.

Der einzige Lichtblick in diesem ganzen Schlamassel war gewesen, dass ich eigentlich Jahre haben *sollte.* 'Mindestens fünf Jahre', hatte Dr. Phillips gesagt. Fünf Jahre, um mit dem Trauma fertig zu werden und mich damit abzufinden, blind zu sein, Blindenschrift zu erlernen, eine dunkle Sonnenbrille zu finden, die zu meinem Gesicht passt, und was auch immer ich sonst noch zu erledigen hatte.

Jetzt wurde mir sogar das weggenommen. *Achtzehn Monate.* Eisige Panik machte sich in meiner Brust breit. Was sollte ich nur tun? Ich war nicht bereit. Ich hatte keinen Plan. Ich hing in einer Buchhandlung herum, machte mit drei Typen rum, wurde in Morde verwickelt und lernte Lydia Bennet kennen. In achtzehn Monaten würde ich nicht einmal mehr *Stolz und Vorurteil* lesen, geschweige denn es einem Kunden verkaufen können. Wie soll ich dann das Geld für die Kasse zählen? Wie werde ich die Bücher beim Laden-Dessen-Name-Nicht-Genannt-Werden-Darf einstellen?

Wie werde ich die schillernden Farben in Quoths Haar sehen, wenn es das Licht einfängt, oder wissen, wann sich etwas an seinen Gefühlen ändert, weil das orangefarbene Feuer in seinen Augen tanzt? Wie werde ich weiter Schach lernen, um Morrie in seinen selbstgefälligen Arsch treten zu können? Wie soll mein ganzer Körper vor Ekstase erbeben, wenn Heathcliffs Blick auf mich fällt?

Quoth zuckte zusammen. Ich starrte auf meinen Schoß und bemerkte mit einer seltsamen Distanz, dass ich seine Finger so sehr zerquetscht hatte, dass die Spitzen weiß geworden waren.

»Es tut mir leid.« Dr. Clements lehnte sich über den Schreibtisch. Ihre Augen blickten mich offen und traurig an. »Es ist das Schlimmste an meinem Job, den Leuten schlechte Nachrichten zu überbringen, vor allem so jungen Patienten mit einem so guten Musik- und Filmgeschmack wie Sie. Ich bin froh, dass Sie einen Freund zur Unterstützung dabeihaben. Ich will Ihnen nicht mit Plattitüden kommen, während Sie diese Nachricht verdauen. Aber ich denke, es ist wichtig, dass Sie wissen, dass alle meine Patienten, bei denen die Diagnose in Ihrem Alter gestellt wurde, trotzdem ein erfülltes und glückliches Leben führen. Jeder Einzelne von ihnen. RP muss Sie nicht aufhalten.«

»Okay.« Ich hörte ihre Worte, aber hinter dem

hämmernden Chor des Unheils in meinem Kopf bedeuteten sie nichts. *Achtzehn Monate. Ich habe nur noch achtzehn Monate …*

Dr. Clements stützte sich auf ihre Hand. »Ich will Sie nicht unter Druck setzen, aber haben Sie über Ihre Anpassungsbedürfnisse nachgedacht?«

»Was bedeutet das?«

»Es gibt neue Fähigkeiten, die Sie lernen müssen, um weiterhin unabhängig zu sein und die Dinge zu tun, die Ihnen Spaß machen. Sie brauchen kein Augenlicht, um ein erfülltes und glückliches Leben zu führen. Es gibt Hilfsmittel und Unterstützungen, die Ihnen dabei helfen können.« Sie schob mir einen Stapel Broschüren über den Tisch. »Darin werden einige der Maßnahmen und Hilfen erklärt, die Sie in Betracht ziehen sollten. Sie reiben sich die Schläfe. Leiden Sie unter Migräne?«

»Manchmal.« Ich ließ meine Hand von meinem Gesicht fallen.

»Auch das ist normal. Ihr Gehirn und Ihre Augen kämpfen damit, das vorhandene Licht zu nutzen.« Sie kritzelte etwas auf ihren Rezeptblock und reichte es mir. »Diese Schmerztabletten werden Ihnen helfen. Achten Sie darauf, dass Sie nicht mehr als die empfohlene Dosis nehmen, denn sie können süchtig machen. Ich kann Ihnen bei allem helfen, was Sie brauchen.« Ihr Stift schwebte über dem Block. »Dazu gehört auch, mit den psychologischen Auswirkungen des Verlusts Ihres Augenlichts fertig zu werden. Ich gebe Ihnen gerne eine Überweisung, damit Sie mit jemandem reden können.«

Bei Isis' Titten, nein. »Mir geht es gut. Ich brauche keinen Psychologen.«

»Sind Sie sicher? Viele meiner Patienten finden es hilfreich, mit jemandem zu reden.«

Ich nickte und stand auf. Quoths Arm zuckte, als ich ihn

neben mir hochzog. »Ja. Ich … vielen Dank, Dr. Clements. Ich muss jetzt gehen. Ich muss zurück zu meiner Arbeit.«

»Natürlich. Kommen Sie jederzeit wieder zu mir. Ich schaue mir gerne noch einmal Ihre Augen an und helfe Ihnen bei allem, was Sie brauchen.« Sie streckte mir ihre Hand entgegen. Ich starrte sie an, wobei mein Gehirn meinem Körper zurief, ich solle sie schütteln. Doch meine Hände blieben an den Seiten, meine Finger ballten sich zu einer Faust und zerquetschten Quoth unter meinem Griff. Ich blinzelte, wandte mich ab, ließ Quoths Hand fallen und flüchtete in den Flur.

»Mina, Mina. Nicht so schnell!« Quoth rannte mir nach, als ich aus dem Krankenhaus floh.

»Mir geht es gut.« Ich tippte auf die Handyapp, um einen Fahrer zu rufen. »Es ist alles in Ordnung.«

»Dein Gesichtsausdruck sagt etwas anderes.« Weiche Finger berührten mich unter dem Kinn und drehten mein Gesicht zu ihm. Quoths Augen bohrten sich in meine, die Iriden von Feuer umringt. »Mina, du bist völlig am Boden zerstört.«

Seine Stimme krächzte. Meine Schultern gaben nach. Ich sank gegen seinen Körper und lehnte meinen Kopf an seine Brust. Seine Arme legten sich um meine Schultern. »Das bin ich auch«, flüsterte ich.

Quoths Herz pochte in seiner Brust. Ich konzentrierte mich auf den Rhythmus, passte meine Atmung seiner an und ließ zu, dass seine Wahrhaftigkeit mich vom Abgrund zurückholte. Ja, ich würde in achtzehn Monaten blind sein, aber diese Arme würden immer noch da sein, wenn ich sie brauchte. Dieses Herz würde immer noch schlagen. Und das gab mir die Gewissheit, die ich brauchte, um meinen Schmerz zu unterdrücken.

Ein Auto hielt an und der Fahrer hupte. Widerstrebend löste ich mich aus Quoths Umarmung und stieg auf den Rücksitz. Er kletterte neben mich und seine Hand suchte wieder meine.

»Du solltest darüber nachdenken, mit dem Psychologen zu reden«, sagte Quoth. Er sah mich nicht an.

»Warum? Es ist ein Schock, aber ich habe es akzeptiert und es geht mir gut. Außerdem, wenn ich mit jemandem reden muss, habe ich ja dich.«

»Bist du sicher? Du hast in den letzten Monaten viel durchgemacht: Ashleys Tod, Frau Scarlett und Ginny Button, der Fund von Herrn Winstones Leiche und jetzt der Brief deines Vaters ...«

»Mir geht es gut.« Ich zwang mir ein Lächeln ins Gesicht. »Hey, mir ist gerade aufgefallen, dass du den ganzen Krankenhausbesuch überstanden hast, ohne dich zu verwandeln, sogar mit Dr. Clements' Vogel in der Ecke.«

»Ja.« Quoth schenkte mir ein strahlendes Lächeln. »Du tust mir gut, Mina Wilde.«

»Und du tust mir gut, Quoth, der Rabe.«

Als das Auto vor dem Dorfanger anhielt, piepte mein Handy. Es war eine SMS von Mama, die wissen wollte, warum ich schon die zweite Nacht in Folge nicht nach Hause gekommen war. Ich warf es auf den Sitz, ohne es zu beantworten.

»Du solltest mit ihr reden«, sagte Quoth.

»Natürlich sollte ich das. Aber ich habe eine Scheißlaune und will nicht.«

»Sie ist die einzige Familie, die du hast.«

»Sie ist nicht mehr meine einzige Familie, denn anscheinend schreibt mir jetzt auch mein Vater, abgesehen davon, dass er ein Kleinkrimineller und ein zeitreisender Schürzenjäger ist.«

»Solange du nicht mit deiner Mutter sprichst, wirst du

keine Antworten auf diesen Brief bekommen. Sie sorgt sich um dich.«

Ich starrte Quoth an. Er hatte recht, und das machte mich wütend. Wahrscheinlich sehnte er sich danach, eine Mutter zu haben, die sich ständig einmischte und versuchte, sein Leben zu ruinieren.

Als wir zum Eingang des Ladens gingen, dröhnte laute House-Musik in meinen Ohren. Eine Kundin stürmte aus dem Laden, die Hände fest auf die Ohren gepresst.

»Was ist hier los?«, schrie ich Quoth an. Er zuckte mit den Schultern und folgte mir nach drinnen.

Als ich den dunklen Flur hinunterging, stürmte Lydia durch den Raum und wirbelte und sprang wie ein wildes Tier. Sie hatte ihre Mütze und ihr Empire-Kleid durch ein schulterfreies Hemd mit einem Pailletten-Penis über den Brüsten, Ballettschuhe mit Leopardenmuster und die engsten schwarzen Jeans, die ich je gesehen hatte, ersetzt.

»Oh, Mina, du bist wieder da.« Sie warf ihre Arme um mich. Ich taumelte unter der Kraft ihrer Umarmung zurück. »Willst du nicht mit mir tanzen? Die Jungs sind solche Spielverderber. Sie wollen sich nur ausruhen.«

Neben mir schrumpfte Quoths Körper in einer Explosion von Federn in sich zusammen. Seine Knochen knackten, als sie sich zu Flügeln formten. Einen Moment später flog ein großer Rabe davon und suchte die Schatten seines Verstecks über dem Eingang.

Ich konnte es ihm nicht verdenken. Lydia war eine furchterregende Erscheinung.

»Ist dir nicht kalt?«, fragte ich, löste mich und wickelte meinen Schal enger um meinen Hals. Auch wenn Heathcliff mit dem Ofen im Hauptraum geheizt hatte, war es im Laden nicht gerade warm.

»Natürlich nicht, du dumme Gans. Das Tanzen hält mich warm!« Lydia lachte und wirbelte davon. »Diese Musik ist so viel lebendiger als das Klavier. Ich würde am liebsten den ganzen Tag und die ganze Nacht tanzen.«

Vom Sofa in der Ecke stöhnte Morrie.

Ich trat ein und konnte mir ein Lächeln nicht verkneifen. Das kriminelle Superhirn lag in einem unordentlichen Haufen auf der Couch, eine kalte Kompresse auf den Augen und ein Ausdruck von Existenzangst auf seinen sonst so selbstgefälligen Zügen. Um ihn herum türmten sich Kisten und Einkaufstüten. Make-up, Glätteisen, Stapel von Kleidung und bunte iPhone-Hüllen auf den Tischen und auf dem Boden.

Heathcliff war nirgends zu sehen. *Ich wette, er versteckt sich im Lagerraum und überlässt es Morrie, sich um Lydia zu kümmern. Kluger Mann.*

»Sie hat mich gezwungen, mit ihr einkaufen zu gehen«, wimmerte Morrie. »Sie brauchte Sachen, damit sie in unser modernes Zeitalter passt.«

Ich grinste. *Wenigstens ist er heute zu erschöpft, um ein Wichser zu sein.*

»Lord Moriarty und ich hatten so viel Spaß.« Lydia zog seine Kreditkarte aus der Tasche ihrer figurbetonten Jeans und winkte ihm damit zu. »Was für eine wunderbare Erfindung. Ich möchte sie nie wieder hergeben.«

»Gib mir das«, Morrie hielt eine schlaffe Hand hin. »Sie sieht erschöpft aus.«

Lydia warf ihm die Karte zu und lachte. Sie schnappte sich ihr nagelneues Handy vom Tisch neben dem Gürteltier und stellte ihre Musik auf einen Death-Metal-Song um. »Das hier erinnert mich an Mary, wie sie auf dem Netherfield-Ball auf dem Pianoforte spielt!«

Ich setzte mich auf das Ende der Couch. Meine Augen huschten über Morries Gesichtszüge und ich versuchte, mir jedes Detail von ihm einzuprägen. Würde ich mich überhaupt daran erinnern, wie die Dinge aussahen, wenn ich blind war? Würde ich Morries hohe, scharfe Wangenknochen, seine hochmütigen Lippen, seine kräftige Kieferpartie und seine muskulöse Statur nicht mehr in vollem Umfang wahrnehmen, sondern nur noch bruchstückhaft durch Berührungen und Empfindungen. Würde das Eisblau seiner Augen nicht mehr mein Herz durchbohren?

»Warum schaust du so komisch?«, fragte er. »Hat Quoth dich gebeten, bei eurem Date etwas Perverses zu tun? Hat er dich gezwungen, eine tote Maus zu essen?«

»Nein, ich …« Ich öffnete den Mund, um Morrie von der Arztpraxis zu erzählen, aber ich schluckte die Worte herunter. Soweit Morrie und Heathcliff wussten, hatten Quoth und ich ein Date gehabt. Ich wandte meinen Blick ab, sog den Atem ein und blinzelte eine Träne weg, die mir über das Gesicht zu laufen drohte. Wenn ich jetzt etwas zu Morrie sagen würde und er sich so verhalten würde, wie er sich gerade aufführte …, das würde ich nicht ertragen. Also wechselte ich das Thema. »Hast du meinen Brief?«

»Er ist in meiner Tasche.« Morrie seufzte und ließ sich zurück in die Kissen fallen. »Kannst du ihn holen? Ich kann mich gerade nicht bewegen.«

Ich ließ meine Hand in seine Tasche gleiten und holte den Brief meines Vaters heraus. Sobald meine Finger das Papier berührten, lief mir ein kalter Schauer über den Rücken.

»Hattest du zwischen deinen Besuchen im Barchester-Einkaufszentrum Zeit, ihn zu überprüfen?«

»Meine Untersuchungen haben unseren Verdacht bestätigt«, sagte Morrie. »Die Verbindungen in der Tinte stimmen mit denen überein, die Herman Strepel verwendet hat. Die Person, die diese Notiz geschrieben hat, und die Person, die *Batrachomyomachia* geschrieben hat, sind ein und dieselbe.«

Mein Vater ist Herman Strepel.

Meine Brust zog sich zusammen, und mein Mund wurde trocken. Zum ersten Mal in meinem Leben hatte mein Vater einen Namen und einen Beruf.

Na und? Was spielt es für eine Rolle, dass mein Vater ein alter Buchbinder ist, der vor über tausend Jahren den Nevermore besaß? Er hat trotzdem meine Mutter geschwängert und uns dann verlassen, als ich noch ein Baby war.

Und wenn er Herman Strepel ist, warum ist er dann überhaupt in unserer Zeitrechnung? Springt er einfach so durch die verschiedenen Jahrhunderte, verkauft Bücher und bricht Herzen? Wo ist er jetzt? Wurde er von Dinosauriern gefressen?

Was weiß er über fiktive Figuren, die zum Leben erwachen? Diese beiden Dinge müssen miteinander verbunden sein. Und wer ist sein Feind?

Und was weiß Mama über all diese Dinge?

Quoth stürmte ins Zimmer und ließ sich auf meiner Schulter nieder. »Krächz?«, fragte er und kuschelte seinen Kopf an meine Wange.

Deine Gedanken sind ganz verworren, sagte er. *Du solltest mit deiner Mutter sprechen.*

»Das wird nicht passieren«, sagte ich laut. Quoth schüttelte traurig den Kopf.

»Selbstgespräche sind das erste Anzeichen von Wahnsinn«, sagte Morrie von der Couch aus.

»Ich weiß. Sich mit fiktiven Figuren zu unterhalten ist das zweite Zeichen und einen zeitreisenden Vater zu haben das dritte, also kann ich mich auch gleich einweisen lassen.«

»Die Post ist da.« Heathcliff kam aus dem anderen Zimmer herein und legte einen Stapel Briefumschläge auf den Schreibtisch. »Da ist ein Brief für Lord Moriarty. Seit wann bekommst du Post?«

»Gib das her!« Morrie sprang auf und warf einen Stapel

Kosmetiktaschen um, bevor er Heathcliff den Umschlag aus den Händen riss.

»Erwartest du, dass du eingezogen wirst?«, schoss Heathcliff zurück.

Morrie schien es nicht zu hören. Er riss den Umschlag auf und überflog den Brief. »Aber das ... das ist unmöglich«, murmelte er.

»Was ist unmöglich?« Ich versuchte, ihm über die Schulter zu schauen.

Morrie schob den Umschlag in seine Tasche und hielt ihn mit der Hand fest, damit ich ihn nicht herausziehen konnte. »Ach, nichts, nichts. Mein Bankmanager hat eine meiner Überweisungen auf den Kaimaninseln vermasselt, das ist alles. Entschuldige mich.«

»Morrie ...« Aber er war schon nach oben verschwunden. Ich schaute zu Heathcliff, aber der zuckte nur mit den Schultern.

»Kümmere dich nicht um ihn. Er mag seine Geheimnisse. In dieser Hinsicht seid ihr beide euch ähnlich.« Heathcliff ließ ein Buch auf den Schreibtisch fallen, nahm das nächste von seinem Stapel und verließ den Raum wieder, wahrscheinlich, um in den Fuchsbau zurückzukehren, in dem er sich versteckt hatte.

Was hat er damit gemeint?

»Dann kümmere ich mich wohl um den Laden!«, rief ich über Lydias Musik hinweg. »Das ist gut. So habe ich Zeit, die Jane-Austen-Ausstellung fertigzustellen!«

Während ich Bücher und Festivalflyer um das ausgestopfte Gürteltier herum arrangierte, dachte ich an die Zeit vor einer Woche zurück, als Morrie mich mit Handschellen an seine Decke gefesselt hatte und er und Quoth erstaunliche Dinge mit meinem Körper angestellt hatten. Es war eines der intensivsten Erlebnisse meines Lebens gewesen, und so wie Morries Stimme geschwankt hatte, dachte ich, dass es vielleicht auch ihm etwas bedeutet hatte. Danach war er weggelaufen und hatte mich und Quoth in seinem Bett zurückgelassen, wo wir zusammen gekuschelt hatten. Dieser panische Blick in Morries Augen, bevor er floh ... das war der gleiche Blick, den er beim Lesen des Briefes gehabt hatte.

Was ist mit Morrie los?

8

»Du warst seit zwei Nächten nicht mehr zu Hause.« Mama stürzte sich auf mich, als ich zur Tür hereinkam.

»Lass mich erst mal rein, bevor wir uns in die Haare kriegen. Es ist eiskalt.« Ich knallte die Tür zu, trat meine nassen Stiefel ab und zog meine Handschuhe aus.

»Sprich nicht so mit mir. Ich wusste nicht, wo du bist. Du könntest vergewaltigt und ermordet auf der Straße liegen!«

»Übertreib nicht! Du weißt, dass ich hier nicht alleine herumlaufe. Die Jungs bringen mich nach Hause, oder ich nehme eine Mitfahrgelegenheit, oder Jo setzt mich ab. Wenn es für dich so ein Problem ist, könnte ich auch einfach in Heathcliffs Laden einziehen, dann wäre ich nie auf den gemeinen Straßen von Argleton unterwegs.«

Kaum hatte ich die Worte ausgesprochen, bereute ich sie. Meine Mutter zuckte zurück, als hätte ich sie geohrfeigt.

»Wenn du meinst«, sagte sie in einem abgehackten Ton und ging zurück in die Küchenzeile.

Ich seufzte, schob meinen Rucksack von der Schulter und

folgte ihr in die Küchen. »Das tue ich nicht. Du kannst jederzeit im Laden anrufen, wenn du mich brauchst ...«

Ich blieb stehen und mir fiel die Kinnlade herunter, als ich das Gemetzel in unserer Küche betrachtete. Jeder Topf, jede Pfanne, jede Schüssel und jeder Teller, den wir besaßen, war auf dem Tresen gestapelt oder bedeckte den Boden. Rosa und lila Schmiere tropfte von den Schränken herunter und bespritzte die Wände. Es sah aus, als wäre ein My Little Pony in der Mikrowelle explodiert.

»Ich habe im Laden angerufen!« Mama stand inmitten des Durcheinanders und hatte die Hände in die Hüften gestemmt. Ein lila Glitzerfleck zog sich über ihre Wange, wie eine Art Stammeszeichen. »Ich habe nach dir gefragt und der unhöfliche Kerl hat gesagt: 'Wir haben keine Bücher mit diesem Titel', und hat aufgelegt!«

Danke, Heathcliff. »Er hat dich wahrscheinlich missverstanden. Mama, was ist hier passiert?«

»Ich sagte doch, ich brauche deine Hilfe! Sylvia hat diese Bastelsets zusammengestellt, mit denen man Badebomben, Seifen und Gesichtscremes herstellen kann. Sie wollte, dass ich sie teste, um sicherzustellen, dass die Anleitungen leicht zu befolgen sind. Aber alles geht schief und dass nur, weil du nicht da warst.«

»Ich wüsste nicht, warum meine Anwesenheit helfen sollte. Ich kenne mich mit diesen Dingen auch nicht aus. Wenn du Probleme hattest, hättest du Sylvia anrufen sollen.« Ich hob ein Glas Erdnussbutter vom Tresen hoch. Der glitzernde rosa Schleim war auf dem Deckel getrocknet und hatte es versiegelt. Ich schlug es gegen den Tresen, um den Dreck zu lösen. »Sind einige dieser Chemikalien nicht gefährlich? Solltest du das hier wirklich in unserer Küche machen?«

»Das sind genau die Fragen, die du mir stellen solltest!« Mama fegte einen Haufen Geschirr in die Spüle und hinterließ einen regenbogenfarbenen Fleck aus Einhornkacke auf der Arbeitsplatte. »Aber du hast nicht ein einziges angerufen ...«

»Ich habe dir eine SMS geschrieben.« *Ich habe sie nicht abgeschickt, aber das musst du ja nicht wissen.* »Morrie und ich haben bis spät in die Nacht einen Film geschaut, also habe ich beschlossen, im Laden zu pennen. Und dann haben Jo und ich gestern Abend zusammen abgehangen und sie hatte zu viel Wein getrunken, um mich nach Hause zu fahren, also habe ich auf dem Sofa geschlafen. Hier, ich helfe dir.«

»Ich habe diese SMS nicht bekommen«, murmelte Mama. Ich schlüpfte neben sie und drehte den Wasserhahn auf, um das Spülbecken zu füllen und das Geschirr ordentlich auf dem Tresen zu stapeln, um mehr Platz zu schaffen.

Schuldgefühle nagten an meinem Bauch. Ich hätte ihr eine SMS schreiben sollen. Quoth hatte recht, sie machte sich Sorgen um mich. Als ich mich bewegte, streifte der Rand des Briefes mein Bein. Alle Schuldgefühle verschwanden aus meinem Kopf, als mir die Worte meines Vaters wieder einfielen.

Wusstest du, dass mein Vater ein zeitreisender Buchbinder war? Es lag mir auf der Zunge, das zu fragen. »Es tut mir leid, okay? Das nächste Mal erzähle ich dir mehr Details.« Das klang gereizter, als ich es beabsichtigt hatte. »Morrie und ich fahren dieses Wochenende zum Jane-Austen-Festival, also werde ich nicht zu Hause sein. So, jetzt weißt du es.«

»Bist du mit Morrie zusammen?« Mamas Augen funkelten. Mit der Aussicht auf einen Schwiegersohn, der reicher als Krösus war, waren meine Verfehlungen vergessen.

»Ich habe es dir schon hundertmal gesagt, nein.« Die Lüge fühlte sich auf meinen Lippen unangenehm an, aber ich konnte ihr ja schlecht die Wahrheit über die drei Jungs sagen. »Wir sind nur Freunde. Ich bin in der Lage, mit Jungs befreundet zu sein, ohne mit ihnen zu schlafen.«

»Aber wenn du mit Morrie ausgehen würdest, möchte ich,

dass du weißt, dass ich damit einverstanden bin. Ich glaube, du und er wärt ein tolles Paar.«

»Was ist mit mir und Heathcliff?« Ich hob eine Augenbraue. »Oder mit mir und Allan?«

»Mina, es ist gemein, deine Mutter so zu ärgern.« Sie warf ein Geschirrtuch nach mir. »Das meinst du doch nicht ernst, oder? Morrie ist eine viel bessere Partie. Mach nicht dieselben Fehler, die ich gemacht habe.«

Der Brief drückte gegen mein Bein. *Was soll das heißen, Mama?* Sie erläuterte es natürlich nicht näher. Das hat sie in Bezug auf meinen Vater noch nie getan. Sie nannte ihn nur »diesen Bastard« und nahm sich dann eine weitere Tasse Tee, so wie sie es auch jetzt tat.

»Wo wir gerade von deinen Fehlern sprechen«, platzte ich heraus. »Ich habe einen Brief von Papa bekommen.«

Papa. Das Wort klang lächerlich. Genauso gut hätte ich sagen können, ein Brief von Papst Gregor dem Neunten. Ich hatte noch nie jemanden »Papa« genannt.

KNALL. Die Tasse rutschte Mama aus der Hand und knallte auf die Arbeitsplatte. Keramiksplitter flogen überall hin. Sie lehnte sich über den Tresen, ihr Gesicht war kreidebleich.

»Mama?«

»Das ist nicht möglich«, flüsterte sie und hielt sich an der Kante des Tresens fest.

Ich hatte nicht beabsichtigt, ihr von dem Brief zu erzählen. Aber jetzt, wo sie es wusste, würde ich sehen, was ich herausfinden konnte. Ich nahm ihre Hand und führte sie zum Tisch hinüber. Ich zog den nächstgelegenen Stuhl heran und Mama ließ sich darauf fallen. »Ich habe ihn im Laden bekommen. Er ist auf einem seltsamen, altmodischen Papier geschrieben.«

»Kann ich ihn sehen? Was steht da?«

Ich hielt inne und drückte mit den Fingern auf die Ecke des Umschlags in meiner Tasche. Am liebsten hätte ich ihn ihr über den Tisch geschleudert, aber ihr blasses Gesicht ließ mich innehalten.

Wenn das, was in dem Brief stand, wahr war, wenn mein Vater wirklich Herman Strepel war, dann wusste er von der Magie, die den Nevermore Bookshop in ihrer Gewalt hatte. Wenn ich vernünftig darüber nachdachte, glaubte ich nicht, dass meine Mutter etwas davon wusste, sonst hätte sie sich viel mehr Mühe gegeben, mich von dem Ort fernzuhalten. Sie hatte in Barchester gelebt, als sie mit meinem Vater zusammen war, also hat sie ihn nie mit Argleton oder Nevermore in Verbindung gebracht.

Sie weiß es nicht. Die Gewissheit traf mich wie ein Schlag in die Magengrube. Welche Geheimnisse mein Vater auch immer hütete, er hatte sie auch vor ihr geheim gehalten. Dadurch fühlte ich mich ein wenig besser, während ich mich gleichzeitig dafür hasste.

Ich zog meine Hand aus der Tasche und bückte mich, um die zerbrochene Tasse aufzuräumen. »Ich habe ihn im Laden gelassen. Ich wollte ihn nicht mehr sehen, weißt du? Er hat gesagt, dass er uns immer noch liebt und dass er uns verlassen hat, weil er eine Gefahr für uns war. Es klang irgendwie so, als ob jemand hinter ihm her wäre.«

»Wie kann er es *wagen?* Nach all diesen Jahren.« Mama sackte in ihrem Stuhl zusammen. »Ich nehme an, es war ein kunstvolles Gedicht, umgeben von krakeligen Zeichnungen. Dein Vater bildete sich ein, eine Künstlerseele zu sein. In Wirklichkeit war er nur ein zweitklassiger Krimineller.«

»Welche Art von Verbrechen? Bitte, Mama, du hast mir nie etwas über ihn erzählt. War er ein Drogensüchtiger? Ein Dieb?«

»Fälschungen.« Mama knirschte mit den Zähnen, als

könnte sie die Worte nicht herausbringen. »Er verkaufte Kopien von Banksy-Gemälden und mittelalterlichen Manuskripten.«

Damit hatte ich nicht gerechnet. Es passte zu Herman Strepels einzigartigen Fähigkeiten. »Wie war er so? Was ist mit seiner Familie?«

Sie schnaubte. »Er hatte keine Familie, aber er hat sich gut mit meinen Eltern verstanden. Papa wollte, dass er ins Familienunternehmen einsteigt, aber er bestand darauf, dass wir eines Tages mit seinen Manuskripten reich werden würden und er nicht mehr mit Drogen hausieren gehen müsste. Anscheinend arbeitete er an einem Meisterwerk. Einem nie zuvor entdeckten Werk von Hester oder Horatio oder so.«

»Homer?«

»Vielleicht. Ich weiß es nicht mehr. Er hat immer nur Unsinn über alte Schriftsteller und Künstler erzählt.« Ich hob die größeren Scherben der zerbrochenen Tasse auf und warf sie in den Mülleimer, während mir der Kopf schwirrte. Es konnte kein Zufall sein, dass Herman Strepels Exemplar von »Der Frosch-Maus-Krieg« in dem Laden aufgetaucht war, wenn er in meiner Zeit Homer gefälscht hatte. War es irgendwie eine Nachricht von meinem Vater?

»Das erklärt einiges. Der Brief war handgeschrieben und es gab Zeichnungen am Rand.« Ich kramte den Handfeger und die Schaufel hervor und fegte die winzigen Keramikscherben und so viel Einhornkacke wie möglich zusammen. Meine Hände zitterten vor Aufregung. Das war mehr, als ich je über meinen Vater erfahren hatte. »Hast du eine Ahnung, was er meint, wenn er sagt, dass er in Gefahr ist?«

Mama schüttelte den Kopf. »Er ist ein Krimineller, Mina. Er hat wahrscheinlich die falschen Leute verärgert. Wenn er noch mehr Briefe an dich schreibt, wird er ernsthaft in Gefahr sein, und zwar vor mir.«

Du hast mir noch nie erzählt, dass er ein Künstler und Schriftsteller war. Dass er ein Leser war.

Mein ganzes Leben lang war ich das Gegenteil von meiner Mutter gewesen. Sie hatte keine Fantasie. Sie hielt Bücher für dumm und hatte kaum je einen Fuß in den Nevermore Bookshop gesetzt. Außer um mich als Kind wegzuschleppen oder um ihre Haustierwörterbücher zu verkaufen, während ich praktisch mit diesen fiktiven Figuren aufgewachsen war. Sie war diejenige, die mir mein Anglistikstudium in Oxford ausgeredet hatte, weil sie glaubte, dass ich als Modedesignerin bessere Chancen hätte als als Schriftstellerin. Selbst als ich gemobbt wurde, mich selbst gehasst und mich völlig allein gefühlt habe, hat sie mir nie gesagt, dass es da draußen noch jemanden wie mich gab, meinen Vater.

Die Wut kochte in mir hoch und verwandelte sich in meinen Adern in Lava. Ich ballte die Fäuste an meinen Seiten. Ich *hasste* sie. Sie hatte mir das vorenthalten, und ich hatte es *gebraucht*. Wenn ich es gewusst hätte, dass ich nicht so allein war, wenn ich mich nicht wie ein Freak gefühlt hätte, wären die Dinge vielleicht ganz anders gelaufen ...

Ich ließ mich auf den Stuhl gegenüber fallen. Auf dem Herd pfiff der Kessel, aber wir beide ignorierten ihn. Ich betrachtete das Gesicht meiner Mutter, bemerkte die Tränensäcke unter ihren Augen und die pochende Ader an ihrer Schläfe. Dieselbe Ader, die pochte, wenn ich etwas Unanständiges tat. Es juckte mich in den Fingern, ihr diesen Ausdruck aus dem Gesicht zu schlagen. *Wie kannst du es wagen, wütend auf mich zu sein? Ich bin es, die gerade jedes Recht hat, dich zu hassen.*

»Das hast du mir nie gesagt«, flüsterte ich, die Worte hart. »Du hast mir nie gesagt, dass ich wie mein Vater bin. Mein ganzes Leben lang hast du mich glauben lassen, dass ich aufgrund der Dinge, die ich mag, ein Freak bin. Und das alles nur, weil du wütend auf ihn warst. Wenn du mich beim Lesen oder Malen beobachtet hast, hast du ihn gesehen. Der einzige Grund, warum du wolltest, dass ich mich mit Mode beschäftige, war, weil es etwas war, das *dir* gefiel.«

»Schieb das nicht auf mich, Mina«, schnauzte sie. »*Er* ist derjenige, der uns verlassen hat und mir die Aufgabe überließ, dich zu erziehen. Ich habe das Beste aus dem gemacht, was ich hatte. Ich habe dich durch die Schule gebracht und dich in dem muffigen Buchladen abhängen lassen, den du mehr geliebt hast als unser Zuhause. Ich habe alles getan, was ich verdammt noch mal konnte, um dir das Leben zu geben, das ich nicht haben konnte. Und du bekommst einen einzigen Brief von ihm in dreiundzwanzig Jahren und schon hasst du mich.«

»Glaubst du nicht, dass ich gerne gewusst hätte, dass ich einen Vater habe, der gerne liest? Glaubst du nicht, ich hätte mir eine Beziehung zu ihm gewünscht? Aber du hast mich glauben lassen, er wäre ein böser Verbrecher, nur damit ich ihn genauso hasse wie du. Herzlichen Glückwunsch, Mama. Ich habe ihn zwar gehasst, aber nie so sehr wie mich selbst!«

»Er *war* ein Verbrecher!«, schrie sie. »Nur weil er sein Verbrechen mit hübschen Bildern statt mit Drogen beging, heißt das nicht, dass er ein Mensch war, den du in deinem Leben haben solltest.«

»Ich bin dreiundzwanzig Jahre alt. Du hast diese Entscheidung nicht für mich zu treffen.« *Und du scheinst kein Problem mit Morrie zu haben, obwohl er mehr als angedeutet hat, dass er sein Vermögen nicht legal erworben hat. Ein schick gekleideter reicher Krimineller ist immer noch ein Krimineller.*

Mama stützte ihren Kopf in die Hände und ihr ganzer Körper zitterte. »Genau deshalb habe ich gehofft, dass er sich nie bei dir melden würde. Kannst du nicht einfach darauf vertrauen, dass ich weiß, was das Beste für dich ist? Versuche nicht, deinen Vater zu sehen. Beantworte seinen Brief nicht. Wenn du denkst, dass du dich jetzt einsam fühlst, warte, bis du ihn liebst und er dich verlässt. Du weißt doch gar nicht, was Einsamkeit ist.«

Ich warf einen Blick an die glitzernde Decke. Es kostete mich jede Menge Selbstbeherrschung, nicht mit den Augen zu rollen. »Ich bin nicht wie du, Mama. Ich werde nicht wegen irgendeines Kerls zerbrechen. Ich bin stark genug, um nicht in diese Falle zu tappen, und das solltest du wissen.«

»Oh, ist das so, ja? Warum bist du dann aus New York City zurückgekrochen, damit ich mich um dich kümmern kann?«

Ich zuckte zurück. Meine Wangen brannten, als hätte sie mich geohrfeigt. »Ich kann nicht glauben, dass du so etwas sagst. Ich kann nicht glauben, dass du mir gerade die Tatsache, *dass ich blind werde*, einfach ins Gesicht geworfen hast.«

»Na schön«, schniefte sie. »Mach, was du willst, Mina. Das tust du eh immer. Nach allem, was ich geopfert habe, um dir ein gutes Leben zu ermöglichen, gehst du zu dem Mann zurück, der dich verlassen hat, als du ein Baby warst. Aber komm bloß nicht heulend zu mir, wenn er dir das Herz bricht.«

»Klingt gut.« Ich stand auf. »Erwarte nicht, dass ich je wieder nach Hause komme.«

»Warte, Mina.« Mama packte mich am Handgelenk. Ich riss meine Hand weg, stürzte in den Flur und schnappte mir meinen Rucksack. Es dauerte keine zwei Minuten, bis ich ein paar saubere Klamotten, mein aktuelles Buch, mein Notizbuch und meine Karten für die Jane Austen Experience hineingeworfen hatte.

»Komm wieder rein. Du weißt nicht, wer er ist und worauf du dich das einlässt ...«

»Natürlich weiß ich es nicht, weil du es mir nicht sagen willst. Du hast mir ein Ultimatum gestellt. Ich habe meine Wahl getroffen.« Ich schob meine Füße in meine Docs und trat auf die Veranda.

»Du undankbare Schlampe!« Mama knallte die Tür hinter mir zu.

Tränen liefen mir über die Wangen. Ich ging zur Straßenecke und rief mir eine Mitfahrgelegenheit. *Du kannst mich mal. Wenn du mir nicht von meinem Vater erzählen willst, auch gut. Ich habe in den letzten sechs Wochen zwei Morde aufgeklärt. Ich kann auch diesen Fall lösen.*

9

Am Freitag war ich immer noch stinksauer wegen des Streits mit Mama, während Heathcliff, Morrie, Lydia und ich uns Baddesley Hall über eine breite, von alten Eichen gesäumte Allee näherten. In der Nacht war wieder einmal Schnee gefallen und hatte den großen Rasen mit einem weißen Teppich bedeckt. Ich fröstelte in meinem roten Trenchcoat, dem dicken Schal, zwei Paar Handschuhen, dem roten Merino-Pullover, dem selbstgestrickten »Jane Austen is my Homegirl«-T-Shirt, dem roten Schottenwolle-Minirock und den mit Fleece gefütterten Leggings.

Ich hoffe, das große alte Haus hat eine moderne Heizung.

»Du hättest eine Kutsche rufen können«, schnaufte Lydia Heathcliff an, als ihre Seidenschuhe in den Schnee sanken. Obwohl sie sich in den modernen Kleidern so wohlfühlte, trug Lydia für diesen Anlass wieder ihr Empire-Kleid und ihre Haube nur mit Morries Lederjacke über den Schultern, um die Kälte abzuhalten.

»Du hättest dich dem Wetter entsprechend anziehen können«, schoss er zurück.

»Nur noch eine Meile«, sagte ich und klapperte mit den Zähnen. *Blöde Mitfahrgelegenheit, die sich weigert, die Auffahrt hinaufzufahren, nur weil ein bisschen Schnee liegt.* Etwas Schweres fiel auf meine Schultern. Dankbar lächelnd zog ich Heathcliffs Mantel fester um meinen Körper und drückte seine Hand. Obwohl seine Miene weiterhin mürrisch war, zog er mich näher an sich heran und ließ zu, dass mich die beruhigende Wärme seiner Masse durchwärmte.

Ja, ich glaube, dieses Wochenende könnte uns allen guttun.

Am Ende der Allee erwartete uns das hohe und stattliche Anwesen: Baddesley Hall. Hinter einem bewaldeten Hügelkamm, die Bäume waren jetzt kahl und glitzerten im Schnee, erstreckte sich die prächtige Fassade mit zwei hohen Flügeln, flankiert von dekorativen Türmchen, von denen Fahnen mit Jane Austens Konterfei wehten. Elegante Säulen flankierten eine breite Marmortreppe, die zu einem doppelflügeligen Holztor führte. Dort tummelte sich eine Menschenmenge in historischen Kostümen und winkte, während Autos und Kutschen in einem engen Kreis um einen großen Springbrunnen fuhren.

Sogar Lydia war voller Bewunderung. »Das ist das schönste Haus, das ich je gesehen habe. Ich finde es sogar schöner als das Anwesen von Mr Darcy in Pemberley.«

»Denk daran, was wir dir gesagt haben«, sagte Morrie. »An diesem Wochenende glauben die Gäste, dass dies Pemberley ist, welches in Wirklichkeit nur in dem Buch existiert. Es ist sehr wichtig, dass niemand mitbekommt, dass du eine fiktive Figur bist, die zum Leben erwacht ist. Wenn du das ganze Wochenende überstehst, ohne ihnen die Illusion zu nehmen, lass ich dich die Prada-Handtasche kaufen.«

»Ja, ja«, sagte Lydia verärgert und lehnte sich in Morries Arm. »Niemand mag es, wenn man ständig an seine

Vergänglichkeit erinnert wird. Ich bin zum Tanzen gekommen, nicht um mich über Bücher zu unterhalten!«

Wir passierten einen Besucherparkplatz auf der linken Seite. Ein Strom von Menschen in Regency-Kleidung strömte um den Brunnen herum, ohne auf den Verkehr zu achten, während sie auf das Haus zusteuerten. Angestellte des Dorfes in historischen Uniformen eilten umher, sammelten das Gepäck ein und verteilten die Zimmerschlüssel.

»Siehst du?« Lydia zeigte auf einen der Parkwächter, der als Lakai verkleidet war. »Ich habe dir doch gesagt, dass große Familien niemals ihre Dienerschaft aufgeben würden.«

Wir drängten uns durch die Menge und betraten die Lobby, die noch prächtiger als die Außenanlage war. Zwei Treppen führten vom oberen Stockwerk hinunter und umrahmten einen kleinen Brunnen in der Mitte des Raumes. Meine Stiefel *klick-klackerten* auf dem Marmor, als wir uns auf den Weg zum überfüllten Informationsschalter machten und die Dekoration und die weichen Möbel in Augenschein nahmen, die den beeindruckenden Raum schmückten.

In dem eleganten und wohlproportionierten Raum fielen Cynthia Lachlans »Ergänzungen« auf wie eine Nonne bei einem Clash-Konzert. Ein mit Leopardenstoff bezogener Ohrensessel stand unter einem der Fenster. Auf dem Empfangstisch stapelten sich Modemagazine. Eine industriell anmutende Lampe auf dem Kartentisch daneben. Ein Teppich in einem grellen Rosaton säumte einen kurzen Flur. Ich hatte von Frau Ellis gehört, dass einige Leute im Dorf auf Cynthia und Grey herabblickten, weil sie Neureiche waren, die vorgaben, von altem Adel zu sein. Wenn ich mir dieses Zimmer ansah, konnte ich irgendwie verstehen, was sie meinten. Gleichzeitig gefiel mir aber auch, dass Cynthia Spaß an ihrem Zuhause hatte. Dafür sollte ein Zuhause doch da sein.

»Mina, ich freue mich so, dass Sie kommen konnten.«

Ich blickte auf. Cynthia kam die Treppe hinunter und trug ein lilafarbenes Kleid mit Empire-Taille und eine dazu passende, mit Pailletten verzierte Haube. Sie küsste mich auf die Wangen und zwang mich, sie erneut meiner Gruppe vorzustellen. Morrie und Lydia verbeugten sich und machten einen Knicks, aber Heathcliff grunzte nur als Begrüßung. Falls Cynthia es bemerkt hatte, hatte ihr sorgfältiges Studium von Heathcliffs beeindruckenden Muskeln, die sich unter seinem schwarzen Hemd abzeichneten, sie davon überzeugt, seine Unhöflichkeit zu ignorieren.

»Ich habe Ihre Zimmer für Sie vorbereitet«, sagte sie und nahm einen Satz Schlüssel vom Haken an der Wand hinter dem Informationsschalter. »Sie haben unsere beste Suite. Es geht nicht an, dass unsere VIPs mit dem restlichen Gesindel zusammen sind ...«, ihre Stimme verstummte, als ihr Blick über mein T-Shirt schweifte. »Sind Ihre Kostüme in Ihren Taschen? Sie haben nicht mehr viel Zeit, um sich vor der Eröffnungssitzung umzuziehen.«

»Keine Kostüme«, bellte Heathcliff und rückte näher an mich heran, als ob mein Körper ihn vor wilden Halstüchern schützen würde.

Cynthia betrachtete stirnrunzelnd meinen winzigen Rucksack mit den Bandaufnähern und Morries Hose mit den schmalen Beinen. »Nein, nein, diese Outfits sind nicht gut genug, nicht für unsere VIPs. Keine Sorge, wir werden bei Adelia Maitland in Netherfield vorbeischauen. Das ist der Raum mit dem Marktplatz. Wir haben alle Zimmer nach berühmten Orten aus Jane Austens Büchern umbenannt, nur für dieses Wochenende. Ist das nicht fabelhaft?«

»Was für ein Spaß!«, rief Lydia aus.

Cynthia strahlte. »Adelia wird euch das perfekte Outfit zusammenstellen.«

Heathcliffs Proteste stießen auf taube Ohren, als Cynthia uns durch einen breiten Flur in einen riesigen Empfangsraum führte. Die Leute eilten hin und her und begutachteten die Stände, die die Wände säumten und sich in der Mitte des riesigen Raumes erstreckten. Scharen von Frauen mit Hauben schoben sich durch die Gänge, während noch mehr kostümierte Damen hinter den Ständen standen und alles Mögliche verkauften. Von Tees der Marke Austen über Kostüme, Schmuck, Fächer und Lederhefte bis hin zu selbstverlegten Jane-Austen-Erotikbüchern. Ich musste schmunzeln, als mir der Titel des Buches einer Frau ins Auge fiel: *Schlagen Sie mich, Mr Darcy*«. Sie hatte eine lange Schlange eifriger Kundinnen vor ihrem Stand.

Als wir vorbeigingen, streckte Lydia ihre Hand aus, um sich ein Exemplar des Erotikbuchs zu schnappen. Morrie schlug es beiseite.

Wir hielten an einem großen Verkaufsstand in der Ecke an. Die Regale waren gefüllt mit Kleidern, Mänteln und Reithosen aus der Regency-Ära. Eine mollige Frau mit dunklen Wangen und einer gelben Haube, die sie wie eine aufgeblasene Sonnenblume aussehen ließ, eilte uns entgegen. »Frau Maitland, diese Gruppe braucht einen Satz angemessene Kleidung. Sie werden sowohl Outfits für den Tag als auch etwas Dramatisches für den Ball brauchen. Bitte kümmern Sie sich darum und stellen Sie mir die Gebühr in Rechnung.«

Frau Maitland machte einen kurzen Knicks. »Wie Sie wünschen, M'Lady.« Sie packte Heathcliff und drückte ihm ein Jackett in die Arme. »Sie. Ziehen Sie das an.«

»Ich bevorzuge meine eigene Jacke.« Heathcliff warf ihr einen finsteren Blick zu, während er sich den Mantel von den eiskalten Schultern riss und ihn wie einen Schild vor die Brust hielt.

Unbeirrt riss Frau Maitland ihm die Jacke aus den Armen

und warf sie auf einen Haufen schmutziger Kleidung. »Jetzt ziehen Sie das an.«

»Du wusstest davon?«, knurrte Heathcliff und nahm den steifen blauen Mantel mit dem Schrecken eines Soldaten entgegen, der mit einer scharfen Granate hantiert.

Ich grinste. »Vielleicht ein bisschen.«

»Wenn du mit mir tanzen willst, müssen wir zusammenpassen.« Lydia zerrte Morrie zu einem der anderen Regale und warf ihm Kleider zu.

Heathcliff riss sich das Hemd vom Leib und grummelte vor sich hin, während er mit dem Kragen des weißen Hemdes hantierte, das Frau Maitland ihm reichte. Alle Frauen im Raum drehten sich um und bewunderten seine breiten Schultern, seinen durchtrainierten Oberkörper und die Vertiefung seiner Bauchmuskeln, die im Bund seiner Jeans verschwanden. Mir lief das Wasser im Munde zusammen und ein Gefühl der Begierde schoss durch meine Brust. Bei Astarte, selbst wenn ich morgen blind werden würde, könnte ich diesen Körper nicht vergessen. Alles an Heathcliff roch nach Gefahr, Wildheit und ungebremster Leidenschaft.

Frau Maitland zerrte mich von meinem herrlichen Anblick weg zu einem Kleiderständer, zog ein Kleid nach dem anderen heraus und hielt sie mir vor das Gesicht. »Nein, nicht das cremefarbene, das gelbe oder das blaue. Rot, für Sie, mit Ihrem Haar und Ihrem Teint«, trällerte sie. »Sind Sie mit Rot einverstanden? In der Regency-Ära war diese Farbe vor allem älteren Damen vorbehalten, denn Weiß und Pastellfarben waren bei jüngeren Frauen der letzte Schrei. Dieses Kleid wäre als ziemlich gewagt angesehen worden.«

»Klingt perfekt.« Ich nahm das Seidenkleid mit schwarzen Spitzenverzierungen entgegen. Frau Maitland zog einen Vorhang beiseite und gab den Blick auf eine kleine Umkleidekabine frei. Ich schlüpfte hinein, zog mein T-Shirt, den Pullover und den Rock aus, ließ aber meine Fleece-Leggings an, weil es in der Halle eiskalt war, und schlüpfte in den Unterrock. Meine Zähne klapperten. Die Kleidung der Frauen in der Regency-Ära war nicht gerade auf Isolierung ausgelegt.

Ich zog mir das rote Kleid über den Kopf. Es saß perfekt über dem Petticoat und schmiegte sich genau unter meine Brüste. Der Rundhalsausschnitt drückte meine Brüste zusammen, sodass ich tatsächlich ein Dekolleté hatte. Ich drehte mich hin und her und bewunderte die Art und Weise, wie der Rock um meine Beine wirbelte.

Frau Maitland steckte ihren Kopf herein und reichte mir ein rosafarbenes Kleid. »Das Rot ist perfekt für den Ball, und ich habe passende Seidenblumen und eine Perlenkette für Ihr Haar zur Seite gelegt. Hier sind Ihre Handschuhe und ein passender Fächer, wobei ich nicht glaube, dass Sie den Fächer bei diesem Wetter brauchen werden. Tagsüber sollten Sie dieses schlichtere Kleid tragen.«

Ich war kein Fan von Pastellrosa, aber als ich mir das Musselin-Kleid über den Kopf zog und die Puffärmel und den Ausschnitt so arrangierte, dass das bisschen Dekolleté, das ich hatte, am besten zur Geltung kam, wurde mir klar, wie schön es war. Das Rosa griff die rötlichen Töne in meinem Haar und die Farbe meiner Wangen auf. Ich verstaute mein Handy und den Brief meines Vaters in meinem Dekolleté und lächelte das Mädchen im Spiegel an. »Ich fühle mich, als wäre ich bereit, einen Ehemann mit mindestens fünftausend Dollar im Jahr an Land zu ziehen.«

»So ist es richtig.« Frau Maitland öffnete den Vorhang und stellte ein Paar Pantoffeln auf den Boden. »Schlüpfen Sie in die und Sie sind bereit für Ihre Jane Austen Experience.«

Ich zuckte zusammen, als ich in die Seidenpantoffeln schlüpfte. Sie waren hauchdünn und sehr wackelig. Als ich zurück in Frau Maitlands Stand ging, konnte man durch die zerbrechlichen Sohlen jeden Fussel und jede Unebenheit des Marmors sehen.

Ich vermisse meine Docs jetzt schon. Ich bin definitiv nicht dafür gemacht, eine Regency Lady zu sein.

Ich war nicht die Einzige, die sich abmühte. Während Lydia in einem neuen cremefarbenen Kleid mit einem so tiefen Ausschnitt herumwirbelte, dass es die Aufmerksamkeit von meiner »gewagten« Farbwahl ablenken würde, bekamen die Jungs eine Lektion im Anziehen von Strumpfhosen. Morrie hatte seine um den Knöchel gewickelt, während Heathcliff seine zu einer Schlinge verknotet hatte und so tat, als würde er sich damit erhängen wollen. Hinter ihnen unterdrückte ein kleines Publikum aus jüngeren Janeites und einer älteren Frau mit grauem Haar, das zu ihrem Musselin-Kleid passte, ein Lachen. Das Gesicht der Frau kam mir irgendwie bekannt vor, aber ich konnte es nicht einordnen.

»Man rollt sie auf den Fingern, etwa so ...« Frau Maitland machte es vor. Heathcliff machte es ihr nach und schob seine Daumen so kraftvoll durch die Seide, dass zwei klaffende Löcher entstanden.

Zumindest Morrie hatte den Dreh raus, rollte die Strumpfhosen auf und verschaffte Frau Maitland einen Blick auf seinen Schritt, wahrscheinlich absichtlich. Sie zuckte nicht mal mit der Wimper. *Ich schätze, in ihrem Beruf hat man bereit alles gesehen.*

»Die umfassen wirklich alles.« Morrie drehte eine Pirouette, wobei er nur seine Strumpfhosen und ein schwarzes Hemd mit Rüschen trug. Bei dem Anblick von ... nun ja ... *allem*, kicherten einige Zuschauer und schauten verschämt zur Seite. »Ich fühle ein angenehmes Gefühl der Festigkeit und Sicherheit.«

»Bevor Sie losstolzieren, müssen Sie sich noch Ihre Reithosen anpassen lassen.« Frau Maitland lenkte ihn zurück in die Tiefen ihres Ladens. Alle Anwesenden stießen einen enttäuschten Seufzer aus.

»Oje«, sagte die ältere Frau. »Ich weiß, wessen Tanzkarte auf dem Ball ausgebucht sein wird.«

»Ich muss mich für meine Freunde entschuldigen«, sagte ich zu ihr. »Es ist nicht ihre Absicht, sich so ... freizügig zu zeigen.«

»Unsinn«, sagte sie und lächelte mich an. »Es ist schön, zu sehen, dass junge Männer Spaß an Jane Austen haben, auch wenn sie noch ein paar Lektionen in Sachen Anstand brauchen. Ehrlich gesagt, finde ich die Kostümpflicht selbst ein bisschen albern, aber ich kann nicht leugnen, dass die Organisatoren eine spektakuläre Veranstaltung auf die Beine gestellt haben.«

»Ist das Ihr erstes Jane Austen-Event?«, fragte ich.

»Um Himmels willen, nein. Ich bin Professorin Michaela Carmichael. Ich werde heute Nachmittag einen Vortrag über Medizin und Kosmetik in Jane Austens Romanen halten.«

»Ach richtig.« Ich erinnerte mich, wo ich ihr Gesicht schon einmal gesehen hatte, ihr Bild war in der Broschüre als eine der eingeladenen Austen-Gelehrten abgebildet. »Sie sind Ärztin, die zur Janeite geworden ist. Sie haben ein berühmtes Buch über die medizinischen Praktiken der Regency-Ära geschrieben.«

»*Berühmt* würde ich es nicht nennen«, sagte sie und wedelte abwertend mit dem Handgelenk. »Meine Tantiemen würden kaum ausreichen, um eines der Bennet-Mädchen mit Mützen und Bonbons zu versorgen. Die Leute lesen viel lieber James Patterson oder Jane Austen-Erotik als irgendeinen ernsthaften wissenschaftlichen Text.«

»Ich arbeite in einer Buchhandlung. Das ist mir alles sehr bekannt«, sagte ich lächelnd und dachte an den hohen Stapel James-Patterson-Bücher, den wir jeden Monat zum Recycling schicken mussten, weil wir mehr davon bekamen, als wir jemals verkaufen konnten. »Trotzdem muss es schön sein, von so vielen bewundernden Janeites umgeben zu sein. Ich wette, jeder in diesem Raum wartet gespannt auf Ihren Vortrag.«

»Oh, das würde ich nicht sagen«, sagte sie mit steinerner Miene. »Sie sind alle hier, um den berühmten und gutaussehenden Professor Julius Hathaway zu sehen.«

»Natürlich. Er ist der Wissenschaftler, der Jane Austens Verbindung zu Baddesley Hall entdeckt hat. Die örtlichen Ladenbesitzer wollen ihn für das zusätzliche Geschäft umarmen, das er dem Dorf mit dem jährlichen Fest beschert hatte. Außerdem ist eine Vorlesung über Sex und Sinnlichkeit in Regency-Romanen immer ein Publikumsmagnet, auch wenn sie von einem Akademiker und keinem Erotikschriftsteller gehalten wird.« Ich erinnerte mich nur deshalb an Professor Hathaways Vorlesungsthema, weil es Heathcliff zu einer Tirade über die Frivolität der Austen-Romane veranlasst hatte, in der mindestens drei Schimpfwörter vorkamen, die ich noch nie gehört hatte.

»Ich würde Hathaway kaum als *Akademiker* bezeichnen.« Professorin Carmichael versteifte sich sichtlich. »Seine Bücher treffen den Publikumsgeschmack. Und unter uns gesagt, meine Damen, dieser Mann wäre der letzte Mensch auf Erden, dem ich in Sachen Sinnlichkeit zuhören möchte. Aber das haben Sie nicht von mir gehört.«

»Ich habe nichts gehört.« Ich hatte keine Ahnung, dass Akademikerinnen und Akademiker so sehr zum Klatsch neigen.

»Es liegt mir fern, schlecht über einen Kollegen zu reden.« Ihre Augen leuchteten auf, als ob sie genau das vorhatte. »Aber Professor Hathaway hat eine etwas schmutzige Vergangenheit. Seine verstorbene Frau, möge sie in Frieden ruhen, würde sich im Grab umdrehen, wenn sie wüsste, dass er seinen Posten in Oxford aufgeben musste, nachdem er mit einer seiner Studentinnen geschlafen hatte.«

»Um Himmels willen!« Ich keuchte in perfekter Anlehnung an eine von Austens Figuren, wenn sie auf solch skandalöse Nachrichten reagierten. Ich erinnerte mich daran, dass ich einen Fächer bei mir trug, und hielt ihn mir erschrocken vors Gesicht.

»In der Tat.« Professorin Carmichael nickte anerkennend meinem Fächer zu. »Seine Frau starb an einer aggressiven erblichen Knochenkrankheit, als ihre Tochter noch sehr klein war, und seitdem ist sein Bett nicht mehr kalt gewesen. An Ihrer Stelle würde ich mich in Acht nehmen. Er hat eine Vorliebe für junge, hübsche Frauen mit Regency-Manieren und wenig Verstand, und er ist extrem charismatisch und manipulativ. Es gibt viele geflüsterte Geschichten über unangemessene Vorkommnisse bei diesen Austen-Veranstaltungen und junge Frauen, die seine Suite weinend verlassen haben.«

»Ich weiß vielleicht nicht, wie man eine Haube bindet«, sagte ich, wobei sich etwas Unmut in meine Stimme schlich, »aber ich habe genügend Verstand, um mich nicht von einem alternden Schürzenjäger verführen zu lassen.«

»Oh, natürlich. Ich bitte um Entschuldigung. Ich meinte damit eher Ihre Begleiterin.« Professorin Carmichael zeigte auf Lydia, die Morrie durch die Menge jagte und ihn anschrie, er solle seine Hose anziehen.

Ich nickte. »Da haben Sie recht. Wenn Hathaway so schlimm ist, wie Sie sagen ... dann ist das doch Machtmissbrauch. Warum zeigt ihn niemand an?«

»Ein paar mutige Leute haben es versucht, aber er ist in der Jane-Austen-Gemeinde sehr beliebt und weiß, wie er eine Geschichte so drehen kann, dass er am Ende das Opfer ist. Er hält sich für einen gutaussehenden Bingley oder Darcy, der mit allen Mädchen tanzt und eine Spur von gebrochenen Herzen hinterlässt. In Wirklichkeit ist er schlimmer als Wickham. Hathaway verbringt mehr Zeit damit, Mädchen hinterherzujagen, als sich mit ernsthafter Wissenschaft zu beschäftigen. Das könnte der Grund sein, warum sein jüngstes Buch *»Keusch und unzüchtig«* so heftig kritisiert worden ist.«

»Tatsächlich?«

»Oh, ja. Außerhalb der Austen-Kreise ist er so etwas wie eine Lachnummer. Seine akademischen Arbeiten sind oft unausgegoren und voller Schwachstellen, aber dieses neue Buch ist praktisch völliger Quatsch.« Professorin Carmichael wies mit einer Geste auf die Mitte des Marktes. »Aber ich habe Sie schon zu lange in Beschlag genommen. Wie es scheint, sind mindestens zwei Ihrer Verehrer jetzt richtig gekleidet. Es war mir ein Vergnügen, Sie kennenzulernen, Mina Wilde. Ich hoffe, Sie nachher bei meinem Vortrag zu sehen.«

Ich schaute hinüber zu Lydia und Morrie, die in der Mitte des Ganges tanzten, während die Streicherkapelle in der Ecke eine Regency-Tanz-Version von Lady Gagas neuestem Hit spielte. Morrie trug immer noch nur seine Strumpfhosen und sein Hemd. Junge Frauen mit Hauben drängten sich um ihn und klatschten begeistert in die Hände, während Lydia versuchte, ihn in den Hintern zu kneifen. Hinter ihnen flüsterte eine Gruppe älterer Damen missbilligend über das Spektakel. *Wir sind noch nicht einmal in unseren Zimmern angekommen und führen uns schon skandalöser als die Bennets auf dem Netherfield-Ball auf. Das wird ein interessantes Wochenende werden.* »Das würde ich mir nicht entgehen lassen.«

»Ich hoffe, Sie bringen Ihre reizenden Freunde mit.« Professorin Carmichael machte einen Knicks. »Dann habe ich wenigstens vier Seelen, die dabei sind.«

»Ich sag Ihnen was, ich trommle ein Publikum für Sie zusammen, wenn Sie mich an den Tantiemen für Ihr Buch beteiligen.«

Sie lachte. »Wie wäre es, wenn ich Ihnen morgen Abend auf

dem Ball einen Drink spendiere? Da kommen Sie wahrscheinlich besser weg.«

»Abgemacht.« Ich erwiderte ihren Knicks und fiel dabei fast mit meinen lächerlichen Schuhen um.

»Und halten Sie sich von Hathaway fern!« Mit einem letzten Winken verschwand Professorin Carmichael in der Menge.

IO

Eine halbe Stunde und fünf Paar Strumpfhosen später waren Heathcliff und Morrie richtig angezogen, geschnallt und betucht. Sie sahen umwerfend aus, auch wenn Heathcliff sich ständig kratzte und Morries Stimme durch die engen Strumpfhosen eine halbe Oktave höher geworden war.

Lydias Auftritt hatte ihr keinen Mangel an Bewunderern eingebracht. Junge Damen umschwärmten sie und freuten sich darauf, mit dem geselligen Mädchen Bekanntschaft zu machen, die schnell zum Gesprächsthema der Veranstaltung wurde. Aber sie wurde von drei männlichen Studenten beschlagnahmt, die sich um ihre Aufmerksamkeit bemühten und sich mit ihr zum Frühstück an ihrem Tisch verabredeten. Lydia Bennet war in ihrem Element.

Nachdem wir Lydia von ihrem Gefolge weggelockt hatten, präsentierten wir uns Cynthia, die uns nun für angemessen gekleidet hielt. Schließlich führte sie uns die geschwungene Treppe hinauf und bis zum Ende eines cremefarbenen Flurs. »Hier sind Ihre Zimmer.«

Ich schnappte nach Luft, als ich in eine extravagante Suite

trat. Ein Himmelbett mit rot-goldener Bettwäsche und passenden Vorhängen stand auf einem erhöhten Sockel in der Mitte des Raumes. Elegante Waschtische in der Ecke umgaben eine viktorianische Badewanne mit Klauenfüßen, die unter einem Fenster mit Blick auf die Auffahrt und den Garten stand. Eine Nische auf der rechten Seite führte zu einem erhöhten Arbeitszimmer und einem opulenten Badezimmer aus weißem und goldenem Marmor.

»Hier ist das zweite Zimmer.« Cynthia schob eine Tür hinter dem Bett auf und gab den Blick frei auf ein zweites, ähnlich eingerichtetes Zimmer, das in Grün- und Goldtönen gehalten war. Um das hohe Fenster mit Blick auf das Gelände war eine Sitzgruppe angeordnet. Auf dem Tisch davor standen eine Flasche Champagner in einem silbernen Eimer und ein Tablett mit ausgefallenen Pralinen.

»Das sind ein paar Leckerbissen von uns. Grey bedauert, dass er nicht hier sein kann, um Sie persönlich zu begrüßen. Die Erschließung von King's Copse wird vorangetrieben und er ist rund um die Uhr auf der Baustelle, um so viel wie möglich zu schaffen, bevor das Wetter so richtig grässlich wird.«

»Sagen Sie ihm, dass wir ihm jederzeit gerne den Hintern retten werden.« Morrie war schon dabei, den Korken aus der Sektflasche zu ziehen.

»Hoffen wir, dass es nicht dazu kommt.« Cynthia reichte ihm vier Karten. »Das sind Ihre Tickets für das Wochenende. Tragen Sie sie immer bei sich, damit Sie Zugang zu allen Veranstaltungen haben, außer zum Ball. Nutzen Sie die Armbänder dazu, diese hässlichen Dinger dürfen unsere Outfits nicht ruinieren! Wenn Sie irgendetwas brauchen, sprechen Sie mit einem der Mitarbeiter und sie werden Ihnen jeden Wunsch von den Augen ablesen. Ich wünsche Ihnen eine austenische Zeit!«

Cynthia verschwand in einem Wirbelwind aus Parfüm.

Sobald sie außer Sichtweite war, lockerte Heathcliff sein Halstuch. Ich schlüpfte aus den Seidenpantoffeln und zog meine Docs an. *Ah, Bequemlichkeit, wie ich dich vermisst habe.*

»Die Lachlans tun wirklich alles, um uns die VIP-Behandlung zukommen zu lassen«, sagte Morrie und reichte mir ein Glas Champagner. Ich bemerkte, dass er es nicht eilig hatte, sein Outfit auszuziehen. Heathcliff nahm bereits einen Schluck aus seinem Flachmann, während er auf seinem Halstuch herumtrampelte.

»Das ist auch gut so. Nach dem kleinen Auftritt unten, kann ich mir vorstellen, dass sich diese Suite schnell mit Lydias Verehrern füllen wird.«

»Vielleicht war das von Anfang an mein Plan, um ihre Aufmerksamkeit von meinem zerbrechlichen Körper abzulenken ... Wo wir gerade von dem lästigen Weibsstück sprechen.« Morrie hielt ein drittes Glas hoch. »Lydia, wo bist du?«

Lydia steckte ihren Kopf durch die Tür. »Ich habe beschlossen, dass Lord Moriarty und ich das rosa Zimmer mit dem größeren Bett nehmen werden. Es passt besser zu meinem Teint.«

Moriartys Hand erstarrte. »Wir werden uns kein Bett teilen.«

»Wir sind vier und haben nur zwei Betten«, sagte Lydia. »Wie sollen wir uns denn sonst arrangieren? Es sei denn, du bist ein Mann, der nicht schläft, weil er die ganze Nacht wach ist und sich um seine amourösen Pflichten kümmert?«

»Ich weiß nicht, was du meinst«, sagte Morrie, seine Worte vorsichtig gewählt.

»Dummerchen! Ich meine, wenn du dir nicht mit mir das Bett teilen willst, wo wirst du dann schlafen?« Lydias trillerndes Lachen erfüllte den Raum. »Denn du wirst es nicht mit Mina und Heathcliff teilen. Was würden die Leute wohl sagen?«

»Die Leute würden nichts sagen, weil du es ihnen nicht verraten würdest«, knurrte Heathcliff. »Unsere Schlafgewohnheiten gehen sie nichts an.«

»Und geht es sie auch nichts an, woher ihr wirklich kommt?«, fragte Lydia süßlich, wobei ihre Augen vor Bosheit funkelten.

Ich warf einen Blick auf Morrie und Heathcliff und las in ihren vorsichtigen Mienen alles, was ich wissen musste. Lydias Anwesenheit hatte eine entscheidende Schwachstelle in ihrer Arbeit aufgezeigt. Ihre Ehrlichkeit könnte in den Händen der falschen Buchcharaktere zu ihrem Untergang führen.

Ich war davon ausgegangen, dass wir drei uns ein Bett teilten und Lydia allein lassen würden, aber mir wurde klar, dass Lydia, so kokett sie auch sein mochte, nicht gut auf die Vorstellung einer Frau mit mehreren Partnern reagieren würde. Und wenn Lydia ihre Meinung öffentlich machte oder zu viel Aufsehen erregte, wozu sie anscheinend neigte, könnte sie uns allen großen Ärger bereiten.

Ich seufzte. *Vielleicht gibt es einen Weg, wie wir das Problem mit Lydias Bedingungen lösen können?* »Keiner von uns ist verheiratet, Lydia. Das wäre nicht anständig. Denk daran, was dein armer Vater sagen würde!«

Sie stampfte mit dem Fuß auf. »Verdammt sei ihr Pomp und ihr Anstand. Es gibt jetzt den Feminismus, hast du mir gesagt. Und meine Familie ist nicht hier! Ich werde sie nie wieder sehen.«

»Wie dem auch sei, wenn du das Bett mit Morrie teilst, wird es sich herumsprechen, dass du mit ihm zusammen bist, und deine drei Verehrer werden schnell das Interesse verlieren. Der Schlüssel ist, Eifersucht zu schüren, aber sie nicht völlig abzuschrecken.«

»Ja, ich denke, das macht Sinn.«

Ah, jetzt habe ich sie. »Du und ich teilen uns das rosa Zimmer und die Jungs bekommen dieses Zimmer.«

Lydia schnappte nach Luft.

»Was?«, fragte ich. »Was ist falsch an dieser Idee?«

»Zwei Frauen, die sich ein Zimmer teilen? Werden die Leute nicht tratschen?«

»Genau«, sagte ich grinsend. Ein langsames Lächeln ging über Lydias Gesicht, als sie über meine Worte nachdachte.

»Oh, ich liebe euer Jahrhundert.« Sie trank ihren Champagner in einem Zug aus und hielt mir ihr Glas zum Nachschenken hin.

II

Morrie und Lydia tranken den Rest des Champagners aus und wir zogen uns in unsere Zimmer zurück, um unsere Sachen einzuräumen und uns auf die Aktivitäten des Tages vorzubereiten. Ich nahm mir einen Moment Zeit, um Quoth eine SMS zu schreiben und ihn zu fragen, wie sein Tag gelaufen war. Einen Moment später piepte mein Telefon.

»Der erste Kunde heute fragte nach einem Buch mit dem Titel 'Am blauen Rand der Welt'. Er wurde wütend, als ich ihm sagen wollte, dass der Titel eigentlich 'Am grünen Rand der Welt' lautet, und bestand darauf, es falsch zu nennen, selbst als ich ihm das Buchcover als Beweis vorlegte. Es ist noch nicht einmal elf Uhr morgens und schon sehne ich mich danach, auf Menschen zu kacken. Ich fürchte, ich habe mich in Heathcliff verwandelt.«

Ich unterdrückte ein Kichern und schickte ihm eine SMS, in der ich ihm sagte, wie sehr ich ihn bereits vermisste.

Nachdem Lydia meine Haube gerichtet und mir gezeigt hatte, wie man einen Muff richtig trug, trafen wir Heathcliff und Morrie auf dem Flur. Die beiden hätten nicht unterschiedlicher sein können. Mit seinem steifen Kragen und dem schwarzen

Hemd wirkte Morrie wie ein Geistlicher, was angesichts seiner Persönlichkeit witzig war. Seine eisigen Augen musterten mein Outfit mit einer Aufmerksamkeit, für die er, wäre er ein echter Regency-Priester, auf der Stelle exkommuniziert worden wäre. Ich konnte mich des Eindrucks nicht erwehren, dass das ganze Schwarz auch an Quoth besonders gut aussehen würde.

Der militärische Schnitt von Heathcliffs Mantel passte perfekt zu seinem Körperbau und lenkte die Aufmerksamkeit auf seine breiten Schultern und seine schmale Taille. Sein wildes Haar hing ihm frei ins Gesicht, und die Bartstoppeln an seinem Kinn, die er sich nicht rasieren wollte, sowie das Funkeln in seinen dunklen Augen verliehen ihm einen Hauch von Gefahr. Seine Bronzeknöpfe glitzerten, und an seiner Seite hing ein dünnes Schwert.

»Ich dachte, Victoria hätte deine Klinge?«, fragte ich und berührte den kunstvollen Korbgriff.

»Das ist ein Ersatzschwert.«

»Ein Ersatzschwert? Für den Fall, dass du mehr Leute abstechen musst, als Waffen zur Verfügung stehen?«

Heathcliff wollte gerade antworten, aber Lydia wirbelte um Morrie herum und zerrte ihn zur Treppe. »Schnell! Mein neuer Freund David hält einen Platz für mich frei.«

Ich verschränkte die Arme mit Heathcliff. »Nach Pemberley!«

Getreu ihrem Versprechen, die Räume der Veranstaltung nach berühmten Orten aus den Büchern zu benennen, hatte Cynthia den großen Ballsaal Pemberley genannt. Er befand sich an der Rückseite der Eingangshalle und war über einen breiten Flur zwischen den Treppen zu erreichen, der in einen marmornen Vorraum, Uppercross, führte, in dem die Erfrischungen und die Goodiebags aufbewahrt wurden. Auf beiden Seiten der Eingangshalle befanden sich zwei Salons, die für die kleineren Workshops genutzt wurden, Northanger Abbey und Mansfield Park, und gleich neben Mansfield Park lag Netherfield, das wir bereits besucht hatten.

Wir folgten dem Strom der kostümierten Menschen nach Uppercross, wo wir darauf warteten, dass die Türen zum großen Ballsaal geöffnet wurden. Während Lydia Morrie für Fotos entführte, sahen Heathcliff und ich uns im Saal um, hauptsächlich, um das angebotene Essen zu begutachten. Eine Reihe hoher, schmaler Fenster an einer Seite ließ helles Licht von den schneebedeckten Rasenflächen draußen herein.

Trotz der stattlichen Proportionen und der Dekoration strahlte der Raum mit einer etwas seltsamen Auswahl an Möbeln. Ein Wandgemälde mit Singvögeln, die zwischen vergoldeten Weinreben saßen, zierte die hohe Decke, an den Wänden hingen vergoldete Porträts, neben denen Tafeln die Heldentaten der jeweiligen Person beschrieben. Eine Wand wurde von einem riesigen steinernen Kamin dominiert, der mit Blattgold vergoldet war. Er reflektierte das Licht der riesigen Kristallleuchter. Vor dem Kamin, auf einem zotteligen cremefarbenen Teppich, stand ein kirschroter Ohrensessel mit übergroßen Armlehnen, die zur Decke zeigten, als ob der Sessel hoffte, wegfliegen und sich den Vögeln anschließen zu können. Hier hörte das englische Erbe auf und der Prunk begann. War doch das Uppercross eher von Cynthias harmonischer Balance zwischen den Elementen unterschiedlicher Stile die Inneneinrichtung geprägt.

»Glaubst du, dass alle in diesem Raum ihre Reithosen im Hintern klemmen haben?«, murmelte Heathcliff leise vor sich hin. »Oder nur ich?«

»Mindestens sieben Leute haben mir böse Blicke zugeworfen, weil ich meine Docs unter meinem Kleid trage«, fügte ich hinzu. »Wir geben ein tolles Paar ab.«

»Solange du so unglücklich bist wie ich«, flüsterte er zurück, »wird dieses Wochenende kein totaler Mist.«

»Willst du, dass wir uns die Taschen mit kleinen Sandwiches vollstopfen?«, fragte ich.

»Ja verdammt.«

Heathcliff und ich machten uns auf den Weg zum Buffet. Ich fütterte die Vordertasche meiner Handtasche mit Servietten und legte mehrere Sandwiches und vier Brownies hinein. Währenddessen schob sich Heathcliff Makronen in den Ärmel. Überall um mich herum wurde über alles Mögliche diskutiert, von historischer Genauigkeit in den Verfilmungen bis hin zu dem Spiel »ficken, heiraten, töten« mit ihren männlichen Lieblingsfiguren. Goldketten glitzerten von bloßen Kehlen und Perlenohrringe baumelten von jedem Ohrläppchen.

Der Juwelendieb von Argleton könnte jetzt gerade in diesem Raum sein und sein nächstes Opfer ausspionieren.

»... der alte Don Juan ist wieder am Werk. Er macht mich krank.«

Ich wurde bei Professorin Carmichaels Stimme hellhörig. Sie stand auf der gegenüberliegenden Seite des Büffets und sprach mit gesenktem Kopf mit einer jungen Asiatin, die ein hellblaues Musselin-Kleid und eine bunte Perlenkette um den Hals trug. Beide blickten stirnrunzelnd auf einen blonden Mann am Ende des Tisches. Er stand mit dem Rücken zu uns, aber an der Art, wie er sich immer wieder hinüberbeugte, um eine junge Janeite am Arm zu berühren und ihr eine Locke aus dem Gesicht zu streichen, wusste ich, dass ich den berüchtigten Professor Hathaway vor mir hatte.

Neugierig geworden, ging ich hinüber zu Professorin Carmichael und der anderen Frau. Ich ließ meine Hand über ein Tablett mit Süßigkeiten und Schnitten schweben und tat so, als wäre ich mit der Wahl zwischen einem Red Velvet Cupcake und einer Miniatur-Zitronenquark-Torte völlig beschäftigt. In

Wirklichkeit hatte ich vier von beiden in meiner Handtasche eingepackt.

»... das ist das Allerletzte«, zischte Professorin Carmichael ihrer Freundin zu. Aus diesem Blickwinkel konnte ich sehen, dass sie eine schlanke Frau mit hohen Wangenknochen und einem kräftigen Kinn mit koreanischen Gesichtszügen war und ein einfaches Kleid trug, das ihre cremefarbene Haut perfekt zur Geltung brachte. »Er wird dafür bezahlen, was er getan hat. Ich werde nicht länger tatenlos zusehen. Ich weiß nicht, ob ich überhaupt noch warten kann, bis dein Artikel erscheint.«

»Bist du sicher?« Die Koreanerin beugte sich zu der Professorin. »Wenn du damit an die Presse gehst, steht dein eigener Ruf auf dem Spiel. Du weißt, wie so etwas normalerweise abläuft. Es wird heißen, du seist neidisch auf seinen Erfolg und würdest versuchen, seinen Namen zu beschmutzen. Wenn du ein Opfer zum Sprechen bringen könntest, wäre es besser, aber selbst dann ist es ein großes Risiko.«

»Ich habe alle möglichen Leute angesprochen, aber keiner will gegen ihn aussagen, aus all den Gründen, die du genannt hast. Wenn ich die Stimme sein muss, dann soll es so sein. Die Beweise, die ich vorzulegen habe, sind wissenschaftlich unbestreitbar ...«

Bevor ich mich fragen konnte, worum es in dem Gespräch ging, öffneten sich die Türen und die Menge strömte in den Ballsaal. Heathcliff und ich wurden von der Flut mitgerissen. Nicht weniger als drei Frauen warfen mir finstere Blicke zu, als meine Docs ihre zierlichen Pantoffeln zerquetschten.

Heathcliff wählte einen Platz im hinteren Teil des Saals. Ich blinzelte auf die Bühne, da ich die Worte auf dem Projektor aus dieser Entfernung nicht lesen konnte. Ich erhob mich, um nach vorne zu gehen, aber Lydia schleppte einen niedergeschlagen aussehenden Morrie in unsere Reihe und setzte ihn neben mir ab. Einer ihrer neuen Verehrer folgte ihr und nahm den Platz am Ende unserer Gruppe ein. Jetzt saßen wir in der Falle. Ich setzte mich wieder hin.

»Darf ich euch meinen neuen Freund David Winter vorstellen«, sagte Lydia und wölbte ihren Rücken, sodass ihr Dekolleté in Davids Blickfeld ragte. »David ist Doktorand und persönlicher Assistent des guten Professor Hathaway. Außerdem ist er, wie ich gehört habe, eine Art Dämon auf der Tanzfläche.«

»Freut mich, Sie kennenzulernen, David.« Ich streckte meine Hand zum Schütteln aus. Meine Wangen erröteten, als er meine Hand stattdessen umdrehte, sie an seine Lippen führte und mir einen leichten Kuss auf die Knöchel hauchte. Er nahm die Sache mit den Regency-Manieren wirklich sehr ernst. »Was studieren Sie?«

»Geschichte. In meiner Abschlussarbeit geht es um Währung und Maßeinheiten im Regency England.« Sein Gesicht hellte sich auf, als wäre es aufregend, sich alte Münzen anzuschauen oder so. »Ich halte heute Nachmittag in Mansfield Park einen Vortrag zu diesem Thema, falls Sie Interesse haben, etwas über die faszinierende Welt der Numismatik zu erfahren. So nennt man das Studium der Währung ...«

»Ja, ja.« Lydia wedelte mit der Hand vor seinem Gesicht. »Das ist sicher sehr faszinierend, aber was Mina und mich wirklich interessiert, ist, Partner für den Ball zu finden. Ich bin eine sehr versierte Tänzerin und brauche jemanden, der mit mir mithalten kann, während Minas völliger Mangel an Anmut und Raffinesse durch einen erfahrenen Partner ausgeglichen werden muss, und ihr Heathcliff ist dieser Aufgabe nicht gewachsen.«

»Das stimmt überhaupt nicht ...«, setzte ich an, aber dann stieß ich mit dem Ellbogen meine Handtasche vom Stuhl und Lydia grinste mich triumphierend an.

»Sie werden einen Tanz für mich reservieren müssen,

Lydia.« Davids Blick wanderte zum vorderen Teil des Raumes, wo er auf einer schlanken, blonden Gestalt zur Ruhe kam, die sich mit einigen älteren Akademikern am Rande der Bühne unterhielt. »Allerdings muss ich Mina leider mitteilen, dass ich für den Rest des Balles verpflichtet bin. Ich werde die meisten Tänze mit Christina tanzen ...«

»Aber natürlich tun Sie das. Mina ist das egal, nicht wahr, Mina? Sie weiß nicht einmal, wie man tanzt. Ich hingegen tanze praktisch, seit ich laufen kann ...« David nickte, während Lydia weiter plapperte, die Augen auf den Kopf der Blondine gerichtet. *Er ist ganz vernarrt. Wer auch immer die Blondine ist, ich hoffe um ihretwillen, dass sie zumindest ein flüchtiges Interesse an Geld hat.*

Neben mir lehnte sich Heathcliff zu mir. »Schade, dass du keine schokoladenüberzogenen Münzen in deine Handtasche gepackt hast«, flüsterte er. »Du müsstest ihn mit einem Stock vertreiben.« Ich brach in Kichern aus.

Lydia runzelte die Stirn über Heathcliffs Ärmel. »Was ist das an deinem Ärmel?«

»Makronenkrümel?« Heathcliff kippte vier leicht zerquetschte Plätzchen auf seinen Schoß. »Willst du einen?«

»Ich würde mir lieber den Kopf einschlagen lassen, als etwas aus deinem Ärmel zu essen.«

»Das lässt sich einrichten.«

Ich winkte Professorin Carmichael zu, als sie an mir vorbeiging und sich vorne in den Raum setzte. Die Koreanerin, mit der sie gesprochen hatte, setzte sich direkt vor mir auf einen Platz. Ihr kühnes blaues Kleid stach zwischen den Pastellfarben hervor. Sie holte einen regenbogenfarbenen Notizblock hervor und richtete eine Diktiergerät-App auf ihrem Telefon ein. Aus dem Gespräch, das ich vorhin mitgehört hatte, schloss ich, dass sie kein Hathaway-Superfan war, also blieben nur zwei Möglichkeiten: Akademikerin oder Journalistin.

Nach ein paar Augenblicken betrat Cynthia die Bühne und tippte auf das Mikrofon, um die Aufmerksamkeit aller zu erhalten. »Willkommen Gelehrte und Schöpfer, meine Damen und Herren, Janeites und leidgeprüfte Partner, zur ersten jährlichen Jane Austen Experience hier in Baddesley Hall. Ich weiß, dass Sie alle gespannt sind, das schöne Haus zu erleben, in dem Jane selbst ein magisches Weihnachten mit ihren Freunden verbrachte. Hier hat sie getanzt, gegessen und nach dem Frühstück Klavier gespielt, allerdings nie in Gesellschaft ...«

Ein leises Kichern hallte durch den Saal. »Das ist eine Anspielung auf die Biografie ihrer Nichte Caroline Austen«, hörte ich Frau Maitland zwei Reihen vor uns ihrer Freundin mit der Haube erklären. »Jane wurde im Alter von neun Jahren in der Abbey-Schule in das Klavierspiel eingeführt. Caroline erzählte: Tante Jane begann ihren Tag mit Musik, obwohl sie niemanden hatte, um sie zu unterrichten; sie nie veranlasst wurde, in Gesellschaft zu spielen, und niemand in ihrer Familie sich dafür interessierte.«

Neben mir stöhnte Heathcliff auf. Ich stieß ihn mit dem Ellbogen an. »Lass uns jedes Mal einen trinken, wenn jemand eine obskure Anspielung macht«, flüsterte ich.

»Was, und vor dem Mittagessen umkippen?«, schnaubte er. »Lass mich wenigstens überleben, bis ich mir die Strumpfhose aus dem Arsch ziehen kann ...«

»Schhhh!«, zischte Lydia.

Cynthia fuhr fort. »... vielleicht hat sie sogar ein paar Seiten unter diesem Dach verfasst. Meine Mitarbeiter und ich haben alles getan, um eine zauberhafte Regency-Veranstaltung auf die Beine zu stellen, mit Vorträgen zu allen Aspekten der Welt von Jane Austen, Bastelworkshops, einem Kostümspaziergang und natürlich dem Ball morgen Abend.«

Bei der Erwähnung des Balls klatschte das Publikum.

Heathcliff flüsterte mir ins Ohr. »Wir könnten jedes Mal trinken, wenn die Leute für Dinge klatschen, die es nicht wert sind, beklatscht zu werden.«

»Wenn wir so weitermachen, sind wir noch vor Ende der Vorlesung besoffen.«

Das Klatschen verstummte und Cynthia schwang ihre Arme in einem dramatischen Bogen zur Seite der Bühne. »Es ist mir eine große Freude, die Veranstaltung zu eröffnen und unseren Ehrengast einzuladen, seinen preisgekrönten Vortrag über Sex und Sinnlichkeit in Austen zu halten. Bitte begrüßen Sie Professor Julius Hathaway auf der Bühne.«

Von einer Band in der Ecke ertönte beschwingte Klaviermusik, als der Mann, der mir vorhin aufgefallen war, selbstbewusst auf die Bühne schritt, an einem Arm begleitet von Davids blonder Geliebter. Kein Wunder, dass er sich von Lydias üppigen Brüsten nicht aus der Ruhe bringen ließ. Von vorne konnte ich sehen, wie hübsch die Frau war. Sie hatte eine Figur, die für Empire-Kleider wie geschaffen war. Ihr blondes Haar war zu Locken aufgetürmt und ein Hauch von rotem Lippenstift färbte ihre geschwungenen Lippen.

Sie hatte die gleiche Gesichtsstruktur und Haarfarbe wie Professor Hathaway, der strohblondes Haar und funkelnde, intelligente Augen hatte. Tochter? Nichte? Seltsamer Zufall?

Professorin Carmichaels Worte gingen mir durch den Kopf, als ich sah, wie der berühmte Historiker die Bühne betrat. Der Professor schien zu wachsen, als der Applaus ihn überrollte. Als er das Podium erreichte, lächelte er so selbstgefällig, dass er Morrie in den Schatten stellen könnte.

»Vielen Dank«, rief er strahlend in die Menge. Er hatte eine dieser noblen Oxbridge-Stimmen, natürlich hatte er die. Er fuhr sich mit der Hand durch sein blondes Haar und sortierte seine Notizen, und einen Moment lang wurde mir klar, warum er die Macht hatte, junge Frauen zu verführen. Intelligenz gepaart mit hochmütiger Arroganz und einer heiseren Stimme machten eine bestimmte Art von Frau, nämlich mich, zu Brei. Das war der Grund, warum ich mich immer wieder in Morries Bett wiederfand, obwohl alles darauf hindeutete, dass er ein gefühlsverklemmter Wichser war. »Ich würde sagen, es ist mir ein Vergnügen, hier zu sein, aber eigentlich gehört das Vergnügen ganz Ihnen.«

Die Frauen in der Menge kicherten. Natürlich taten sie das. Heathcliff tat so, als würde er sich erhängen, und ich unterdrückte ein Lachen, als eine Frau zwei Reihen weiter uns einen finsteren Blick zuwarf.

Professor Hathaway begann mit einem anzüglichen und lustigen Vortrag, der hauptsächlich darin bestand, Dialoge aus den Büchern aus dem Zusammenhang zu reißen und anzügliche Bemerkungen über die Größe von Jane Austens Brüsten zu machen. Seine Darbietung war ein solcher Triumph an Witz und Charisma, dass ich bezweifelte, dass irgendjemand im Raum bemerkte, wie wenig er eigentlich von der Wissenschaft verstand.

Alle außer einer. Nachdem Professor Hathaway zum x-ten Mal ihren Namen genannt hatte, beugte sich Lydia zu mir. »Was glaubt dieser Herr, wer er ist?«, flüsterte sie. »Warum redet er ständig über mich, als wäre ich ein tollwütiger Hund?«

»Er ist ein renommierter Historiker und Austen-Forscher. Er glaubt, dass er mehr über deine Gewohnheiten weiß als du selbst. Er hat sogar ein Buch über dich geschrieben.«

»Aber das ist doch absurd, sonst hätte er mich nicht 'eine zeternde Dirne' genannt«, empörte sich Lydia schrill. »Das nehme ich ihm übel. Ich habe eine milde und angenehme Stimme! Ich hätte Lust, aufzustehen und ihm die Meinung zu geigen.«

Jetzt drehten sich noch mehr Köpfe zu uns um und runzelten die Stirn.

Morrie streckte seine Hand aus. »Wenn du das tust, riskierst du, uns alle zu verraten. Denk daran, niemand darf wissen, dass du die echte Lydia Bennet bist. Jetzt lehne dich zurück und sei still. Oder wir werden Professor Hathaway auf dich hetzen. Ich habe gehört, dass er einen guten Ruf als Liebhaber junger Frauen hat.«

»Wirklich?« Lydia beäugte den Professor mit Interesse, ihre vorherige Empörung vergessen. »Er ist furchtbar reich.«

»Morrie, mach keine Witze darüber«, schnauzte ich. »Wenn es stimmt, was über diesen Mann gesagt wird, missbraucht er seine Macht und belästigt möglicherweise junge Frauen. Das ist nicht lustig.«

»Was lustig ist, ist, wie ein so alter Mann überhaupt locker genug wird, um all das zu tun, was man ihm vorwirft«, überlegte Morrie, wobei seine Stimme etwas lauter war, als ich es für klug hielt.

»So alt ist er nicht. Er ist erst in den Fünfzigern ...«

»Doch, ist er«, schnaubte Morrie. »Er sieht aus, als wäre er genau im richtigen Alter für Jane Austen, und die ist *tot*.«

»Ich habe aus sicherer Quelle gehört, dass er ein Fan von kleinen blauen Pillen ist«, mischte sich eine unbekannte Stimme ein.

Ich drehte mich um und sah in die stechenden Augen der Koreanerin. Aus der Nähe konnte ich sehen, dass sie eines dieser Gesichter mit der verblüffenden Symmetrie und den ausgeprägten Wangenknochen hatte, die Männer innehalten ließen. Sie hielt ihr Telefon in der Hand, und das Diktiergerät zeichnete weiter auf. Die Seiten ihres aufgeschlagenen Notizbuchs waren bereits mit Kritzeleien gefüllt. Um ihren Hals trug sie ein Schlüsselband mit einem Ausweis und eine Kamera, die ich als das gleiche Modell erkannte, mit dem meine Freundin Ashley ihre Selfies für die sozialen Medien aufgenommen hatte.

Ich schnaubte. »Das überrascht mich nicht.«

»Ich kann nicht glauben, dass ich hier sitzen muss und mir das Gerede dieser Verschwendung von Sauerstoff anhören muss.« Sie drehte ihr Schlüsselband um und zeigte mir ihren Presseausweis. Alice Yo, sie arbeitete für *The Guardian*, eine Online-Nachrichtenseite, die für ihren preisgekrönten Journalismus bekannt ist. Sie hatten einmal eine Reportage über Transgender-Models gemacht, die beinahe die Pariser Modewoche zum Erliegen gebracht hätte.

Ich streckte mein Bein aus und hob den Saum meines Rocks an, um ihr meine Stiefel zu zeigen. »Das ist auch nicht gerade meine übliche Szene.« Ich grinste. »Ich fühle mich in Stiefeln viel wohler als in Hauben. Möchten Sie ein Sandwich?«

Ich hielt ihr meine Handtasche hin. Alice schüttelte den Kopf und zeigte mir lächelnd die Tasche ihrer Jacke, die ebenfalls mit Servietten ausgekleidet und mit einer Vielzahl von Lebensmitteln gefüllt war.

»Wenigstens ist das Essen anständig.« Alice rollte mit den Augen. »Das ist auch gut so, denn mein Kühlschrank zu Hause ist völlig leer. Vielleicht könnte das meine Überschrift sein, LASST DIE JANEITEN KUCHEN ESSEN. Mein Chef hatte nicht einmal einen Ansatz für diese Geschichte. Er wollte eigentlich, dass ich einen Artikel über diese traurigen Jungfern und Jungfrauen im LARP schreibe. Ich war schon in Kriegsgebieten und habe über internationale Politik berichtet, aber ich musste den Auftrag annehmen, weil ich die Arbeit brauche. So ist das, wenn man eine Frau in meiner Branche ist. Man bekommt die Pseudo-Storys.«

»Sind Sie sicher, dass es nicht nur daran liegt, dass keiner der männlichen Journalisten weiß, wie man ein Halstuch bindet?«

Wir kicherten beide. Ich mochte diese Journalistin jetzt

schon. Von der Bühne aus warf uns der Professor einen finsteren Blick zu, redete aber weiter.

»Mein Name ist Mina Wilde. Ich arbeite im Nevermore Bookshop im Dorf. Allerdings habe ich früher in der Modebranche gearbeitet, daher weiß ich ein wenig über die von der Industrie sanktionierte Frauenfeindlichkeit.«

»Ich erkenne Ihren Namen wieder. Sie sitzen an meinem Tisch für den Ball. Mein Redakteur hat mir diese teuren VIP-Tickets besorgt. Ein All-Access-Pass hat er mir gesagt. 'Das wird wie Woodstock, nur mit Hauben. Du wirst es lieben, Alice'.« Sie ahmte seine Stimme nach. Dann beugte sie sich vor und ihre Augen funkelten. »Er erwartet eine flauschige Geschichte darüber, wie liebenswert kolonial dieses Wochenende ist, aber ich habe stattdessen eine *echte* Geschichte für ihn.«

»Oh, faszinierend.«

»Ich kann jetzt noch nichts sagen, aber unter den Janeites braut sich ein Skandal zusammen, und ich habe vor, ihn ans Licht zu bringen.«

Eine Frau in der Reihe vor Alice, die eine ziemlich prächtige Haube mit Stoffblumen trug, drehte sich auf ihrem Platz um und brachte uns zum Schweigen. Alice drehte sich wieder nach vorne. Ich streckte meinen Rücken durch und versuchte, Professor Hathaway meine Aufmerksamkeit zu schenken.

»... und als Kapitän Wentworth zum ersten Mal nach ihrer Entfremdung Hand an Anne Elliot legt, geschieht dies mit einem Akt der Autorität, der sie völlig sprachlos und mit den verworrensten Gefühlen zurücklässt. Der Mann, der das Sagen hat, lässt jede Regency-Frau unter ihrer Wäsche heiß ...«

KRACH.

Die Tür zum Ballsaal flog auf. Ich sprang auf, als ein rundlicher Mann mit einem beeindruckenden Spitzbart und einem bodenlangen schwarzen Ledertrenchcoat den Gang hinaufdonnerte, gefolgt von drei Frauen in schwarzen Kleidern und Korsetts im Gothic-Stil.

»Mit den Worten einer der größten Schriftstellerinnen der englischen Sprache: Jane Austen war nichts weiter als die akkurate Abbildung eines Allerweltsgesichts«, spottete er.

Professor Hathaways Gesichtsausdruck blieb entspannt, aber in seinen Augen blitzte Wut auf. »Was tun Sie hier, Gerald? Diese Veranstaltung ist nur für Janeites.«

»Stimmt nicht. Diese Veranstaltung ist für jeden, der eine Eintrittskarte hat.« Gerald hielt genüsslich sein Armband hoch. »Und da ich im Besitz eines solchen Tickets bin, kann der Argleton-Zweig der Brontë-Gesellschaft das Wochenende genießen, wie wir wollen.«

Der Mann auf der Bühne wurde unruhig. »Nun gut. Nehmen Sie Platz, denn ich möchte meinen Vortrag fortsetzen.«

Gerald hielt einen Finger hoch. »Nicht so schnell. Wir möchten Sie in einem oder zwei wichtigen Punkten korrigieren. Nämlich darin, dass Ihr Mr Darcy in irgendeiner Weise ein romantischer Held und ein sexuelles Wesen ist.«

»Lord Fitzwilliam Darcy war der größte romantische Held aller Zeiten.« Frau Maitland stand auf, ihr Gesicht rot vor Zorn.

»Darcy war ein Scheißkerl!«, schrie ein Mädchen, das ein schwarzes Netzoberteil über einem PVC-BH trug. »Er ist ein verklemmter, sturer Snob, dem es Spaß macht, Leute zu manipulieren, und er muss dringend über seine Privilegien nachdenken!«

»Außerdem ist er ein Riesenlangweiler auf Partys«, fügte ein anderes Mädchen in einem schwarz-weiß gestreiften Beetlejuice-Kleid hinzu, auf das ich sehr neidisch war. »Wenigstens weiß man, dass Heathcliff den Punsch aufpeppen und sich an rücksichtslosen Betrügereien beteiligen würde.«

Heathcliff beugte sich vor. »Jetzt bin ich neugierig«, flüsterte er.

»Nur damit du es weißt, ich würde dich Darcy jederzeit vorziehen«, flüsterte ich zurück. »Und das nicht nur, weil dieses Kleid lächerlich unpraktisch ist, um damit durch die Heide zu laufen.«

»So sehr ich Ihren Enthusiasmus bewundere, Gerald, und so sehr einige unter uns Emily Brontë insgeheim für die bessere Autorin halten, Heathcliff war nie als Beispiel für einen romantischen Helden gedacht«, sagte Professorin Carmichael von der Stirnseite des Raumes. »*Sturmhöhe* ist eine Geschichte über krankhafte Besessenheit und bittere Rache, und darüber, wie die nächste Generation die Sünden der Vergangenheit wegwäscht.«

»Alles, wozu Heathcliff gut war, war, mit dem Kopf gegen Bäume zu schlagen und mit Skeletten rumzumachen«, spottete Professor Hathaway und unterbrach seine Kollegin rüde. »Wenn Sie darauf stehen, dass Ihre Sexualpartner krank vor Eifersucht und hässlich vor Rachegelüsten sind, Hannah, dann verstehe ich, warum Sie sich für Gerald entschieden haben.«

Geralds Gesicht glühte. Er riss sich aus Hannahs Griff und stürmte auf die Bühne zu, die Hände zu Fäusten geballt an den Seiten. Die Menge tobte, als klar wurde, dass es zu einer Schlägerei kommen würde. David sprang auf und stürmte ebenfalls auf die Bühne zu. Zwei von Lydias Studenten, die sie bewundert hatten, stellten sich vor die Treppe, die zur Bühne führte. Gerald wirbelte auf seinen Fersen herum.

»Komm runter und sag mir das ins Gesicht, alter Mann.« Geralds Worte trieften vor Drohungen.

»Gehen Sie nach Hause, Gerald«, sagte Hathaway. »Ich kann den Alkohol in Ihrem Atem riechen. Dies ist nicht das richtige Forum, um über unseren geliebten Mr Darcy zu schimpfen.«

»Ja!« Ein Janeite in der Mitte des Raumes stand auf. »Darcy ist unter seinem pompösen Äußeren ein durch und durch anständiger Mann, der viel mehr Bewunderung verdient als dieser bösartige, hundemordende Soziopath ...«

»Autsch«, murmelte Heathcliff.

»Anständig?«, spottete Carmichael. »Wenn Anstand Sie heiß macht, Lady, warum sind Sie dann alle hier und schwärmen von *diesem* Mann?« Sie zeigte mit dem Finger anklagend auf Professor Hathaway. »Nichts, was er mit Studenten macht, kann man als anständig bezeichnen ...«

»Vorsichtig«, warnte Hathaway. »Das ist eine Anschuldigung gegen meinen guten Charakter, die meine Karriere ruinieren könnte. Wäre ich ein weniger umgänglicher Mensch, würde ich vielleicht rechtliche Konsequenzen für diese unbegründete Anschuldigung in Betracht ziehen ...«

»Sie ist nicht unbegründet!«, brüllte Carmichael. »Sie werden bald herausfinden, wie wenig Toleranz die Welt für Ihr Verhalten hat.«

»Wollen Sie mir drohen, Professor?« Hathaways Stimme klang amüsiert. »Wenn das Rache ist, weil ich Ihre sexuellen Annäherungsversuche zurückgewiesen habe, dann ist das sehr kleinlich, ganz wie Geralds Held Heathcliff.«

»Das nehme ich persönlich«, murmelte Heathcliff.

»Das ist nie passiert!«, brüllte Carmichael. »Sie lügen, genau wie Sie Ihre Tochter belogen haben! Aber wir werden Sie drankriegen.«

Vor mir erstarrte Alice. Ich fragte mich, ob Carmichaels Bemerkung etwas mit dem zu tun hatte, worüber sie vorhin gesprochen hatten. *Hathaway musste das Thema von Alices Artikel sein.*

»Das wird ein juristisches Nachspiel haben, alter Mann!«, schrie Gerald zurück. »Ich habe keine Angst vor Ihnen und Ihrer Horde von Austen-Schmeichlern!«

»Das reicht jetzt!«, brüllte Cynthia. »Meine Herren, meine Damen, verhalten Sie sich bitte zivilisiert. Leider kann ich Ihnen nicht erlauben, den Gang auf diese Weise zu blockieren, da dies eine Brandgefahr darstellt. Ich sehe einige leere Sitze dort hinten. Wenn Sie und Ihr Gefolge bitte Platz nehmen und still sein würden, können wir mit der Veranstaltung fortfahren. Sie werden genug Zeit haben, außerhalb der Plenarsitzungen über die fragwürdigen Vorzüge von Heathcliff zu diskutieren.«

Gerald ließ seinen Blick zwischen Hathaway und Cynthia und dem blonden Mädchen, das in Davids Armen kauerte, Hathaways besagter Tochter, wie ich vermutete, hin und her schweifen. Er ließ die Schultern sinken. »Nun gut. Aber ich werde Sie und Ihre wandernden Hände beobachten, alter Mann.«

Als die Gruppe auf die Plätze uns gegenüber rutschte, bemerkte ich, wie Alice hektisch herumkritzelte. Ich lehnte mich über ihren Stuhl und klopfte ihr auf die Schulter. »Wissen Sie, was gerade passiert ist?«, fragte ich Alice.

»Ich denke, Sie werden Gerald Bromley erkennen«, antwortete sie. »Er ist eine lokale Persönlichkeit. Er ist der Vorsitzende der örtlichen Brontë-Gesellschaft. Diese Gothic-Schönheiten sind sein Vorstand und sie hängen an jedem Wort, das er sagt. Anscheinend war er früher einer von Hathaways Studenten, bevor sie sich zerstritten und Gerald aus seinem Studiengang entlassen wurde. Er arbeitet als Berater für das englische Kulturerbe und große Anwesen und hilft ihnen, Veranstaltungen und Führungen mit historischer Genauigkeit durchzuführen. Cynthia bot ihm eine stattliche Summe an, um im Komitee dieser Veranstaltung mitzuarbeiten, aber als er hörte, dass Hathaway der Ehrengast ist, hat er einen Riesenstunk gemacht und gekündigt.«

»Warum ist er dann hier?«

Sie zuckte mit den Schultern. »Janeites und Brontians haben eine berühmte Rivalität, aber ich vermute, es ist etwas

Persönliches. Gerald ist wahrscheinlich nur hier, um Professor Hathaway zu ärgern.«

Wenn das Geralds Absicht gewesen war, hatte er Erfolg gehabt. Hathaway stolperte durch den Rest seiner Rede ohne seinen vorherigen *Esprit*. Zweimal musste David ihn sogar auf seine Stelle in seinen Notizen hinweisen.

Das Publikum blieb nach Geralds Ausbruch verhalten und klatschte und lachte nicht mehr bei jeder Austen-Anspielung. Gerald und seine drei Gothic-Mädchen flüsterten während des gesamten Vortrags miteinander und reichten einen Flachmann herum.

Ich sprach den Rest der Vorlesung nicht mehr mit Alice und verlor sie in der Menge, als die Vorlesung zu Ende war. Ich hoffte, dass wir uns wiedersehen würden, sie schien mir sympathisch zu sein.

Nach dem Plenum hatten wir die Wahl zwischen Vorträgen über verschiedene Aspekte von Austens Welt oder einer Fechtvorführung auf dem hinteren Rasen. Ich hatte nicht die Absicht, bei dem eisigen Wetter nach draußen zu gehen. Aber Cynthia fegte auf der Treppe an uns vorbei und teilte mir mit, dass wir als VIPs vom überdachten Balkon in ihrem Büro im ersten Stock aus zusehen durften. Ich wollte unbedingt noch mehr von diesem Haus erkunden und den Männern dabei zusehen, wie sie die Schwerter schwangen, und zog Heathcliff hinter ihr her. Morrie und Lydia folgten uns, wobei sie eine Reihe von Lydias Bewunderern anführten.

Ein Dach über dem Balkon hielt den schlimmsten Schnee ab. Mich zog es zu dem großen Kohlenbecken an einem Ende, an dem ein Mann in einem historischen Kostüm kleine Tassen mit heißer Schokolade verteilte. Ich nahm zwei für mich und lehnte mich über die Seite, um die Fechter unter uns zu beobachten, während ich den Kommentaren über die Fechttechniken der Regentschaft lauschte. Auf dem offenen Hof unter uns parlierte Lydias Freund David mit einem anderen Herrn in historischer Kleidung. Er wich einem Hieb aus und stürzte sich auf seinen Gegner, wobei er mit der Spitze seines Degens das Herz des Mannes berührte. Sie verbeugten sich voreinander und setzten den Kampf fort.

Nach einigen weiteren Runden war klar, dass der mausgraue Student kein Amateur im Umgang mit der Klinge war. Immer wieder beraubte er seine Gegner seiner Waffe und schlug ihn zweimal auf den Hintern. Er sagte kein Wort des Spottes und entschuldigte sich sogar und disqualifizierte sich selbst für einen vermeintlichen Verstoß von einem Sieg. *Was für ein Gentleman. Er wäre ohnmachtswürdig, wenn er nicht beruflich Münzen studieren würde.*

Nach zwanzig Minuten Kampf nahm David seine Fechtmaske ab, um einen Schluck Wasser zu trinken. Hathaways blonde Tochter eilte zu ihm und bot ihm ein besticktes Taschentuch an, um sich den Schweiß vom Gesicht zu wischen.

»Was hältst du von den Kämpfen?«, fragte Heathcliff.

»Es ist aufregend, aber ziemlich heftig«, bemerkte ich.

»Bitte«, witzelte Morrie. »Ich könnte sie alle mit meinem Mittelfinger erledigen.«

»Du fechtest, ja?« Ich hob eine Augenbraue.

»Ich bitte dich. Ich war Champion meines Colleges in Oxford. Allerdings habe ich es immer vorgezogen, mich mit einem Stock zu duellieren. Es macht ein befriedigendes Geräusch, wenn er den Schädel eines Mannes spaltet.«

Neben ihm zitterte Lydia vor Freude. »Lord Moriarty, du sagst so boshafte Dinge!«

»Was ist mit dir?«, fragte ich Heathcliff. »Du hast ein Schwert an deinem Gürtel hängen. Weißt du, wie man es benutzt?«

»Ich bin nicht geübt in dieser Art von Fechten mit

fadenscheinigen Attrappen«, murmelte er. »Aber ich habe schon einen Mann mit einer Klinge aufgeschlitzt, wenn du das wissen willst.«

Mir lief ein Schauer über den Rücken. Anders als bei Lydia war es nicht vor Freude. »Wann hast du das getan?«

»Im Norden lagen genug Klingen herum, und ich bin ein wütender Mann, der viele Kämpfe ausgefochten hat«, antwortete er. »Ich bin nicht stolz darauf, aber du darfst nie vergessen, dass ich Heathcliff bin. Wie hat mich diese Frau vorhin genannt – ein bösartiger, hundemordender Soziopath.«

»Ich weiß, dass du das nicht bist.«

Heathcliff wandte seinen Kopf ab. Ich legte meine Hand auf seine, und er zuckte mit den Schultern. Mir war nicht klar gewesen, dass dieses Wochenende auf diese Weise schwierig für ihn sein könnte, so mit dem Vermächtnis seiner Taten auf den Seiten eines Buches konfrontiert zu werden.

Ich wünschte mir so sehr, dass Heathcliff der Mann wäre, den ich in ihm sah. Derjenige, der eine streunende Katze aufnahm und sich um sie kümmerte, der sein Herz in eine eiserne Truhe einschloss und den Schlüssel wegwarf, weil er von einem Bruder, der ihn hätte lieben sollen, in den Abgrund getrieben und zur Bestie gemacht worden war. Der vielleicht ein kleiner Miesepeter war, okay, ein großer Miesepeter, aber bis ans Ende der Welt gehen würde, um die Menschen zu schützen, die ihm wichtig waren. Manchmal sah ich einen Hoffnungsschimmer in Heathcliffs Augen, und die wilde Leidenschaft, mit der er küsste, sagte mir, dass seine Kanten vielleicht bröckelten. Aber dann ...

Aber dann sah er dunkel und gefährlich aus, so wie jetzt, und ich war mir nicht sicher, was ich glauben sollte.

Ich musste mit ihm reden, aber das konnte ich nicht, solange Morrie und Lydia und all die Janeites da waren. Also wechselte ich das Thema. »Ich frage mich, wer diese blonde

Frau ist. Ich sehe eine familiäre Ähnlichkeit, aber Professorin Carmichael hat gesagt, dass er gerne mit Studentinnen ausgeht.«

»Er wäre genau ihr Typ, aber es ist höchst unwahrscheinlich, dass sie zusammen sind.« Ein weicher amerikanischer Akzent meldete sich hinter mir. »Das ist Christina Hathaway.«

Ich blickte mich um und entdeckte Professorin Carmichael, die eine heiße Schokolade in der Hand hielt. Eine pelzumrahmte Haube war um ihr ergrautes Haar gebunden.

»Lassen Sie mich raten, sie ist mit dem berühmten Professor verwandt?«, erkundigte sich Morrie.

»Seine Tochter.« Professorin Carmichael schnaubte. »Er hat sie zu seinem perfekten Regency-Girl erzogen, basierend auf seinen eigenen Studien über Elternschaft und Vaterschaft in Jane Austens Büchern. Das arme Mädchen glaubt wahrscheinlich, dass sie seine Erlaubnis braucht, um mit dem jungen David auch nur einen Kaffee trinken zu dürfen.«

»Meinen Sie das ernst?«

»Oh ja. Christina wurde völlig indoktriniert. Sie ist bei jeder Veranstaltung und jeder Buchsignierung an Julius' Seite. Sie scheint kein Leben außerhalb von ihm und seinen Interessen zu haben und gehorcht ihm stets. In vielerlei Hinsicht ist sie mehr seine Frau als seine Tochter. Natürlich hat er dafür gesorgt, dass sie eine gründliche Ausbildung in allen Bereichen genießt, die für junge Damen angemessen sind, und so beherrscht sie das Klavierspiel, Handarbeiten, Nähen und so weiter. Sie hat das gewisse Etwas in ihrem Auftreten und ihrer Art zu gehen, in ihrer Anrede und ihrer Ausdrucksweise, das sogar Mr Darcy dazu bringen würde, ihr den Titel »vollendet« zu verleihen. Aber ich glaube nicht, dass sie jemals *Gilmore Girls* geschaut oder nach einem Glas zu viel Wein mit jemand völlig Unpassendem geknutscht hat.«

Ich lachte über ihre Beschreibung. »Das klingt nach einem einsamen Leben.«

»In der Tat. Aber für viele, die dieses Wochenende hier sind, ist es das Leben, das sie anstreben.«

»Aber Sie nicht?«

Sie winkte mit der Hand ab. »Oh, verstehen Sie mich nicht falsch. Ich bin eine Janeite durch und durch. Trotz all meiner akademischen Behauptungen, dass Austens Popularität eine Art moralische Nostalgie ist, habe ich mich als kleines Mädchen in ihre Helden verliebt. Wenn Mr Darcy um meine Hand anhalten würde, würde ich, ohne zu zögern annehmen. Ich stehe nur nicht auf diesen ganzen albernen *Prunk*.« Sie zeigte auf meine Stiefelspitze, die unter dem Saum meines Kleides hervorlugte. »Wie ich sehe, haben wir beide eine ähnliche Veranlagung.«

Ich lachte wieder und freute mich darüber, dass alle rebellischen Janeites mich zu finden schienen.

Die Glocke ertönte im Haus und machte uns darauf aufmerksam, dass die Stunde gekommen war, zu unserer nächsten Aktivität überzugehen. Lydia bestand auf Regency-Tanzstunden. »Ich werde euch allen zeigen, wie wir in Netherfield getanzt haben«, erklärte sie. »Aber zuerst sollten wir Davids Vorlesung einen kurzen Besuch abstatten. Ich möchte ihm mein Band überreichen, weil er alle seine Duelle gewonnen hat.«

Als wir Mansfield Park betraten, leuchteten Davids Augen auf. Er stand vorne im Raum und legte Tabletts mit alten Münzen in Samtbeuteln aus. Obwohl er noch vor wenigen Minuten schweißgebadet gewesen war, wirkte er frisch, sein Haar perfekt gebändigt und seine Kleidung tadellos, bis hin zu seinem gerüschten Halstuch. Abgesehen von einem alten Mann, der die Münzen mit leichtem Interesse betrachtete, während seine Frau an seinem Arm zerrte, waren wir die einzigen anderen Menschen.

»Lydia, ich bin so froh, dass Sie gekommen sind.« David machte eine tiefe Verbeugung. »Ich dachte schon, sie hätten meinen Vortrag parallel zum Tanzen stattfinden lassen, weil sie sich sicher waren, dass sich niemand dafür interessiert, aber ich wusste, dass die Welt der Numismatik zu aufregend ist, um Sie fernzuhalten ...«

»Wir werden nicht bleiben«, sagte Lydia. »Meine Freunde brauchen dringend Tanzunterricht, und ich möchte dabei sein, um über ihre Patzer zu lachen. Aber wir wollten Sie vorher noch besuchen und Ihnen zu Ihren Fechtkünsten gratulieren.«

»Ja, das war eine beeindruckende Leistung«, fügte Morrie hinzu. »Erzählen Sie mir, wie gut kommen Sie mit einem Herrenstock zurecht? Oder im Bare-Knuckle-Fight bloßen Knöcheln?«

»Bare-Knuckle Boxen ist in diesem Land verboten«, sagte David. Er bot Lydia seinen Arm an, die ihn mit einem Lächeln und einem Nicken annahm. »Kommen Sie, Lydia. Lassen Sie mich Ihnen kurz die faszinierende Welt der Numismatik zeigen. Münzen erwecken die Regency-Ära erst wirklich zum Leben ...«

Wir drängten uns um sie herum und versuchten, interessiert auszusehen, als David verschiedene Münzen hochhielt und ihren Nennwert, ihre Mineralzusammensetzung und die Bedeutung ihrer Motive erklärte. Heathcliff tat so, als würde er sich hinter Davids Rücken erhängen. Ich ignorierte ihn und bückte mich, um die kleinen Münzen zu untersuchen.

»Ähm, Mina? Sie sollten nicht so nah rangehen«, sagte David. »Ihr Atem enthält Wassertröpfchen, die das empfindliche Metall beschädigen können.«

»Oh.« Ich stand so schnell auf, dass ich gegen den alten Mann stieß, der wiederum gegen seine Frau stolperte. Beide warfen mir böse Blicke zu und eilten davon.

»Jetzt haben Sie meine einzigen anderen Teilnehmer verscheucht«, sagte David traurig. »Dieser Mann wollte ein Exemplar meines Buches kaufen.«

Ich bemerkte einen Tisch in der Ecke, auf dem ein riesiger Stapel Bücher lag. Meine Wangen glühten vor Hitze. Ich hatte gar nicht bemerkt, dass ich mich so dicht vorgebeugt hatte. Instinktiv wanderte meine Hand zu meiner Brust, wo der Brief meines Vaters immer noch zwischen meinen Brüsten klemmte und mich daran erinnerte, dass dies seine Schuld war.

»Es ist zwar sehr faszinierend, wie Mina an den Münzen schnüffelt«, sagte Lydia, »aber ich benutze diese Münzen jeden Tag und brauche sie nicht erklärt zu bekommen, wenn ich tanzen könnte. Ich erwarte, Sie heute Abend zu sehen, David. Ich freue mich darauf, mit Ihnen die Quadrille zu tanzen.«

Wir vier stürmten aus dem Salon. Als ich mich umdrehte, erhaschte ich einen Blick auf David, der uns mit großen, traurigen Augen hinterherblickte. Aber nachdem er mich auf mein Augenlicht aufmerksam gemacht hatte, empfand ich kein Mitleid mehr für ihn.

»Oh, was für ein schrecklicher Langweiler.« Lydia lachte. »Wenn sie hier wäre, würde ich ihm wohl meine Schwester Mary anbieten. Sie scheint ganz sein Typ zu sein. Er bewahrt sein Geld in kleinen Beuteln auf und gibt es nicht einmal aus. Was für ein Narr.«

»Warum finden moderne Menschen Münzen so faszinierend?«, grübelte Morrie. »Geld interessiert mich nur, wenn ich versuche, es zu waschen.«

»Du wäschst dein Geld?« Lydia schnappte nach Luft. »Aber warum?«

Ich verdrehte die Augen. »Nicht diese Art von Wäsche, Lydia.«

»Welche Art von Wäsche denn dann?«

Isis, rette uns.

»Oh, sieh mal, wir haben den Ballsaal erreicht.« Morrie stieß Lydia mit dem Ellbogen an, woraufhin sie sofort den Mund hielt. »Sollen wir?«

»Bist du sicher, dass du da reingehen willst?« Der nachdenkliche Ausdruck auf Heathcliffs Gesicht während des Fechtens und die Art, wie er sich von mir wegdrehte, gingen mir nicht aus dem Kopf. »Wir könnten irgendwo hingehen, wo wir in Ruhe reden können ...«

Heathcliff seufzte. »Wenn du unbedingt auf diesen grässlichen Ball gehen willst, sollten wir uns lieber nicht lächerlich machen.«

Da der Ball morgen Abend stattfand und die einzigen Tanzschritte, die ich beherrschte, darin bestanden, mich bei einer Punkshow im Kreis herumzuwerfen, war ich mit dem Vorschlag einverstanden. Als wir durch die Eingangshalle gingen, sah ich Christina Hathaway bei ihrem Vater stehen, während er Autogramme für eine Schar kichernder Janeites schrieb. »Warte hier«, sagte ich zu Heathcliff, neugierig auf den Professor.

Ich drängte mich durch die Menge und reichte ihm die Hand. »Es ist mir eine Freude, Sie kennenzulernen, Professor Hathaway«, sagte ich. »Ihre Vorlesung hat mir gefallen. Zumindest der erste Teil.«

Er hielt meine Hand einen Moment länger, als es höflich war, während sein Finger über meine Knöchel glitt, sodass ich eine Gänsehaut bekam. »Danke, meine Liebe. Sagen Sie mir, betrachten Sie sich als Gelehrte der Regency-Gesellschaft oder sind Sie wegen des Spaßes und der Frivolität hier?«

»Oh, nein. Ich bin nur gekommen, weil ich Bücher mag. Ich stelle fest, dass es letztlich nichts Schöneres gibt, als zu lesen.« Stolz darauf, ein Austen-Zitat eingebaut zu haben, klopfte ich

Heathcliff auf die Schulter. »Wir sind vom Nevermore Bookshop hier im Dorf.«

»Wirklich?« Seine Augen leuchteten diebisch auf. »Der alte Laden von Herrn Simson? Ich schwöre, der Laden ist so alt, dass es ihn wahrscheinlich schon gab, als die liebe Jane das Dorf besucht hat. Es ist schön, ihn in so *reizenden* jungen Händen zu sehen. Sie sollten mit David darüber sprechen, mich für eine Signierstunde zu engagieren. Ich würde mich freuen, die örtliche Kunst auf jede erdenkliche Weise zu unterstützen.« Seine Worte wurden von einem wenig subtilen Augenzwinkern begleitet.

Widerlich. Ich wich der Aufmerksamkeit des Professors aus, indem ich vor Christina einen Knicks machte. »Verzeihung, ich glaube, wir hatten noch nicht das Vergnügen.«

»Christina Hathaway.« Sie knickste ebenfalls. Ich warf einen Blick auf ihre zierlichen Füße in einem Paar makelloser Seidenpantoffeln. Keine Docs für Christina Hathaway.

Ich überlegte, was ich sagen sollte, damit ich nicht noch einmal mit Hathaway sprechen musste. »Ich habe gehört, dass Sie eine talentierte Musikerin sind. Werden Sie uns am Wochenende mit einem Lied beglücken?«

»Oh, das könnte ich unmöglich.« Christina schaute zu ihrem Vater.

»Blödsinn. Du musst uns ein oder zwei Lieder schenken. Christina ist in allem, was sie tut, sehr vollendet«, sagte der Professor strahlend. »Sie ist bestens gebildet in Musik, Gesang, Zeichnen, Tanzen und mehreren Sprachen. Ihre Stickereien werden mit nationalen Preisen ausgezeichnet, ihr Spiel auf dem Pianoforte ist exquisit und sie näht alle ihre Kleider selbst, genauso wie meine bescheidene Garderobe.«

Es lag mir auf der Zunge, Mr Darcy zu zitieren, dass das Wort »gebildet« auf viele Frauen angewandt, die weiter nichts leisten, als eine Börse zu knüpfen oder einen Ofenschirm zu überziehen, aber dann fiel mein Blick auf die kunstvoll bestickte Weste und das Spitzentuch des Professors. Die Arbeit, die in diesem Outfit stecken muss, war erstaunlich. Christina muss wirklich sehr begabt sein.

»Mina, da sind Sie ja.« Cynthia packte mich an der Schulter und drehte mich herum. »Ich habe Michaela gerade von Ihren Fähigkeiten erzählt, Morde aufzuklären.«

Professorin Carmichaels gequälte Miene wandelte sich in Sympathie um, als sie mich erkannte.

»Ich hatte einfach Glück«, sagte ich und suchte den Raum nach Heathcliff oder Morrie ab, nach jemandem, der mich vielleicht retten könnte. Gerald stand in der Ecke und hielt ein Glas Wein an seinen Lippen. Als er unsere fröhliche Gruppe bemerkte, rutschte er näher heran.

Was hat er vor? Warum sollte jemand Hunderte von Pfund für Karten für eine Veranstaltung bezahlen, zu der er gar nicht gehen will, nur um seinen alten Professor zu provozieren? Hat Gerald etwas anderes geplant?

Als Cynthia von mir schwärmte, wurde ich in die Gegenwart zurückgeholt. »... nein, nein, Mina ist nur bescheiden. Diese inkompetenten Polizisten wollten Grey und mich wegen des Mordes an meiner lieben Freundin Gladys Scarlett anklagen. Können Sie sich so etwas vorstellen? Während wir auf dem Revier dafür kämpften, dass der Gerechtigkeit Genüge getan wird, hat Mina im Alleingang nicht nur einen, sondern gleich zwei Mörder zur Strecke gebracht. Und erst vor fünf Wochen hat sie herausgefunden, dass der Tütenjunge vom Markt ein Mädchen in der Buchhandlung getötet hat. Ich finde, der Juwelendieb von Argleton sollte sich in Acht nehmen, wenn Mina sich entschließt, ihm auf die Schliche zu kommen. Meinen Sie nicht auch, Michaela?«

Cynthia hörte lange genug auf zu reden, um tief Luft zu holen. Professorin Carmichael schien nicht zu bemerken, dass sie das Gespräch weiterführen sollte. Ihr Körper war starr vor Zorn, während sie Professor Hathaway anglotzte.

»Michaela«, nickte er geschäftsmäßig und schenkte ihr sein unheimliches Lächeln.

»Julius«, schoss sie zurück, ihre Stimme eisig.

Das Gespräch geriet ins Stocken und die beiden Akademiker erdolchten sich gegenseitig mit ihren Blicken. Cynthia öffnete den Mund, wahrscheinlich um ihre Lobeshymnen über meine Fähigkeiten als Rätsellöser fortzusetzen. Um sie zu unterbrechen, wandte ich mich an Christina. »Sie sind sehr talentiert. Ich kenne mich ein wenig mit Mode aus. Ich habe an der New York Fashion School studiert und ein Jahr lang mit dem Designer Marcus Ribald gearbeitet. Ich weiß, wie viel Können in diesen Outfits stecken muss.«

»Danke«, sagte sie strahlend. »Haben Sie etwa ganz allein in New York City gelebt?«

»Natürlich! Ich habe mit meiner Freundin Ashley zusammengelebt. Wir hatten eine winzige Wohnung in der Greenwich Avenue, also ganz in der Nähe des West Village und all den tollen Einkaufsmöglichkeiten und Bars. Ich durfte auf der Fashion Week arbeiten, das war toll.«

»Aber hatten Sie denn keine Angst? Ich habe gelesen, dass New York City ein gefährliches Pflaster für junge Frauen ist, die allein unterwegs sind. Hatten Sie keine Begleitung?«

»Es kann gefährlich sein, aber man muss nur vernünftig und vorbereitet sein. Ashley und ich haben einen Selbstverteidigungskurs besucht. Ich habe gelernt, wie man einem Mann in die Eier tritt. Ich bin ein bisschen enttäuscht, dass ich es nie anwenden konnte.«

»Ich habe Fechtunterricht genommen!«, platzte Christina heraus. Sie schien schockiert zu sein. Neben ihr versteifte sich

Hathaway. »Aber mein Vater möchte, dass ich mich auf damenhafte Aktivitäten beschränke.«

Ähm, okay.

»Wenn Sie sich zum Mittag- oder Abendessen zusammensetzen wollen, kann ich Ihnen alles über die Modeschule erzählen. Ich könnte Ihnen sogar ein paar Bewerbungstipps geben, falls Sie sich bewerben wollen.« Ich wandte mich an Cynthia. »Sitzen Christina und ihr Vater morgen auf dem Ball neben uns?«

»Natürlich. Sie sitzen beide am VIP-Tisch für unsere Ehrengäste«, strahlte Cynthia.

»Perfekt. Wir können auf dem Ball weiterreden.«

Christina strahlte. »Das würde ich sehr gerne ...«

»Danke, aber Christina hat schon ein volles Wochenende.« Professor Hathaway berührte die Hand seiner Tochter. »Bitte begleite mich zurück in mein Zimmer, Liebes. Ich möchte die Tanzprobe nicht durch meine Anwesenheit stören. Wenn die Damen mich auf der Tanzfläche sehen, neigen sie dazu, ein bisschen albern zu werden.«

Christinas Gesicht nahm einen gleichmütigen Ausdruck an. »Natürlich, Vater. Bitte, entschuldigen Sie uns.« Er nahm ihren Arm, beugte sich zu ihr, um ihr etwas ins Ohr zu flüstern, und sie stiegen die Treppe hinauf.

Heathcliff starrte ihnen hinterher. »Dieser Schurke.«

»Wer?«

»Hindley«, flüsterte er. Sein Körper zitterte vor Wut.

»Was meinst du?« Hindley war der Bruder von Catherine Earnshaw und Heathcliffs Erzfeind in seinem Buch, aber ich wusste nicht, warum sein Name jetzt auftauchte.

»Sieh, wie sie weggeht«, sagte Heathcliff mit zusammengebissenen Zähnen. »Siehst du, wie sich ihr Körper bei seiner Berührung versteift? Siehst du, wie sie zurückweicht, wenn er sich zu ihr beugt?«

Ich folgte seinem Blick zu Christina und Professor Hathaway, als sie die Treppe hinaufstiegen, und blinzelte, als ich versuchte, ihren Bewegungen zu folgen. Meine schrumpfende periphere Sicht schränkte den Bereich ein, den ich sehen konnte, aber ich glaubte zu sehen, wie sie einen Schritt nach außen machte, um einen weiteren Zentimeter Platz zwischen ihrem Arm und seinem zu schaffen.

»Ich glaube, ich verstehe, was du meinst«, flüsterte ich. »Aber ich verstehe nicht, was das mit Hindley zu tun hat.«

»Er sieht sie nicht«, flüsterte Heathcliff mit fester Stimme. »Er sieht nur, was er sehen will. Der Schmerz, den er durch sein eigenes Elend verursacht, wird auch sie brechen.«

Ich erinnerte mich an *Sturmhöhe*, an Heathcliffs Hass auf den Mann, der ihn terrorisiert hatte, und daran, wie dieser Hass in Verbindung mit dem Schmerz über Cathys Tod Heathcliff in seinem zerstörerischen Muster gefangen hielt. Er erklärte mir, dass Christina in den Regency-Idealen ihres Vaters gefangen war, und ich musste ihm zustimmen.

Ein Schauer durchlief Heathcliffs Körper. Eine Schweißperle lief ihm über die Stirn. In seinen Augen tobte ein Gewitter, während er auf die Stelle starrte, an der Hathaway und Christina gestanden hatten.

Ich schnippte mit den Fingern vor seinem Gesicht. »Hey, komm zurück zu mir. Das war nicht Hindley.«

Heathcliff blinzelte. »Was?«

»Du warst einen Moment lang ganz woanders. Ich glaube, du warst überzeugt, Christinas Vater *sei* Hindley.«

Heathcliff fuhr sich mit der Hand durch sein zerzaustes Haar. »Ja, das war ich. Sein Verhalten gegenüber seiner Tochter ... die Art, wie er sie zu kontrollieren versuchte ... Jetzt bin ich wieder da. Ich glaube, es sind all diese Kostüme, all diese Pracht. Das macht mir alles zu schaffen.«

»Komm schon«, sagte ich und nahm Heathcliff an der

Hand. »Denk nicht mehr an Hindley. Wir sind jetzt nicht in Sturmhöhe. Wir sind hier bei Jane Austen, wo alles mit einem Ball und einem Heiratsantrag verziehen werden kann. Wenn wir morgen zum Tanz gehen wollen, musst du alle Schritte beherrschen.«

STOLZ UND VORAHNUNGEN

12

»Au«, murmelte Heathcliff, als ich ihm wieder einmal auf den Fuß trat.

»Du musst das nicht jedes Mal sagen, wenn ich dir auf den Fuß trete«, murmelte ich, als Heathcliff und ich die Plätze tauschten. »So *sehr* tut es auch nicht weh.«

»Du bist nicht diejenige, deren Schienbeine von stählernen Zehen zertreten werden«, knurrte Heathcliff, als er sich um den Mann hinter ihm drehte. Ich drehte mich auch um, aber ich hatte die falsche Richtung eingeschlagen und knallte direkt gegen die Schulter einer Frau. »Wenigstens wissen wir jetzt, warum Frauen diese zierlichen Pantoffeln tragen. Damit sie die Männer im Raum nicht zu Invaliden machten.«

»Du bist so ein Arsch.« Ich streckte meine Hand aus, damit er sie nahm. »Halt die Klappe und dreh mich.«

Während ich mich in einer unbeholfenen Drehung unter Heathcliffs Arm duckte, glitten Morrie und Lydia an uns vorbei und hoben ihre Arme, als sie ihre Partner wechselten. *Wenigstens einer hat keine Probleme, die Bewegungen zu lernen.* Ich warf den beiden einen bösen Blick zu, als ich mich um Heathcliff herumdrehte und wieder auf seinen Fuß trat. Es überraschte mich nicht, Morrie musste jeden Aspekt seines Lebens kontrollieren, also hatte er natürlich ein perfektes Gefühl für Rhythmus und Anmut.

Als er sich wieder der Gruppe zuwandte, trafen Morries Augen meine. Was ich dort sah, erschreckte mich. Er sah *verängstigt* aus.

Seltsam. Angst war keine Emotion, die Morrie jemals gezeigt hatte. Selbst als er sich auf Darren gestürzt hatte, als dieser versucht hatte, mich zu erstechen, hatten seine Augen mit einer brutalen Intensität geleuchtet. Morrie wusste in jedem Moment genau, was er tat. Er hatte für alles eine Lösung. Er hatte nie einen Grund gehabt, Angst zu haben.

Was an diesem Tanz hat ihn so aus der Fassung gebracht? Ich dachte an den Brief, den Morrie Anfang der Woche erhalten hatte, den Brief, den er niemandem erklären wollte. *Das kann doch nichts mit diesem Ball zu tun haben, oder?*

Immer noch in Gedanken an Morrie verlor ich den Halt und stieß mit David zusammen.

»Aaaauuuaa!« David zuckte zusammen und griff nach seinem verletzten Fuß, der nur von einem Stoffschuh umschlossen war. Er hatte die Hoffnung aufgegeben, dass irgendjemand seine Numismatikvorlesung besuchen würde, und war vor fünfzehn Minuten zum Tanzen gegangen, eine Entscheidung, die er wahrscheinlich in diesem Moment bereute, während er über die Tanzfläche humpelte. Er stieß mit Cynthia zusammen und schleuderte sie gegen einen Kellner, der ein Tablett mit Gläsern umwarf.

»Es tut mir leid!« Ich bückte mich, um Cynthia auf die Beine zu helfen.

»Danke, Mina.« Cynthia wischte sich ihr Musselin-Kleid ab. »Das Tanzen ist schwieriger, als ich es mir vorgestellt habe.«

»Du solltest doch unter*tauchen*«, grinste Heathcliff mich an. »Nicht untergehen und alle im Raum mitnehmen.«

»Nächstes Mal mache ich es besser«, brummte ich und sah zu, wie Morrie und Lydia sich wegdrehten. Ich konnte sein Gesicht nicht mehr sehen.

»Nein, das wirst du nicht. Wir verschwinden jetzt von der Tanzfläche, bevor du jemandem ein Auge ausstichst.« Heathcliff nahm mich am Arm und zerrte mich weg. Hinter mir applaudierten die Tänzer.

Undankbares Pack.

Ich zerrte Heathcliff zum vorderen Teil des Raumes, wo Morrie und Lydia immer noch tanzten. »Es stellt sich heraus, dass Regency-Tanzen viel komplizierter ist als Moshen zu Punkmusik.« Ich warf Morrie einen bösen Blick zu, während er Lydia perfekt im Takt herumwirbelte. Morrie blickte zu mir auf. Sein Körper versteifte sich. Obwohl er nicht aus dem Takt geriet, schwankte sein Blick für einen Moment und seine perfekten Gesichtszüge verzogen sich zu einem verzweifelten Blick, der mir einen Schauer über den Rücken jagte.

Warum sieht er mich so an, als hätte ich gerade sein Hündchen zertrampelt? Es kann unmöglich sein, dass er endlich gemerkt hat, dass sein Verhalten mich verärgert hat, wir reden hier immerhin von Morrie. Das wäre ihm egal. Was stimmt also nicht?

Heathcliffs Fuß landete auf meinem Stiefel. »Was starrst du so?«

»Morrie. Irgendetwas stimmt nicht mit ihm.«

Heathcliff starrte unseren Freund an, als er mit Lydia die Plätze wechselte. Als er an ihr vorbeihüpfte, kniff er sie in den Hintern. Sie quietschte vor Vergnügen und jagte Morrie hinterher, um es ihm heimzuzahlen, sodass zwei Tänzerinnen aus dem Takt gerieten und ineinander krachten. »Stimmt. Er ist ein noch größerer Wichser als sonst.«

»Das ist es nicht.« Ich blinzelte Morrie an, als er sich wieder drehte und erneut die Position wechselte. Sein Blick fiel auf mich. Er setzte sein übliches erhabenes Grinsen auf, aber zu spät, ich hatte die Dunkelheit gesehen, die dort lauerte. »Ich meine, du hast recht. Er war in letzter Zeit ein ziemlicher Wichser, aber ich glaube, da ist noch etwas anderes im Argen. Da war dieser seltsame Brief, den er neulich bekommen hat, und einige Dinge, die er gesagt und getan hat.«

Zum Beispiel, wie er nach dem Dreier vor mir weggelaufen ist.

Bei dem Gedanken an diese Nacht, zwischen Morrie und Quoth gepresst, während sie köstliche Dinge mit meinem Körper anstellten und ich meine Sinne den dunklen Orten unter ihren Händen und Lippen überließ, durchfuhr mich ein köstlicher Schauer. *Bei Aphrodite, nicht jetzt. Ich versuche, aus Morrie schlau zu werden und nicht einen der heißesten Momente meines Lebens noch einmal zu erleben, damit ich zu einer Pfütze auf dem Boden des Ballsaals werde.*

»Von MENSA«, unterbrach Heathcliff meine Erinnerungen.

»Was?«

»Ich habe den Umschlag im Mülleimer gesehen«, sagte Heathcliff achselzuckend. »Er war von einer Organisation namens MENSA. Ich nahm an, dass Morrie sie erpressen wollte.«

MENSA? Es überraschte mich nicht, dass Morrie dort Mitglied war. Er mochte es, wenn die Leute genau wussten, wie schlau er war. Aber ich war überrascht, dass er den Brief geheim hielt. Morrie würde keinen Moment damit verschwenden, allen in Argleton zu erzählen, dass er in die MENSA aufgenommen worden war. *Warum hat er den Brief dann versteckt? Und was hat das mit seinem merkwürdigen Verhalten zu tun?*

»Was, wenn er einen IQ-Test gemacht hat und *durchgefallen* ist?« Mir schwirrte der Kopf. Ja, das könnte erklären, warum Morrie so bissig war, vor allem, wenn einer von uns andeutete, dass er die Antwort auf etwas nicht wusste. »Vielleicht macht er sich Sorgen, dass er nicht so schlau ist, wie er glaubt, und lässt das an uns aus?«

»Aber diese Seltsamkeiten haben schon lange vor dem Brief angefangen«, sagte Heathcliff.

»Stimmt. Denkst du, er ...«

»Willst du einen Drink?«, knurrte Heathcliff mir ins Ohr.

»Aber ja!«

Er packte meine Hand und zerrte mich von der Tanzfläche. Cynthia rief uns hinterher, wir sollten zurückkommen und im nächsten Set tanzen, aber meine Schienbeine taten so weh, dass ich mich nicht darum kümmerte. Heathcliff zerrte mich in den Vorraum des Uppercross, der jetzt menschenleer war, abgesehen von den beiden Mitarbeitern, die die weggeworfenen Servietten und Cocktailspieße aufräumten. Heathcliff lehnte sich an den vergoldeten Kamin und kramte mit den Händen in seiner Hose herum. Einen Moment später holte er einen silbernen Flachmann hervor, öffnete ihn und bot ihn mir an.

»Das werde ich nicht trinken. Er hat an deinen Hoden gelegen.«

»Wie du willst.« Heathcliff kippte einen Schluck herunter. »In diesen lächerlichen Klamotten ist kaum Platz, um Schnaps zu verstecken. Gib mir einen Mantel und eine ordentliche Hose, dann kann ich dir einen richtig schicken Cocktail mixen.«

»Am Ende von *Sturmhöhe* warst du ein richtiger Gentleman«, neckte ich ihn. »Du hättest immer solche Kleidung getragen.«

»Zum Glück bin ich rausgekommen, bevor mein Leben so schlimm wurde.« Heathcliff nahm einen weiteren Schluck. Ich hielt inne und überlegte, ob ich ihn auf seinen seltsamen Moment vorhin ansprechen sollte, aber dann sagte er: »Ich habe über deinen Brief nachgedacht.«

»Hast du?« Instinktiv wanderte meine Hand zu meiner Brust, wo der Brief meines Vaters zwischen meinen Brüsten klemmte. Zwischen all den Kostümen, dem Streit zwischen den

Akademikern und der Jagd nach Lydia hatte ich den ganzen Tag kaum an den Brief oder den Streit mit meiner Mutter gedacht. In diesem Moment fiel mir alles wieder ein, dass ich in diesem lächerlichen Outfit in Baddesley Hall war und Heathcliff durch die Tortur eines Regency-Balls zwang, nur weil ich so verzweifelt versuchte, das Thema zu vermeiden.

Ich hatte Heathcliff, Morrie und meiner Mutter immer noch nichts von dem Feuerwerk und dem, was Dr. Clements gesagt hatte, erzählt. Ich hatte nicht einmal versucht, etwas über den Brief zu recherchieren, nachdem Morrie das Papier untersucht hatte. Ich war so abgelenkt vom Ball und Hauben, dass ich nicht weiter über meinen Vater, das Zeitreisezimmer und Victorias Bemerkung, dass ich mit Blut besudelt sein würde, nachgedacht hatte. Für jemanden, der es mit drei Mördern zu tun gehabt hatte, lief ich vor einer ganzen Menge weg.

Wenn ich mein Verhalten mit Abstand betrachte, ergab es für mich ungefähr so viel Sinn wie Morrie in diesem Moment. Mein ganzes Leben lang hatte ich wissen wollen, wer mein Vater war. Das Einzige, was mich davon abgehalten hatte, ihn ernsthaft zu suchen, war das Wissen, wie sehr es meine Mutter verletzen würde und wie enttäuscht ich sein würde, wenn ich einen Verbrecher finden würde.

Aber wenn mein Vater, Herman Strepel, der zeitreisende Buchhändler war und die Tarnung, die er für meine Mutter angenommen hatte, dazu diente, ihn vor dem namenlosen Feind zu verstecken, dann war der nächste Schritt für mich klar. Ich musste ihn finden.

Heathcliff schnippte vor meinem Gesicht mit den Fingern. »Jetzt warst du es, die irgendwohin verschwunden war.«

»Ja, entschuldige. Was hast du gesagt?«

»Dein Vater und Herr Simson sprachen beide davon, dass du in Gefahr bist. Victoria sagte auch, dass dein Vater okkulte Bücher von ihr gekauft hat. Herr Simson hat eine große okkulte

Büchersammlung im Laden erworben. Es ist naheliegend, dass sie sich kannten.«

»Du hast recht.« Diese Verbindung hatte ich noch nicht hergestellt. Ein weiterer Zufall, der unmöglich ein Zufall sein konnte. Ich tätschelte Heathcliffs Arm. »Das ist sehr weise. Zu klug für jemanden, der so unhöflich ist wie du. Haben du und Morrie im Zeitreise-Schlafzimmer irgendwie die Körper getauscht? Das würde erklären, warum du so schlau bist und er so ein Megamuffel.«

»Ich bin clever«, knurrte Heathcliff.

»Ja, aber deine Cleverness versteckt sich hinter deinem mürrischen und arschlochhaften Verhalten.«

»Gut. Ich gebe zu, da hast du recht. Aber ob mürrisch oder nicht, ich habe eine Spur. Wenn dein Vater vorhat, sich von dir fernzuhalten, sollten wir vielleicht versuchen, den alten Mann, Herr Simson, ausfindig zu machen? Du hast gesagt, dass er dich als Kind wie eine besondere Helferin des Ladens behandelt hat. Vielleicht war das seine Art, dich zu beschützen. Zumindest kann Morrie nachforschen, in welchem Altersheim er sich verkrochen hat.« Heathcliff zuckte mit den Schultern. »Wenn wir ihn finden, kann uns Herr Simson vielleicht mehr über diese vermeintliche Gefahr sagen.«

»Da hast du recht. Das werden wir tun, sobald wir zurück sind. Vielleicht auch schon früher, falls ich es leid bin, diese Klamotten zu tragen, und beschließe, vorzeitig abzuhauen.«

»Bitte tu das. Mina.« Heathcliff lehnte sich näher heran. Seine tiefe Stimme dröhnte in meiner Brust. Ich liebte es, wie er meinen Namen sagte.

»Meinst du, ich soll?« Eine elektrische Ladung sprang von meinem Körper auf seinen über.

»Ich habe über die letzte Nacht im Zeitreise-Schlafzimmer nachgedacht.«

Mein Herz klopfte wie wild. Ich hatte auch daran gedacht,

ununterbrochen, die ganze Zeit. Wenn Victoria Bainbridge uns nicht gestört hätte und Morrie nicht so ein Wichser gewesen wäre, hätten wir vielleicht ... es hätte ...

Ich hätte vielleicht mit allen dreien geschlafen.

Gleichzeitig.

Ich schluckte. Warum ließ der Gedanke daran meinen Körper vor Lust erröten und gleichzeitig vor Angst zittern?

Ich hatte schon mit Morrie und Quoth zusammen geschlafen und mit Heathcliff in derselben Nacht. Aber das war ein anderer Dreier, ich war gefesselt, und das hier war eine ganz andere Sache.

Es war die Art, wie Heathcliff sich entfesselte, wenn wir zusammen waren, als ob ihn die Nähe zu mir am Rande des Wahnsinns hielt. Da war Quoths unbändige Freundlichkeit und sein verzweifeltes, stilles Flehen, geliebt zu werden und Morries Kampf, seine Gefühle zu kontrollieren und seine zwiespältige Natur zu verbergen. Die drei gaben mir das Gefühl, unbesiegbar zu sein und alles tun zu können. Wenn ich mit ihnen zusammen war, war ich nicht die arme Mina ohne Freunde, das traurige Mädchen, das blind wurde. Ich war eine Göttin. Und bei Astarte, das fühlte sich gut an.

Ich könnte mich nie für einen von ihnen entscheiden. Ich brauchte sie alle drei, denn ich hatte den Verdacht, dass sie mich brauchten. Aber bedeutete das, wir alle vier zusammen in einem Bett? Würde das überhaupt funktionieren?

»Was hast du dir denn vorgestellt?«, schaffte ich es, herauszuwürgen.

Ein anderer Mann hätte sich vielleicht bei einem solchen Angebot abgewandt, aber nicht *Heathcliff*. Seine Augen funkelten und sein Blick bohrte sich in meinen, als wollte er mir einen Teil meiner Seele stehlen. »Ich habe Quoth bereits geschrieben und ihm gesagt, dass er direkt nach Ladenschluss nach Baddesley Hall kommen soll. Wenn du beenden willst, was wir angefangen haben, solltest du warten, bis Lydia schläft und dich heute Nacht in unser Zimmer schleichen.«

»Okay«, flüsterte ich, wobei mir mein Herz bis zum Hals schlug.

Hinter Heathcliff sprangen die Türen des Ballsaals auf. Die Anwesenden strömten heraus, plauderten und lachten und zeigten sich gegenseitig ihre Tanzschritte. Kellner kamen herein, um Erfrischungen anzubieten, und Dienstmädchen schlichen sich in den Ballsaal, um nach der Veranstaltung aufzuräumen. Der Lärm wirbelte um uns herum und hallte von dem hohen Dach zurück. Alles, was ich sah, war Heathcliffs Blick aus seinen dunklen Augen, der sich in meinen bohrte und mich verschlang. Die Hitze brodelte zwischen meinen Beinen, als ich das Versprechen annahm, was ich heute Abend von meinen drei fiktiven Männern bekommen würde.

13

»Ein Paar hat gerade den Laden verlassen. Die Frau trug ihre Regency-Kleidung und erzählte mir, dass sie wegen des Festivals im Dorf seien. Sie trabte durch den Laden, schwärmte über jede Kleinigkeit und kaufte schließlich die komplette Austen-Ausgabe der Folio Society aus deiner Auslage für einhundertundfünfzig Pfund. Der Ehemann schleppte sich hinter ihr her, schwer beladen mit Einkaufstüten. Er hat sich mit verzweifeltem Blick über den Tresen gelehnt und gefragt, ob es in der Bastelabteilung Bücher über den Bau einer Waffe gibt, weil er sich in den Kopf schießen wollte. Positiv ist, dass heute noch niemand 'Der Rabe' zitiert hat, und ich freue mich schon riesig darauf, dich heute Abend zu sehen.«

Nachdem ich mit Heathcliff gesprochen hatte, entdeckte ich Quoths Nachricht auf meinem Handy. Sie verstärkte nur noch den Strudel aus Aufregung und Nervosität, der in meinem Magen herumwirbelte.

Den Rest des Tages hörte ich kaum noch ein Wort. Ich besuchte zwei weitere Vorlesungen, während Heathcliffs Einladung in meinem Kopf herumschwirrte. Jedes Mal, wenn

Morrie im Flur an mir vorbeiging, streifte seine Hand meinen Rücken.

Unsere VIP-Tickets beinhalteten ein Abendessen. Ich war versucht, es ausfallen zu lassen, aber Heathcliff wies mich darauf hin, dass Lydia uns den Hals umdrehen oder, noch schlimmer, sich alleine hinsetzen und alle unsere Geheimnisse ausplaudern würde, wenn wir sie im Stich ließen.

Als wir uns setzten, berührte Heathcliffs Hand meinen Oberschenkel unter dem Tisch, und mir stockte der Atem.

Morrie ließ seine Gabel auf den Boden fallen. »Ups, ich bin so ein Tollpatsch.« Seine Augen funkelten, als er unter den Tisch rutschte, wobei sein Körper durch die bodenlange Tischdecke vor den anderen versteckt wurde. Als ich nach dem Brotkorb griff, schlugen Hände ungestüm meinen Rock hoch und schoben meine Unterwäsche beiseite. Ich schrie auf, als Morrie sein Gesicht zwischen meinen Beinen vergrub.

»Stimmt etwas nicht?« Cynthia schaute mich besorgt an.

»Nichts, nichts.« Ich hielt mein Weinglas hoch. »Der Wein war nur ... wärmer als erwartet.«

Ich kann nicht glauben, dass das wirklich passiert. Ich kann nicht ...

Morries Zunge wirbelte über meine Klitoris, wie eine Ballerina, die die Bühne für eine atemberaubende *Fouetté* betritt. Die schiere Kühnheit seines Tuns in Kombination mit dem unerbittlichen Rhythmus ließ meinen Kopf rotieren und meinen Körper vor Schmerz pulsieren, der unbedingt gestillt werden musste. Ich wollte mein Messer nehmen, um mein Brot mit Butter zu bestreichen, aber Morrie stieß mit der flachen Seite seiner Zunge gegen mich und so schmierte ich die Butter stattdessen auf die Vorderseite von Heathcliffs Jacke.

Oh Isis, oh Isis, seine Zunge ...

»... Grey scherzt gerne, dass ich seine Lady Catherine de Bourgh bin, aber ich glaube wirklich, dass meine Persönlichkeit mehr mit der gutherzigen und ruhigen Natur von Anne Elliot übereinstimmt, meinen Sie nicht auch, Mina?«

»Ähm …« Ich keuchte und klammerte mich an die Tischkante, während sich die Hitze in meinem Magen sammelte. Morrie fütterte den wachsenden Schmerz in mir und trieb mich näher … höher …

»Ihr Freund ist schon sehr lange auf der Jagd nach seiner Gabel.« Cynthia beugte sich hinunter. »Ich hoffe, er ist da unten nicht ohnmächtig geworden.«

»Ich bin sicher … es geht ihm gut …«, keuchte ich.

Genau da … bitte … mach weiter …

Cynthia hob den Rand des Tischtuchs an. Morrie zog sich zurück und kroch mit seiner Gabel in der Hand unter dem Tisch hervor. Mein ganzer Körper erschauderte vor Verlangen. *Verdammt noch mal, ich war so kurz davor …*

Meine Finger juckten danach, zwischen meine Beine zu gleiten und die Sache zu beenden. Eine einzige Berührung würde genügen, und ich würde kommen. Ich drückte meine Beine zusammen, aber das machte mich nur noch verzweifelter.

»Deine Haare sind ganz durcheinander«, schimpfte Lydia Morrie. »Wirklich, du solltest die Diener nach verirrten Gabeln jagen lassen.«

Ich wollte sie wegen der Dienstboten zurechtweisen, aber mein Körper brummte zu sehr. Ich wusste, wenn ich den Mund aufmachte, würde ich vor Frustration schreien. Auf der anderen Seite des Tisches grinste Morrie mich an und hob sein Glas.

Du Wichser. Das hast du mit Absicht gemacht.

Ich verschlang mein Essen, so schnell ich konnte, trank drei Gläser Wein hintereinander und wartete mit den Fingernägeln in den Handflächen auf den richtigen Zeitpunkt, um den Tisch zu verlassen. Weder Heathcliff noch Morrie schienen sich daran zu stören, dass sich das Essen sieben Jahrhunderte lang hinzog. Als Cynthia aufstand, um uns einen Überblick über die

Ereignisse des nächsten Tages zu geben, war ich kurz davor, in Ohnmacht zu fallen.

»Ich fühle mich ein bisschen schwach«, brachte ich hervor, als die Kellner mit Tortenplatten auftauchten und sich langsam durch den Raum bewegten. »Ich glaube, das liegt an dem vielen Tanzen heute. Ich danke Ihnen allen für Ihre Gesellschaft heute Abend, aber ich glaube, ich werde auf mein Zimmer gehen und mich hinlegen.«

»Bitte, Mina, bleiben Sie«, gurrte Cynthia. »Nach dem Nachtisch werden einige der Studenten eine Geschichte aus den *Juvenilia* aufführen.«

Lydia runzelte die Stirn. »Was ist die *Juvenilia*?«

»Das ist eine Sammlung von Geschichten, Szenen und Romanfragmenten, die Jane Austen zwischen ihrem elften und siebzehnten Lebensjahr geschrieben hat«, erklärt David. »Sie geben einen einzigartigen Einblick in Janes literarische Wurzeln und ihren unberechenbaren, bissigen Humor. Als sie im Pfarrhaus lebten, liebten Jane und ihre Familie es, zur Freude ihrer Nachbarn Theaterstücke und Gedichte aufzuführen. Unser Experte, Professor Hathaway, ist sich sicher, dass die Familie und die Gäste ähnliche Theaterstücke aufgeführt haben, während Jane in Baddesley Hall weilte ...«

»Darüber gibt es keine Aufzeichnungen«, mischte sich Professorin Carmichael vom Tisch hinter uns ein.

David fuhr fort, als ob sie nichts gesagt hätte. »Deshalb ist es nur angemessen, dass wir Janeites diese Tradition fortsetzen.«

»Klingt wunderbar.« Lydia nahm einen zweiten Teller mit Nachtisch entgegen. »Ich werde auf jeden Fall kommen. Gute Nacht, Mina. Ich hoffe, du hast morgen mehr Lust zu tanzen, denn du hast noch viel zu üben.«

»Danke, Lydia.« Ich winkte allen am Tisch zum Abschied zu und sprintete praktisch durch den Raum.

Als ich die Treppe hinaufstieg, tauchten Heathcliff und Morrie an meiner Seite auf. »Bist du dir sicher, dass du dir das Laientheater nicht ansehen willst, meine Hübsche?«

»Nicht im Entferntesten«, antwortete ich und hakte mich bei ihnen ein. »Wie hast du dich von Lydia lösen können?«

»David begleitet sie. Ich denke, sie kann diesem Trottel nichts allzu Unverschämtes sagen, obwohl ich das Gerücht gehört habe, dass einer ihrer anderen Verehrer sie abwerben will.«

Wir gingen an Gerald vorbei, der die Treppe herunterkam und sich mit dem Fischnetzmädchen unterhielt. Sie schaute auf, als wir vorbeigingen, und ihr Blick folgte Heathcliff. Sie streckte ihre Zunge aus, um sich über ihre scharlachroten Lippen zu lecken. Fast hätte ich erwartet, dass sie gespalten wäre.

Wir stiegen die große Treppe hinauf, so schnell wie es in meinem Kleid möglich war. Morrie riss die Tür zu dem Zimmer der Männer auf und schob mich hinein. Quoth lag bereits auf dem Bett und zappte durch die Fernsehkanäle, eine Schüssel Blaubeeren neben sich.

»Müsst ihr nicht zu einer Laienaufführung?« Quoth zog eine perfekte Augenbraue hoch.

Ich warf mich auf das Bett, drehte Quoths Gesicht zu mir und verschlang seine Lippen. Seine Zunge schmeckte säuerlich, wie die Beeren. Mein Körper schmerzte vor Verlangen, von ihm berührt zu werden.

Das Bett knarrte, als die beiden anderen Jungs auf das Bett kletterten. Heathcliffs starke Arme legten sich um meine Mitte und lösten mit geschickten Handgriffen die Schnürung des zarten Kleides. Morrie drückte seine Brust an meinen Rücken, während seine Hände über meine Schultern und unter den Ausschnitt fuhren, um meine nackten Brüste zu umfassen.

»Als du nicht mehr davon gesprochen hast, dachte ich ...« Quoths Worte verhallten unter meinen Küssen.

»Denke nicht«, flüsterte ich zurück, trat meine Docs von meinen Füßen und erlaubte Heathcliff, mir die Strumpfhose auszuziehen. »Ich tue es auch nicht.«

Ich schloss meine Augen und gab mich Quoths Lippen und den drängenden Küssen und Liebkosungen von Heathcliff und Morrie hin. In meinem Kopf schwirrten viele Fragen herum. Sollten wir das tun? War es das, was ich wirklich wollte? Würde uns das näher zusammenbringen? Würde es Morries Mauern einreißen und Heathcliff aufbrechen und Quoth sehen lassen, wie schön er wirklich war? Oder würde es das Ende unserer besonderen Beziehung sein?

Würde es mir die Kraft geben, mich all den Dingen zu stellen, vor denen ich weggelaufen bin? Oder war es nur eine weitere Art des Weglaufens, indem ich mich in ihnen verlor?

Nein. Nicht denken. Ich konzentrierte mich darauf, wie mein Atem in meiner Brust pochte. Wie Morries Zähne an meinem Schlüsselbein kratzten, und wie Heathcliff mir das Kleid über den Kopf schob. Darauf, wie seine Lippen sich um eine Brustwarze schlossen, sie drehten und an ihr saugten, bis ich stöhnte und alle Gedanken und Zweifel aus meinem Kopf flogen.

»Wie fühlst du dich, meine Schöne?« Morries Atem streichelte mein Ohrläppchen.

»Ich fühle mich verdammt gut, jetzt, wo ich aus dem Kleid raus bin«, flüsterte ich zurück und meine Worte gingen in ein Stöhnen über, als Morries Lippen meine andere Brustwarze umschlossen.

»Du bist nicht die Einzige, die unbedingt aus diesen lächerlichen Klamotten rauswill«, murmelte Heathcliff. Nach einigem Fummeln und Fluchen warfen sowohl Heathcliff als auch Morrie ihre Mäntel und Hosen auf den Boden und Quoth entledigte sich seiner seidenen Boxershorts. Ich legte mich zurück auf das Kissen. Heathcliff beugte sich über mich und gab mir einen seiner atemlosen, leidenschaftlichen Küsse. Morries Hände schlängelten sich meine nackten Beine hinauf und küssten eine feurige Spur an der Innenseite meiner Oberschenkel entlang.

»Lass uns den Jane-Austen-Erotik-Autoren da unten etwas Inspiration geben«, murmelte er, als er mit seinem Gesicht zwischen meine Beine tauchte.

Angestachelt von dem, was er beim Abendessen mit mir angestellt hatte, summte und pochte mein Kitzler unter Morries Lippen. Jede seiner leichten Berührungen löste einen neuen Schauer der Lust in mir aus. Ich stöhnte gegen Heathcliffs unnachgiebige Lippen, als Morrie mich an den Rand des Abgrunds trieb.

Quoth lehnte sich mit gekreuzten Beinen zurück, seine Augen auf meine gerichtet. »Du bist so schön«, flüsterte er und die Worte blieben ihm im Hals stecken.

Ich streckte die Hand nach Quoth aus, nahm seine Hand in meine und legte sie auf meine Brust, über meinem Herzen. Morrie tauchte seine Zunge in mich hinein und kitzelte den Schmerz, der nach mehr verlangte, bevor er gegen meinen verzweifelt pochenden Kitzler stieß. Ich drückte Quoths Finger fest an mich, als mich ein Orgasmus durchschüttelte.

Mein Rücken wölbte sich. Mein Inneres explodierte in warmen Schauern, die sich über meine Gliedmaßen bis zu meinen Fingern und Zehen ausbreiteten. Die Welt verschwamm und verdunkelte sich, und ein Streifen hellblauer Neonfarbe zog über meine Sicht. Mein ganz persönliches Feuerwerk, mit freundlicher Unterstützung meiner Männer.

So schnell wie das blaue Licht aufgetaucht war, erlosch es auch wieder und ich konnte wieder sehen. Morrie lehnte sich zurück und blitzte mich mit seinem bösen Grinsen an.

Heathcliff küsste mich weiter, als ob niemand sonst im Raum wäre. Quoth sah einfach nur zu. Seine Augen brannten vor lauter Dingen, die er unbedingt sagen und tun wollte.

Ich wünschte ... ich wünschte, er könnte sich in der Nähe von Morrie und Heathcliff so frei fühlen, wie er es tut, wenn wir beide allein sind. Vielleicht gibt es einen Weg, wie ich den wahren Quoth an die Oberfläche locken kann ...

Als ich mich wieder einigermaßen erholt hatte, ließ ich mich nach vorne fallen, schlang meine Arme um Quoths Schultern und zog ihn mit mir nach unten. Ich lehnte ihn gegen die Kissen, küsste ihn auf die Lippen und verheddthe meine Hände in seinem üppigen Haar, während wir uns aneinander labten.

Als Quoth mich küsste, sprudelten die Emotionen in meinem Bauch hoch, stiegen durch meine Brust und flossen durch meinen Mund und über meine Zunge. Ich fütterte ihn mit all den dunklen Gedanken, die sich in mir verbargen, und er gab mir seine. Ich kostete von ihm, nicht von seinem körperlichen Ich, sondern von seiner Seele. All die Emotionen, die er normalerweise in seine Kunstwerke einfließen ließ, flossen in mich, dunkel und gebrochen und erschreckend. Aber ich hatte keine Angst vor ihm. Wie könnte ich auch, wenn er sich so sehr und so intensiv um mich bemühte?

Das war Quoth, mein eingesperrter Vogel, der langsam, ganz langsam lernte, frei zu sein.

Ich kniete mich hin und schlang meine Hände um seinen Schaft. Quoths Lippen öffneten sich. Seine schwarzen Wimpern flatterten, als er mich mit schweren Lidern ansah. Ich beugte mich vor und nahm Quoth in den Mund, schmeckte seine Süße und ließ meine Zunge über seine Schwanzspitze gleiten. Er seufzte, ein Geräusch voller Glückseligkeit, das mir das Herz brach.

Ich hielt meinen Blick auf seinen gerichtet und verlangte,

dass er mich ansah, um die Gewissheit zu haben, dass ihm bewusst war, dass ich ihm dabei zusah, wie viel Vergnügen er an mir fand. Ich wollte, dass Quoth wusste, dass ich einen Weg finden würde, ihn so glücklich zu machen, wie er mich machte. Dass er es wert war, dass ich mich um ihn kümmerte.

Ich wippte auf meinen Füßen hin und her und nahm mehr von Quoth in mich auf. Ich genoss es, wie sich meine Lippen um ihn herum ausdehnten und wie sich sein Schwanz gegen meine Zunge spannte und zuckte. Er schmeckte fantastisch, wie Wind und Butter, wie das weiche Gefühl, in einen Haufen Herbstblätter zu fallen.

»Mina.« Quoths Stimme zitterte. Seine Hände krallten sich in die Laken. Ich bewegte mich mit dem gleichen ruhigen Tempo wie Morrie und nahm Quoth tief in meine Kehle, bevor ich ihn mit langen, langsamen Stößen freigab. Jedes Mal, wenn sein Schwanz in meinen Mund glitt, stellte ich mir vor, wie ich seine ganze Dunkelheit in mich hineinzog und ihm nur das helle, strahlende Licht seines Herzens ließ.

Warme Hände streichelten meine nackten Beine. *Heathcliff.* Ich erkannte seine hemmungslose Berührung, die Art, wie er sich an mich klammerte, als wäre ich das Einzige, was ihn aufrecht hielt. Eine Kondomverpackung riss, und dann schlang Heathcliff einen Arm um meine Brust, und sein Schwanz rieb sich zwischen meinen Beinen, suchte den Eingang.

»Ja«, sagte Morrie von irgendwo rechts. »Das ist heiß.«

»Warte, bis du dran bist«, knurrte Heathcliff und seine tiefe Stimme hallte durch meinen ganzen Körper. Während ich Quoth in mich aufnahm, schob ich meine Beine weiter auseinander, um Heathcliff einen besseren Zugang zu ermöglichen. Mein ganzer Körper schmerzte vor Verlangen nach ihm, nach ihnen.

Heathcliff hielt meinen Oberkörper fest und drang mit

einem einzigen tiefen Stoß in mich ein. Ich keuchte gegen Quoths Schwanz, als mein Körper ihn aufnahm.

Ich hatte zwei von ihnen in mir.

Wow!

Das ist herrlich.

Mit einem animalischen Knurren bewegte sich Heathcliff, zog sich zurück und stieß erneut tief in mich hinein, wobei er meinen Körper und mein Herz auf die beste Weise aufriss. Seine Dunkelheit wühlte sich durch meine und fand in Quoth und mir einen melancholischen Partner. Ich brach sie auf und legte die verborgenen Dinge frei, die sie nicht sehen wollten. Aber ich sah sie, weil sie meine eigenen Ängste und meine eigene Stärke widerspiegelten.

Quoths Hand auf meiner Schulter beruhigte mich, und das orangefarbene Feuer in seinen Augen brannte sich durch jedes Bedauern, das ich je gehabt hatte, und verwandelte es in Asche. Heathcliffs Körper auf meinem war heiß, glitschig und durchtränkt von Schweiß, Schmerz und Instinkt. Im Gegensatz zu Morrie genoss er die fehlende Kontrolle und gab sich ganz seiner animalischen Seite hin, den dunklen Aspekten, die manche dazu brachten, ihn als brutal, grausam und wahnsinnig zu bezeichnen.

Aber ich nicht. Ich nannte ihn nur Heathcliff.

Ich nannte ihn mich selbst.

»Ich will die Party nicht stören«, schmollte Morrie. »Aber ich möchte darauf hinweisen, dass sich einer von uns ein bisschen ausgeschlossen fühlt.«

»Sie hat einen Mund und eine Fotze, und wir belegen gerade beide«, knurrte Heathcliff. »Wenn du keinen anderen Vorschlag hast, warte, bis du dran bist.«

»Oh Heathcliff, Heathcliff. Wie behütet du doch aufgewachsen bist.« Morrie hielt eine Tube Gleitgel hoch. Ich brauchte einen Moment, um zu begreifen, wofür er es verwenden wollte.

Meine Lippen glitten von Quoths Schwanz, als mich ein unangenehmes Gefühl überkam. »Trägst du das überall mit dir herum, nur für den Fall, dass sich eine Gelegenheit ergibt?«, fragte ich.

»Natürlich.« Morrie wirbelte die Flasche herum und seine Augen funkelten. »Was sagst du dazu, meine Schöne?«

Du kommst nicht in die Nähe meines Arsches, James Moriarty, bis du mir das Stück von dir gibst, das du zurückhältst.

Aber ich hatte nicht vor, ihm diese Antwort jetzt zu geben. Morrie hatte es verdient, noch ein bisschen zu schwitzen. Ich beugte meinen Kopf zurück zu Quoth und nahm ihn tief und langsam in mich auf. Quoths Augen weiteten sich, und seine Finger krallten sich in meine Schulter. »Mina, ich glaube …«

Ich packte ihn fester und pumpte mit meiner Hand, während ich meine Zunge um seine Schwanzspitze wirbelte. Sein Körper versteifte sich, seine Muskeln spannten sich an, als er hart in meinem Mund kam. Ich schluckte den Geschmack von ihm hinunter und nahm alles, was er mir gab, als wäre es ein Geschenk, auf das ich gehofft und gebetet hatte. In vielerlei Hinsicht war es das auch. Quoth war ein Geschenk, von dem ich hoffte, es jeden Tag auspacken zu können.

»Jetzt, wo du mit dem Vogel fertig bist, konzentriere dich auf mich.« Morrie schob den zusammengesunkenen Quoth zur Seite und wedelte mit der Flasche vor meinem Gesicht. Sein süffisantes Lächeln verriet Verlangen. »Was sagst du? Ja?«

Ich schüttelte den Kopf. »Diesmal nicht.«

Morrie hob eine Augenbraue. »Aber vielleicht beim nächsten Mal?«

Ich lachte, als ich ihn küsste. *Dein Schwanz ist nicht das Einzige, was ich will. Ich verlange nichts weniger als dein ganzes Herz, James Moriarty. Und eines Tages werde ich es bekommen.*

Morrie schlang seine Arme um mich. Er seufzte. »Gut. Aber wenn ich bis zum Ende der Nacht nicht in dir bin, werde ich sehr wütend sein.«

Als Antwort schaukelte ich meine Hüften gegen Heathcliff. »Das können wir nicht zulassen.«

»Also ... was machen wir jetzt?«

»Hältst du jemals die Klappe?« Ich ging in die Knie und packte seine Schulter, zog ihn an mich und brachte seine Proteste mit meinen Lippen zum Schweigen. Morrie klammerte sich an mich. Sein Körper drückte gegen meinen, während Heathcliff noch tiefer eindrang.

Eingezwängt zwischen ihren Körpern, ihre Hände und ihr Fleisch überall auf mir, loderte ein Feuer in mir auf. Angefacht durch ihre rohen, ursprünglichen Bedürfnisse wurde ich zu Sekhmet, der Beschützerin der Sonne, der Kriegsgöttin des Feuers, der Heilerin von Wunden, denn dieses Feuer ... es war heilendes Feuer. Über meine Schulter hinweg schauten sich Heathcliff und Morrie in die Augen, und der Blick, der zwischen ihnen lag, hatte etwas Unheimliches. Es schien, dass das Feuer auch sie berührte.

Heathcliffs Nägel gruben sich in mich, während sich sein Körper anspannte. Er vergrub sein Gesicht in meiner Schulter und seine Zähne kratzten an meiner Haut. Ein Schauer durchlief seinen Körper. In mir bebte sein Schwanz und er drang tief in mich ein, als er kam. Die Kraft seiner letzten Stöße ließ mich gegen Morrie stoßen, als würde er seinen Schwanz durch uns beide treiben.

Heathcliff hielt mich einen Moment lang fest und beugte sich herunter, um mich mit einem weiteren atemberaubenden Kuss zu fordern. Dieser Moment und dieser Kuss sagten mir alles, was ich je über ihn wissen musste. Er rutschte von mir herunter und ließ sich auf das Bett fallen.

»Ich bin dran.« Morrie packte meine Hüfte und drehte mich

herum, sodass auch er von hinten in mich eindrang. Ich stieß einen Schrei aus, als er mit einem tiefen Stoß in mich eindrang. Vorbei war es mit seiner Kontrolle, seiner Gleichgültigkeit. Morrie entfesselte das Chaos in seinem Inneren, das er so lange zurückgehalten hatte. Nägel zogen sich über meinen Rücken. Seine Zähne schnappten nach meinem Hals. Er stieß gegen mich wie ein Besessener, als würde er den Dämon in seinem eigenen Körper ficken.

Ich wölbte meinen Rücken und wiegte mich gegen jeden Stoß, während ich mich seiner Hingabe ergab. Wenn das Morries Chaos war, wenn es das war, wovor er mich schützen wollte, dann konnte er es vergessen. Ich wollte es. Ich brauchte es, ich brauchte ihn. Was auch immer gerade in Morries Kopf vorging, irgendetwas hatte ihn gebrochen. Die Schleusentore hatten sich geöffnet. *Das wurde aber auch langsam Zeit.*

Eine Hand schlängelte sich um meinen Hals und ein Finger drückte gegen meine Lippen. »Beiß mich, meine Hübsche«, murmelte Morrie, leise und weit weg, verloren in seinem eigenen inneren Aufruhr. Ich versenkte meine Zähne in seiner Haut, als er seine Hand zwischen meine Beine schob und mit der Fingerspitze über meinen Kitzler strich. Als er mich mit seinem Finger und seinem Schwanz zum Höhepunkt trieb und der Orgasmus mich überrollte, biss ich fest auf seinen Finger und schmeckte den Geschmack seines Blutes auf meiner Zunge. Morries Körper versteifte sich und er kam endlich.

Braucht er den Schmerz so sehr?

Als er auf dem Bett zusammensackte, drehte ich mein Gesicht zu Morrie und sah ihm in die Augen. »Mina«, flüsterte er. Auf seinem Gesicht lag ein seltsamer, entrückter Blick, der von der Traurigkeit gefärbt war, die Quoth normalerweise mit sich herumtrug.

Ich küsste ihn lange und langsam und versuchte, ihm eine

Antwort herauszulocken. Etwas in Morrie fühlte sich anders an. Ruhiger, verletzlicher.

Wow.

Morrie zog sich zurück und seine Augen weiteten sich.

»Morrie, was ...«

Er riss seinen Kopf zurück, drehte sich von mir weg und rutschte vom Bett. Ich griff nach ihm, aber er schüttelte meinen Arm ab.

Nein, Morrie, tu das nicht. Zieh dich nicht zurück, wenn du so nah dran warst.

»Wo brennt es denn?«, grunzte Heathcliff. Morrie antwortete nicht. Er schob seine langen Beine in seine Hose und humpelte zur Tür.

Ich setzte mich auf, und in meiner Brust brodelte die Sorge. »Was ist los?«

»Ich muss einfach ... Ich muss gehen.« Morrie warf sich ein Hemd über die Schultern und stolperte in den Flur. Die Tür knallte hinter ihm zu.

14

»Morrie, warte!« Ich warf mich vom Bett und kramte auf dem Boden nach meinen Kleidern. Ich schnappte mir mein Kleid, merkte dann aber, dass es viel zu lange dauern würde, es anständig anzuziehen. Mein Rucksack war im anderen Zimmer und wir hatten die Tür zwischen den beiden Zimmern verriegelt, falls Lydia zu uns stoßen wollte. Ich konnte nicht riskieren, sie zu öffnen, falls sie auf der anderen Seite war, und somit herausfand, was vor sich ging.

Ich schnappte mir Heathcliffs voluminöses Hemd vom Boden und warf es mir über den Kopf. Es war so breit und groß, dass es fast bis zu meinen Knien reichte. Nicht gerade Regency-angemessen, aber zumindest einigermaßen anständig.

»Mina, was machst du da?«

»Ich gehe ihm nach.« Ich zog mir Heathcliffs riesigen Mantel über und schob meine Füße in meine Docs.

»Warum?«, fragte Heathcliff. »Er ist einfach nur Morrie. Er kann nicht damit umgehen, wenn er nicht das Sagen hat.«

»Ich glaube nicht, dass es dieses Mal daran liegt.« Ich riss die Tür auf und joggte in den Flur. Er war leer. Am oberen Ende der Treppe hielt ich inne und schaute über die Brüstung hinunter. Unten in der Eingangshalle tummelten sich Pärchen mit Weingläsern in der Hand und plauderten miteinander. Aus dem Uppercross ertönte Klaviermusik. Wenn Morrie litt, wäre er nicht die Treppe hinuntergegangen. *Wohin dann?*

Ich erinnerte mich an den überdachten Balkon, von dem aus wir das Fechten beobachtet hatten. Um diese Zeit würde er völlig verlassen sein. Ich rannte über den oberen Treppenabsatz, duckte mich durch einen Flur und dann durch einen anderen, bis ich den Weg zurück zum kleinen Arbeitszimmer fand, das zum Balkon führte.

Ich wollte kein Licht anmachen und riskieren, Morrie zu verschrecken. Ich schlurfte durch das dunkle Arbeitszimmer und zuckte zusammen, als ich mit der Hüfte gegen einen großen Eichentisch stieß. Das Mondlicht schien von den Fenstern nach draußen und meine Schläfen schmerzten, als sich meine Augen auf die hellen Quadrate konzentrierten und alles andere in meinem verengten Blickfeld ausblendeten.

»Au!« Mein Knie knallte gegen einen Steinsockel. Ich streckte meine Hände aus und schaffte es, eine Terrakotta-Vase aufzufangen, bevor sie auf den Boden kippte. Als ich den Sockel aufrichtete und die Vase wieder auf ihren Ständer stellte, schob sich ein Schatten durch das Mondlicht.

»Mina?«

Ich blickte auf. Eine große Gestalt stand in der Tür, die auf den Balkon hinausführt. In der Dunkelheit konnte ich außer einem vagen Schatten nichts erkennen, aber ich erkannte diese Stimme überall.

»Ich bin auf der Suche nach dir.« Ich richtete mich auf. »Ich dachte, wir könnten reden.«

»Geh zurück ins Zimmer. Ich komme gleich nach.« Die Gestalt verschwand.

Oh nein, das tust du nicht. Ich machte mich auf den Weg zur

Tür, lehnte mich gegen den Rahmen und beobachtete Morrie. Er stand am Geländer und starrte hinaus in die schneebedeckte Nacht. In der Dunkelheit konnte ich seine Gesichtszüge nicht erkennen, aber seine Gestalt war unverkennbar.

»Morrie?« Ich trat neben ihn.

»Ich möchte lieber allein sein«, sagte er, ohne sich umzudrehen.

»Ist das wahr?« Ich trat noch einen Schritt näher. »Du bist immer allein, auch wenn du mit mir zusammen bist. Du hältst etwas zurück und kämpfst gegen dich selbst. Ich glaube, du weißt es vielleicht nicht besser, aber was auch immer der Grund ist, du hast diese Distanz zwischen uns aufgebaut. Ich hasse sie. Heute Abend hast du diese Distanz überwunden und mich dich sehen lassen, dich *wirklich* sehen lassen. Und ich glaube, du hast Angst davor.«

Morrie sprach lange Zeit nicht. Ich ließ es darauf ankommen und schlurfte über den Balkon, um mich neben ihn zu stellen. Er sah mich nicht an, also lehnte ich mich über das Geländer und versuchte, einen Blick auf sein Gesicht zu erhaschen. Sein Mund war zu einer festen Linie verzogen und seine Augen bildeten Eiskristalle, kalt und hart, aber zerbrechlich. Morrie biss sich auf die Unterlippe, und ich wagte zu hoffen, dass etwas von dem, was ich gesagt hatte, bei ihm angekommen war.

»Was ist los mit dir? Warum hast du dich in den letzten Wochen so seltsam verhalten? Seit wir Frau Scarletts Mord aufgeklärt haben, bist du missgelaunt und gemein.«

Morrie zog ein Papier aus seiner Tasche, faltete und entfaltete es in seinen Händen. Er seufzte.

»Ich habe dich in Gefahr gebracht.« Er flüsterte nicht und verschluckte sich nicht. Seine Worte kamen klar und selbstbewusst heraus. Was auch immer er mir sagen wollte, er war fest davon überzeugt, dass es wahr war.

»Was meinst du?«

»Als du zu Frau Winstones Haus gegangen bist und die Leiche ihres Mannes gefunden hast. Ich habe zu lange gebraucht, um herauszufinden, dass es sich um zwei verschiedene Mörder handelt, und ich hätte sie sofort als die Mörderin erkennen müssen. Alle Hinweise waren da, der vermisste Ehemann, der Konflikt mit Ginny Button, der Angriff mit dem Spazierstock, der nicht in das Muster des Mörders passte. Aber ich habe es übersehen.« Er schüttelte ungläubig den Kopf.

»Das spielt keine Rolle. Wir haben es gemeinsam herausgefunden und Frau Winstone und Greta geschnappt. Dank deiner Cleverness haben wir den Fall gelöst, und niemand sonst wurde ermordet.«

»Verstehst du nicht? Es ist sehr wichtig. Ich hätte es herausfinden müssen, aber das habe ich nicht und ich habe mir den Kopf zerbrochen, um herauszufinden, warum. Dabei kam mir der erschreckende Gedanke, dass ich vielleicht den Verstand verliere. In den letzten Monaten war ich verwirrt, durcheinander, verblödet. Vielleicht war es eine nicht diagnostizierte Krankheit. Ich musste es herausfinden, und der erste Teil der Gleichung war, zu verstehen, wie stark mein Gehirn beschädigt war.« Morrie reichte mir den Brief. »Also habe ich den MENSA-IQ-Test erneut gemacht. Ich habe diesen Test vor einem Jahr nur deshalb gemacht, um eine Wette mit Heathcliff zu gewinnen, die ich auch tatsächlich gewonnen habe. Mein Test ergab einen IQ von 172.«

Der Umschlag von MENSA. Es waren seine Testergebnisse. Aber er wäre nicht so wütend, wenn er nicht …

Igitt. Ich wusste, dass Morrie schlau war, aber ein IQ von 172 war nicht zu fassen. Morries Lippen zitterten und mir tat das Herz weh, als sein sprunghaftes Verhalten und seine abfälligen Kommentare mir klar vor Augen geführt wurden.

Morrie schätzte seine Intelligenz über alles, und wenn er sie aus irgendeinem Grund verlieren würde, wäre das, als würde er einen wichtigen Teil seiner Persönlichkeit verlieren. Ich wusste genug darüber, wie sich das anfühlte, um zu wissen, dass es sich beschissen anfühlte.

»Morrie«, ich berührte seine Schulter. »Es tut mir so leid. Ich wünschte, du hättest etwas gesagt. Du musst damit nicht allein fertig werden. Ich kann dir helfen. Ich ...«

Er lachte, aber das Geräusch war nicht lustig. Er hielt ihm den Brief hin. »Lies ihn.«

Ich nahm das Papier, klappte es auf und überprüfte die Ergebnisse. Die Zahl sprang mir ins Auge.

Standardisierter IQ-Wert: 173

Hm?

»Morrie, hast du das überhaupt gelesen? Das ist ein Punkt *mehr* als bei deiner letzten Prüfung. Du brauchst dir also keine Sorgen zu machen.«

»Natürlich mache ich mir Sorgen. Der Zettel beweist, dass mein Gehirn einwandfrei funktioniert. Das Problem ist nur, dass mir mein Herz im Weg steht.«

Mein eigenes Herz hämmerte gegen meine Brust. Ich hatte so viele Fragen, aber ich blieb still. Wenn ich Morrie jetzt erschreckte, würde er sich nie wieder öffnen.

»Du bist mir wichtig.« Morrie stützte seine Wange auf seine Hand und schüttelte den Kopf, als könne er das alles nicht glauben. »Ich habe mir geschworen, diesen Fehler nie wieder zu machen. Ich habe mein ganzes Leben lang nur einen anderen Menschen geschätzt, und der hat mich über einen Wasserfall gestoßen.«

Bei Isis, er meint damit die Reichenbachfälle.

»Morrie ...« Ich wollte ihn nicht unter Druck setzen und ihn verschrecken, aber ich musste es wissen. »Willst du damit sagen, dass du in Sherlock Holmes verliebt warst?«

»Wie könnte ich das nicht gewesen sein? Er war der Einzige, der mich jemals gereizt hat und der mein Leben interessant gemacht hat.« Dann sah Morrie auf. »Bis zu dir.«

Mein Herz donnerte in meinen Ohren. Morries Blick trafen auf meinen. Die Eiszapfen in ihnen zersplitterten in Stücke. Da stand er nun, mein unmoralischer Verbrecher, all seines Bravados beraubt, und ich verstand seinen Schmerz. Morries Emotionen waren wie eine Flutwelle, die ihn mit sich riss. Er musste den winzigen Rest an Kontrolle behalten, den er noch hatte, oder er würde ertrinken. Zuzugeben, dass er sich sorgte, bedeutete zuzugeben, dass er sich schon einmal geirrt hatte, dass er jemanden geliebt hatte, von dem er wusste, dass er den ultimativen Verrat begangen hatte.

Arthur Conan Doyle hat die Ereignisse an den Reichenbachfällen nur durch Sherlocks kurzen Bericht an Watson wiedergegeben. Wir haben nie erfahren, was wirklich auf dem Felsvorsprung gesagt oder getan wurde. Morrie wusste es auch nicht, weil er aus seiner Geschichte in unsere Welt gezogen wurde, bevor es passierte. Er wusste nur, dass der Mann, den er liebte, ihn über eine Klippe gestoßen hatte.

Ich wollte ihm sagen, dass ich das nie tun würde, aber ich wusste es, und er wusste es, dass es keine Lösung ist, jemandem zu versichern, dass man ihn nicht verletzen würde.

»Sich in jemanden zu verlieben, macht dich nicht schwach«, flüsterte ich. »Es macht dich menschlich.«

»Menschen sind schwach«, sagte Morrie mit dieser kalten Stimme. »Ich habe mich schon einmal in jemanden verliebt und das hat mich mein Leben gekostet. Dieses Mal hätte meine Liebe dich fast *dein* Leben gekostet, Mina. Wenn ich dich ansehe, sehe ich nur meine Schwäche. Ich werde noch wahnsinnig, wenn ich nicht ...«

Sein Blick glitt zur Seite und verfolgte etwas auf dem Hof unter ihm.

»Was?« Auch ich drehte meinen Kopf, aber ich konnte in der Dunkelheit nichts erkennen. Frustration stieg in mir auf, weil ich nicht an dem Interessanten teilhaben konnte, das er gesehen hatte.

»Das ist Christina Hathaway.« Morrie senkte seine Stimme und kniff die Augen zusammen. Er duckte sich hinter den Balkon, sodass nur sein Kopf über das Geländer zu sehen war. Ich duckte mich neben ihn, gefangen von der Aufregung des Augenblicks. *Gib Morrie ein Rätsel, das er lösen kann, und er ist glücklich.*

Ich hockte neben ihm, mein Herz hämmerte. »Was macht sie da?«

»Sie ist mit dieser Journalistin unterwegs. Sie gehen unter den Bäumen am Ende des Hofes spazieren und reden leise miteinander.«

Das ist nicht gerade aufregend. »Wechsle nicht das Thema. Sie sind wahrscheinlich nur rausgegangen, um frische Luft zu schnappen. Oder eine Zigarette zu rauchen. Wäre es nicht witzig, wenn die perfekte kleine Regencylady eine heimliche Kettenraucherin wäre?«

»Oh, sie verbirgt durchaus etwas, aber es ist keine Nikotinsucht.« Morrie grinste. »Sie küssen sich.«

15

»Was?«

»Ja.« Morrie lehnte sich über den Balkon und spähte zum Ende des Hofes, wo ich gerade so zwei Gestalten ausmachen konnte, die unter einem der Bäume kauerten. »Schade, dass du sie nicht sehen kannst. Hier wird heftig geknutscht. Wir könnten uns Tipps holen.«

»Morrie!« Ich packte ihn an der Hand und zerrte ihn zurück ins Haus. »Wir sollten ihnen nicht nachspionieren. Sie haben ein bisschen Privatsphäre verdient.«

»Entspann dich, meine Hübsche. Sie haben keine Ahnung, dass wir hier oben sind, sonst wären sie nicht so verzweifelt dabei, sich gegenseitig das Gesicht abzulecken.«

»Meinst du, Christinas Vater weiß es?« Es fiel mir schwer, zu glauben, dass ein Mann wie Hathaway mit seinem Festhalten an den Regency-Werten die augenscheinliche Sexualität seiner Tochter gutheißen würde.

»Das bezweifle ich, sonst hätten sie nicht das Bedürfnis, sich bei minus vier Grad nach draußen zu schleichen, um sich zu küssen.«

»Interessant. Ich frage mich, ob das etwas mit der

Geschichte zu tun hat, an der Alice arbeitet. Sie versucht definitiv, Hathaway zu stürzen.«

Ich schüttelte den Kopf. »Nein, ich mache das nicht. Es geht uns nichts an, was die Leute hinter verschlossenen Türen treiben.«

»Oder unter Bäumen.«

»Ja. Oder unter Bäumen. Apropos.« Ich schlug ihm auf den Arm. »Du kannst nicht immer weglaufen, wenn du aufgewühlt bist. Ich kann mich nicht auch noch um das hier kümmern, entweder du bist dabei oder du bist raus.«

»Was soll das heißen?«

»Es bedeutet …« Ich schloss meine Augen. War es wirklich das, was ich wollte? Wenn ich Morrie zu sehr drängte, könnte es sein, dass ich ihn wegstieß. Aber andererseits war Morrie nicht der Einzige, der sich wider besseres Wissen emotional verstrickt hatte. Ein gewisser Meisterverbrecher war mir bereits unter die Haut gegangen, und je mehr Zeit ich mit ihm verbrachte, desto mehr verliebte ich mich in ihn, nicht in den eingebildeten Kerl an der Oberfläche, sondern in den gebrochenen Mann darunter. Ich brauchte Morries Vertrauen, damit er mir mehr von diesem Mann zeigte. »Es bedeutet, dass ich dich ganz oder gar nicht haben will. Du musst deinen Gefühlen für mich nachgeben, oder du bist raus. Kein Sex mehr. Nichts mehr von dem … was heute Abend passiert ist …«

»Das nennt man eine Orgie«, sagte Morrie. »Oder ein Vierer. Einen umgekehrten Harem. Manche Leute bevorzugen Gangbang …«

»Sei nicht so vulgär.« Mein Gesicht errötete. »Du hast doch damit angefangen, Morrie. Und du hast recht. Ich will mich nicht entscheiden. Ich will dich, Heathcliff und Quoth. Ich will dich nicht nur, weil du klug bist, sondern weil du mir so sehr am Herzen liegst. Vielleicht liebe ich dich sogar.« Das Wort, um das ich herumgetanzt war, weil ich noch nicht bereit war, es einem von ihnen zu sagen, obwohl es wahrscheinlich wahr war, rutschte mir über die Lippen. Ich hatte nur wenige Menschen in meinem Leben geliebt, und abgesehen von meiner Mama haben sie mich entweder im Stich gelassen oder sind mir in den Rücken gefallen. »Und du bist nicht der Einzige, der sein Herz aufs Spiel setzt oder das Monopol auf Schmerz hat. Ich bekomme dein Herz, oder du verschwindest. Das ist mein letztes Angebot.«

Ich drehte mich um und verließ den Raum, während James Moriarty fassungslos und schweigend auf dem Balkon zurückblieb und mir mit seinen Eiszapfenaugen nachsah.

16

»Steh auf, steh auf!« Ein Kissen traf mich im Gesicht.

»Krächz, krächz, krächz!« Ein Rabe hüpfte über das Bett und schlug hektisch mit den Flügeln.

»Äh, ähm, was?« Ich rieb mir die Augen. Schwarze und weiße Federn segelten durch die Luft um mich herum.

»Wie kannst du es wagen, mit meiner Begleitung zu schlafen, und das am Tag des Balls!« Lydia schlug mir wieder ein Kissen auf den Kopf.

»Was ist denn hier los?«, murmelte Morrie und öffnete seine Augen. »Wie ist sie hier überhaupt reingekommen? Wir haben die Tür abgeschlossen.«

»Du hast mir beigebracht, wie man ein Schloss knackt!«, kreischte Lydia und schlug Morrie sicherheitshalber auf den Kopf.

»Au! Das war nur, weil du nervig warst und ich wollte, dass du für zwanzig Minuten die Klappe hältst«, grummelte Morrie unter der Bettdecke. »Du hättest das nicht gegen mich verwenden sollen.«

»Hat sie aber, und jetzt versucht sie, uns mit Gänsedaunen

zu ermorden.« Ich zog eine Feder zwischen meinen Lippen hervor. »Lydia, warte mal kurz. Lydia!«

Sie schlug mir erneut auf den Kopf und dämpfte meine Worte mit ägyptischem Leinen der Stärke 400. Ich riss das Kissen aus ihrem Griff und drückte es an meine nackte Brust. Lydia starrte mich vom Ende des Bettes aus an.

»Setz dich hin.« Ich tippte mit dem Finger auf die Sitzgruppe unter dem Fenster. Lydia ließ sich auf das Sofa plumpsen und starrte mich trotzig an. »Lass mich eine Jeans finden, dann kann ich es erklären.«

»Du trägst nicht einmal Unterhosen?«, kreischte Lydia.

»Stell den Ton leiser«, murmelte Heathcliff. »Einige von uns versuchen, ihren Schönheitsschlaf zu bekommen.«

»Ich würde gleich aufgeben, denn auch ein Jahrzehnt Schlaf wird dir nicht helfen«, sagte Morrie.

»Krächz!« Quoth hüpfte im Kreis auf den Bettlaken herum.

»Na gut. Ich bringe es in Ordnung.« Ich packte Lydia an den Haaren und zerrte sie ins andere Schlafzimmer, wobei ich die Tür hinter mir zuschlug.

»Au. Lass mich los, du Dirne!« Lydia fuchtelte mit ihren Händen in meinem Gesicht herum. Ich schlug sie weg. »Ich werde allen von deinem skandalösen Verhalten erzählen …«

»Nein«, sagte ich und ließ sie auf das Bett fallen. Ich ging zur Minibar unter dem Schreibtisch und holte zwei kleine Flaschen Whisky heraus. Ich warf ihr eine zu und brach den Verschluss der anderen auf. »Das tust du nicht. Trink das.«

Lydia starrte auf die Flasche in ihrer Hand und dann auf den Kühlschrank. »Ist das eine Art … futuristische Eiskiste?«

»Genau das ist es.« Ich hielt meine Flasche hoch. »Und das ist eine der vielen Freuden der modernen Welt. Hoch die Tassen.«

»Warum trinken wir? Du sollst mir erklären, warum ich dich in einem kompromittierenden Zustand mit meiner

Begleitung gefunden habe. Du hast deine eigene Begleitung, den mürrischen Typ. Warum musstest du auch noch meinen nehmen?«

»Dazu komme ich noch. Ich brauche nur erst ein bisschen flüssigen Mut. Und du brauchst vielleicht auch ein bisschen, für das, was ich dir gleich erzählen werde.«

»Also gut.« Lydia hielt mir ihre Flasche entgegen, kippte sie herunter und knallte das Glas auf den Tisch. Ich schluckte meinen ebenfalls runter und der billige Whisky brannte den ganzen Weg hinunter. Ich warf die Flasche auf den Tisch und beugte mich vor.

»Die Sache ist die, Lydia. Vieles hat sich geändert, seit Jane Austen deine Geschichte geschrieben hat. Zum Beispiel haben wir jetzt Kühlschränke und können unseren beschissenen Whisky für Gelegenheiten wie diese kalt stellen.« Ich hustete, als der Alkohol in meiner Brust brannte. »Außerdem haben wir den Feminismus, was bedeutet, dass du dir keinen Mann suchen musst, um ein reiches und sicheres Leben zu führen.«

»Nicht schon *wieder* dieser Feminismus-Quatsch.« Lydias Lippe kräuselte sich. »Das klingt schrecklich.«

»Ich kann dir versichern, dass es eigentlich ganz lustig ist. Feminismus bedeutet, dass du deine Entscheidungen nicht danach treffen musst, wie gut du bei den Männern ankommst. Du weißt es zum Beispiel noch nicht, aber als du mit Wickham durchgebrannt bist, musste deine Familie das ganze Land abklappern, um dich zu finden, weil sie sich Sorgen um deinen Ruf gemacht hat. Jetzt kannst du tun, was du willst, und dein Ruf bleibt unbefleckt. Du kannst mit Wickham ins Bett steigen und am nächsten Tag mit deinen Freundinnen darüber reden, ohne dass du als Ehefrau weniger begehrt wärst. Du kannst mit jedem ins Bett steigen, den du willst, und musst ihn nicht heiraten.«

Lydias Lippe kräuselte sich erneut. »Ist das wahr?«

»Ja. Na ja, im Prinzip schon. Die Leute lieben es, zu tratschen. Sie könnten hinter deinem Rücken gemeine Dinge über dich sagen und dich eine Schlampe nennen, weil wir das Patriarchat noch nicht ganz zerschlagen haben. Aber das ist ein ganz anderes Thema.« Als ich merkte, dass Lydia die Augen verdrehte, wies ich auf die Tür, die unsere Zimmer trennte. »Der *Punkt* ist, dass Morrie vielleicht dein Begleiter ist, aber er ist bereits vergeben. An mich.« *Zumindest hoffe ich, dass er das ist.* Ich dachte an das Ultimatum, das ich ihm gestern Abend gestellt hatte. »Und Heathcliff auch. Und Quoth. Ich bin mit keinem von ihnen verheiratet, aber das heißt nicht, dass wir uns nicht treffen und miteinander schlafen können. Wir könnten sogar zusammenleben, wenn wir wollten.«

Lydias Augen waren so groß und rund, dass man meinen könnte, sie hätten Monde umkreist. »Ich hätte nie geglaubt, dass so etwas möglich ist.«

»Warum nicht? In vielen alten Geschichten gibt es Männer mit Harems von Frauen. Warum sollte es nicht andersherum genauso sein? Das ist Feminismus, gleiche Rechte für alle. Die Sache ist die, dass es immer noch nicht ganz gesellschaftsfähig ist, mehrere Partner zu haben. Wir alle wissen, dass so etwas passiert, aber wir reden nicht darüber.«

Lydias Gesicht hellte sich auf. »Oh, ja. Wie zum Beispiel, als Vater meine Schwester Mary dabei erwischt hat, wie sie Maria Lucas hinter den Ställen geküsst hat.«

Okay, wow. Ich verkniff mir ein Lachen. »Ja, genau so ist es. Es ist sehr wichtig, dass du niemandem von mir und den Jungs erzählst. Diese Stadt ist klein, wie Meryton, und einige Leute würden das nicht gutheißen. Ihre Missbilligung könnte uns allen schaden, auch dir.«

»Aber du hast doch gerade gesagt ...«

»Ich weiß, was ich gerade gesagt habe.« Ich rieb mir die Schläfe, wo sich Kopfschmerzen gebildet hatten. »Bei Isis, dafür ist es noch zu früh am Morgen. Das ist diese Patriarchatssache, von der ich dir erzählt habe. Ich gebe dir ein Buch zum Lesen, wenn wir wieder im Laden sind. Für den Moment sagen wir einfach, dass du tun kannst, was du willst, solange du es nicht groß zur Schau stellst. Sieh es doch mal so: Jetzt, wo Morrie vom Tisch ist, kannst du jeden anderen Mann genießen, den du begehrst. Oder eine Frau«, fügte ich hinzu und dachte an das, was Morrie und ich gestern Abend unwissentlich miterlebt hatten und was Lydia mir gerade über ihre Schwester erzählt hatte. »Du könntest sogar eine Frau haben, wenn du das möchtest.«

»Frauen treiben es frei mit anderen Frauen?« Lydia schnappte nach Luft. »Meine Mutter wälzt sich in diesem Moment im Grab und ich liebe es.«

Ich grinste. »Lydia, ich glaube, du wirst es wirklich genießen, in diesen Zeiten ein Teenager zu sein. Es gibt einen Grund, warum 'Es ist kompliziert' der beliebteste Beziehungsstatus auf Facebook ist. Hör auf, dich so an Morrie festzuklammern, heute Abend ist ein Ball, und das ganze Haus ist voll mit seltsam kostümierten Freaks, die gerne mit einer echten Regency-Lady schlafen würden.«

»Worauf warten wir dann noch?« Lydia öffnete ihren Koffer und fing an, sich Kleider über den Kopf zu werfen. »Hilf mir in dieses Outfit. Ich muss heute sensationell aussehen, wenn ich den Rest meiner Tanzkarte für heute Abend auffüllen will. Und wir müssen uns beeilen, denn ich will die Gelegenheit, beim Frühstück mit David zu sprechen, nicht verpassen.«

∿

Lydia zog das Musselin-Kleid an, in dem sie angekommen war, steckte sich die Haare hoch und schmückte sie mit Seidenblumen, die sie auf dem Markt in Netherfield gekauft hatte. Sobald sie sich überzeugt hatte, dass sie bereit war, einen Ansturm von Bewunderern zu empfangen, standen wir drei auf, um uns auf den Weg zu den Aktivitäten des Tages zu machen. Ich küsste Quoth zum Abschied und fuhr mit meinen Händen durch sein schwarzes Haar. »Ich werde den ganzen Tag an dich denken«, sagte er zwischen zwei Küssen.

»Tu das«, küsste ich ihn. »Wir haben heute Abend den Ball, also ...«

Quoth zeigte auf das Schlafzimmerfenster hinter sich. »Ich habe es weit genug offengelassen, damit ich reinkommen kann. Aber ich denke, ich werde wahrscheinlich draußen vor dem Ballsaal sitzen und den Ball beobachten. Es wird lustig sein, die Kostüme zu sehen, die Band zu hören und dir dabei zuzusehen, wie du Heathcliffs Schienbein zerschlägst.«

Ich stemmte die Hände in die Hüften und funkelte ihn an. »Du sollst wissen, dass ich eine fantastische Tänzerin bin, danke.«

»Das ist eine Lüge«, rief Heathcliff vom Flur aus.

»Mina, lass uns gehen!« Lydia zerrte einen verstörten Moriarty zur Treppe.

Ich klammerte mich an Quoth, denn ich wollte nicht, dass ein ganzer Tag verging, an dem ich ihn nicht sah. Er lachte und drückte seine Lippen auf meine Stirn. »Du sollst nur wissen, dass ich dich im Auge behalten werde, wenn du heute Abend auf der Tanzfläche herumtanzt.«

Ein köstlicher Schauer lief mir bei dem Gedanken über den Rücken. »Das gefällt mir.«

Lydia stürmte durch die Tür, packte mich am Arm und zerrte mich weg. »Mein Gott, du bist ja noch trödeliger als meine Schwester Jane, die immer den Kopf in den Wolken hat.«

Ich winkte zum Abschied, als Lydia mich aus dem Zimmer zerrte und die Tür hinter mir zuschlug. Heathcliff riss mich aus ihrem Griff und legte meine Hand auf seinen Arm. »Ihre

Methode lässt viel zu wünschen übrig«, murmelte er. »Aber ich kann ihrer Logik nicht widersprechen. Ich habe gehört, dass das Frühstück etwas ganz Besonderes sein soll, und mein knurrender Magen will es unbedingt erleben.«

Das Frühstück wurde in zwei großen Räumen neben der Küche des Haupthauses serviert. Die Wände waren weiß getüncht und das normale Mobiliar war entfernt worden und durch lange Bänketttische ersetzt. Mir lief das Wasser im Mund zusammen, als wir uns dem Buffet näherten. Ich hatte gar nicht bemerkt, wie hungrig ich war. Einen Vierer zu haben, musste verdammt viele Kalorien verbraucht haben.

Die Speisen waren in silbernen Schüsseln aufgereiht, auf deren Oberseiten in winziger Schrift Etiketten angebracht waren. Ich beugte mich vor, um meine Auswahl zu lesen. *Rührei?* Ja, bitte. Ich schüttete einen Löffel voll auf meinen Teller. *Frühstückswürstchen mit Schweinefleisch und Fenchel?* Kein Problem. *Croissants mit Schinken und Käse?* Ich nehme drei ...

»Entschuldigen Sie, meine Liebe, aber Sie sollten nicht so auf das ganze Essen atmen.«

Ich zuckte überrascht zusammen, kippte meinen Teller nach vorne und verschüttete Eier und Wurst vorne auf meinem Kleid. Meine Wangen färbten sich rot, als ich mich umdrehte, um einer Gruppe älterer Damen in ihren Regency-Kleidern zu begegnen. Ich hatte gar nicht bemerkt, wie nah ich mich über das Essen gebeugt hatte, um die Etiketten zu lesen. »Oh, richtig, tut mir leid.«

»Lassen Sie sie in Ruhe«, warf Heathcliff den älteren Damen vor. »Sie ist blind.«

Heathcliffs Worte ließen mich zusammenzucken. »Ich bin nicht blind. Ich bin nur teilweise ...«

»Es ist mir egal, ob sie blind, taub oder stumm ist, das ist unhygienisch.«

»Wagen Sie es nicht, so mit Mina zu sprechen.« Stürme brauten sich in Heathcliffs Augen zusammen.

»Es ist in Ordnung.« Ich drückte Heathcliff meinen Teller in die Hand. »Ich muss mich sowieso frisch machen.«

»Mina ...«

Ich rannte aus dem Zimmer und hielt meinen Blick auf den Boden gerichtet, um nicht zu sehen, ob mir jemand folgte. Im Bad tupfte ich mein Kleid mit einem Stück Klopapier ab, aber das verteilte die Flecken nur auf meiner Brust. Als ich mein Spiegelbild anstarrte, blitzte ein grünes Neonlicht in meinem Blickfeld auf.

»Aaaaarrrrh!« Ich hielt mich am Rand des Waschbeckens fest und starrte mich im Spiegel an. Ich konnte die Etiketten an den Chafing Dishes nicht sehen.

Das erklärte Lydias seltsamen Blick, als ich mir neulich Davids Münzen angesehen hatte. Ich hatte gar nicht bemerkt, wie nah ich mich vorgebeugt hatte, um die Dinge zu betrachten. Meine Wangen brannten vor Peinlichkeit. *Ich habe mich vor allen Leuten lächerlich gemacht, an den Münzen geschnüffelt, über das Essen geatmet ...*

Das ist das Erbe meines Vaters.

Eine Ecke seines Briefes ragte oben aus meinem BH heraus. Ich zog ihn heraus und strich ihn auf dem Rand des Waschbeckens glatt. Eine Träne kullerte mir über das Gesicht, als ich die Worte überflog. Sie fiel auf den Rand mit den springenden Tieren und verwischte die Tinte.

Wer bist du, Vater? Warum konntest du nicht von Anfang an bei mir sein? Wenn du dagewesen wärst, müsste ich das vielleicht nicht alleine durchstehen.

Die Badezimmertür knallte hinter mir auf. Ich sprang auf. Mein Herz klopfte wie wild. »Mir geht es gut«, sagte ich und tupfte mir mit dem feuchten Taschentuch das Gesicht ab. »Ich versuche nur, diese verdammte Wimper aus meinem Auge zu bekommen.«

»Mina.«

Beim Klang von Heathcliffs dunkler, kiesiger Stimme ließ ich das Taschentuch in die Spüle fallen. Meine Hände zitterten noch stärker. *Reiß dich zusammen, Mina.*

»Du darfst hier nicht rein.« Ich drehte mich nicht um. Ich konnte mich nicht bewegen. Aber im Spiegel konnte ich nur die Umrisse seiner Silhouette erkennen, seine schwarze Kleidung und seine dunklen Gesichtszüge, die im Schatten der Tür verborgen waren. »Das ist die Damentoilette.«

»Das ist mir egal«, knurrte Heathcliff. »Ich musste dich sehen.«

»Mir geht es gut. Ich bekomme nur diesen verdammten Fleck nicht aus meinem Kleid heraus.«

Heathcliff trat einen Schritt vor und stellte sich unter das Abblendlicht, sodass sein Körper gut zu sehen war. Die Schatten auf seinem Gesicht verrieten eine Welt des Schmerzes.

»Tu das nicht«, knurrte er. »Wenn du diesen Weg wählst, wirst du es bereuen.«

»Was?«

»Lass dich nicht von unbedeutenden Menschen und ihren Vorurteilen und ihrem Hass unterkriegen.« Heathcliffs Hände ballten sich zu Fäusten. »Nimm nicht deine ganze Wut und stülpe sie nach innen, bis du dich so sehr hasst, dass du nicht mehr in der Lage bist, etwas anderes zu fühlen. Du bist kein Ungeheuer, Mina. Dieser Weg ist nichts für dich. Ich würde dich verlassen, bevor ich dich mit mir in die Dunkelheit hinunterziehe.«

Meine Brust spannte sich an. Ich drehte mich zu ihm um, um diesen wunderbaren Mann, der glaubte, ein Monster zu sein, anzustarren. Heathcliffs Blick bohrte sich in mich, voller Stürme und Gespenster.

»Du warst immer mehr als die Dunkelheit«, flüsterte ich. »Noch bevor ich dich kennenlernte, warst du, Heathcliff, der erste wahre Held, den ich hatte. An meinen düstersten Tagen habe ich auf deine Liebe zu Cathy geblickt und daran geglaubt, dass mich eines Tages auch jemand so lieben könnte.«

»Das nennst du Liebe?«, spuckte er. »Es ist nichts als wilde, wahnsinnige, gefährliche Leidenschaft.«

»Wenn du das nicht als Liebe bezeichnest, was dann?« Ich drehte mich zu ihm um. »Liebe ist kein hoher, edler Akt, der für ruhige Tänze und stille Momente reserviert ist. Wahre Liebe ist ursprünglich, wild und menschlich.«

»Was sagst du da?«, verlangte Heathcliff zu wissen und schritt durch den Raum, um seinen Körper an meinen zu pressen. Sein Herz pochte gegen meine Brust, genau im Takt mit meinem.

»Ich sage, wenn es ungeheuerlich ist, dich zu lieben, dann werde ich gerne zu diesem Ungeheuer«, schoss ich zurück und meine Arme zitterten. »Weil ich dich liebe.«

Ich hatte die Worte kaum ausgesprochen, als Heathcliff seinen Mund auf meinen presste und mich in seine Arme zog. Wir knallten gegen die Wand. Mein Ellbogen stieß gegen den Händetrockner, aber ich spürte ihn kaum, so sehr war ich von Heathcliffs Feuer und der Welle der Gefühle, die in mir aufstieg, mitgerissen.

Ich liebte ihn. Ich hatte die Worte nicht gesagt, um ihn zum Schweigen zu bringen oder ihn Hindley und die bösen Dinge, die er in seinem Buch getan hatte, vergessen zu lassen. Ich sagte sie, weil jede Silbe in mir wahrhaftig klang und jede Faser meines Körpers darum bettelte, vom Feuer seiner Leidenschaft verschlungen zu werden.

Die Worte setzten etwas in Heathcliff frei. Wenn sein Ungeheuer zu so etwas fähig war, wenn es mit Liebe und Güte statt mit Grausamkeit angeheizt wurde, wie anders hätte seine

Geschichte dann wohl geendet, wenn ihm nicht so viel verwehrt worden wäre. Er verschlang meinen Mund mit seinem und machte mich völlig besinnungslos, verloren in seiner heftigen Hingabe.

Seine Hand griff nach meinem Kleid und zog es mir über die Hüften. Jeden Moment könnte jemand reinkommen. Aber das war mir egal. Ich hatte Heathcliff. Wir gehörten zueinander und es fühlte sich an, als ob mein ganzes Leben auf diesen Moment gewartet hätte. Ich brauchte Heathcliff in mir, genau jetzt.

Offensichtlich hatte Heathcliff die gleiche Idee. In Sekundenschnelle hatte er meine Röcke um meinen Oberkörper geschlungen und riss mir das Höschen vom Leib. Er fummelte an seiner Hose und riss in seiner Eile einen Knopf ab. Der Knopf prallte an der Toilettenkabine ab und verschwand aus dem Blickfeld. Heathcliff riss seine Hose herunter und drückte seine Härte gegen meine Hüfte. »Verdammte Strumpfhosen«, murmelte er und kämpfte darum, sie über seinen steifen Schwanz zu ziehen.

Ich schlitzte die dünne Seide mit dem Fingernagel auf und riss ein Loch hinein, das groß genug war, damit seine Schwanzspitze hindurchstoßen konnte. Heathcliffs dunkle Augen funkelten, als er lachte. »Wer ist jetzt wild?«

»Man nennt mich nicht umsonst Mina Wilde.« Ich schlang meine Arme um seinen Hals, zog ihn an mich und drückte unsere schlagenden Herzen zusammen.

Nachdem er ein Kondom übergezogen hatte, lehnte sich Heathcliff gegen mich und nahm meinen Hintern in seine Hände. Ich schlang meine Beine um ihn und drückte meine Schenkel fest zusammen. Der Griff seines Schwertes stieß gegen die Rückseite meines Oberschenkels. Sein Glied fand meine Öffnung und glitt in mich hinein. Ich keuchte auf, als er mich mit Leib und Seele in Besitz nahm.

Wir fanden im Sturm unserer Liebe zueinander, bei

strömendem Regen, hartem Hagel und Wind, der an unserer Haut zerrte. Heathcliff sagte mit seinen Küssen, was er nie aussprechen konnte. Sein Ungeheuer stürmte kühn an die Oberfläche und drängte durch seine Haut, und Heathcliff und das Monster wurden eins, und sie waren wild und sturmgepeitscht und wunderschön.

Mein Heathcliff.

Heathcliff griff mit seinen Fingern nach meinem Gesicht und zog meine Lippen auf die seinen. »Mina, ich liebe dich«, rief er und stieß seinen Schwanz in mich.

Irgendwo in den Tiefen meines Gehirns erinnerte ich mich daran, dass Ashley mir gesagt hatte, ich solle niemals einem Kerl glauben, der diese Worte beim Sex sagte. Der Dunst der Endorphine machte die Leute zwangsläufig ein bisschen verrückt.

Aber wenn dieser Kerl Heathcliff war und seine dunklen Augen voller Stürme waren, die zu dem Sturm in mir passten, und eine Ecke des Briefes meines Vaters in meine Brust stach, wusste ich, dass Ashley sich geirrt hatte.

»Ich liebe dich«, flüsterte ich zurück.

Heathcliffs Körper erbebte. Er hielt mich fest, als sein Orgasmus von ihm Besitz ergriff. Wir kamen zusammen in einem Schauer aus Funken, Wut und Feuerwerk.

Selbst als er sich leergepumpt hatte, blieb er in mir und drückte mich gegen die Wand, als wäre sie das Einzige, was uns an die Erde fesselte. Eine elektrische Ladung schwirrte durch meinen Körper, die Nachwehen eines unglaublichen Orgasmus, aber noch etwas mehr, etwas Tieferes. So wie sich Heathcliffs Blick in meinen bohrte, spürte er es auch.

»Woraus auch immer Seelen bestehen«, flüsterte er, »deine und meine sind gleich.«

17

Heathcliff und ich machten uns im Badezimmer sauber und richteten unsere Kleidung, so gut es ging. Ich spähte aus der Tür und schaute in beide Richtungen. Die Leute liefen am Ende des Flurs in Richtung Frühstücksbuffet, aber keiner war auf dem Weg zu uns.

»Es ist sicher.« Ich schlüpfte hinaus und hielt die Tür auf. »Komm schon.«

Heathcliff kam heraus und benutzte sein Halstuch, um die Stelle zu verbergen, an der der Knopf seiner Hose aufgeplatzt war. »Diese verdammten Klamotten überlassen nichts der Fantasie.«

»Nein, und ich bin froh darüber.« Ich lächelte und kniff ihn in den Hintern. »Lass uns gehen.«

»Da ist ja meine Mina.« Heathcliff bot mir seinen Arm an, und ich nahm ihn an. Meine Oberschenkel kribbelten angenehm, als sie aneinander rieben und mich daran erinnerten, was wir gerade getan hatten. Ich hatte meine ruinierte Unterwäsche wegwerfen müssen. *Unterwäschelos in einem Regency-Kleid, das war wohl das Punkrockigste, was ich je gemacht habe.*

Aufgebrachte Stimmen hallten den Korridor hinunter. Eine Menschenmenge drängte sich am Eingang zum Frühstücksraum. Ich stellte mich auf die Zehenspitzen und versuchte, über sie hinwegzusehen. Professorin Carmichael stand mit Alice hinten in der Menge, und so ich zog Heathcliff zu ihnen hinüber.

»Was ist hier los?«, flüsterte ich.

»Es ist fantastisch. Dieser Gerald ist direkt auf Professor Hathaway losgegangen und hat ihn beschuldigt, seine Arbeit zu plagiieren.«

»Sie sollten vielleicht nicht ganz so offensichtlich darüber feixen«, murmelte Heathcliff. Professorin Carmichael setzte einen besorgten Gesichtsausdruck auf.

»Natürlich haben Sie recht. Ich möchte nicht, dass es zu einer Schlägerei kommt, schon gar nicht in Anwesenheit von Damen. Aber es hätte keinem netteren Menschen passieren können.«

Heathcliff seufzte. Er ließ meinen Arm los und bahnte sich einen Weg durch die Menge, wobei er die Protestschreie der Damen ignorierte, als er sie beiseiteschob. Ich folgte ihm und war dankbar, dass ich heute Morgen wieder meine Docs trug.

Wir erreichten den vorderen Teil der Menge und konnten zum ersten Mal das Geschehen sehen, das sich dort abspielte. Gerald und Hathaway starrten sich von gegenüberliegenden Seiten des Buffets an. Christina stand hinter ihrem Vater und zerrte an seinem Ärmel. Ein kläglicher Versuch, ihn zu beruhigen. Hannah und die beiden anderen Gothic-Mädchen standen mit verschränkten Armen und grimmigem Gesichtsausdruck hinter Gerald. Hathaway grinste Gerald an, dessen Haut so heftig rot brannte wie die Tomatensoße auf seinem Teller.

»Warum erzählen Sie es nicht allen, Hathaway?«, sagte Gerald. »Sagen Sie all den Leuten, die Sie verehren, dass Ihr ganzes Leben eine Lüge ist. Ich weiß nicht, wer jetzt Ihre Bücher und Reden schreibt, aber Sie sollten ihn feuern, denn Ihr letztes Buch hatte mehr Löcher als Hannahs Netzstrumpfhose. Ich weiß nur, dass es unmöglich Ihre eigenen Worte sein können.«

»Also wirklich, Gerald. Müssen wir diese alte Geschichte wieder ausgraben? Die Universität hat mich untersucht und mich des Plagiats für unschuldig befunden.«

»Das liegt daran, dass Sie mit der Vorsitzenden des Ausschusses geschlafen haben!«, brüllte Gerald. Hinter ihm keuchte Christina und verbarg ihr Gesicht hinter ihrem Fächer.

David drängte sich vor Hathaway und starrte Gerald an. »Hören Sie auf damit. Sie bringen Christina aus der Fassung.«

»Sie ist ein großes Mädchen, David. Sie kann auf sich selbst aufpassen.« Gerald schob ihn zur Seite. »Sie muss wissen, was für ein Mann ihr geliebter Vater wirklich ist.«

»Und was für ein Mann ist das, Gerald?«, sagte Professor Hathaway. Im Gegensatz zu Gerald war sein Ton vernünftig, ruhig und von einer gewissen Autorität geprägt. Selbst wenn das, was Gerald sagte, wahr war, würde Hathaway als Sieger dastehen. »Ein Mann, der Mitleid mit einem durchgefallenen Studenten hat, der ihm einen Studienplatz anbietet, obwohl seine Noten nicht gut genug waren, um sich zu qualifizieren. Ein Mann, der ihn intensiv fördert und ihm jede Möglichkeit gibt, sich zu profilieren, nur um sich diese Aufmerksamkeit vor die Füße werfen lassen zu müssen, indem er ihn fälschlicherweise beschuldigt?«

»Das haben Sie nur getan, weil Sie sich mit meiner Freundin gut stellen wollten. Sie wussten, dass sie ihr Studium nicht fortsetzen würde, wenn ich es nicht täte, und dann hätten Sie keine Chance mehr bei ihr gehabt.« Gerald packte das Grufti-Mädchen an der Hand und schob sie nach vorne. »Sag es ihnen, Hannah. Sag ihnen, wie dieser Bastard dich angefasst hat.«

Ein kollektives Keuchen ging durch die Menge. Hathaways

selbstsicherer Gesichtsausdruck geriet für einen Moment ins Wanken. Neben mir wartete Heathcliff angespannt, bereit, sich auf Hathaway zu stürzen, falls nötig. Alle Blicke fielen auf das Mädchen, als Gerald sie an seine Seite zerrte.

»Gerald, hör auf!« Hannah riss ihre Hand weg. »Es ist schon schlimm genug, dass du uns dieses Wochenende mitgenommen hast, aber du musst es nicht gleich vor allen anderen sagen. Er hat im Aufzug lediglich meine Brust berührt. Er hat gesagt, dass es ein Versehen war, und ich glaube ihm. Erwähne es nicht noch einmal!«

»Hör auf sie, Gerald«, trällerte Professor Hathaway. »Du willst doch nicht, dass man dich wegen Verleumdung von Dingen verklagt, die du nicht verstehst.«

»Ich verstehe es sehr gut! Ich verstehe, was Sie Ihrer Tochter angetan haben, indem Sie sie zu diesem Regency-Fußabtreter gemacht haben, nur damit sie Sie an Ihre Frau erinnert.«

Christinas Gesicht erblasste. »Bitte, meine Herren. Lasst uns keine Szene machen.«

»Ja, Gerald.« Hathaway nickte. »Lass uns einen Schritt zurücktreten und uns sammeln. Wut ist ein hässliches Gefühl, wenn man sie in der Öffentlichkeit zeigt. Plagiatsvorwürfe überlässt man am besten einer Ethikkommission der Universität und löst sie nicht durch ein Duell beim Frühstück. Komm mit, Christina.« Er legte ihr eine Hand auf den Rücken und führte sie weg. Die Gäste traten zur Seite, um sie vorbeizulassen, und ich hörte, wie in der Menge geflüstert wurde, dass Hathaway die Situation wie ein Gentleman gemeistert hatte.

Ich war mir da nicht so sicher. Hannahs Gesicht, als sie die beiden weggehen sah, war von Schmerz geprägt. Die Geschichte, die sie eben erzählt hatte, und das, was wirklich passiert war, stimmten nicht überein.

Der stille Raum starrte Gerald wie gebannt an. Er knurrte

und fuhr mit der Hand über das Frühstücksbuffet, wobei er Teller und Schüsseln verstreute und einen Wasserfall aus Würstchen und Eiern über den Teppich schickte.

»Genießt euer Frühstück«, knurrte Gerald die Menge an und stapfte davon, wobei sein Trenchcoat hinter ihm flatterte.

Das Personal eilte herbei, um das Buffet aufzuräumen. Die Leute drängten sich an die Tische zurück und tratschten über das, was gerade passiert war. Ich wandte mich an Heathcliff. »Was glaubst du, worum es da ging?«

»Sieht so aus, als ob die Brontë-Gesellschaft doch aus persönlichen Gründen hier ist«, sagte Heathcliff.

Ich bemerkte Morrie und Lydia, die an einem Tisch am Fenster saßen und Teller voller Essen genossen. Mein Magen knurrte. Ich hatte deswegen, was die alte Dame gesagt hatte, und dem, was danach im Bad passiert war, noch nichts essen können, und jetzt war das Essen überall auf dem Boden verteilt. Ich ließ mich auf einen Stuhl neben Morrie fallen und stibitzte eine Scheibe Speck von seinem Teller.

»Heathcliff, Mina, ich bin so froh, dass ihr uns gefunden habt.« Lydia sah strahlend von ihrem Frühstück auf: »Was für ein furchtbarer Spaß! Ich dachte schon, es würde ein Duell geben ...«

»Ihr Name ist *Heathcliff?*«

Hannah schlang ihre roten Krallen um Heathcliffs Arm und sah ihm in die Augen, als würde sie ihn zum ersten Mal sehen. An der Art, wie sich ihr Körper ihm entgegenwölbte und mit ihrer Zunge über ihre Lippen fuhr, konnte ich erkennen, dass ihr gefiel, was sie sah.

Heathcliff stöhnte als Antwort.

Sie zerrte an seinem Arm. »Sie sollten darüber nachdenken, der Brontë-Gesellschaft beizutreten. Wir sind viel lustiger als diese Leute.«

»Ich bin mir nicht sicher, ob mir eure Kostüme besser gefallen«, knurrte Heathcliff.

»Das ist kein Kostüm.« Sie deutete auf das schwarz-rote Damastkorsett und den schwarzen Tüllrock, den sie über Netzstrumpfhosen und New-Rock-Stiefeln trug. »Ich ziehe mich so an, um die Dunkelheit und Existenzangst in mir auszudrücken.«

»Viel Glück dabei.« Heathcliff versuchte, seinen Arm zu befreien, aber sie versenkte ihre Nägel tiefer.

»Es ist mein Schicksal, eines Tages einen Heathcliff zu heiraten«, flüsterte sie. »Ich möchte, dass meine zukünftigen Kinder Söhne und Töchter von Heathcliff sind. Jeden Tag ziehe ich Tarotkarten und schaue in mein Horoskop, um herauszufinden, wann er auftaucht. Ich dachte, Gerald wäre ein guter Kandidat, wenn er nur seinen Namen ändern würde, aber das war, bevor ich wusste, dass es einen Heathcliff gibt. Und mein Horoskop sagte mir, dass ich einen dunklen Fremden treffen würde, der gar kein Fremder wäre! Sagen Sie mir, Herr Heathcliff, waren Sie ein Waisenkind? Lieben Sie die wilden Moore? Müsste ich meinen Namen in Cathy ändern? Denn ich würde es tun. Ich würde es tun!«

»Dieser Heathcliff ist all das, *und* er besitzt eine Buchhandlung im Dorf«, sagte ich und hatte ein perverses Vergnügen daran, Heathcliff dabei zu beobachten, wie er sich wand.

»Du sollst mir doch helfen«, knurrte er. Als Antwort klaute ich ein Würstchen von Morries Teller und kaute darauf herum.

»Eine Buchhandlung?« Hannahs Augen funkelten. Ich fühlte eine Verbundenheit mit ihr, ein weiterer ausgestoßener Bücherfreak, der von einem leidenschaftlichen, brummigen Mann träumte. »Sie müssen mir alles darüber erzählen. Macht es Ihnen etwas aus?«, fragte Hannah mich und deutete auf den leeren Stuhl am Ende unseres Tisches.

»Ganz und gar nicht.« Ich grinste und schob meinen eigenen Stuhl zurück. »Ich glaube, ich gehe in die Küche und schaue, ob ich noch etwas zu essen bekommen kann, wenn ihr beide zusammensitzen wollt. Vielleicht könnten Sie nach dem Frühstück mit Heathcliff einen Spaziergang über den Hof machen?«

Heathcliff starrte mich finster an. »Warum tust du mir das an?«

»Viel Spaß!« Ich winkte, als ich aufstand. Ich schnappte mir einen leeren Teller am Ende des Buffets, bahnte mir einen Weg um das Personal herum, das die Teppiche reinigte, und betrat den kurzen Flur, der zu den Küchen führte.

Gerald stand in der Mitte des Flurs und versperrte mir mit seiner Masse den Weg. Er hatte den Kopf gesenkt und unterhielt sich im Flüsterton mit Alice Yo und Professorin Carmichael. Als ich mich räusperte, um ihnen zu signalisieren, dass sie zur Seite rücken und mich vorbeilassen sollten, hoben alle drei den Kopf hoch und rissen die Augen auf. Sie verteilten sich in drei Richtungen und ließen die Halle menschenleer zurück.

Was haben sie vor?

18

Für den Rest des Tages sah ich Heathcliff kaum noch. Das einzige Mal, als ich ihn während einer Vorlesung über das Trope der alten Jungfer sah, saß Hannah praktisch auf seinem Schoß und er hatte zwei weitere schwarz gekleidete Verehrerinnen gewonnen. Es sah so aus, als hätte die Argleton Brontë-Gesellschaft ihren neuen Anführer gefunden. Ich fragte mich, was Gerald von all dem hielt, aber ich hatte ihn in keiner der Vorlesungen gesehen. Vielleicht hatte Cynthia ihn gebeten zu gehen.

Während ich darauf wartete, dass Professorin Carmichaels Vorlesung, die letzte Vorlesung des Tages, begann, suchte ich den kleinen Raum nach Morrie ab. Auch er war den ganzen Tag über abwesend gewesen. Lydia hatte ihn von einer Aktivität zur nächsten gezerrt, ihn vorgeführt und in den Fluren mit ihm improvisierte Tänze aufgeführt. Er schien ganz zufrieden damit zu sein, sich in ihrer wachsenden Beliebtheit zu sonnen und sich ihren Launen hinzugeben. Ich versuchte, nicht eifersüchtig zu sein. *Das ist wahrscheinlich das Beste.* Obwohl Morrie gestern Abend wieder in unser Zimmer gekommen und mit uns im Bett eingeschlafen war, hatte er den ganzen Tag kein Wort zu mir gesagt. Er musste wohl noch darüber nachdenken, was ich ihm gestern Abend gesagt hatte.

Vielleicht habe ich ihn ganz falsch eingeschätzt. Vielleicht liegt ihm wirklich nichts an mir. Ich fürchte, ich habe einen großen Fehler gemacht ...

Morrie ließ sich auf den Stuhl neben mir fallen. »Guten Tag, meine Hübsche.«

Mein Magen führte einen kleinen Tanz auf. »Du hast dich befreien können.« Ein furchtbarer Gedanke kam mir in den Sinn. »Moment mal, du hast Lydia doch nicht in einen Schrank gesteckt, oder?«

Morrie zwinkerte mir zu. »Würde ich so etwas tun?«

»Im Handumdrehen.«

»*Touché*.« Morrie deutete quer durch den Raum. »Aber in diesem Fall bin ich unschuldig. Unsere kleine Missetäterin hat noch mehr Verehrer gewonnen. Sie hat nicht einmal bemerkt, dass ich verschwunden bin. Ich bin offiziell degradiert worden.«

Ich folgte seinem Blick zu einer Gruppe von Menschen auf der anderen Seite des Ganges, den einzigen anderen Menschen im Raum. Sie waren zu weit weg, als dass ich sie hätte erkennen können, aber Lydias schrilles Lachen hallte durch den Raum. »Willst du dich an meiner Schulter ausweinen?«

»Ja, bitte.« Morrie ließ seinen Kopf auf meine Schulter fallen und tat so, als würde er schluchzen. Als seine Lippen meinen Nacken streiften, durchlief mich ein Schauer. Ich hob eine Hand, um ihn wegzuschieben und ihn daran zu erinnern, dass ich es ernst gemeint hatte, als er das Wort ergriff.

»Ich habe darüber nachgedacht, was du mir gestern Abend gesagt hast«, flüsterte er in mein Haar und seine Lippen streiften mein Ohrläppchen.

»Und?« Mein Körper versteifte sich. Ein Schmerz tanzte zwischen meinen Beinen.

»Und ich glaube, du spielst ein gefährliches Spiel.«

Sein Atem kitzelte meinen Nacken und jagte einen weiteren köstlichen Schauer durch meinen Körper. »Ach ja?«

»Normalerweise stellen die Leute James Moriarty kein Ultimatum und leben lange genug, um davon zu erzählen.«

»Wie dem auch sei.« Mein Körper sehnte sich danach, dass er weitermachte. Ich drückte meine Hand gegen Morries Brust. Es kostete mich all meine Selbstbeherrschung, aber ich stieß ihn weg. »Du fasst mich nicht an, bis du mir eine Antwort gegeben hast. Wofür entscheidest du dich, Moriarty, deine Gefühle ausschütten oder weiter Kavaliersschmerzen erleiden?«

Morrie wich zurück und schob seine Unterlippe vor. »Du bist gemein.«

»Du liebst es. Und sobald du mir sagst, dass du mich liebst«, ich klopfte mir auf den Hintern, »kannst du ein Stück hiervon haben.«

»Verdammt seist du, meine Hübsche.« Morrie stand auf.

»Wo willst du hin?«

»Kalt duschen«, murmelte er, als er sich aus dem Zimmer schlich. »Wir sehen uns auf dem Ball.«

Cynthia, die als Moderatorin fungierte, rief zur Ruhe auf. Professorin Carmichael betrat die Bühne. »Vielen Dank, dass Sie gekommen sind. Ich habe nicht damit gerechnet, dass so viele von euch zur letzten Vorlesung des Tages kommen, anstatt sich eine Stunde mehr Zeit für die Ballvorbereitung zu nehmen ...«

»Oh, nein, ich habe ganz die Zeit vergessen. Ich muss mich für den Ball fertig machen!« Lydia sprang auf, drängte sich durch die Schar ihrer Bewunderer und flüchtete aus dem Raum. Ein paar andere Frauen folgten ihr und murmelten etwas von Lockenstäben und Petticoatlängen.

Professorin Carmichael ließ die Schultern hängen, aber

dann richtete sie sich auf, schob sich die Brille auf die Nase und begann ihren Vortrag über die Medizin in Jane Austens Leben. Sie sprach mit Leidenschaft und Autorität, und ihre Freude am Thema ließ ihr ganzes Gesicht aufleuchten. Je tiefer sie in die Materie eindrang, desto lebhafter und jugendlicher wurde sie und erzählte uns, wie Essig destilliert und bei einer Reihe von Krankheiten eingesetzt wurde, von der Wiederbelebung einer ohnmächtigen Person bis hin zu Krupp, Wassersucht und Magenschmerzen. Sie hatte viele Tabellen und medizinische Fakten dabei, die zweifellos aus ihrem früheren Beruf als Ärztin stammten.

Während sie sprach, verließen immer mehr Leute den Raum und gingen in ihre Suiten, um sich auf den Ball vorzubereiten. Mein Herz gehörte Professorin Carmichael. Als sich das Ende der Stunde näherte, saßen nur noch ich, Alice Yo, Gerald, Professor Hathaway und Christina in der ersten Reihe.

Als sie ihre Schlussfolgerung präsentierte und ihre Präsentation abschaltete, stand Professor Hathaway auf und klatschte über seinem Kopf, als wäre sie ein Rockstar, der seine Zugabe in Earl's Court beendet.

»Scheren Sie sich zum Teufel«, blaffte sie ihn an.

Bei Isis, da ist Hopfen und Malz verloren. Alice warf mir einen gequälten Blick zu. Ich wollte noch bleiben und sie nach ihrem Artikel fragen und ob er etwas mit dem Streit zwischen Gerald und Professor Hathaway und dem anschließenden heimlichen Treffen zu tun hatte. Aber ein Blick auf mein Handy-Display zeigte mir, dass ich nur noch eine Stunde Zeit hatte, um mich für den Ball fertig zu machen. Ich packte eilig meine Sachen zusammen und rannte in mein Zimmer, um mich umzuziehen, während ich krampfhaft versuchte, mich an alle Schritte der Tänze zu erinnern, die ich gestern gelernt hatte.

»HAT einer von euch Lydia gesehen?«, fragte ich, während wir uns im Vorzimmer umschauten. Als ich nach Professorin Carmichaels Vorlesung in unser Zimmer zurückgekehrt, war Lydia bereits verschwunden. Sie hatte alle Handtücher klatschnass liegen lassen und meinen Lieblings-BH irgendwie über den Deckenventilator geworfen. Ich hatte einen Mitarbeiter dazu holen müssen, der mir half, ihn wieder herunterzuholen. Ohne Lydias Hilfe hatte ich es kaum geschafft, das schöne rote Kleid anzuziehen und meine Haare rechtzeitig hochzustecken.

»Vielleicht ist sie auf dem Dach und poliert ihren Besen«, sagte Morrie.

Ich schlug ihm auf den Arm. »Sag so etwas nicht.«

»Sie wird hier irgendwo sein«, sagte Heathcliff und deutete auf die Menschenmenge, die jeden Winkel von Undercross bevölkerte. »Ich wünschte, sie würden die Fenster öffnen. Die ganzen Haarspraydämpfe bereiten mir Kopfschmerzen.«

Ich warf einen Blick auf die hohen Fenster an der Wand und erinnerte mich daran, dass Quoth versprochen hatte, hier zu sein. »Ich will nach Lydia suchen und sehen, ob Quoth schon da ist. Lasst uns eine Runde durch den Raum drehen.« Ich hakte mich bei Heathcliff und Morrie unter, und zog sie zu den Fenstern. Ich spähte nach draußen, aber die Fenster zeigten nur eine dunkle Leere. Wenn Quoth zu mir hereinschaute, würde ich es dank meiner dummen Augen nicht sehen. Drinnen war der Kronleuchter immerhin hell genug, dass ich die meisten Gesichter erkennen konnte. *Da sind Gerald und der Rest der Brontë-Gesellschaft. Dort ist Professorin Carmichael in einem wunderschönen blauen Kleid und Cynthia, die in ihrem hellblauen Kleid umwerfend aussieht.*

»Ich sehe Lydia.« Morrie zog mich in Richtung des Kamins.

»Oh nein«, hauchte ich. Professor Hathaway saß in dem purpurroten Stuhl vor dem Feuer, trug einen feinen Mantel mit goldenen Details und ein kunstvolles Schwert an seinem Gürtel. Auf seinem Schoß hüpfte Lydia auf seinem Knie herum und flüsterte ihm etwas ins Ohr. »Als sie sagte, dass sie neue Verehrer hat, wäre ich nie auf die Idee gekommen, dass sie hinter ihm her ist.«

Hinter mir hörte ich ein angewidertes Seufzen. Ich drehte mich gerade noch rechtzeitig um, um zu sehen, wie Professorin Carmichael ein angewidertes Gesicht machte und sich durch die Menge drängte, um von Hathaway und seinen Kriechern wegzukommen.

»Nun, er ist ein Junggeselle und definitiv geeignet.« Morrie grinste. »Ich wette, er hat ein Vermögen von zehntausend im Jahr.«

»Außerdem ist er alt, sogar unter den gefärbten Haaren, und *widerlich*. Ich habe dir erzählt, was Professorin Carmichael über ihn gesagt hat, und dann war da noch Geralds Ausbruch heute Morgen.«

»In der Tat, aber ich wäre vorsichtig damit, den Worten von rivalisierenden Akademikern zu glauben. Ich habe an einer Spitzenuniversität studiert und kann dir sagen, dass die Dozenten ununterbrochen streiten und ständig versuchen, sich gegenseitig den schwarzen Peter zuzuschieben, um einen Buchvertrag, einen Vortrag oder eine berufliche Auszeichnung zu ergattern. Es ist ähnlich wie in Hollywood, nur dass die Mode eher in Richtung 'Tweed und beschwipst' geht.«

Ich beobachtete, wie Lydia den Kopf zurückwarf und über etwas lachte, dass Professor Hathaway gesagt hatte. Neben ihr beugte sich David hinunter und reichte ihr einen Drink. »Ich kann nicht aufhören, an Hannahs Gesicht zu denken, als sie Hathaway gegenüberstand. Sie wirkte verängstigt. Deshalb mache ich mir Sorgen um Lydia. Sie ist erst *sechzehn*. Sollen wir sie retten?«

»Nein«, sagten Heathcliff und Morrie unisono.

Es sah so aus, als ob wir das nicht müssten. Außer David hielten sich noch drei weitere Männer um sie herum auf, die ihr Essen und Wein anboten und ihre Tanzkarte füllen wollten. Es schien, als hätte Lydia keine Zeit verschwendet und meinen Rat befolgt. Ich nahm mir vor, mit ihr über die Gefahren von Männern wie Hathaway zu sprechen, sobald ich die Gelegenheit dazu hatte.

»Es ist eine schreckliche Tragödie«, sagte eine Frau hinter mir. Ich drehte mich um und fragte mich, ob sie von Hathaway sprach. Aber nein, denn sie hielt die Hand von Christina Hathaway fest. »Dass Sie ohne Ihre Juwelen auf dem Ball sind. Sind Sie sicher, dass Sie kein Opfer des Argleton Juwelendiebs geworden sind?«

»Nein, nein. Vater trägt sie immer bei sich. Ich will ihn nur nicht bei seiner Unterhaltung stören«, antwortete Christina mit ihrer hohen, gehauchten Stimme. Sie sah in ihrem cremefarbenen, mit feiner Spitze besetzten Kleid absolut strahlend aus. Perlen zierten ihren züchtigen Ausschnitt und säumten ihre Handschuhe, aber mir fiel auf, dass sie keine Ohrringe oder Halskette trug, wie andere Frauen. Hinter ihr näherte sich Gerald mit Hannah am Arm. »Diese Juwelen gehörten meiner Mutter. Er wäre furchtbar wütend, wenn ihnen etwas zustoßen würde.«

Wenn dein Vater nicht so sehr damit beschäftigt wäre, sechzehnjährige Mädchen zu verführen, könnte er dir vielleicht deine Juwelen geben.

Ich hatte keine Zeit mehr, zu lauschen. Aufregung machte sich in der Menge breit, als die Türen aufschwangen. Janeites stürmten zum Eingang und wir wurden von der Menge mitgerissen. Ich hielt mich an Heathcliff und Morrie fest und schaute mich staunend im Raum um.

Der Ballsaal hatte sich verwandelt. Die Klappstühle, die in ordentlichen Reihen aufgestellt waren, waren verschwunden.

Stattdessen glänzte der große Marmorboden frisch poliert und war bereit für tanzende Füße. Blumenarrangements schlängelten sich um die Säulen und lenkten den Blick nach oben zu den kunstvollen Gemälden mit Nymphen und Satyrn, die die Decke schmückten. In einer Ecke stand eine Band, die zur Begrüßung ein flottes Lied spielte. Davor hatte Cynthia ein Mikrofon aufgestellt, um die Tänze anzukündigen. An einem Ende warteten runde Tische auf die Gäste, geschmückt mit riesigen Blumenarrangements und glitzerndem Kristall- und Silbergeschirr.

»Mina, da bist du ja!« Lydia grinste mich an. Neben ihr hielt David ihre Hand. »Ist das nicht ein Riesenspaß?«

»Was ist aus Professor Hathaway geworden? Ich habe gesehen, wie ihr beide euch angefreundet habt.« Bei der Erwähnung des Namens seines Chefs runzelte David die Stirn.

Christina eilte herbei und hängte sich an Davids anderen Arm. »Ich habe gehört, wie du gesagt hast, dass du meinen Vater gesehen hast. Er trägt Mamas Schmuck bei sich, und ich möchte heute Abend ihre Perlenohrringe tragen.«

»Ich glaube, er hat zu viel Alkohol getrunken! Er ist am Feuer eingenickt, also habe ich ihn dort gelassen. David ist sowieso ein viel besserer Tänzer, stimmt es, David? Was sind das für Lichter?« Lydia starrte an die Decke.

»Man nennt sie Lichterketten.«

»Wie entzückend! Wie Glühwürmchen, nur viel ... glamouröser. Ich freue mich schon darauf, unter ihnen zu tanzen. Mein Kleid wird durch sie ganz bezaubernd aussehen.«

»Muss ich mir Sorgen um Vater machen?«, fragte Christina David. »Ich will nicht, dass er den Ball verpasst.«

»Er ist wahrscheinlich immer noch von seinen Fans umgeben«, sagte David. »Lass uns unsere Plätze einnehmen. Ich bin mir sicher, dass er gleich nachkommt. Soll ich dir einen Drink von der Bar holen?«

»Danke. Das weiß ich sehr zu schätzen.« Sie verschwanden in der Menge. Ich dachte, dass die beiden mit ihren reizenden Regency-Manieren perfekt zueinander passen würden, aber dann erinnerte ich mich daran, dass Morrie Christina und Alice beim Knutschen im Innenhof gesehen hatte. Ich fragte mich erneut, was ihr Vater denken würde, wenn er es wüsste.

Mein Handy, das zusammen mit dem Brief meines Vaters immer noch in meinem BH steckte, summte. Ich ignorierte es. An diesem Wochenende hatte ich bereits einundfünfzig SMS von meiner Mutter erhalten, die ich alle ignoriert hatte.

»Hier ist unser Tisch. Nach euch, meine Damen.« Morrie hielt mir zwei Stühle hin. Lydia setzte sich auf einen und legte ihre Tasche auf den anderen. Als Morrie ihre Tasche wegschieben wollte, sah sie ihn böse an.

»David wird dort sitzen. Und jetzt verschwindet«, sie winkte mit den Händen. »Ich hebe diesen Tisch für meine anderen Verehrer auf. Ihr findet genug andere Plätze im Raum.«

»Lydia, man kann nicht einfach sitzen, wo man will. Man muss seinen Namen an seinem Platz finden ...«

Lydias Wangen röteten sich. »Ich sagte, verschwindet! Zwingt mich nicht, etwas zu sagen, was ich später bereuen werde.«

Bevor ich Lydia die Meinung geigen konnte, schlang Morrie einen Arm um mich und führte mich weg. »Ich bin ja fast beleidigt. Ich dachte, ich sollte ihre Begleitung sein.«

»Ich glaube, wir sollen sowieso an Cynthias Tisch sitzen«, sagte ich.

Heathcliff grinste, als er meine andere Hand nahm. »Wenn dein Ego es nicht aushält, könntest du zurückgehen und darauf bestehen, dich mit David um ihre Zuneigung zu duellieren.«

»Nie im Leben. Der Typ ist mit einem Florett gefährlich. Wenn unser Schützling nicht mit mir zusammensitzen will, wer bin ich, ihr das zu verweigern?« Morrie führte uns zu einem

Tisch im vorderen Teil des Raumes, wo unsere Namen auf Tischkärtchen standen. Alice saß gegenüber von zwei brüllenden Frauen und einem Mann, den ich nicht kannte, und starrte auf ihr Handy. Christina und David hatten die Köpfe zusammengesteckt und unterhielten sich. *Ich schätze, er wird sich Lydia doch nicht anschließen.* »Sollen wir uns zu den anderen VIPs gesellen?«

Ich nickte. Morrie schob mir den Stuhl neben Alice zurecht und ich ließ mich darauf nieder. Sie schaute von ihrem Telefon auf und lächelte. »Ich hatte gehofft, Sie würden sich zu mir setzen. Ich weiß nicht, wie viel Gerede über Hauben und Kalligrafie ich noch ertragen kann.«

»Haben Sie das Gespräch mit unseren Tischnachbarn schon erschöpft?«

»Lassen Sie uns mal sehen. Christina und David wollen nicht mit mir sprechen, weil ihnen die Fragen nicht gefallen, die ich über Professor Hathaway gestellt habe.« Es lag mir auf der Zunge, sie zu fragen, ob das auch stimmte, nachdem sie gestern Abend geknutscht hatten. Aber ich wollte keinen der beiden ins Kreuzfeuer ziehen, wenn sie es lieber für sich behalten wollten. »Dann haben wir da, die Tarot-Leserin. Gina da drüben schreibt Jane-Austen-Erotik. Quentin ist Politikwissenschaftler und Marxist und hat mir gerade die letzten fünfzehn Minuten in leidenschaftlichster Weise die politische Geschichte des Zylinderhuts erklärt.«

»Wenigstens können Sie nicht behaupten, dass dies eine Versammlung ist, die 'zu zahlreich für Intimität, zu wenig für Abwechslung' ist«, scherzte ich und zitierte dabei aus *Anne Elliot*.

Alice verdrehte die Augen. »Nicht Sie auch noch.«

»Haben Sie schon einen Ansatz für Ihren flauschigen Artikel?«

Sie wies mit dem Kopf auf ein paar Frauen an einem

Nachbartisch, die darauf warteten, dass ihre männliche Begleitung ihre Stühle herauszog und ihnen die Getränke einschenkte. »Ich denke an: 'Sexismus erweist sich in Argleton immer noch großer Beliebtheit'.«

Ich lächelte und schenkte ihr Weinglas nach, nachdem ich mein eigenes gefüllt hatte. *Solidarität, Schwester.* »Ich nehme an, dass Ihr anderer Artikel etwas mit Hathaway zu tun hat? Ich habe gesehen, wie Sie gestern mit Professorin Carmichael gesprochen haben, und nach Geralds Auftritt heute Morgen ...«

»Gut beobachtet.« Alice legte ihr Handy auf den Tisch und drehte den Bildschirm nach unten, damit ich nicht sehen konnte, was darauf zu sehen war. »Hathaway hatte mehrere unangemessene Beziehungen zu Schülerinnen und das ist nur die Spitze des Eisbergs, auf dem dieser Mann steht. Professorin Carmichael war diejenige, die mit den Informationen zu mir kam, und sie waren sogar noch vernichtender, als sie zunächst vermutet hatte. Geralds Geschichte könnte die Sache noch schlimmer machen. Man hat Hathaway schon zu lange zu viel durchgehen lassen. Das wird die #metoo-Geschichte des Jahres werden. Ich will ...«

Etwas tauchte unter den Tisch. Alice streckte die Hände aus, um unseren Wein zu retten, bevor er auf das makellose Tischtuch spritzte.

Ich spähte unter den Tisch. »Heathcliff, was machst du da?«

»Lass das Tuch fallen!« Er riss es mir aus den Fingern und zerrte es zu Boden. Das Blumenarrangement wackelte gefährlich. Hannah und ihre Gothic-Freundinnen erschienen an meiner Seite.

»Haben Sie eine Ahnung, wohin Heathcliff verschwunden ist?«, fragte Hannah. Sie trug ein schwarzes Kleid im Meerjungfrauen-Stil mit einem tiefen Ausschnitt, der ihr das Gütesiegel von Morticia Addams einbringen würde. Ihr Haar war im wilden Stil der 80er Jahre frisiert und ihre falschen

Wimpern waren so lang, dass sie ihre Wangen berührten, als sie mit großen Augen den Raum absuchte. »Er hat mir den ersten Tanz versprochen.«

»Klar. Er ist unter dem Tisch«, sagte ich. Unter meinen Füßen brüllte etwas.

Heathcliff riss das Tischtuch auf der anderen Seite des Tisches hoch. Christina schrie überrascht auf, als er hervorstürmte und davonflitzte. Einen Moment später rannten drei schwarz gekleidete Gruftis hinter ihm her. Morrie, Alice und ich brachen in Gelächter aus.

»David«, Christina faltete ihre Serviette auf dem Tisch zusammen. »Ich muss auf das Badezimmer aufsuchen. Würdest du mich begleiten?«

»Es wäre mir ein Vergnügen.« David stand auf und bot ihr seinen Arm an. »Vielleicht finden wir deinen Vater auf dem Weg dorthin.« Gerade als sie verschwanden, kam Cynthia an unseren Tisch und wünschte uns einen schönen Abend. Ich konnte nicht umhin, ein wenig aufgeregt zu sein, als die Band eine fröhliche Melodie anstimmte. Das war wirklich alles sehr unterhaltsam.

Als alle im Raum ihre Plätze eingenommen hatten und die Kellner mit den Vorspeisen kamen, geräucherte Wachtelbrust mit asiatischem Birnengelee, Blumenkohlpüree und Dinkelkörnern, betrat Cynthia die Bühne, um uns zu begrüßen und zu erklären, wie der Abend ablaufen würde. Zwischen den Vorspeisen und dem Hauptgang würde eine Runde getanzt werden, und dann würde die Musik bis zum Dessert und bis weit in den Abend hinein weitergehen. Die Band spielte eine der beliebten Melodien, den »Duke of Kent Walzer«, und zwei Reihen von Tänzerinnen und Tänzern begaben sich auf die Tanzfläche.

Heathcliff war noch nicht zurück, als ich mit meiner Wachtel fertig war. Morrie schnappte sich Heathcliffs Teller und füllte meins und Alices Glas nach. »Wir müssen die Gelegenheit nutzen, den nächsten Tanz zusammen zu tanzen«, sagte Morrie mit funkelnden Augen.

»Dicht beieinanderstehen und uns anschmachtend in die Augen schauen, während wir uns an ein komplexes Schrittmuster erinnern?« Ich hob eine anzügliche Augenbraue. »Bist du dir sicher, dass der beste Verbrecher der Welt dieser Herausforderung gewachsen ist?«

Die Band beendete ihr Lied und Morrie hielt mir seine Hand hin. »Lass es uns herausfinden.«

Morrie führte mich auf die Tanzfläche und wir reihten uns neben den anderen Paaren ein. Glücklicherweise war der nächste Tanz »A Fig for Bonaparte«, einer der leichteren Country-Tänze, die wir am Vortag gelernt hatten. Trotzdem schaffte ich es, am Anfang in die falsche Richtung zu tanzen.

»Ups, tut mir leid«, entschuldigte ich mich, als ich mich durch die stirnrunzelnden Tänzerinnen und Tänzer drängelte und meinen Weg zurück zu Morrie fand.

»Wenn du erblindest, hast du wenigstens eine Ausrede für deinen miserablen Orientierungssinn«, sagte er grinsend.

Seltsamerweise brachte mich diese Bemerkung, die mich an jedem anderen Tag verärgert hätte, dazu, ihm die Zunge herauszustrecken. Ich streckte meinen Fuß aus, während Morrie vorbeirauschte. Er stolperte und stieß mit Lydia zusammen, die ihn mit einer finsteren Grimasse von sich schob.

Wir schlängelten uns durch die Reihe, ohne dass es zu weiteren Katastrophen kam. Der nächste Tanz war komplizierter, und ich hatte den Lehrer nicht besonders gut sehen können. Ich schob uns ans Ende der Schlange, damit ich die anderen Paare zuerst beobachten konnte. Als wir an der Reihe waren, schaffte ich es, mich in die richtige Richtung zu drehen. Als ich um das Paar hinter mir herumwirbelte, fiel mein Blick auf die Bar. Gerald saß auf den harten Holzhockern, eine

Piña Colada in der Hand. Als ich mich wieder drehte, war er immer noch da, diesmal mit einem rosa Getränk. Bei der nächsten Drehung hatte er ein Glas mit einer klaren Flüssigkeit, von der ich annahm, dass es kein Wasser war.

»Morrie? Siehst du Gerald?« Ich deutete auf die Bar.

»Er trägt ein furchtbar billiges Baumwollhemd für so einen Ball. Und es ist mir nicht entgangen, dass er versucht, sich durch die Baddesley-Keller zu trinken«, bemerkte Morrie, während er seinen Arm hob, damit ich unter ihm durchtauchen konnte. »Heathcliff wird nicht erfreut sein, wenn für die morgige Whiskyverkostung nichts mehr übrig ist.«

»Glaubst du, er ist wegen des Vorfalls mit Professor Hathaway heute Morgen verärgert?« Ich drehte mich um und sah, wie Gerald einen Old Fashioned entgegennahm.

»Er scheint auf jeden Fall aufgewühlt zu sein.« Morrie zuckte zusammen, als mein Stiefel auf seinem Fuß landete. »Konzentriere dich auf den Tanz, meine Hübsche. Meine Schienbeine sind nicht so robust wie die von Heathcliff.«

Ich schnaubte, als wir den Tanz beendeten. Unter tosendem Applaus bat uns Cynthia, auf unsere Plätze zurückzukehren. Ich strahlte an Morries Arm. Das war wirklich ein Riesenspaß.

Meine Brüste vibrierten. Eine weitere Nachricht von Mama. Ich widerstand der Versuchung, mein Handy in die nächstgelegene Bowle zu werfen.

Unser Hauptgericht wurde serviert, Wildentenconfit, in Glühwein pochierte Quitten, weißes Bohnenpüree, und ich stürzte mich darauf, vom vielen Tanzen ausgehungert. Cynthia betrat wieder die Bühne. »Wir haben heute Abend einen ganz besonderen Leckerbissen. Es ist mir eine Freude, als Präsidentin der Argleton-Sektion der Jane Austen Appreciation Society unseren Lifetime Achievement Award für die Austen-Forschung und die Förderung der Ziele der Gesellschaft, ihr Werk der nächsten Generation nahezubringen, zu überreichen. Ich denke, es ist keine Überraschung, dass ich heute Abend hier stehe, um diese Auszeichnung an Professor Julius Hathaway zu überreichen.«

Alle im Raum brachen in Beifall aus. Alle außer Professorin Carmichael und Alice, die finster auf die Bühne starrten. Ich drehte mich um, um zu sehen, was Gerald von dieser Ankündigung hielt. Er warf dem Barkeeper einen finsteren Blick zu und kippte einen weiteren Cocktail runter.

Cynthia strahlte und musterte die Menge, als der Applaus abebbte. »Wenn Professor Hathaway auf die Bühne kommen und seinen Preis entgegennehmen könnte. Wo ist er denn?«

»Ich glaube, er ist noch nicht da«, rief David. »Christina und ich haben ihn nicht an unserem Tisch gesehen, obwohl sein Essen schon weg ist, also ist er vielleicht vorbeigekommen, während wir eine Runde durch den Raum gedreht haben.«

»Nein. Das war ich«, sagte Morrie und rieb sich den Bauch. »Ich konnte doch nicht einfach ein gutes Entenconfit verkommen lassen.«

»Also hat niemand den guten Professor den ganzen Abend gesehen?« Cynthia sah verwirrt aus. Gemurmel ging durch die Menge.

»Er hat die letzte Vorlesung des Tages besucht«, sagte Christina. »Ich bin gegangen, um mich auf den Ball vorzubereiten, und er blieb zurück, um Professorin Carmichael in ein oder zwei Punkten zu korrigieren. Unmittelbar vor dem Ball ging ich in sein Zimmer, um die Juwelen meiner Mutter abzuholen, aber er war nicht da. Professorin Carmichael muss die Letzte gewesen sein, die ihn gesehen hat.«

»So war es bestimmt nicht«, sagte Professorin Carmichael und stand auf, ihr Gesicht vor Wut gerötet. »Er hat einige problematische Theorien dargelegt und ich habe ihn bei den Fakten korrigiert. Ich ließ ihn mit seiner Lieblingsbeschäftigung weitermachen, heiße Luft aus seinem Arsch in einen Kreis von bewundernden jungen Frauen zu blasen.«

Nervöses Geflüster kreiste durch den Raum.

»Er hat mich in Uppercross besucht«, sagte Lydia und ihr Gesicht erhellte sich, als sie merkte, dass alle Augen im Raum auf sie gerichtet waren. »Er saß am Feuer und schien gut gelaunt, obwohl er außergewöhnlich müde war. Vielleicht hat er sich früh zurückgezogen?«

»Vielleicht hat er sich mit einer neuen jungen Eroberung zurückgezogen?«, murmelte Alice in ihr Telefon, ohne aufzublicken. Die Frau am Tisch hinter ihr hörte die Bemerkung und beugte sich vor, um sie ihren Freunden zuzuflüstern. Auf der anderen Seite unseres Tisches regte sich David auf. Christinas Gesicht rötete sich. Gerald knallte sein Getränk auf den Tresen und schritt auf die Bühne zu.

»Ich werde den Preis für ihn entgegennehmen«, rief er. »Schließlich ist es ja meine Arbeit, die ihr auszeichnet.«

»Oh, das wird hässlich werden«, sagte Morrie und verschränkte in freudiger Erwartung die Arme vor der Brust.

Christinas Gesicht fiel in sich zusammen, als der Ruf ihres Vaters zum Gesprächsthema im Raum wurde. Ich hielt den Kerl für einen Widerling, aber ich wollte nicht, dass Christina verletzt wurde, schon gar nicht von Gleichgesinnten. »Ich habe gesehen, wie er kurz vor dem Ball in seinem Stuhl eingenickt ist«, rief ich. »Vielleicht ist er nach der Aufregung des Tages eingeschlafen. Ich werde ihn holen gehen.«

Ich hielt es für das Beste, den Professor auf die Bühne zu bringen, bevor der Raum in Chaos ausbrach, und rannte in das Vorzimmer, wo Professor Hathaway mit Lydia auf dem Schoß gesessen hatte. Der Stuhl stand immer noch neben dem lodernden Kamin. Ein paar Büschel seiner blonden Haare ragten über die Lehne.

Ich wusste es. Ich wusste, dass er eingeschlafen sein musste. Das Feuer sieht so warm und gemütlich aus.

»Professor Hathaway?« Ich näherte mich dem Stuhl und hoffte, ihn nicht zu erschrecken.

Etwas Dunkles hatte sich um seine Füße herum ausgebreitet. War der Teppich auch dunkelkarminrot? *Ich hätte schwören können, dass er weiß gewesen war.* Ich lächelte vor mich hin. Das wäre ganz nach Cynthias Geschmack, überall Rot hinzulegen. Ich stützte meine Hand auf die Stuhllehne und beugte mich hinunter, um den Professor sanft zu wecken.

»Professor Hathaway, alle warten im Ballsaal auf Sie. Sie haben einen Preis gewonnen ...«

Nein. Oh, nein.

Es ist kein roter Teppich.

Ich taumelte zurück und die Galle stieg mir in den Hals. Ich öffnete meinen Mund und schrie und schrie.

Professor Hathaways Augen traten aus seinem Kopf vor und sein Mund war zu einem grässlichen, stummen Schrei geöffnet. Der Griff seines Schwertes ragte aus seiner Brust und Blut tropfte zwischen seinen Beinen hindurch und befleckte den Teppich zu seinen Füßen.

19

Ich sank auf die Knie. Meine Beine konnten mein Gewicht nicht mehr tragen. Hinter mir donnerten Schritte auf dem Marmor. »Mina, hast du ihn gefunden ... Oh, *Scheiße*.«

Morries Arme legten sich um mich, zogen mich an ihn und hüllten mich in die Wärme und Sicherheit seines Körpers. Er fluchte erneut, als er das Schwert in der Brust des Professors bemerkte.

Er ist tot. Er ist tot.

Diese großen, verängstigten Augen, der Kiefer, der in seinem Todesschrei erstarrt war. Er muss aufgeschrien haben, aber wegen der Frivolitäten im Ballsaal hat ihn niemand gehört.

Der Raum drehte sich. Ich vergrub mein Gesicht an Morries Brust und wünschte, ich könnte die Zeit zurückdrehen, damit jemand anderes an meiner Stelle hierherkommen könnte. Der Gesichtsausdruck des Professors verfolgte mich sicher in meinen Träumen. Selbst wenn ich erblinden würde, würde ich das Grauen immer noch hinter meinen Augen sehen.

»Dieses Wochenende ist endlich interessant geworden«, murmelte Morrie in mein Haar. »Wir hatten auf einen

Juwelendieb gehofft, aber das hier ist unendlich viel berauschender.«

Sag so etwas nicht. Ich habe mir das nie gewünscht. Ich habe nie …

Weitere Schritte klapperten hinter uns. »Was auch immer hier los ist …« Cynthias Worte wurden von einem durchdringenden Schrei unterbrochen, als auch sie die Leiche des Professors entdeckte. Noch mehr Leute drängten sich um uns herum und schrien und riefen, als sie sahen, was geschehen war.

»Es ist Professor Hathaway!«

»Er ist erstochen worden!«

»Mit seinem eigenen Schwert durchbohrt.«

»Bleiben Sie alle zurück!«, rief Morrie. »Heathcliff, ruf Kommissar Hayes an. Sag ihm, dass es einen Mord gegeben hat.«

»Und einen Diebstahl!«, schrie Christina. »Meine Juwelen wurden gestohlen.«

Ich öffnete meine Augen. Christina stand auf und hob ein Samttäschchen vom Boden auf, das direkt hinter dem Stuhl lag. Ihr ganzer Körper zitterte, als sie ihn hochhielt, damit wir ihn sehen konnten. »In diesem Beutel haben wir die Juwelen meiner Mutter aufbewahrt«, schluchzte sie. »Papa wollte sie mir für den Ball schenken. Aber er ist leer. Diese miese Person ist hier reingekommen und hat meinen einzigen Papa wegen ein paar Klunker umgebracht.«

»Schau mal hinter dich«, sagte Morrie. »Das Fenster ist offen. Es sieht so aus, als ob der Mörder mit den Juwelen so geflohen sein könnte.«

Heathcliff ging zum Fenster und schob den Rahmen auf. »Ein zerrissenes Stück Stoff hängt am Riegel und hier liegen ein paar Perlen auf dem Sims.«

Christina heulte auf. »Wie kann jemand so etwas nur tun?

Wie konnten sie meinen Papa wegen ein paar Juwelen umbringen? Ich habe ihn erst heute Nachmittag gesehen und er war so schön und voller Leben.«

David eilte herbei und schlang seine Arme um sie. »Na, na. Die Polizei ist auf dem Weg und wird den Schurken fangen, der das getan hat.«

Cynthia rang ihre Hände. »Ich kann es nicht glauben. Der Argleton Juwelendieb hat unser Haus überfallen und den guten Professor Hathaway ermordet!«

Während Cynthia ihr Unglück lamentierte und Christina jammerte, ließ ich meinen Blick durch den Raum schweifen und konnte nicht umhin, sowohl Professorin Carmichaels ruhige Miene als auch Alice' hektisches Kritzeln auf ihrem Block zu bemerken. Ein böser Gedanke schoss mir durch den Kopf, aber ich verdrängte ihn wieder. Das war eindeutig das Werk eines Opportunisten, jemand, der auf dem Gelände umhergestreift war, einen Blick durchs Fenster geworfen, den Professor schlafend am Feuer liegen und die Juwelen neben ihm gesehen, und die Chance ergriffen hat. Vielleicht war der Professor aufgewacht, als der Angreifer über ihm stand, und hat mit seinem Schwert nach ihm geschlagen, aber der Mörder hat es ihm aus den Händen gerissen und in die Brust gestoßen.

Wenn das stimmte, warum hatte ich dann so ein mulmiges Gefühl in meinem Bauch?

KOMMISSAR HAYES und Wachtmeisterin Wilson tauchten kurz darauf auf und geleiteten alle zurück in den Ballsaal, damit sie unsere Aussagen aufnehmen konnten. Ich winkte Jo, der Pathologin und Freundin, vom anderen Ende des Raumes zu. Sie hob eine Augenbraue, als wollte sie sagen: »Nicht schon wieder?«

Ich streckte ihr die Zunge raus. Ich schien Mordopfer zu sammeln, wie andere Leute Schuhe.

»Mina Wilde, hören Sie auf, meiner Pathologin Grimassen zu schneiden, oder ich verfrachte Sie wieder in eine Zelle«, knurrte Hayes nur halb im Scherz. Ich war in den letzten Monaten in Argleton schon bei zu vielen Morden dabei gewesen. Ich nickte gehorsam und ließ mich von Morrie zu meinem Platz führen. Neben mir saß Alice, ihr Gesicht war weiß wie ein Laken. Sie tippte blitzschnell auf ihrem Handy herum.

»Können Sie mir erzählen, was Sie gesehen haben?«, fragte sie. »Endlich wird die Geschichte mal interessant.«

»Vielleicht ... Ich weiß es nicht.« Ich rieb mir die Schläfen.

»Lass uns erst die Befragung hinter uns bringen«, sagte Morrie zu ihr. »Wir wollen nicht aus Versehen etwas sagen, was die Polizei nicht öffentlich machen will.«

Alice nickte, aber sie sah enttäuscht aus. Ich wusste, dass ich als diejenige, die die Leiche gefunden hatte, eine überzeugende Quelle für ihren Artikel sein würde, aber ihre Söldnermentalität war ein wenig schockierend. Ein Mann war gerade im selben Haus wie wir ermordet worden, und sie dachte nur an ihre Schlagzeile?

Um uns bei Laune zu halten, ließ Cynthia die Band weiter Musik spielen und die Desserts bringen, aber die Partystimmung war dahin. Alle drängten sich in kleinen Gruppen zusammen, flüsterten mit gedämpften Stimmen und weinten in ihre Taschentücher.

Alle außer der Brontë-Gesellschaft. Die drei Gruftis standen neben der Tanzfläche, schauten durch ihre schwarzen Schleier hinüber zu Heathcliff und kicherten vor sich hin. Gerald suchte die ganze Bar ab und schüttete sich jede Minute einen Cocktail in die Kehle. Ich bemerkte einen roten Fleck am Saum seiner Lederjacke. Blut?

Ich stupste Morrie an. »Gerald trinkt immer noch.«

»Das tut er. Und er hat einen dunklen Fleck auf der Jacke«, sagte Morrie. »Und ich entdecke ein paar Haare an seinem Ärmel, die zu dem zotteligen Teppich unter dem Stuhl des Professors zu passen scheinen.«

Ich griff über den Tisch nach Heathcliff. »Geh da rüber und rede mit deinen Freundinnen. Wir müssen wissen, was Gerald im Laufe des Abends gemacht hat.«

»Auf keinen Fall.« Heathcliff funkelte mich an. »Dank euch beiden, die ihr mich im Stich gelassen habt, habe ich bereits zwei Heiratsanträge und einen Zickenkrieg darüber überstanden, wer von ihnen das Recht hat, die Zeile »Ich bin Heathcliff« als Status in den sozialen Medien zu verwenden. Ich verbringe keinen weiteren Moment meiner Zeit mit den Ghul-Mädchen. Außerdem geht uns dieser Fall nichts an. Wenn der Professor ermordet wurde, ist es Sache der Polizei, den Fall zu lösen, nicht unsere.«

Morrie stupste ihn in Richtung der Bar an. »Ach, geh schon. Du weißt, dass Mina nur deshalb so scharf auf dieses Wochenende war, weil sie eine Ablenkung von dem Brief ihres Vaters brauchte. Nun, den Mord am Professor aufzuklären ist die perfekte Ablenkung, viel besser als dich auf dem Klo zu vögeln.«

»Hey, woher wusstest du das denn?«

»Der Geruch von Hyazinthenseife, als Heathcliff an den Frühstückstisch zurückkehrte, deren Aroma in den männlichen Badezimmern nicht vorkommt, und eine Einkerbung des Händetrockners von deiner Schulter. Es war eine einfache Schlussfolgerung.« Morrie winkte mit einer Hand. »Na los, Sir Sarkastiputz, lass deinen Charme auf die kleine Hannah wirken. Wenn du nicht bald rübergehst, wird Gerald den Laden leer getrunken haben.«

Heathcliff verschränkte die Arme. »Wenn ich jetzt dorthin gehe, werde ich mit Heiratsanträgen überschüttet. Ich habe sogar gehört, wie Hannah mit Cynthia über die Möglichkeit einer Hochzeit in Baddesley Hall gesprochen hat. Wenn du so verzweifelt bist, sprich du mit ihnen.«

»Gut.« Ich schob meinen Stuhl zurück und stand auf.

»Nein, Mina.« Heathcliff griff nach meiner Hand, aber ich schüttelte sie ab. *Wenn ich hier sitze und nichts tue, wird mich Professor Hathaways Gesicht die ganze Nacht verfolgen, vermischt mit all meinen hässlichen Gedanken über meinen Vater und seinen Brief, und ich werde mich morgen noch schlechter fühlen.*

Während Hayes und Wilson anderweitig beschäftigt waren, konnte ich helfen, indem ich ein paar Informationen aus Gerald herausholte.

Meine Beine zitterten immer noch, als ich den Raum durchquerte, aber ich schaffte es, die Fassung zu bewahren, als ich zur Bar eilte und lässig eine Piña Colada aus dem schwindenden Angebot nahm.

»Können Sie das glauben?«, sagte ich zu Gerald und nippte an meinem Drink, während ich mich dicht an ihn heranlehnte. »Ein echter Mord genau hier in Baddesley Hall. Das ist bei Jane Austen nie passiert.«

»Stimmt schon, aber in Austen-Romanen werden die Schurken und Halunken am Ende immer gezähmt.« Gerald kippte noch einen Cocktail. »Die einzige Möglichkeit, einen aristokratischen Kerl wie Hathaway zu zähmen, war, ihm ein Schwert in den Bauch zu rammen.«

Wow, das ist hart. »Das können Sie nicht ernst meinen. Ich weiß, Sie hatten Ihre akademischen Differenzen, aber das ist doch kein Grund, jemandem den Tod zu wünschen.«

»Akademische Differenzen?«, spottete Gerald. »Ich habe den Mann mal bewundert. Er war mein Berater für meinen Master-Abschluss. Aber das war, bevor er versucht hat, mir meine Freundin auszuspannen, und meine Arbeit plagiiert hat.«

»Seine Aussage heute Morgen beim Frühstück deutete darauf hin, dass er von diesem Verbrechen freigesprochen worden war.«

Aber Gerald hörte mir nicht mal zu. »... Können Sie sich das vorstellen? Ich schlage die Jane-Austen-Zeitschrift auf, und was finde ich da? Auszüge aus meiner Masterarbeit, grobe Entwürfe, die ich ihm für ein Feedback geschickt hatte, poliert und veröffentlicht, als ob er sie selbst geschrieben hätte. Ich habe mich bei der Universität beschwert. Sie veranstalteten eine Farce eines akademischen Prozesses mit einer Jury aus seinen Kriechern, die seine Erklärung, dass ich es gewesen sei, der ihn kopiert habe, einfach hinnahmen. Sie warfen mich aus dem Studiengang und verweigerten mir die Anerkennung für die Arbeiten, die ich bereits geschrieben hatte.« Gerald schüttelte den Kopf. »Zum Glück hat Hannah mehr Verstand und ist an Hathaway nicht interessiert, solange er ihr nicht Zeilen aus Sturmhöhe vorliest, während sie vögeln. Und da er wahrscheinlich nur zu seinen eigenen Büchern wichst, wird das wohl nie passieren. Leider kam ihre Ablehnung zu spät, um meine Karriere zu retten. Dank Hathaway ist mein Name in der akademischen Welt nur noch Dreck wert. Ich kann keine andere Universität dazu bringen, mich für ein Graduiertenstudium zu akzeptieren. Aber ich werde nicht still und leise in die dunkle Nacht gehen. Ich werde mich rächen.«

Vielleicht hast du das schon getan, dachte ich, sagte es aber nicht. Stattdessen zeigte ich auf den Fleck am Saum seiner Jacke. »Sie haben da was.«

Gerald hob die Ecke an und rieb den Fleck, sodass er verschwand. Dabei bemerkte ich, dass die Manschette seines Hemdes zerrissen war und ein dreieckiges Stück Stoff fehlte. »Oh, ja, Glühweinreduktion. Das Essen hier ist ein bisschen protzig.« Er beäugte mein Getränk. »Trinken Sie das noch?«

Ich reichte es Gerald, und er kippte es hinter und hielt sich an der Kante der Bar fest, um aufrecht zu bleiben. »Es ist einfach so erschütternd«, sagte er und sprach undeutlich. »Hathaway wurde ermordet und es sieht so aus, als hätte der Juwelendieb eine weitere gute Beute gemacht. Deshalb trinke ich auch so viel. Ich brauche es, um meine Beruhigung zu nerven. Ich meine ... meine Nerven zu beruhigen.«

»Natürlich. Wir haben alle einen schweren Schock erlitten.«

»Ich arbeite in historischen Häusern, wissen Sie ... und wenn ich ihm in die Quere komme, könnte ich ... könnte ich der Nächste sein ...« Gerald lallte. »Oh, ich scheine ein bisschen beschwipst zu sein. Ich denke, ich werde mich ... leghinnen. Hinlegen, meine ich. Natürlich, das werde ich.«

Gerald stolperte davon. Ich sah zu, wie er zu Hannah und den anderen Mitgliedern der Brontë-Gesellschaft hinüberging. *Interessant, dass er die ganze Nacht stark getrunken hat und nervös und aufgelöst wirkte, obwohl ich Hathaways Leiche erst vor ein paar Minuten gefunden habe.*

Etwas klopft an das Fenster über meinem Kopf. Eine dunkle Gestalt zeichnete sich gegen das Mondlicht ab. »Quoth!«, rief ich. Ich hob den Riegel an und klappte das Fenster nach außen, um ihn hereinzulassen. Quoth hüpfte auf meine Schulter und krächzte besorgt.

Ich habe Schreie und Aufruhr gehört, sagte er in meinem Kopf. *Und die Polizei ist hier. Stimmt etwas nicht?*

»Der Schrei, den du gehört hast, war meiner«, flüsterte ich ihm zu. »Professor Hathaway wurde ermordet. Ich habe ihn im Vorzimmer gefunden. Jemand hat ihn mit seinem eigenen Schwert erstochen.«

So unauffällig wie möglich ging ich zu einem Tisch in der Ecke des Raumes und setzte Quoth auf die Lehne eines Stuhls. Morrie und Heathcliff kamen zu mir herüber, und gemeinsam erzählten wir Quoth, was passiert war.

Ich fliege über das Gelände und schaue, ob ich sehen kann, wo der Mörder hin entkommen ist. Er entfaltete einen Mitternachtsflügel.

»Mach dir keine Mühe«, knurrte Heathcliff. »Der ganze Alkohol und die Wachtelbrust sind Mina zu Kopf gestiegen. Sie hat vergessen, dass wir eigentlich keine Detective sind und nichts mit der Sache zu tun haben wollen.«

Ich seufzte. Er hatte recht. Nur weil es bei der Jane Austen Experience einen Mord gab, musste ich nicht gleich mitmachen und versuchen, ihn aufzuklären. Bei den letzten beiden Morden hatte ich einen persönlichen Grund, mich einzumischen, die Polizei hatte mir die Schuld an Ashleys Mord gegeben, und meine Freundin Frau Ellis war in Gefahr gewesen. Aber dieses Mal hatte ich nichts mit dem Fall zu tun. Nach dem Horror zu urteilen, den ich gerade gesehen hatte, war dieser Mörder einer der Gefährlichsten. Ich wollte ihm oder ihr nicht so bald gegenüberstehen.

»Darf ich um Ihre Aufmerksamkeit bitten!« Cynthia stand hinter dem Mikrofon und fuchtelte mit den Armen herum. »Wir haben heute Abend eine böse Überraschung erlebt, fürchte ich. Wir möchten, dass Sie alle mit der Polizei kooperieren und ihre Fragen beantworten. Sie werden uns hier drinnen festhalten, während sie den Tatort sichern und ihre Befragungen durchführen, und dann dürfen wir alle auf unsere Zimmer gehen.«

»Ich bleibe keine Sekunde länger in diesem Haus!«, rief eine Dame. »Nicht, wenn ein Mörder hier frei herumläuft!« Ein Chor der Zustimmung schallte durch den Ballsaal.

»Leider kann noch niemand das Haus verlassen, aber die Polizei wird ihr Bestes tun, um die Befragungen schnell zu beenden. Natürlich können Grey und ich verstehen, dass niemand erwartet hat, dass die erste jährliche Jane Austen Experience so ablaufen würde! Wenn Sie heute Abend abreisen möchten, sind meine Mitarbeiter Ihnen gerne dabei behilflich,

Ihr Gepäck zu transportieren und eine alternative Unterkunft zu finden. Wir hoffen jedoch, dass Sie bleiben werden. Bei dem Vorfall heute Abend scheint es sich um ein Gelegenheitsverbrechen des Argleton Juwelendiebs zu handeln, ein bekannter Krimineller, der, wie mir die Polizei versichert hat, kurz davorsteht, gefasst zu werden. Wir werden zusätzliche Sicherheitsvorkehrungen treffen, nichts liegt uns mehr am Herzen als die Sicherheit unserer Gäste. Ich weiß, dass unser lieber Professor Hathaway wollen würde, dass die Jane Austen Experience weitergeht. Deshalb verzichten wir auf die Vorlesungen am Vormittag und veranstalten stattdessen morgen eine Gartenparty zu seinen Ehren in der Orangerie!«

»Das ist lächerlich«, sagte Alice. »Ein Mann wurde gerade mit einem Schwert durchbohrt. Der Mörder sitzt wahrscheinlich in diesem Raum und alles, woran sie denken können, sind Teepartys und Volkstänze.«

»Wie kommen Sie darauf, dass der Mörder in diesem Zimmer ist?«, fragte ich.

»Professor Hathaway hatte eine Menge Feinde«, flüsterte sie. »Mehr als allen hier bewusst ist.«

»Glauben Sie, es hat etwas mit Ihrer Geschichte zu tun?«, fragte ich. »Sie werden es der Polizei so erzählen, richtig?«

»Ich bin mir nicht sicher. Aber ich kann ihnen nicht sagen, was ich weiß«, ihre Augen funkelten mich an, und sie nahm meine Hände in ihre. »Bitte, Mina, erwähnen Sie nicht, dass ich mit Professorin Carmichael gesprochen habe oder einen Artikel über Hathaway plane. Wenn die Informationen, die ich habe, an die Öffentlichkeit gelangen, steht das Leben von jemandem auf dem Spiel.«

»Ähm ...« *Das ist eine seltsame Frage an jemanden, der gerade eine Leiche gesehen hat.*

Hannah bewahrte mich vor einer Antwort, als sie an mir vorbeirauschte und Heathcliff in den Schoß fiel. »Oh, es ist eine

Tragödie! Heathcliff, bitte halt mich fest. Hey, warum ist hier ein Rabe?« Sie streckte eine Hand aus, um Quoths Rücken zu streicheln. Er versteifte sich, als sie in seinen Federn herumstocherte. Ein Kribbeln der Wut wanderte meinen Rücken hinauf. Ich wusste, dass es Quoth nicht gefiel, wenn sie ihn berührte.

»Mach weiter«, drängte Morrie. »Er liebt es besonders, wenn du Poes berühmtes Gedicht zitierst.«

»Krächz!«, warnte der Rabe, flüchtete aus Hannahs Griff und ließ sich auf dem Kronleuchter über unserem Tisch nieder.

»Meinen Sie 'Der Rabe'? Ich kenne natürlich den ganzen Text.« Hannah streckte ihren Rücken durch. »Hör zu, Heathcliff. Einst zur Nachtzeit, trüb und schaurig, als ich schmerzensmüd und traurig saß und brütend sann ob mancher seltsam halbvergessnen Lehr' ...«

KLATSCH!

»Argh!« Hannah sprang auf und kratzte sich am Kopf. »Er hat mir in die Haare geschissen. Dieser dreckige Vogel hat in mein *Haar* gekackt.«

»Wenn das so ist, solltest du dich bei ihm bedanken«, rief Lydia. »Es hat deine Frisur verbessert.«

»Iiiiiiiiiiih!« Hannah schrie auf, umklammerte ihren Kopf und flüchtete vom Tisch.

»Krächz!«

20

Da ich die Leiche gefunden hatte, befragten Hayes und Wilson mich zuerst. Ich erzählte ihnen alles so wahrheitsgetreu, wie ich mich erinnern konnte, und erschauderte, als ich die Details der Klinge wiedergab, die tief in Hathaways Brust gesteckt und deren Griff in der steifen Brise gezittert hatte, die vom Fenster hereingeweht hatte. Ich erzählte ihnen auch von Gerald und dem Fleck auf seiner Jacke und dem Riss in seiner Manschette. Neben mir wich Morries Hand nicht von meiner.

Nachdem sie mich entlassen hatten und Morrie und Heathcliff ihre Aussagen gemacht hatten, mussten wir durch den Vorraum zurück in unsere Zimmer gehen. Sie hatten drei Viertel des Raumes mit Klebeband abgesperrt, sodass für die Gäste nur ein schmaler Streifen übrigblieb. Morrie und Heathcliff flankierten mich, Quoth auf Heathcliffs Schulter, und beschimpften sich ständig gegenseitig, um mich abzulenken, während wir am Kamin vorbeigingen. Es klappte zwar nicht, aber ich wusste die Mühe zu schätzen.

»Sollen wir auf Lydia warten?«, fragte ich schwach. »Ich mache mir Sorgen, was sie sagen wird ...«

»Nein«, sagten beide Jungs unisono. Heathcliff beschleunigte sein Tempo, als wolle er noch mehr Abstand zwischen uns und Lydia Bennet bringen.

»Mina!«

Ich drehte meinen Kopf. Jo stand hinter dem roten Stuhl auf und lief zum Rand des Bandes hinüber.

»Hey.« Sie strich sich eine blonde Haarsträhne hinters Ohr. Ihre Schutzkleidung knisterte, als sie sich vorbeugte und mir auf die Schulter klopfte. »Ich habe gehört, dass du ihn gefunden hast. Bei der Geschwindigkeit, mit der du über Leichen stolperst, wird mich allein deine Freundschaft für den Rest meines Lebens beschäftigt halten. Ich würde dich ja umarmen, aber ich will nichts vom Tatort auf deinem hübschen Kleid hinterlassen.«

Ich wich zurück und hielt meine Hände hoch. »Bitte nicht.«

»Ihr seht übrigens klasse aus.« Jo zwinkerte Morrie zu, der ihr einen Daumen hoch und ein böses Grinsen schenkte. »Es tut mir leid, dass euer Ball ruiniert wurde. Geht es euch gut?«

»Es war *furchtbar*. Da war so viel Blut, ich dachte, der weiße Teppich wäre durch einen roten ersetzt worden.« Ich stieß ein ersticktes Lachen aus. »Ich schätze, das muss ich dir nicht sagen.«

»Nicht wirklich. Aber ich schätze die Sichtweise eines Zivilisten auf den Tatort sehr. Ist dir noch etwas aufgefallen?«

»Ja. Er hatte diesen furchtbaren Gesichtsausdruck, als ob er mitten im Schrei erstarrt wäre, wie ein lebendig gewordenes Gemälde von Edvard Munch.«

Jo nickte. »Das machen die Toten, vor allem, wenn sie im Sitzen verenden. Unmittelbar nach dem Tod entspannen sich die Muskeln im Körper und der Mund klappt auf. Bleibt der Körper in der gleichen Position, wenn die Leichenstarre einsetzt, ist der offene Mund wie eingefroren. In

Bestattungsinstituten müssen sie den Mund für die Besichtigungen zukleben.«

Ich erschauderte. »Das hätte ich *nicht* wissen müssen.«

»Tut mir leid«, grinste sie. »Ich habe vergessen, dass du diese Dinge nicht so faszinierend findest wie ich. Im Fall dieses Opfers war sein offener Mund der Gesichtsausdruck, den er hatte, als er starb. Offensichtlich hat ihn der Mörder völlig überrumpelt. Was das Blut angeht, so hat das Schwert eine seiner Hauptschlagadern durchtrennt. Nach der Autopsie weiß ich mehr, aber es sieht so aus, als wäre er an Blutverlust gestorben ...« Jo winkte über meine Schulter. Ich drehte mich um und blinzelte auf eine Menschenmenge, die aus dem Ballsaal auf uns zuging. Die Polizei musste sie nach ihren Aussagen entlassen haben. Alice Yo winkte zurück, bevor sie ihren Blick wieder auf den Bildschirm ihres Telefons richtete.

»Du kennst sie?«, fragte ich Jo.

»Mehr oder weniger. Sie heißt Alice Soundso. Wir besuchen den lesbischen Filmclub drüben in Barchester«, antwortete Jo. »In kleinen Gemeinden wie dieser halten wir Queers zusammen.«

»Alice wurde beauftragt, eine Story über die Jane-Austen-Fangemeinde zu schreiben, aber anscheinend ist sie hinter einer anderen Story her, die mit Professor Hathaway zu tun hat.«

»Interessant. Ich bin überrascht, sie hier zu sehen. Letzten Monat sagte sie, dass sie darüber nachdenkt, den Journalismus an den Nagel zu hängen und als Werbetexterin zu arbeiten. Ihr Chef ist ein homophober Widerling, der ihr ständig die schlechtesten Aufträge gibt und ihre Arbeitszeit kürzt. Sie hat versucht, einen anderen Job zu finden, aber Journalismus ist heutzutage ein schwieriges Pflaster. Wenn sie nicht bis Ende des Monats eine große Story bringt oder etwas Neues findet, wird sie ihre Wohnung verlieren.«

»Das ist scheiße.«

»Ja. Letzten Monat hat sie beim Filmabend gefragt, ob jemand Ideen für eine lohnende Story hat, vor allem zu einem Trendthema wie #metoo. Wir haben ihr immer wieder gesagt, sie solle eine Reportage über Sexismus und Homophobie im Journalismus machen, aber sie meint, wenn sie ihren Chef bloßstellen würde, würde sie nie wieder in der Branche arbeiten.« Jo hob ihre Tatorttasche auf. »Ich muss zurück ins Labor. Ich werde dir eine SMS schicken, wenn ich mehr weiß. Wenn du jemanden zum Reden brauchst, weißt du ja, wo du mich findest. Aber ich weiß, dass du die Jungs hast, um dich abzulenken.«

»Das habe ich. Danke, Jo.«

Sie winkte zum Abschied und folgte dem Rest des Tatortsicherungs-Teams nach draußen. Morrie und Heathcliff zogen mich in den Flur. Quoth hüpfte von Heathcliffs Schulter auf meine und gurrte leise, als er meinen Hals kraulte.

»Willst du nach Hause gehen, meine Hübsche?«, fragte Morrie.

Nach Hause. Seltsam, dass ich, sobald er das sagte, an den Nevermore Bookshop dachte und nicht an mein schmuddeliges Wintergartenzimmer in Mamas Wohnung.

Meine Knochen schmerzten vor Müdigkeit und Schock. Ich zog mein Handy aus meinem Dekolleté und vergewisserte mich der Uhrzeit (und der vielen unbeantworteten SMS von Mama). »Es ist schon spät und wer weiß, wie spät es sein wird, wenn die Polizei uns endlich das Gebäude verlassen lässt. Lass uns einfach die Nacht hier verbringen und morgen früh nach Hause fahren.«

21

Heathcliff riss mich in seine Arme und trug mich keuchend die weitläufige Treppe hinauf. Auf dem Weg dorthin kamen wir an Frau Maitland vorbei, die einen großen rosafarbenen Koffer die Treppe hinunterschleppte, und an einer der Erotikautorinnen, die mit einer großen Kiste voller Bücher kämpfte. Abgesehen von ein paar Leuten, die sich ein Uber bestellt hatten, sah es so aus, als wollten die meisten Gäste bleiben. Die Aussicht auf einen skandalösen Mord war zu gut, um sie aufzugeben. Während Heathcliff mich durch die Menge trug, fing ich einige Gerüchte auf, die wie wild umherflogen.

»Ich habe gehört, dass er mit seinem eigenen Schwert ins Herz gestochen wurde ...«

»Nun, ich habe gehört, dass sein Kopf fast von seinen Schultern abgetrennt wurde.«

»..., dass er ein blutiges Taschentuch in der Hand hielt.«

»Nach meiner Recherche auf dem Handy braucht man für einen solchen Hieb außergewöhnliches Geschick mit dem Schwert ...«

Wir drängten uns durch die Gästeschar und gingen den Flur

entlang zu unserem Zimmer. Die einzelnen Zimmer in unserer Suite hatten jeweils eine Tür zur Haupthalle, und wir blieben vor der Tür der Jungs stehen. Morrie fischte in den Taschen seines Mantels nach dem Zimmerschlüssel, fand aber nichts.

»Beeil dich«, murmelte Heathcliff und stützte sich an der Wand ab. »Mina hat zu viel Entenconfit gegessen. Sie ist nicht gerade leicht.«

»Hey!« Ich tat so, als würde ich ihm einen Klaps auf die Wange geben. »So spricht man nicht über eine Dame!«

»Krächz!«, fügte Quoth hinzu.

Morrie holte den Schlüssel aus seiner Hose, was er dort zu suchen hatte, konnte ich nicht erraten, und schob die Tür auf. Heathcliff setzte mich auf dem Bett ab, ließ sich neben mir nieder und zog mich in seine Arme.

Ich sank gegen ihn. Jetzt, wo wir allein waren, überkam mich der ganze Schrecken dessen, was ich gesehen hatte, wie ein Leuchtfeuer. Ich schluchzte in Heathcliffs Schulter und rotzte ihm seinen schönen Mantel voll.

»So ist es gut«, murmelte er tröstend und rieb Kreise auf meinem Rücken. »Wenn du weiter auf diesen Mantel weinst, ruinierst du ihn für immer.«

»Wollt ihr meine Theorie hören?« Morrie hüpfte durch den Raum. »Wenn die verschwundenen Juwelen und der Ausbruch aus dem Fenster irgendetwas bedeuten, scheint es so, als ob der Argleton Juwelendieb für die heutige Tat verantwortlich ist. Aber es ist interessant, dass er sein Verhaltensmuster geändert hat. Er hat vorher nicht gemordet. Vom Fenster aus hat er vielleicht nicht mal bemerkt, dass Professor Hathaway auf dem Stuhl saß.«

»Hör auf, darüber nachzudenken«, schnauzte Heathcliff. »Das geht uns nichts an. Wir alle halten uns da raus, sonst bekommt Mina wieder Ärger ...«

BUMM BUMM BUMM!

Ich sprang auf und klammerte mich an Morrie. Jemand hämmerte so heftig gegen die Tür, dass die antike Kommode wackelte. Lydias Stimme drang durch die Wand.

»Mina, Mina. Du musst mir helfen!«

Morrie verdrehte die Augen. »Geh weg. Es ist niemand zu Hause.«

»Ich kann dich reden hören, Lord Moriarty.«

»Wer ist Moriarty? Wir sind nur drei Feldmäuse auf der Jagd nach Käse.«

Ich musste mir ein Lachen verkneifen. »Lass sie rein. Sie ist wahrscheinlich zu Tode erschrocken.«

Seufzend öffnete Heathcliff die Tür. Lydia stürzte ins Zimmer, sprang auf das Bett und klammerte sich verzweifelt an meinen Körper.

»Au!«, schrie ich, als mein Kopf gegen das Kopfende knallte. Ich setzte mich auf und rieb mir die wunde Stelle. »Lydia, ich dachte, ich hätte dir gesagt, du sollst mich nicht stören ...«

»Hier geht es um Leben und Tod!« Sie warf sich auf mich und schlug sich mit der Hand an die Stirn, als könnte sie jeden Moment in Ohnmacht fallen. »Genauer gesagt, um mein Leben und meinen bevorstehenden Tod!«

»Professor Hathaways Tod hat nichts mit dir zu tun, au, was tust du da?«

Lydia packte mich an der Hand und zerrte mich vom Bett, wobei sie mir fast die Schulter auskugelte. Ich folgte ihr in den Flur, weil ich Angst hatte, dass sie mir sonst den Arm vom Körper reißen würde. Sie zeigte mit einem zitternden Finger auf die Tür zu unserem Schlafzimmer. Mein Herz schlug mir bis zum Hals.

Über die Tür hatte jemand mit schwarzer Farbe geschrieben: »DU BIST DIE NÄCHSTE«.

22

DU BIST DIE NÄCHSTE.

In meinem Kopf drehte sich alles. Was hatten diese Worte an der Tür zu unserem Schlafzimmer zu suchen? Warum sollte jemand so eine schreckliche Nachricht hinterlassen, es sei denn ... es sei denn, er wollte Lydia Angst machen?

Oder mir. Mein Blut gefror, als mir klar wurde, dass die Nachricht für jede von uns hätte sein können.

»Wann ... wann wurde das geschrieben?«, brachte ich krächzend hervor.

Morrie tippte mit dem Finger auf die Farbe. Ein Fleck blieb an seinen Fingern kleben. »Die Farbe ist noch nicht ganz trocken. Ich würde sagen, höchstens ein paar Stunden alt.«

»Also etwa zu der Zeit, als jemand Professor Hathaway ermordet hat?«, fragte Heathcliff. »Das scheint kein Zufall zu sein.«

»Nein.« Morrie sah mich stirnrunzelnd an. »Das ist es nicht. Mina, hast du dieses Wochenende irgendwelche Janeites verärgert? Irgendwelche Highschool-Liebschaften oder verbitterte Rivalen aus der Modeschule unter den Gästen?«

»Du *hast* vielen Leuten mit deinen Stiefeln die Zehen zertreten«, fügte Heathcliff hinzu.

»Krächz!«, sagte der Rabe.

Ich hielt abwehrend meine Hände hoch. »Schon gut, macht euch ruhig darüber lustig. Alle hier sind mir fremd, außer euch und Cynthia. Ich glaube, es geht viel eher um Lydia. Sie hat auf Professor Hathaways Schoß gesessen, kurz bevor er ermordet wurde ...«

»Oh!« Lydia hielt sich wieder die Hand an die Stirn. »Allein der Gedanke daran lässt mich schwach werden.«

»Und mit dem Auftritt, den sie und Morrie gestern auf dem Markt hingelegt haben, und der Art und Weise, wie sie das knappe Angebot an geeigneten jungen Männern an sich reißt, hat sie sich wohl ein paar Feinde gemacht.«

»Ich stimme zu, dass es viel wahrscheinlicher ist, dass es Lydia ist«, fügte Morrie hinzu. »Das ist eine Erleichterung. Ich dachte schon, ich würde mich darum kümmern müssen.«

Lydia warf sich Morrie zu Füßen und schluchzte in seine Seidenstrumpfhose. »Du musst mich beschützen!«, rief sie. »Ich appelliere an deinen Sinn für Ritterlichkeit.«

Morrie schaute sich im Flur um. »Nein, hier gibt es keine Ritterlichkeit.«

»Natürlich werden wir dich beschützen«, sagte ich. »Deshalb fahren wir jetzt sofort zurück in den Laden. Es ist mir egal, ob es schon nach Mitternacht ist. Lydias Leben ist in Gefahr. Einer der Angestellten wird uns ein Taxi rufen können und ...«

»Nein, nein.« Lydia stand auf und starrte mich mit entschlossenem Blick an. »Ich gehe nicht zurück in diesen verstaubten alten Laden! Nicht, wenn ein Mörder in der Nähe ist.«

»Du hast keine Wahl«, knurrte Heathcliff.

»Habe ich nicht?« Lydia grinste und richtete sich zu ihrer

vollen Größe auf. »Ich hatte gehofft, das nicht tun zu müssen, aber ihr lasst mir keine andere Wahl. Wenn ich nicht hier in Baddesley Hall bleiben darf und keine Chance auf einen gutaussehenden Ehemann erhalte, werde ich dieser Reporterin von eurem Zauberladen, eurem Hausraben und eurer wahren Herkunft erzählen.«

»Ich glaube kaum, dass sie dir glauben wird«, sagte Morrie, aber er wechselte einen Blick mit Heathcliff. *Selbst wenn Alice keine Geschichte über den magischen Nevermore Bookshop schreiben würde, würde es ein anderer Reporter tun.* Lydia könnte sich an jedes beliebige Boulevardblatt wenden und sie würden ihr die Geschichte aus der Hand fressen. Horden würden nach Argleton strömen, um den Laden zu bewundern, Fotos mit Heathcliff zu machen, Quoth zu erschrecken und unsere ganze Existenz auf den Kopf zu stellen. Und das war noch nicht einmal das Schlimmste, was passieren konnte.

Wenn irgendjemand erkennen würde, was Quoth wirklich war, würden sie ihn in ein geheimes Labor verschleppen, um ihn dort Untersuchungen zu unterziehen, und ich würde ihn nie wieder sehen. Sein Körper erbebte an meiner Schulter, als die Wahrheit von Lydias Aussage auch ihn traf. Ich drückte ihn an meine Brust und spürte, wie sein kleines Vogelherz klopfte. *Ich werde nicht zulassen, dass dir etwas Schlimmes zustößt*, dachte ich mit Inbrunst.

»Dein Gesichtsausdruck lässt vermuten, dass du es dir anders überlegt hast.« Lydia verschränkte die Arme.

»Uns zu drohen, ist ein Fehler«, knurrte Heathcliff.

»Vielleicht, aber ich kenne keinen anderen Weg, um zu bekommen, was ich will. Als ich als Frau Forsters auserwählte Begleiterin nach Brighton gehen wollte, musste ich Papa nur daran erinnern, was für ein Schrecken ich sein würde, wenn er sich weigerte, und er fiel in sich zusammen wie ein Kartenhaus. Außerdem ist es wahr, dass du ein gewisses

Geschick beim Aufklären von Verbrechen hast. Ich vertraue dir mehr als den Polizisten da unten, und hier im Haus hast du bessere Chancen als im Laden.« Lydia zwirbelte eine Haarsträhne um ihren Finger. »Deshalb fordere ich dich dringend auf, dich um den Schutz meiner Person zu kümmern.«

»Nun gut«, sagte Morrie und versammelte Heathcliff, Quoth und mich um sich herum. »Sie hat uns in der Hand und das weiß sie auch. Ich kann nicht glauben, dass, nach all den fiktiven Figuren, die hier im Laden aufgetaucht sind, ausgerechnet Lydia Bennet versucht, uns zu vernichten.«

»Wirklich?« Angesichts der Leichtigkeit, mit der Lydia sie in die Falle gelockt hatte, fiel es mir schwer, zu glauben, dass keine der anderen fiktiven Figuren etwas Ähnliches versucht hatte.

»Ich bin sicher, dass andere es ebenfalls in Erwägung gezogen haben. Aber da ich Morries Ruf kenne, habe ich alle möglichen Pläne verhindert«, sagte Heathcliff. »Das Mädchen ist ein anderes Kaliber.«

»Ich schätze, wir müssen versuchen, diesen Fall zu lösen«, sagte ich, wobei meine Mundwinkel zu Morrie zuckten.

»Du musst nicht so froh darüber klingen«, knurrte Heathcliff. »Ich versuche nur, dich zu beschützen.«

»Ich weiß, und Lydia versucht, uns alle umzubringen. Lass uns den Kerl aufhalten, bevor das passiert. Wo sollen wir anfangen?«

Morrie warf einen Blick auf die Tür. Eine kleine Menschenmenge hatte sich bereits versammelt, angezogen von Lydias Schreien. Einer der Männer wurde nach unten geschickt, um die Polizei zu holen. »Wenn wir nicht wissen, an wen die Nachricht gerichtet war, müssen wir als Nächstes überlegen, wer ein Motiv für den Mord an Professor Hathaway haben könnte. Es scheint unwahrscheinlich, dass diese Nachricht von dem Juwelendieb stammt, was bedeutet, dass es möglich ist, dass der Mörder die Geschichte des Argleton-Juwelendiebs benutzt hat, um die Schuld auf andere zu schieben.«

»Hathaway hat eine lange Liste von Feinden«, sagte ich. »Ich kenne den Mann kaum einen Tag und schon würde ich am liebsten zusehen, wie er von Haien gefressen wird.«

Das solltest du während einer Mordermittlung vielleicht nicht laut sagen, sagte Quoth in meinem Kopf, als Hayes und Wilson um die Ecke kamen und die Nachricht sahen. Sie begannen sofort, die Leute aus dem Bereich zu entfernen. Wir zogen uns mit dem Rest der Menge zurück.

»Gerald ist zweifellos unser Hauptverdächtiger«, sagte Heathcliff. »Sein Verhalten beim Frühstück heute Morgen beweist, dass er einen Grund hat, Hathaway zu hassen.«

»Da steckt noch mehr dahinter«, sagte ich und erzählte, was Gerald mir an der Bar erzählt hatte. »Und er hatte einen roten Fleck auf seiner Jacke und einen zerrissenen Ärmel.«

»Das könnte zu dem Stoff passen, der auf der Fensterbank gefunden wurde«, sagte Heathcliff.

»Und ich habe Gerald nach draußen gehen sehen«, erklärte Lydia. »Nach dem ersten Tanz war ich ... Ich habe dieses neue Wort gelernt. Ach ja, ich knutschte im Bedienstetenflur mit Herrn Jonathan Grimsby und bemerkte Gerald zufällig aus dem Augenwinkel. Er kam aus dem Ballsaal, den Flur entlang und ging durch die Tür nach draußen.«

Meine Freude darüber, dass Lydia Bennet das Wort »knutschen« benutzt hatte, wurde von meinem Wunsch verdrängt, diese neue Information in unsere Theorie einzubauen. »Hast du ihn auf diese Weise zurückkommen sehen?«, fragte ich sie.

»Nein, habe ich nicht. Aber ich habe mir damals nicht viel dabei gedacht, und Herr Grimsby und ich waren sehr beschäftigt. Es ist möglich, dass Gerald an mir vorbeigegangen ist, ohne dass ich es bemerkt habe.«

»Vielleicht ist er auch nicht erst wieder aus dem Fenster geklettert«, sagte Morrie. »Wenn er so schnell wie möglich zurück in den Ballsaal musste, um sich ein Alibi zu verschaffen, und wenn er wusste, dass Lydia und ihr Liebhaber im Flur waren, könnte er beschlossen haben, einfach direkt durch den Vorraum in den Ballsaal zu gehen, ohne um das Gebäude herumzugehen.«

»Das macht Sinn, aber wie konnte er so sauber aussehen? Es gab keine blutigen Fußabdrücke auf dem Boden rund um den Tatort, und abgesehen von dem einen Fleck auf Geralds Mantel war er auch nicht mit Blut beschmiert. Wäre die Person, die ihn erstochen hat, nicht mit Blut bedeckt gewesen?«

»Er muss sich gewaschen haben, bevor er zurück ins Zimmer ging«, überlegte Morrie. »Aber wo hat er das, was er benutzt hat, um sich zu reinigen, versteckt? Hmmmm ...«

»Er ist nicht der einzige Verdächtige, der infrage kommt«, fügte Heathcliff hinzu. »Wir haben da noch Professorin Carmichael, seine erbitterte akademische Rivalin.«

»Ich traue ihr nicht zu, dass sie jemanden umbringt«, sagte ich. »Außerdem hat sie die ganze Nacht an unserem Tisch gesessen.«

»Hat sie das?«, erkundigte sich Morrie. »Wir haben einen Großteil des Abends mit Tanzen verbracht, und Heathcliff hat sich vor seinen zukünftigen Frauen versteckt. Kannst du ehrlich sagen, dass du den ganzen Abend über den Tisch beobachtet hast?«

»Nein.« Ich runzelte die Stirn. »Das bedeutet, dass Alice Yo auch verdächtig sein muss. Sie hat den Artikel über Hathaway geschrieben, der seine Geheimnisse aufdecken sollte. Vielleicht hat er sie damit konfrontiert und sie ist ausgerastet. Jo sagte, dass sie verzweifelt nach etwas suchte, das sie verkaufen konnte, und sie hat vorhin etwas Seltsames zu mir gesagt. Sie bat mich, der Polizei nicht zu sagen, dass sie ihm auf der Spur war. 'Das Leben von jemand anderen steht auf dem Spiel', hat sie gesagt.«

»Es ist möglich, aber unwahrscheinlich«, sagte Morrie. »Ich denke, wir müssen diesen Gerald genauer unter die Lupe nehmen. Und das versteht sich von selbst, aber niemand darf der Polizei gegenüber etwas erwähnen, was sie vermuten lässt, dass wir ihre Arbeit für sie machen. Wir können nicht zulassen, dass sie Lydia zu genau untersuchen. Ich werde so schnell wie möglich ein paar Unterlagen für sie zusammenstellen. Sie ist deine französische Cousine, ja? Kann ich sie zum Milchmädchen machen ...«

»Mina Wilde«, unterbrach Inspektor Hayes, der seinen Notizblock wieder aufklappte und seine neugierigen Augen über die Mitglieder unserer Gruppe schweifen ließ. »Ich schätze, Sie beide sind noch nicht fertig mit ihrer Aussage. Wenn Sie und Ihre Mitbewohnerin mir bitte folgen könnten.«

Ich ergriff Lydias Arm und zog sie mit mir.

ALS LYDIA und ich das Gespräch mit Kommissar Hayes beendeten, hatte Lydia mir sieben Herzinfarkte beschert. Sie hatte unsere meine-Cousine-aus-Frankreich--Tarngeschichte so ausgeschmückt ... Zum Glück stimmte alles mit ihren Unterlagen überein, dank Morries schnellem Hacking. Das Tatortteam hatte die Tür fotografiert, den Bereich nach Fingerabdrücken und forensischen Beweisen abgesucht, während Cynthia ihre Mitarbeiter angewiesen hatte, die Farbe mit einem Abbeizmittel zu entfernen, wobei die halbe Tür entlackt wurde. Es war inzwischen nach zwei Uhr morgens und ich war zu müde, um ein Taxi zurück zum Laden zu nehmen, selbst wenn Lydia sich nicht geweigert hätte, zu gehen. Ich kroch in das Bett im Zimmer der Jungs und schmiegte mich an

Heathcliffs Schulter. Hinter ihm legte sich Quoth hin und berührte meinen Arm, wobei seine Finger federleicht über meine Haut glitten. Morrie legte sich auf meine andere Seite und küsste meinen Hals. Sofort reagierte mein Körper und brannte vor Hitze. Ich dachte daran, ihm zu sagen, dass er noch nicht auf mein Ultimatum reagiert hatte, aber ich hatte nicht die Kraft, es ihm zu verweigern. Ich sehnte mich danach, das Grauen, das ich heute Abend erlebt hatte, mit Küssen und Liebkosungen zu vertreiben. Morries Lippen trafen auf meine und drückten meinen Kopf zurück, sodass mein Hals Heathcliffs Lippen ausgesetzt war. Quoths Hand wanderte über meine Brust und berührte meine erigierte Brustwarze.

Lydia hüpfte durch die Verbindungstür und sprang auf das Bett. »Rutscht rüber. Ihr müsst Platz machen.«

»Au!« Morrie sprang auf und hielt sich den Kiefer. »Ich abe mir auf'ie Funge gebiffen!«

»Was machst du hier?«, murmelte ich. Hinter meinen Augen brannte es höllisch, obwohl ich bereits zwei Schmerztabletten von Dr. Clements eingenommen hatte. »Du bist diejenige, die darauf bestanden hat, im Haus zu bleiben. Jetzt geh zurück ins Mordbett.«

»Ich kann heute Nacht unmöglich allein darin schlafen, vor allem, wenn ihr darauf besteht, es 'das Mordbett' zu nennen. Ihr werdet mich hier ertragen müssen.«

Ich funkelte Morrie an, der zu sehr damit beschäftigt war, seine Zunge mit Eis aus dem Sektkübel zu kühlen. *Du bist zu nichts zu gebrauchen.* »Na schön«, seufzte ich.

Lydia ließ sich in der Mitte des Bettes nieder und breitete ihre Unterröcke um sich herum aus. »Ich fühle mich so viel besser, wenn ich weiß, dass ich all diese großen, starken Männer um mich herumhabe, die mich beschützen. Mina, du schläfst an der Kante. So muss jeder Mörder erst auf dich einstechen, wenn er mich erreichen will.«

»Es ist schön, zu wissen, dass du dich um mich sorgst.« Ich kroch unter die Decke auf der anderen Seite von Quoth und drückte mir ein Kissen auf den Kopf, um Lydias Kichern zu übertönen.

Von Lydia Bennet ausgebremst. Ich kann nicht glauben, dass das mein Leben ist.

23

Ich stand in der Mitte eines leeren Ballsaals. Lichterketten funkelten, ihre Lichtpunkte durchdrangen die Düsternis. Irgendwo vor mir stimmte eine Band die ersten Töne einer flotten Regency-Tanzmusik an. Es dauerte einen Moment, bis ich den Riff von The Clashs »Guns of Brixton« erkannte.

Ich wusste, dass ich tanzen sollte, aber sobald ich einen Schritt in irgendeine Richtung machte, würde ich blindlings umherfuchteln. Ich schaute mich um und hoffte, dass jemand das Licht anmachen würde. Meine Hände tasteten ins Nichts.

»Hallo?«, rief ich. »Ich brauche einen Partner. Ich kann nichts sehen und ich kenne die Schritte nicht.«

TROPF.

Etwas klatschte auf meine Schulter. Regentropfen? Aber ich war doch drinnen. Wie kann es da regnen? Ich hob meine Hand, um das Wasser wegzuwischen.

TROPF, TROPF, TROPF.

Weitere Regentropfen fielen auf meine nackte Haut. Ich hielt meine Finger an mein Gesicht. Im schwachen Licht konnte ich an ihren Spitzen gerade so die rötliche Flüssigkeit erkennen.

Ein scharfer, metallischer Geruch stieg mir in die Nase. Kein Wasser.

Blut.

Panik stieg in meiner Brust auf. Der Raum drehte sich, die Band spielte schneller und schneller, bis die Noten zu einer wahren Kakophonie verschmolzen. Ich sah auf und mein Herz schlug mir bis zum Hals. Anstelle von Lichterketten schwebten blutige Schwerter in der Luft über mir, deren Klingen direkt über meinem Kopf hingen. Mit jedem Wummern des Basses kamen sie näher, näher ...

»Mina ... Mina?«

Ich wachte erschrocken auf. Helles Sonnenlicht durchdrang die Vorhänge. Eine weiche Hand berührte meine Schulter. Quoths besorgtes Gesicht schwebte vor mir. Da waren keine Schwerter, keine düstere Musik und keine Blutstropfen.

»Du hast gezittert«, flüsterte er. »Ich habe mir solche Sorgen gemacht.«

»Es geht mir gut.« Ich rieb mir die Augen. »Es war nur ein Albtraum.«

Ich setzte mich auf. Ein neongrünes Licht blitzte in meinen Augen auf. Als es verblasste und ich den Raum erkennen konnte, stellte ich fest, dass ich mich im Zimmer der Jungs in Baddesley Hall befand, aber nicht mehr im Bett. Stattdessen lag ich auf der Chaiselongue unter dem Fenster, den Rücken an Quoths Brust gepresst. Lydia lag wie ein Seestern zwischen Heathcliff und Morrie auf dem Bett ausgestreckt. Selbst im Schlummer spielte ein selbstzufriedenes Lächeln über ihr Gesicht.

»Lydia hat sich in der Nacht umgedreht und dich vom Bett gestoßen«, erklärte Quoth. »Ich glaube, das war mit Absicht, aber ich kann es natürlich nicht bestätigen. Ich habe dich hierhergetragen. Du hast die ganze Nacht über gewimmert und dich hin- und her gewälzt.«

Ich drückte seine Hand. »Danke, dass du bei mir geblieben bist.«

»Immer.« Quoths Lippen berührten meine, sein Kuss war süß und suchte nach mehr. Ich zog ihn auf mich. Meine Hände erkundeten seinen Körper und suchten nach Geborgenheit seiner Umarmung.

»Willst du über den Traum sprechen? Edgar Allan Poe hat sehr viel Wert auf die prophetische Natur von Träumen gelegt, und das gilt auch für mich.«

»Ich fürchte, dieser hier ist unnötig einfach. Ich war allein in einem dunklen Ballsaal. Ich wollte tanzen, aber sobald ich mich bewegte, war es zu dunkel und ich konnte nichts sehen. Von der Decke tropfte überall Blut auf mich.«

»Ich glaube, das bedeutet, dass du Angst hast, ins Unbekannte zu gehen, aber du weißt, dass du nicht bleiben kannst, wo du bist«, sagte Quoth mit ernster Miene. »Es bedeutet, dass du mit deiner Mutter reden solltest. Und die Broschüren ansehen, die Dr. Clements dir gegeben hat. Und den Jungs von dem Feuerwerk erzählen.«

»Ich glaube, es geht darum, dass ich einen Mann gesehen habe, dem mit einem Schwert das Herz durchstoßen wurde«, sagte ich.

»Nun, *ich* glaube, es hat damit zu tun, dass du herumläufst und Morde aufklärst, damit du nicht an dein Augenlicht denken musst«, bemerkte Quoth.

Ich wurde sauer. »Das ist es nicht. Was *ich* denke, ist, dass ich aufhören will, darüber zu reden. Und es ist mein Traum, also mache ich die Regeln. Was haben wir heute vor?«

»Ich gehe zurück, um den Laden zu eröffnen, damit wir diesen Monat noch die Hypothek bezahlen können. Du steckst deine Nase da rein, wo sie nicht hingehört.«

»Ja, das weiß ich, aber um das so gut wie möglich zu

machen, muss ich weiterhin so tun, als würde ich mich für die Jane Austen Experience interessieren.«

Quoth nahm die Broschüre in die Hand. »Wie Cynthia schon sagte, sind die meisten Veranstaltungen am Morgen abgesagt worden. Aber es gibt eine Dichterlesung vor dem Frühstück, die von einigen Studenten von Professor Hathaway organisiert wird. Ich dachte, du möchtest vielleicht mit mir hingehen, bevor ich zurückfliege.«

»Sehr gerne.« Ich hatte mich früher nie für Gedichte interessiert, aber nachdem Morrie mir das erotische Werk von John Donne vorgelesen hatte, während wir das erste Mal miteinander schliefen, hatte ich eine verborgene Vorliebe für sie entdeckt. »Soll ich die anderen wecken, und sie bitten, sich uns anzuschließen?«

»Ich habe es Heathcliff gestern Abend gesagt, und er meinte: 'Gedichte sind zu jeder Tageszeit schwer zu verdauen, erst recht nicht, bevor ich meine Bücklinge gegessen habe'.« Quoth fuhr sich mit der Hand durch sein glattes schwarzes Haar. »Außerdem dachte ich, dass wir beide das vielleicht gemeinsam genießen könnten.«

Ich lächelte. Ich hasste es, dass Quoth *wieder* einmal von den Ereignissen des Wochenendes ausgeschlossen worden war. Das erinnerte mich an meinen Traum, wie sehr ich tanzen wollte, es aber wegen meiner Behinderung nicht konnte. Quoths Behinderung hielt ihn immer davon ab, Dinge zu tun, die ihm Spaß machten, und das war nicht fair.

Nicht heute Morgen. Nicht mit mir.

Ich zog mein inzwischen sehr zerknittertes Musselin-Kleid an, Docs und ein Paar Socken mit Titeln aus verbotenen Büchern, zu Ehren von Frau Scarlett, möge sie in Frieden ruhen. Quoth zog Morries Strumpfhosen, Reithosen und Mantel an und hängte sich sein Schlüsselband um den Hals. Wie ich vorausgesagt hatte, sah er umwerfend aus. Sein schwarzes Haar fiel ihm wie ein seidener Wasserfall über den Rücken und die glänzenden Knöpfe reflektierten die orangefarbenen Feuerflecken in seinen Augen. Er hielt mir den Arm hin und ich hakte mich ein.

»Auf nach Mansfield Park!«, rief ich aus.

Quoth und ich stiegen gemeinsam die Treppe hinunter. Unsere Schritte hallten in der stillen Halle wider. Kaum jemand war schon wach, obwohl Cynthias Mitarbeiter durch die Eingangshalle eilten und Teller und Tabletts mit Essen in den Frühstücksraum trugen. Wäre da nicht das Absperrband über dem Eingang zum Vorzimmer, gäbe es kein Anzeichen dafür, dass letzte Nacht etwas Schreckliches passiert war.

Es sei denn, man zählt das schreckliche Bild von Professor Hathaways erschlagenem Körper dazu, das sich für immer in mein Gehirn eingebrannt hat.

Als wir in Mansfield Park ankamen, einem hübschen gelben Salon gegenüber dem Marktplatz, sahen wir ein paar andere Frühaufsteher herumflattern. David schlurfte im vorderen Teil des Saals hin und her und hielt alle paar Augenblicke inne, um sich mit einem Taschentuch die Augen abzutupfen. Alice saß in der ersten Reihe. Ihr Notizbuch lag aufgeschlagen auf ihren Knien und sie knipste mit dem rechten Zeigefinger auf den Auslöser drückend Fotos vom Raum.

Zu meiner Überraschung saß Christina Hathaway ganz allein auf einem Stuhl in der hinteren Ecke des Raumes und starrte auf das Rednerpult. Ich stupste Quoth an, und wir schlurften den Gang hinunter, um uns neben sie zu setzen.

»Hallo, Christina. Ich bin Mina Wilde. Wir haben uns am Freitag getroffen. Dass mit Ihrem Vater tut mir sehr leid«, flüsterte ich.

Sie blinzelte. Es dauerte einen Moment, bis sie den Kopf drehte. »Ich kann es einfach nicht glauben«, hauchte sie, ihre

Stimme heiser vom Weinen. »Welches Monster würde so etwas tun? Papa war so geschätzt, so beliebt in der Gemeinde.«

»Brauchen Sie etwas? Können wir Ihnen ein Glas Wasser holen oder ... oder ...« Ich stolperte über meine Worte, weil ich nicht wusste, was ich zu jemandem sagen sollte, dessen Vater brutal ermordet worden war.

»Ich fürchte, alles Essen und Trinken schmeckt für mich gerade wie Pappe.« Ihre Finger umklammerten die Kante ihres Stuhls. »Ich bleibe nur in Baddesley, weil die Polizei möchte, dass ich in der Nähe bleibe, während sie nach Papas Mörder sucht. Außerdem hätte Papa gewollt, dass ich heute an der Gedenkfeier teilnehme.«

»Wenn Sie etwas brauchen, lassen Sie es uns bitte wissen.« Ich rutschte weg, um sie in Ruhe zu lassen, aber sie griff mit einer kalten Hand nach meinem Arm.

»Sie waren es, die seine Leiche gefunden hat«, antwortete sie mit ihrer sanften Stimme.

»Das ist richtig.« In diesem Moment war ich froh, dass ich ihn zuerst gefunden hatte und es Christina erspart geblieben war, ihren geliebten Vater mit diesem schrecklichen Gesichtsausdruck zu sehen.

»Und man hat diese hässlichen Worte an Ihre Tür gekritzelt?«

»Ja, aber ich glaube, sie waren für meine Mitbewohnerin bestimmt, nicht für mich. Sie hat ...« *Sich an Ihren Vater rangemacht wie eine gewöhnliche Dirne, um es mit Jane Austens Worten auszudrücken, und er hat sie genüsslich verschlungen wie der Widerling, der er war.* Aber das war nichts, was ich seiner trauernden Tochter sagen sollte, also begnügte ich mich mit: »... mit Ihrem Vater mehr zu tun gehabt, als ich es hatte.«

»Und geht es ihr gut?« Christina tupfte sich die Augen trocken. »Ich möchte nicht, dass diese üble Person andere bedroht.«

»Es geht ihr gut. Cynthia hat einen ihrer Sicherheitsleute die ganze Nacht die Schlafzimmertür bewachen lassen. Niemand sonst wird verletzt und die Polizei tut alles, was sie kann, um den Mörder zur Rechenschaft zu ziehen.«

»Ich weiß nicht, was ich jetzt tun soll«, sagte Christina und ihre Augen wurden glasig. »Ich weiß, dass Papa wollen würde, dass ich sein Erbe als Austen-Experte fortsetze, aber ich weiß nicht, wie ich das schaffen soll, wenn mich jede Mütze und jedes Buch an ihn erinnert. Wenn ich nur jemanden hätte, der mir hilft, aber ich bin ganz allein.«

Ich dachte an Christina und Alice und wie sie sich im dunklen Innenhof geküsst hatten. »Ich hoffe, Sie haben Freunde, die Sie unterstützen können. Jemanden, den Sie lieben und mit dem Sie vielleicht noch keine Zeit verbringen konnten.«

Ihr Gesicht war ausdruckslos. »Ich weiß nicht, was ...«

»Christina, belästigen dich die beiden?« David ließ sich auf den Sitz neben ihr fallen. Er nahm ihre Hände in seine und warf mir einen finsteren Blick zu. »Bitte sprechen Sie nicht über den Vorfall. Christina hat genug Trauma erlitten, um ein Leben lang davon zu zehren. Sie muss es nicht noch einmal durchleben.«

»Ich schwöre, dass ich nichts gesagt habe«, protestierte ich, denn ich wollte nicht, dass er dachte, es würde mir Spaß machen, die blutigen Details weiterzugeben.

»Mir geht es gut, David. Wirklich.«

»Komm mit mir. Ich habe dir einen bequemen Platz vorne im Raum reserviert.« Christinas Augen blickten zu Alice, aber sie ließ sich von David auf die Beine helfen. Ich hoffte, dass sie irgendwann in der Lage sein würde, sich voll und ganz zu ihrer Beziehung zu bekennen, aber ich schätzte, dass der Tag nach der Ermordung ihres Vaters nicht der richtige Tag dafür war.

»Armes Mädchen«, flüsterte ich zu Quoth. »Sie sieht aus,

als stünde sie unter Schock. Ich kann mir gar nicht vorstellen, was sie durchmachen muss.«

»Ich auch nicht. Auch wenn der Mann schrecklich war, hat sie ihn sehr geliebt, und ich fühle mit ihr.«

Die Lesung der Gedichte begann. Ich konnte nicht umhin zu bemerken, dass David alle paar Augenblicke mit einem missbilligenden Gesichtsausdruck in unsere Ecke schaute. Es gefiel ihm wirklich nicht, dass wir mit Christina gesprochen hatten. Ich nahm an, dass er sie nur beschützen wollte, aber als Cynthia und zwei ihrer Freundinnen sich in einer der Pausen zwischen den Darbietungen zu Christina hinüberbeugten und sie über ihren Vater ausfragten, hielt er sie nicht davon ab.

Macht er sich Sorgen, dass ich Details über den Mord verrate? Und dass Christina herausfinden könnte, wer es wirklich getan hat?

Nein, das ist verrückt. Er ist nur ein unsicherer Junge, der versucht, auf seine Freundin aufzupassen.

Oder ist da mehr?

Als David an der Reihe war, trug er ein leidenschaftliches Liebesgedicht vor. Seine Stimme erhob sich im Takt, während er Christina in die Augen sah. Jedes Wort in dem Gedicht war an sie gerichtet.

Nun, das ist offensichtlich. Er ist eindeutig in sie verliebt und muss dieses Gedicht als eine Art Liebeserklärung geplant haben. Aber wenn man bedenkt, was gerade passiert ist, sind seine Bemühungen ein bisschen krass! Ich hatte das Gefühl, dass seine Verärgerung über uns eher damit verbunden war, dass er Christinas Gedanken bei seinem Gedicht haben wollte.

Als die Lesung beendet war, ging Christina in den hinteren Teil des Raumes, um noch eine Tasse Tee zu trinken. »Haben Ihnen die Gedichte gefallen?«, fragte ich sie. David lief bereits den Gang hinunter, sein Gesicht erwartungsvoll wie ein Welpe.

»Ich fürchte, ich habe kein einziges Wort davon mitbekommen«, sagte sie. Hinter ihr sackten Davids Schultern nach unten. »Ich bin so aufgewühlt wegen Papas Tod, dass alles zum einen Ohr rein und zum anderen wieder rausging.«

Ich lächelte. *Wahrscheinlich ist es besser so. Vermutlich kann sie es nicht gebrauchen, sich ausgerechnet heute vor David zu outen.* »Das ist doch nicht anders zu erwarten. Es war wirklich mutig von Ihnen, nach allem, was passiert ist, heute zur Lesung zu kommen.«

David setzte ein tapferes Gesicht auf und gesellte sich zu unserer Gruppe. »Komm mit mir, Christina, ich begleite dich zur Gedenkfeier. Cynthia wird mit dir sprechen wollen, bevor sie beginnt ...«

»Nein, danke«, sagte sie. »Ich denke, ich werde mich auf meinem Zimmer frisch machen.«

»Ich begleite dich dorthin«, sagte er. Sie sah aus, als wollte sie protestieren, aber sie streckte ihre Hand aus und erlaubte David, sie zu nehmen.

»Wenn du darauf bestehst.«

David stolperte über die Stühle, als er sich umdrehte, um ihren Arm zu nehmen und sie aus dem Zimmer zu geleiten. Ich lehnte mich an Quoth. »Es muss seltsam sein, sich die ganze Zeit so zu benehmen.«

»Vielleicht macht es ihr Spaß.« Quoth bot mir seinen Arm an. Ich hakte mich bei ihm ein und lächelte ihn an, während ich ihm recht gab. Es war ein interessantes Wochenende, an dem ich mich in diese weibliche Rolle zurückzog und den Arm eines Mannes brauchte, um etwas zu erledigen.

Womöglich werde ich für den Rest meines Lebens den Arm eines Mannes brauchen, um nicht überall gegenzulaufen.

Es war schwer, an meine persönliche Hölle zu denken, wenn Quoths beruhigende Präsenz neben mir war. Wir gingen in den Frühstücksraum und bedienten uns an den Resten des Buffets. Quoth fand einen Tisch für zwei Personen unter einem Fenster in der dunkelsten, einsamsten Ecke. Wir schenkten uns Tee ein und aßen unser Essen, während draußen der Schnee die Rasenflächen in einen flauschigen weißen Mantel hüllte.

»Du machst das sehr gut«, sagte ich und butterte mein Croissant wie die heidnische Engländerin, die ich war. »Kein Drang, wegzufliegen?«

»Seltsamerweise nicht.« Quoth nippte an seinem Tee. »Ich frage mich, ob es etwas mit der Vertrautheit der Kleidung, der Sprache und der Unterhaltung zu tun hat. Es ist seltsam, zu denken, dass die Menschen so viele Jahre in der Zukunft mit so einer romantischen Nostalgie auf unsere Bücher zurückblicken.«

»Ich muss zugeben, dass du mit diesem Halstuch verdammt sexy aussiehst«, lächelte ich und ließ meine Hand unter dem Tisch über sein Bein gleiten. Das tat er wirklich. Der hohe, steife Kragen umrahmte sein perfektes Gesicht und ließ seine Haut noch blasser erscheinen. Wahrscheinlich war es gut, dass die Damen der Brontë-Gesellschaft noch nicht ihre Krallen in ihn geschlagen hatten.

»Danke.« Quoth setzte seine Gabel ab. Mir fiel auf, dass er keine Eier auf seinem Teller hatte. Ich schätzte, Eier zu essen war komisch, wenn man ein Vogel war. Er räusperte sich. »Mina, ich sage dir nicht gerne, was du tun sollst, aber ich denke, du solltest Morrie und Heathcliff von dem Feuerwerk erzählen.«

»Nö.« Ich stach mit mehr Gewalt auf ein Würstchen ein, als ich beabsichtigt hatte. Es rutschte über den Tisch. Quoth fing es auf, bevor es von der Kante fiel.

»Sie werden herausfinden, dass etwas nicht stimmt, wenn sie es nicht schon getan haben.«

»Ich bin noch nicht bereit, darüber zu reden. Ich möchte einfach mehr Zeit haben, um das Zusammensein mit euch allen zu genießen und ein normaler Mensch zu sein, bevor die Welt für immer dunkel wird und ich zum Pflegefall werde.«

»Für uns wirst du nie ein Pflegefall sein.« Quoths Hand ruhte auf meiner. »Seit ich hier angekommen bin, habe ich weniger als Morrie und Heathcliff gefühlt. Ich wusste, dass es Dinge auf dieser Welt gibt, die niemals mein sein würden. Aber du hast mir gezeigt, dass das nicht stimmt. Die einzige Behinderung ist in meinem eigenen Kopf, und das Einzige, was mich zurückhält, ist meine Angst. Und jetzt«, er deutete auf den Tisch vor uns, und das Lächeln auf seinen Lippen brachte mein Herz zum Schmelzen. »... bin ich hier und frühstücke in aller Öffentlichkeit mit der nettesten und schönsten Frau.«

»Das ist etwas anderes.« Es war nicht anders. Ich starrte auf meinen Teller und hatte Mühe, die Tränen zurückzuhalten, die in meinen Augenwinkeln kribbelten.

Quoth lachte, ein Geräusch, das wie ein Glockenspiel klang. »Es tut mir weh, dich so zu sehen. Nur weil die Lichter in deinen Augen verblassen, darfst du dein eigenes Licht nicht ausbrennen lassen. Bitte, versprich mir, dass du darüber nachdenkst.«

Eine Glocke läutete das Ende der Stunde ein und signalisierte, dass die Gedenkfeier im Garten begann. Dankbar für die Ablenkung von einem Gespräch, das immer mehr darauf abzielte, mich in Stücke zu reißen und alle meine dunklen Gedanken hervorzuholen, sprang ich auf. Quoth half mir in den Mantel, eigentlich Heathcliffs Mantel, aber er würde ihn nicht vermissen, und wir reihten uns in die Menschenmenge ein, die auf eine Pause im Schneefall wartete, um zur Orangerie hinüberzueilen.

Morrie kam die Treppe hinuntergeeilt, gekleidet in ein neues Outfit aus hellen Reithosen, einem nachtblauen Mantel mit goldenen Details und einem glänzenden Schwert, und schloss sich uns an. »Hey, kleines Vögelchen, ich brauche mein Schlüsselband. Und mein Mädchen.«

»Ich dachte, ich könnte Mina zur Gartenparty begleiten ...«, begann Quoth.

»Nö.« Morrie schob Quoth mit dem Ellbogen aus dem Weg. »Zu viele Leute. Ein zu großes Risiko. Wir sehen uns später.«

»Nein. Quoth, warte.« Ich drückte seinen Arm fester an mich. »Morrie, du bist unglaublich unhöflich. Können Quoth und ich den Morgen nicht alleine genießen? Ich dachte, du wärst zu sehr damit beschäftigt, Hinweise zu dem Mord zu suchen.«

Morrie zog die Schultern hoch. »Ich wollte das eigentlich nicht sagen, aber ich muss mit dir über etwas reden.«

Ich verengte meine Augen. »Stimmt das, oder versuchst du nur, Lydia zu entkommen?«

»Mina, es ist alles in Ordnung, wirklich. Er hat ja recht. Es sind zu viele Leute hier draußen. Ich werde in den Laden zurückkehren und dich später sehen.« Quoth ließ meinen Arm fallen und verschwand in der Menge, bevor ich ihn aufhalten konnte.

»Du gehörst wieder mir.« Morrie legte meinen Arm in seinen.

»Ich bin wütend auf dich. Ich halte mich nur an dir fest, weil es eiskalt und der Boden rutschig ist und ich nicht umfallen will.«

»Klar, meine Hübsche, das glaube ich dir sofort.«

Als die Menge uns mitriss, warf ich einen Blick über meine Schulter. Quoth stand oben auf der Treppe. Seine langen Haare fielen ihm über den Rücken, sein Gesicht ausdruckslos. Er hob seine Hand und winkte mir kurz zu.

Morrie hat sich gerade wie ein Arschloch benommen, und Quoth macht sich nichts daraus.

Eine Welle der Traurigkeit schwappte über mich hinweg. *Trotz all seiner schönen Worte glaubte er tief in seinem Inneren immer noch, dass er minderwertig ist.* Quoth hatte einfach alles hingenommen, was das Leben ihm vor die Füße geworfen hatte. Aber er sollte es nicht von seinen Freunden hinnehmen müssen.

Wir traten hinaus in die bittere Kälte. Meine Zähne klapperten, als ich darum kämpfte, die Worte herauszubekommen. »Was du gerade getan hast, war grausam.«

»Wenn du das sagst.« Morrie zuckte mit den Schultern. »Quoth weiß, dass ich recht habe. Außerdem, wenn ich mit dir hier unten bin, hat Heathcliff keine andere Wahl, als Lydia zu begleiten.«

Wut kochte in meinen Adern. »Ich wusste, dass das deine einzige Motivation war! Du hast Quoth der Chance beraubt, die Zeit mit mir zu genießen und seine Fähigkeiten, ein Mensch zu bleiben, zu verbessern. Er ist schon so viel besser geworden. Er hätte es schaffen können. Und wenn er Probleme gehabt hätte, hätte er sich einfach ins Gebüsch verzogen und sich verwandeln können.«

Morrie hielt sein Schlüsselband hoch. »Auf diesem Ticket steht mein Name. Quoth hat kein Ticket. Du hast deine Wahl getroffen. Sieh es ein, Mina, du bist genauso grausam wie ich, nur bin ich derjenige, der es ihm ins Gesicht sagt.«

Ich öffnete den Mund, um weiter zu protestieren, aber Cynthia stürmte herbei, ihr Haar war makellos. Sie nahm meine eiskalten Hände in ihre. »Es tut mir so leid, Mina, dass Sie das gestern Abend sehen mussten. Und dann auch noch diese schrecklichen Worte an Ihrer Tür! Das ist einfach zu viel! Ich dachte, dieses Wochenende würde Ihnen helfen, die grausamen Morde zu vergessen, aber stattdessen habe ich Sie mitten in einen hineingezogen. Was für eine unangenehme Angelegenheit.«

»Ja.« Ich versuchte, um sie herumzugehen, aber ihr Schirm

versperrte mir den Weg. Kalter Schnee prasselte auf mein bloßes Gesicht.

»Hat die Polizei den Mörder schon gefasst?«

»Nur weil ich die Leiche gefunden habe, heißt das nicht, dass die Polizei mich in ihren Fall einweihen muss.«

Cynthia schob ihren Schirm auf die andere Seite. Ich witterte meine Chance und stürmte nach vorne, aber Morrie riss mich zurück an seine Seite.

»Ich nehme an, dass sie immer noch mit den Beweisen vom Tatort beschäftigt sind«, sagte Morrie und hielt mich mit festem Griff am Arm fest. »Ich vermute, sie nehmen an, dass es sich um einen Gelegenheitsmord gehandelt hat?«

»Ja. Christinas gestohlener Schmuck könnte eine Verbindung zu diesem schrecklichen Dieb herstellen.« Cynthia erschauderte. »Der Mörder muss auf dem Gelände herumgeschlichen sein, als er die Juwelen bemerkte, durch das Fenster stieg und unseren lieben Professor erstach, um zu fliehen. Aber ich verstehe nicht, warum er nach oben gegangen ist und diese Nachricht an deine Tür geschrieben hat. Ich hasse den Gedanken, dass jemand unser Haus ausspähen könnte! Grey hat eine Sicherheitsfirma aus London engagiert«, sagte sie und zeigte auf eine Reihe stämmiger, schwarz gekleideter Sicherheitsleute, die sich über Headsets gegenseitig Befehle zu bellten. »Anscheinend kümmern sie sich um Rockbands und Filmstars, also sollten sie auch für unsere Sicherheit sorgen können.«

»Ja, gut, danke.« Ich zerrte Morrie um sie herum. »Wir müssen uns einen Platz suchen.«

»Wo brennt es denn, meine Hübsche?« Morrie joggte mir hinterher.

»In der Orangerie.« Ich zeigte auf ein glühendes Kohlenbecken in dem großen Gebäude. »Und da mir gleich die Lippen abfallen, muss ich es umarmen gehen. Warum hast du

Cynthia noch angestachelt? Du weißt doch, dass sie nie etwas von Belang sagt, und ich kann meine Füße schon nicht mehr spüren.«

»Ich habe versucht, mehr Informationen herauszufinden. Ich dachte, sie könnte uns Hinweise geben, die die Polizei verfolgt.«

Wir traten auf den breiteren Gartenweg, der zur Orangerie hinunterführte. Ich schleppte meine gefrorenen Füße vorwärts. Mein Körper krümmte sich bei jedem Schritt zusammen. *Nur noch ein kleines Stück weiter, Mina, dann kannst du dich neben die warme Heizung setzen und eine heiße Tasse Tee genießen.*

»Mina, kann ich mit Ihnen reden?« Alice tauchte vor mir auf, die Lippen zu einem schmalen Strich gezogen.

Neeeiiiin. »Sicher. Wir könnten einfach reingehen und uns ans Feuer setzen ...«, bibberte ich.

»Nein«, Alice packte mich unter dem Arm und zerrte mich von Morrie weg. »Nicht in der Nähe von Menschen. Kommen Sie mit mir.«

»Ich reserviere dir einen Platz am Feuer!«, rief Morrie mir hinterher.

Alice zerrte mich über den Rasen und zu Boden. Ich streckte meine Hand aus, um meinen Sturz abzufangen, und schrie auf, als ich mit den Fingern in den eisigen Schnee fiel.

»Tut mir leid.« Alice hockte sich neben mich. »Ich will nicht, dass uns jemand sieht. Wenn jemand fragt, was wir hier machen, sagen Sie, dass Sie mir helfen, einen Ohrring zu suchen.«

»Sie sind gut im Täuschen«, sagte ich und rieb meine gefrorenen Hände aneinander. »Warum kauern wir im Schnee, anstatt drinnen am Feuer zu sitzen und heiße Schokolade zu trinken?«

»Ich weiß nicht, wem ich noch trauen kann«, sagte Alice und zog ihren Ohrring aus dem Ohr. »Aber dann habe ich gesehen, was an Ihrer Tür stand, und ich wusste, dass ich Ihnen sagen muss, was ich weiß.«

»Was ist es?«

»Ich weiß, wer Professor Hathaway getötet hat, und es war nicht der Argleton Juwelendieb. Es war ...«

»Alice, da bist du ja! Was machst du denn da unten?«

Professorin Carmichael spähte zu uns hinunter, einen schwarzen Schal um die Schultern gewickelt.

»Mina hat mir geholfen, meinen Ohrring zu suchen, aber ich glaube, er ist für immer verloren.« Alice stand schnell auf. Ich stand ebenfalls auf und stotterte einen Gruß durch meine eiskalten Lippen.

»Das ist aber schade.« Professorin Carmichael berührte Alice' Arm. »Alice, ich dachte, du möchtest dich vielleicht zu mir setzen. So kann ich all die falschen Aussagen über Hathaway während der Gedenkfeier korrigieren.«

»Natürlich«, Alice' Augen blickten zu mir. »Mina? Kommen Sie mit?«

Ich nickte und lief im Gleichschritt neben ihnen her. *Was hatte Alice sagen wollen? Wer war der Mörder?*

Am Eingang der Orangerie wurde Professorin Carmichael von einer Janeite zur Seite gezogen, die sie nach ihrem Buch fragte. Alice drehte sich zu mir um und zischte. »Wir können hier nicht reden, falls jemand mithört. Können Sie sich aus der Party schleichen und mich im *Sacro Bosco* treffen?« Sie deutete auf einen Weg an der Ecke der formalen Gärten, der in den Wald führte.

»Alice, wenn Sie wissen, wer der Mörder ist, sollten Sie mit der Polizei sprechen ...«

»Das kann ich nicht.« Sie schluckte. »Ich werde Ihnen alle Beweise geben, die Sie brauchen, um den Mörder zu stoppen, bevor er noch jemanden verletzt, aber ich kann nicht zur Polizei gehen. Bitte, Mina, versprechen Sie mir, dass Sie sich mit mir treffen werden?«

»Klar. Ich werde Sie treffen.«

»Da ist eine Statue mit drei tanzenden Mänaden gleich rechts vom Weg. Ich treffe Sie dort in dreißig Minuten. Vielen Dank, Mina, wirklich. Ich ... Ich muss mit jemandem darüber reden.« Alice sackte etwas in sich zusammen. Ihre schönen Augen waren weit aufgerissen und verängstigt. Was auch immer los war, ich hatte das Gefühl, dass es nicht mehr nur darum ging, ihren Skandalbericht zu bekommen.

Ich folgte Alice in die Orangerie, während sich mir die Haare im Nacken sträubten. *Was weiß Alice? Was wird sie mir erzählen?*

24

»Eine Gartenparty an einem der kältesten Tage des Jahres?« Morrie reichte mir eine dampfende Tasse heiße Schokolade und ein Sahnegebäck mit einer Schicht Eis obendrauf. »Das ist die cleverste Idee!«

Ich nickte, mir war zu kalt, um dem Sarkasmus zuzustimmen. Zum Glück hatte Morrie uns einen Platz in der Nähe des Kohlenbeckens besorgt, das kaum dazu beitrug, den riesigen Raum zu heizen.

In den Tagen, als Baddesley Hall noch ein landwirtschaftliches Anwesen war, war dieses große Gebäude mit seinen Bewässerungsschlitzen im Boden genutzt worden, um Obstbäume in Töpfen zu züchten und sie in den harten Wintermonaten zu schützen. Es war nicht gerade fürs Unterhalten von Gästen gebaut worden. Die Lichterketten, die von einem Korb an der Decke herabhingen, und die langen Tische, die mit winterlichen Kräutern und Gemüsesorten geschmückt waren, sahen zwar spektakulär aus, lenkten aber kaum von dem beißenden Wind und dem immer stärker werdenden Schneefall ab. Einige von Cynthias neuem Sicherheitspersonal waren bereits dabei, zusätzliche Heizungen im Raum aufzustellen. Die Band in der Ecke spielte Weihnachtslieder neben einer hoch aufragenden Tanne und erinnerte mich daran, dass ich noch nicht einmal mit meinen Weihnachtseinkäufen begonnen hatte. Draußen war die Terrasse vom Schnee befreit worden, und die mutigeren Gäste spielten Krocket.

»Ah, Lydia hat Sir Grummeltviel nach unten gezwungen.« Morrie deutete nach außen. Auf der anderen Seite des Innenhofs zerrte Lydia Heathcliff über das Krocketfeld und erklärte ihm die Regeln in einem lauten, herablassenden Ton, während ihre anderen Freier lachten. Ich bemerkte, dass er sein Schwert an der Seite trug. Als Lydia ihren nächsten Schlag ansetzte, begegnete Heathcliff meinem Blick und tat so, als würde er ihr eins überziehen. Ich verkniff mir ein Kichern.

Während ich an meiner Schokolade nippte, machte Lydia Punkt um Punkt. David gesellte sich dazu, um mit ihr zu sprechen. Sie nahm seinen Arm an und ließ sich von ihm wegführen. Heathcliff starrte ihnen ein paar Sekunden hinterher, dann zuckte er mit den Schultern und stürmte zu uns hinein.

»Solltest du sie nicht auf Schritt und Tritt verfolgen?«, fragte Morrie und hob seine Teetasse an die Lippen. »Was ist, wenn David wirklich unser Mörder ist?«

Ich erinnerte mich daran, dass wir bei der Fechtvorführung gesehen hatten, wie David einen Kampf nach dem anderen gewonnen hatte, und dass das Gerücht umging, der Mörder wäre ein geschickter Fechter. »Ja, vielleicht sollten wir sie nicht aus den Augen lassen.«

»Ich stehe seit einer Viertelstunde draußen im Schnee und versuche, einen blöden Ball mit einem Hammer zu treffen. Meine Eier sind in meinen Körper hineingeschrumpft. Ich sage, soll sie doch ermordet werden«, knurrte Heathcliff. »Das würde ihr recht geschehen, weil sie uns erpresst hat.«

»Keine Einwände.« Morrie stellte die Teekanne vor ihn hin. »Tee? Der heilt garantiert deine Seele und lässt deine Hoden wieder wachsen.«

»Nein danke.« Heathcliff zog seinen Flachmann aus dem Hosenbund und nahm einen tiefen Schluck.

»Während du Kindermädchen gespielt hast, hat Mina vielleicht unseren Mörder entlarven können«, sagte Morrie. Heathcliffs Hand kreiste um meinen Oberschenkel und ich erzählte so leise wie möglich von dem Gespräch mit Alice, das ich Morrie zugeflüstert hatte, sobald ich die Orangerie betreten hatte.

»Du wirst nicht alleine gehen«, knurrte Heathcliff. »Nimm Morrie und Quoth mit.«

»Was ist mit dir?«

»Ich wärme noch meine Eier auf. Außerdem muss jemand ein Auge auf Lydia haben. Ich bin kein komplettes Monster.«

Ich lächelte Heathcliff an, erwärmt von seinen Worten. Vielleicht begann er langsam, sich selbst so zu sehen, wie ich ihn sah.

Ich warf einen Blick auf mein Handy. Zehn Minuten, bis ich mich mit Alice treffen musste. Christina eilte in einem eleganten schwarzen Kleid herein. Sie nahm an einem Tisch ganz vorne Platz und starrte auf ihre gefalteten Hände. Cynthia nahm ihren Platz unter dem Weihnachtsbaum ein und rückte ihren feierlichen schwarzen Hut zurecht. Die Band hörte auf, zu spielen. Cynthia tippte gegen das Mikrofon. »Darf ich um Ihre Aufmerksamkeit bitten? Ich heiße Sie alle herzlich willkommen zur Julius-Hathaway-Gedächtnis-Gartenparty. Ich danke Ihnen, dass Sie dem schlechten Wetter getrotzt habt und hier sind, um diesem bemerkenswerten Mann, der in der Blüte seiner Jahre von uns gegangen ist, die letzte Ehre zu erweisen. Er hatte noch so viele Jahre der Austenforschung vor sich und ich weiß, dass wir alle hoffen, dass seine Tochter

Christina die gute Tradition fortsetzen wird, die er gegründet hat.«

Ich beobachtete Christina, während Cynthia sprach, und bewunderte ihre Gelassenheit. Neben ihr saß David und streichelte ihre Schulter und bot ihr einen Tee an. Hinter ihm machte Lydia eine unhöfliche Geste, die Morrie ihr beigebracht haben muss.

»Heute werden Mitglieder unserer Gemeinde aus einigen der beliebtesten Werke des Professors vorlesen und von ihren schönsten Erinnerungen an seine Possen bei den verschiedenen Jane-Austen-Veranstaltungen im Laufe der Jahre erzählen. Aber zuerst zeigen wir euch Ausschnitte aus der aktuellen Dokumentation über das Leben und die Arbeit des Professors.«

Vor dem Weihnachtsbaum wurde eine Leinwand heruntergefahren. Das Bild zeigte den Namen eines Dokumentarfilmregisseurs, der dafür bekannt war, sensationsgeile Profile von »missverstandenen« Männern zu erstellen. Es überraschte mich nicht, dass Hathaway mit ihm in Verbindung gebracht worden war. Die Kamera zoomte auf einen jüngeren Hathaway, seine Gesichtszüge waren selbstgefällig, als er zu einer Klasse voller jubelnder Schüler sprach. Mit seinen vom Wind zerzausten Haaren und seiner Jacke im Militärstil sah er wie ein romantischer Held aus. Emotionale Musik schwoll an, und der Sprecher begann, Hathaways Leistungen aufzuzählen.

»Faszinierend«, sagte Morrie und stützte sich auf seine Ellbogen ab.

Angesichts dessen, was Carmichael, Gerald und Alice über Hathaway enthüllt hatten, war die Dokumentation widerlich. Sie widmete nur wenige Minuten dem Leben und Werk von Jane Austen und konzentrierte sich stattdessen auf die wissenschaftlichen Methoden, die Hathaway zu seinen verschiedenen Austen-Entdeckungen führten. Die Interviews mit dem Professor zeigten einen eitlen Mann, der ein Experte darin war, das Gespräch zu manipulieren, um sich selbst klug, bescheiden und attraktiv erscheinen zu lassen. Die überschwänglichen Interviews von David und verschiedenen jungen Studentinnen wirkten in diesem Zusammenhang unheimlich.

Ich schaute zu Christina hinüber, während ihr Vater auf dem Bildschirm sprach. Obwohl ihr Rücken kerzengerade war, liefen ihr Tränen über das Gesicht. David bot ihr sein Taschentuch an, sein Gesicht von Sorge gezeichnet.

Sorge oder Schuldgefühle?

Der Erzähler sprach von Hathaway wie von einem intellektuellen Freiheitskämpfer, der vom »akademischen Umfeld« verunglimpft und regelrecht zensiert wurde, um seine Ideen kleinzuhalten. In Wirklichkeit war er eindeutig ein manipulativer Tyrann mit einer Menge Randtheorien, der gerne Janes eigene Worte benutzte, um die gleiche frauenfeindliche Weltanschauung zu vertreten, die er Christina aufgezwungen hatte, welche er als leuchtendes Beispiel für wahre Weiblichkeit darstellte. Was für ein Arschloch. War ich ihm gegenüber vorher gleichgültig gewesen, so war er mir jetzt zuwider.

Presseausschnitte und alte Fotos flimmerten über den Bildschirm, während der Erzähler erklärte, wie Hathaways zurückgezogen lebende Frau an einer erblichen Knochenkrankheit erkrankte und ihn verzweifelt und untröstlich zurückließ. Überall um mich herum schnieften Janeites in ihre Taschentücher, gerührt über die traurige Geschichte.

Als Nächstes sprach der Erzähler darüber, wie Hathaway versuchte, das akademische Establishment »mit seinen eigenen Waffen zu schlagen«, was auch immer das heißen mochte. Schnitt zu einer Szene in einem vollen Hörsaal. Professorin Carmichael stand am Rednerpult und hielt eine prestigeträchtige Vorlesungsreihe. Überrascht sah ich mich in der Orangerie nach ihr um, konnte sie aber nirgends entdecken. Vielleicht war sie angewidert gegangen? Zurück auf dem Bildschirm war Carmichael gerade dabei, etwas über Austens versteckten Feminismus zu sagen, als Hathaway aufsprang und anfing, über einen ihrer Punkte zu streiten. Er wollte sie nicht zu Wort kommen lassen. Als sie das Sicherheitspersonal aufforderte, ihn aus dem Gebäude zu begleiten, beschuldigte er sie, nicht in der Lage zu sein, sich an einer Debatte zu beteiligen, und beschuldigte sie fast schon der Zensur. Sie schrie: »Das werden Sie büßen, Julius! Ich schwöre Ihnen, dass Sie für das, was Sie getan haben, büßen werden.«

Nach Angaben des Erzählers wurde Carmichael daraufhin von Hathaways Anhängern im Internet verspottet, und überall im Internet tauchten Memes mit ihrem roten und erregten Gesicht auf. Offenbar war das alles Teil von Hathaways »Anliegen«. Carmichael hätte wegen seines Ausbruchs beinahe ihre Stelle an der Universität verloren, und das auf einer Plattform, auf der sie eigentlich glänzen sollte. *Wow, kein Wunder, dass sie ihn hasst.*

»Mina.« Morrie zeigte mir die Uhrzeit auf seinem Handy.

Oje. Zeit, zu gehen. Ich verschlang den Rest meiner Schokolade, sammelte mein Handy und meine Handtasche ein und wandte mich zum Gehen. Morrie stand auf und reichte mir die Hand. »Ich helfe dir zurück in die Halle, damit du mit deinen zierlichen Schuhen nicht ausrutschst«, sagte er etwas zu laut, denn mehrere Frauen brachten ihn zum Schweigen.

Wir duckten uns nach draußen und ich rannte zum Wald hinunter, während der Wind an meiner Haut biss. An meiner Seite hielt Morrie den Griff seines Schwertes in der Hand, seine Augen auf die Bäume gerichtet, auf der Suche nach einem Feind. Als wir uns unter dem Blätterdach der Bäume bewegten, schwebte Quoth herab und landete auf meiner Schulter.

Ich stürzte in die Bäume und ließ meine Augen in alle Richtungen schweifen. Äste knackten unter Morries Füßen, der mir dicht auf folgte. »Alice?«, rief ich. Vor mir erhob sich eine graue Statue aus dem Schnee. Spärlich bekleidete, nackte Frauen tanzten im Kreis, umklammerten winzige Harfen und Amphoren, aus denen Wein in die Münder der bärtigen Satyrn floss. Ich bog nach rechts ab und stolperte auf dem eisigen Boden.

Morries Finger gruben sich in meinen Arm. »Hab dich. Da drüben. Ich kann etwas sehen.«

Er half mir den Abhang hinunter. Ich erkannte Alices Mantel auf dem Boden. »Alice, wir sind da. Sagen Sie es uns bitte schnell, wir müssen zurück, bevor sich Morries Hoden in seinen Körper zurückziehen ...«

»Scheiße.« Morrie blieb mit grimmigem Gesicht stehen.

»Krächz.« Quoths Stimme knackte, als ob er Schmerzen hätte.

»Was?« Aber dann sah ich es auch. Der Mantel von Alice bedeckte etwas anderes, ein weißes, blutbesprenkeltes Musselin-Kleid. Neben der Leiche lag ein Krocketschläger, dessen flaches Ende mit feuchtem Karmesin gefärbt war.

»Oh, nein.«

Morrie rutschte den Abhang hinunter und rollte die Gestalt um. Alice Yo starrte uns mit vor Schreck weit aufgerissenem Mund an, die Seite ihres Schädels eingedrückt. Der Mantel rutschte ihr von den Schultern und gab den Blick auf acht blutige Buchstaben frei, die quer über ihre Brust geschmiert waren. Sie buchstabierten ein Wort.

LÜGNERIN.

25

Ich taumelte zurück. »Nein. Oh, nein.«

Der Professor war eine Sache. Er war ein schrecklicher Mensch, und selbst wenn wir einen Verdacht hätten, konnten wir seinen Tod immer noch als schief gelaufenen Raubüberfall abhaken. Aber ich mochte Alice. Und dass hier ... das war kaltblütiger Mord.

Morrie zerrte mich aus den Bäumen. »Die Art und Weise, wie wir einander umwerben, lässt etwas zu wünschen übrig. Wir treffen uns immer wieder über Leichen.«

»Keine Witze, bitte.« Mir stieg die Galle in die Kehle. Ich kämpfte darum, mein Frühstück bei mir zu behalten.

»Keine Witze«, versprach Morrie mit ernster Stimme. »Wir müssen den Alarm auslösen. Der Mörder könnte noch in der Nähe sein.«

»Krächz.« Quoth stieß sich von meiner Schulter ab und erhob sich in die Luft. Er würde die Gegend schneller absuchen können, als wir es vom Boden aus könnten. Wenn der Mörder von Alice die Flucht ergriffen hatte, würde Quoth ihn einholen.

Als wir aus dem Wald auftauchten, spielte Lydia draußen

mit ihrer Truppe noch Krocket. »Mina? James? Was macht ihr hier im Wald? Mina, warum hast du Soßenflecken auf deinem Kleid?«

»Das ist keine Soße«, rief ich und stolperte über den vereisten Weg. »Stoppt die Gedenkfeier. Alice Yo ist ermordet worden!«

Lydia schrie auf und schlug sich die Hand vor den Mund. Ihre Schreie lockten die Leute zu den Fenstern der Orangerie. Sicherheitskräfte eilten in den Garten und umzingelten uns. Einer von ihnen kam mit ausgestreckter Hand auf mich zu und forderte mich auf, ruhig zu bleiben.

»Ich bin ruhig«, sagte ich, als die Leute aus der Orangerie strömten. »Ich sage Ihnen, dass Alice Yo ermordet worden ist. Sie finden sie gleich neben dem Weg. Biegen Sie bei der Statue der Mänaden rechts ab. Das sind die nackten tanzenden Mädchen. Ich muss mich jetzt hinsetzen.« Ich sackte im Schnee zusammen. Die Kälte drang nicht mal mehr in meinen gefühllosen Körper ein.

Alice hatte mir sagen wollen, wer der Mörder war. Und dann hat ihr jemand den Kopf mit einem Krocketschläger eingeschlagen.

Weil jemand nicht gewollt hat, dass sie verraten würde, was sie gewusst hat.

Eine Menschenmenge versammelte sich am Rande des Waldes. Lydias Verehrer drängten sich um sie und boten ihr Taschentücher und Riechsalz an. Ich hatte es besser, Heathcliff stürzte herbei und presste meinen Körper gegen seinen, wobei er meine Rippen mit der Kraft seiner Umarmung zerdrückte.

Morrie sagte zu Cynthia: »Ihr Sicherheitsteam soll den Wald bewachen. Lassen Sie niemanden hinein, und erlauben Sie niemandem, das Gelände zu verlassen. Sie werden die Polizei anrufen müssen. Sie haben eine weitere Leiche.«

Cynthia schluchzte. »Wie kann das sein? Das wird uns ruinieren!«

»Es tut mir leid, Cynthia, aber das sollte das Letzte sein, woran Sie gerade denken.« Ich stolperte auf meine Füße, unterstützt von Morrie und Heathcliff. »Lydia, wir gehen jetzt.«

»Nein, tun wir nicht«, stöhnte sie. »Ich habe gestern Abend so vielen Leuten gesagt, dass ich in der berüchtigten Buchhandlung bleibe. Der Mörder wird wissen, dass er dort nach mir suchen muss.«

»Verdammt noch mal, Lydia!«, brüllte ich. »Das ist kein Spiel.«

»Schrei mich nicht so an«, sagte Lydia schmollend. »Du hast eine bessere Chance, den Mörder zu fangen, wenn wir hierbleiben. Ich will nicht gehen, bevor ich nicht weiß, dass dieser Rohling sicher in Gewahrsam ist. Mein Leben steht auf dem Spiel, falls du das vergessen hast!«

»Sie hat recht. Außerdem wird uns die Polizei nicht gehen lassen«, sagte Morrie.

Quoth flog heran, klappte seine Flügel ein und ließ sich auf meiner Schulter nieder. *Ich habe niemanden durch den Wald fliehen sehen. Ein paar Leute laufen in der Nähe des Hauses herum, darunter auch Gerald. Aber es ist möglich, dass der Mörder über die Rückseite der Orangerie zur Party zurückgekehrt ist. Dort gibt es eine offene Tür für das Küchenpersonal.*

»Denkst du denn gar nicht, dass der Mörder hinter dir her war, Mina?«, fragte Lydia. »Du hast den Wald betreten und im nächsten Moment wird eine Frau in einem ähnlichen blassen Kleid ermordet. Das ist einfach zu grotesk, um es sich auch nur vorzustellen.« Sie erschauderte.

»Nein, der Mörder war hinter Alice her. Er hat ihr das Wort LÜGNERIN auf die Brust geschrieben. Aber keine Ahnung, was er mit mir gemacht hätte, wenn ich ein paar Augenblicke früher da gewesen wäre ...« Ich erschauderte. Heathcliffs Körper zerdrückte wieder meinen, als könnte er so die Angst aus mir herausquetschen.

»Ich für meinen Teil habe nicht vor, herumzustehen und darauf zu warten, mit einem Krocketschläger erschlagen zu werden. Wir haben nur eine Möglichkeit«, erklärte Morrie. »Wir müssen diesen Mord selbst aufklären.«

26

»Ich bin dabei.« Ich erschauderte, als mir die Erinnerung an Alices blutiges Gesicht und Professor Hathaways stummen Schrei durch den Kopf schoss. »Wo fangen wir an?«

Heathcliff seufzte. »Wenn Mina darauf besteht, sich noch einmal einem Mörder in den Weg zu stellen, dann werde ich an ihrer Seite sein.«

»Krächz«, fügte Quoth von meiner Schulter aus hinzu.

»Und ich schätze, ich werde helfen«, sagte Lydia. »Solange es meine Pflichten beim Ehemann-Suchen nicht beeinträchtigt. Ich glaube, wenn ich ausgiebig knutsche, kann ich Herrn Grimsby bis zum Ende des Wochenendes davon überzeugen, mir einen Antrag zu machen.«

Morrie schaute Lydia an, als ob er etwas sagen wollte, aber dann überlegte er es sich anders. »Nun gut. Zuerst müssen wir herausfinden, ob beide Opfer von derselben Person ermordet wurden. Wenn ja, stellt das die opportunistische Tötung des Professors auf den Prüfstand.«

Heathcliff zeigte auf das Haus. »Da sind die Fenster, die aufs Uppercross blicken. Welches Fenster war offen?«

Ich zeigte darauf. »Das Vierte auf der linken Seite. Es ist das, hinter dem Professor Hathaways Stuhl stand. Morrie, du hast dein böses Geniegesicht aufgesetzt. Was denkst du gerade?«

Morrie rieb sich das Kinn. »Ich beginne zu ahnen, was hier passiert ist. Lydia, ich brauche eine Ablenkung.«

Sie salutierte spöttisch vor ihm. »Ich werde mein Bestes tun.« Sie rannte in Richtung Veranda davon.

»Lass uns gehen.« Morrie ergriff meine Hand.

»Wir können doch nicht einfach den Tatort verlassen! Die Polizei wird jeden Moment hier sein. Sie werden wissen wollen ...«

»Genau. Weniger quatschen, mehr rennen. Heathcliff, du hältst hier die Stellung für uns.« Morrie zerrte mich über den Rasen. Lydia war auf dem Rasen umgekippt und wurde von den Männern umsorgt. Die Sicherheitsbeamten eilten herbei, aber sie waren noch damit beschäftigt, die Gäste davon abzuhalten, den Wald zu betreten, und hielten uns nicht auf, als wir ins Innere von Baddesley Hall rannten.

»Hier entlang«, rief Morrie und zerrte mich durch die Eingangshalle. »Oh, mein Herz rast wie wild. Mina, ich muss dir etwas sagen.«

»Kann es warten?«

»Nicht wirklich. Ich liebe dich.«

Meine Kehle schnürte sich zu. Ich versuchte, langsamer zu werden, aber Morrie lief nur noch schneller. Er schaute mich nicht an. »Warte mal. Was hast du eben gesagt?«

»Keine Zeit, das zu diskutieren.« Morrie duckte sich unter dem Polizeiband hindurch und ging direkt zum Fenster. »Sieh am Kamin nach. Vielleicht gibt es etwas, das wir übersehen haben.«

Warte, du hast gerade gesagt, dass du mich liebst, und jetzt bist du wieder an einem Mordfall dran? Was für ein Mensch macht so etwas?

Leider hatte Morrie, so gemein er war, auch recht. Wir hatten jetzt keine Zeit, uns mit seiner Enthüllung zu beschäftigen. Mein Kopf füllte sich mit Wolken und Glück, aber ich versuchte, ihn zu zügeln und mich zu konzentrieren. Ich warf einen Blick über meine Schulter. Da ich dort niemanden sah, duckte ich mich unter dem Polizeiband hindurch, während mir das Herz bis zum Hals schlug. Ich machte mich auf den Weg zum vergoldeten Kamin und beugte mich hinunter, um den Marmor zu untersuchen. Jo hatte den Stuhl und den Teppich als Beweismittel mitgenommen, und der Boden war geschrubbt worden, bis er glänzte. Ich konnte nichts erkennen, was uns neue Informationen liefern würde.

»Wie ich vermutet habe«, sagte Morrie hinter mir.

»Was?« Ich eilte hinüber, um es mir selbst anzusehen.

»Gestern Abend auf dem Ball hast du das Fenster geöffnet, um Quoth hereinzulassen. Er konnte den Riegel von außen nicht öffnen.« Morrie zeigte mir das Fenster. »Das Gleiche gilt hier auch. Ein Gelegenheitsmörder hätte dieses Fenster nicht öffnen können, wenn es verschlossen wäre, denn es öffnet sich nach außen und der Riegel befindet sich auf der Innenseite.«

Oh, scheiße. »Vielleicht hat er es irgendwie gewaltsam geöffnet?«

»Es gibt keine Anzeichen für ein gewaltsames Eindringen.« Morrie zeigte auf die glatte Kante des Rahmens. »Wir würden hier Schäden sehen, wenn der Mörder ein Werkzeug benutzt hätte, um sich Zugang zu verschaffen. Es besteht natürlich die Möglichkeit, dass Hathaway selbst das Fenster geöffnet hat, aber wie ein guter Freund einmal sagte: 'Wenn man das Unmögliche ausschließt, muss das, was übrigbleibt, auch wenn es unwahrscheinlich ist, die Wahrheit sein'. Ich behaupte, dass es unmöglich ist, dass unser Mörder von außen in diesen Raum gelangt ist.«

»Wie konnte die Polizei das nicht bemerken?«, fragte ich.

»Die Welt ist voll von offensichtlichen Dingen, die niemand bemerkt«, grinste Morrie. »Außerdem waren sie abgelenkt. Cynthia hat sie auf das Dessertbuffet losgelassen.«

»Wie schnell du zu Klischees übergegangen bist.«

»Was soll ich sagen? Wir stehen unter Zeitdruck. Ich überlege mir eine witzigere Antwort und melde mich dann bei dir«, sagte Morrie und schritt über den Boden. »Wir wissen von Jo, dass der Professor schon mindestens zwei Stunden tot war, bevor du ihn gefunden hast, was bedeutet, dass er kurz vor Beginn des Balls getötet wurde. Das gab allen die Möglichkeit, durch das Vorzimmer zu gehen und ihn lebendig in seinem Stuhl zu sehen. Alles, was der Mörder tun musste, war, den Ball zu verlassen, ins Vorzimmer zu gehen, ihm das Schwert ins Herz zu stoßen, seine Kleidung zu wechseln oder seine Schuhe irgendwie zu reinigen und zum Ball zurückzukehren.«

»Es könnte Gerald gewesen sein ..., aber warum sollte er dann nach draußen gehen? Lydia und ihr Knutschpartner haben ihn beide gesehen. Gerald hätte nicht durch das Fenster kommen können, wenn es nicht schon offen war.«

»Genau.« Morrie wedelte mit einem Finger in der Luft. »Ich nehme an, er könnte einen Komplizen gehabt haben, der das Fenster geöffnet hat, aber das klingt unnötig kompliziert. Damit sind wir wieder am Anfang. Jeder auf dem Ball könnte Hathaway getötet haben. Unser Schlüssel zur Lösung des Falles ist Alice. Wer auch immer sie getötet hat, tat es, um sie zum Schweigen zu bringen. So viel ist klar.«

»Einverstanden. Aber wie finden wir heraus, wer es war? Quoth hat nichts gesehen.«

»Wir müssen uns in Alices Schlafzimmer umsehen«, sagte Morrie. »Sie wird Unterlagen zu der Geschichte haben, an der sie arbeitet, Notizen, vielleicht einen Laptop. Wenn ich an ihr Telefon herankomme, umso besser, aber das ist wahrscheinlich an ihrem Körper. Oh, scheiße. Da kommt die Kavallerie.«

Ich folgte seinem Blick. Durch das Fenster konnte ich sehen, wie Kommissar Hayes auf das Haus zu schritt. Er zeigte auf mich und winkte mit dem Daumen, dass wir da rausgehen sollten.

»So viel dazu. Wir werden es nicht schaffen, vor der Polizei in Alices Zimmer zu kommen«, sagte ich.

»Wir nicht, aber jemand anderes schon.« Morrie steckte seinen Kopf aus dem Fenster. »Oh, Vögelchen?«

»Krächz!« Quoth flatterte auf die Fensterbank.

»Willst du nicht ein bisschen für uns herumstöbern?«

27

Ich spähte an Hayes' Gesicht vorbei in die imposante Halle und fröstelte sogar unter Morries und Heathcliffs Mänteln. *Wo ist Quoth? Er sollte schon längst aus dem Raum verschwunden sein.* Hayes brüllte uns immer noch an, dass wir den Tatort verunreinigen würden und dass wir keine Polizisten seien und sie ihre Arbeit machen lassen sollten. Ich nickte an den richtigen Stellen und Morrie setzte seinen Charme ein. Schließlich beendete Hayes seine Tirade und begann, uns über den Fund von Alices Leiche zu befragen.

Ich beschrieb gerade das Gespräch, das Alice und ich unter dem Balkon geführt hatten, als Quoth herunter flatterte und auf meiner Schulter landete. Hayes betrachtete den Vogel mit einem verwirrten Blick. »Ist das derselbe Rabe, der im Laden wohnt?«

»Nein. Das ist sein Cousin«, sagte Heathcliff ohne ein Lächeln.

»Ich verstehe.« Hayes klappte seinen Block zu. »Danke, dass Sie mit uns gesprochen haben, Frau Wilde, Herr Earnshaw, Herr Moriarty. Bitte verlassen Sie das Dorf nicht, denn wir müssen Ihnen vielleicht noch weitere Fragen stellen.«

Ich sah Morrie stirnrunzelnd an. Ich wusste, was Hayes wirklich meinte. Wir hatten die Leiche gefunden, und dann hatte er uns dabei erwischt, wie wir uns am Tatort zu schaffen machten. Und Heathcliff hatte dunkle Haut, was ihn automatisch zu einem Verdächtigen machte. Wir standen auf Hayes' Liste. Vielleicht nicht ganz oben, aber drauf auf jeden Fall.

Jo tauchte gerade aus dem Wald auf, als Hayes mich entließ. Sie gab dem Tatortreinigungsteam die Anweisung, die Leiche zu entfernen, und Proben aus dem Schnee und den umliegenden Pflanzen zu nehmen. Als sie ihre Schutzkleidung ablegte, schlang ich meine Arme um sie.

»Es tut mir so leid. Ich weiß, dass du mit Alice befreundet warst.«

Jo schüttelte den Kopf. »Nicht eng befreundet, aber trotzdem ist es traurig. Alice war eine talentierte Journalistin mit dem Wunsch, Gutes in der Welt zu tun. Jetzt müssen wir nur noch herausfinden, wer ihr das angetan hat und ihr im Tod die Gerechtigkeit verschaffen, die sie im Leben nie hatte.«

»Was hast du über den ersten Mord herausgefunden? Ist es derselbe Mörder?«

»Das ist zum jetzigen Zeitpunkt schwer zu sagen«, sagte Jo. »Es wurden unterschiedliche Mordwaffen verwendet, aber die Angriffe sind ähnlich brutal. Außerdem scheint die Handschrift auf Alice mit der Person übereinzustimmen, die an deine Tür geschrieben hat. Wenn das, was du Hayes erzählt hast, stimmt und Alice die Identität des Mörders kannte, dann deutet das darauf hin, dass er es getan hat, um seine Spuren zu verwischen. Was ich mit Sicherheit sagen kann, ist, dass der Mord an dem Professor nicht willkürlich war. Er wurde vorsätzlich begangen. Wir haben eine große Anzahl von Schlaftabletten in seinem Körper gefunden.«

»Schlaftabletten?«

»Ja. Offenbar hat er sie seit Jahren eingenommen, zusammen mit einer ganzen Reihe anderer Tabletten gegen verschiedene gesundheitliche Probleme. Unter den gefärbten Haaren und den teuren Zahnbehandlungen war Hathaway ziemlich alt. Aber diese Dosis war viel höher als die Vorgeschriebene. Nicht hoch genug, um ihn zu töten, aber sie hätten ihn schläfrig gemacht, seine Reaktionszeit stark verlangsamt und dafür gesorgt, dass er den ganzen Abend auf dem Stuhl sitzen würde. Sie könnten es dem Mörder auch ermöglicht haben, ihm die Waffe abzunehmen.«

»Ich habe gehört, dass es recht schwierig ist, den Stich direkt ins Herz zu setzen.«

»Richtig«, sagte Jo. »Diese Art von Schwert war sehr dünn. Wenn es einen Knochen getroffen hätte, wäre die Klinge umgelenkt worden oder stecken geblieben. Der Mörder war entweder besonders geschickt im Umgang mit der Klinge oder verfügte über ausgezeichnete anatomische Kenntnisse, um zu wissen, wo er den Stich ansetzen musste.«

»Was ist mit den gestohlenen Juwelen und dem Stoff an der Fensterbank? Verdächtigt die Polizei immer noch den Argleton Juwelendieb?«

»Ja, nun, das ist interessant.« Jo lehnte sich nah heran und senkte ihre Stimme. »Ich sollte dir das eigentlich nicht erzählen, aber mich interessiert, was du darüber denkst. Wir haben bei einem der früheren Einbrüche des Argleton Juwelendiebs ein Stück Stoff gefunden. Er hatte sich im Verschluss eines antiken Schmuckkästchens verfangen. Keine DNA, es war also ein sauberes Hemd, das der Dieb getragen hat und welches noch nicht mit seiner Haut in Berührung gekommen war. Allerdings stimmt der Stoff nicht mit dem auf der Fensterbank überein. Unser Juwelendieb mag billige Baumwollhemden, während Hathaways Mörder eine teure

Seidenmischung trug. Für sich genommen mag das nicht viel bedeuten, aber in Verbindung mit den anderen Beweisen ...«

»Es deutet darauf hin, dass die Szene inszeniert worden war.« Ich erzählte Jo, was Morrie und mir an dem Fenster aufgefallen war, dass es sich nur nach außen öffnen ließ.

Ihre Augen weiteten sich. »Du hast recht. Ich kann nicht glauben, dass du das herausgefunden hast. Ich bin beeindruckt.«

»Es war hauptsächlich Morrie«, sagte ich schnell.

»Blödsinn. Du bist ziemlich gut darin, wie ein Detective zu denken, Mina. Wenn du mal genug vom Buchgeschäft hast, solltest du eine Karriere bei der Polizei in Betracht ziehen.« Sie grinste. »Oder Verbrecherin.«

»Nein danke. Ich hatte schon genug Leichen in meinem Leben.«

Ich verabschiedete mich von Jo und kehrte zu der Gruppe zurück, die bereits von der Polizei befragt worden waren. Lydia, die sich von ihrem Ohnmachtsanfall erholt hatte, hielt Hof und erzählte eine so dramatische Geschichte, dass man meinen könnte, sie hätte die Leiche entdeckt.

Quoth war losgeflogen, um zu sehen, ob er die Polizei bei der Preisgabe weiterer Hinweise belauschen konnte. Morrie, Heathcliff und ich standen zitternd herum, bis die Polizei uns endlich erlaubte, in unsere Zimmer zurückzukehren und unsere Sachen zu packen. Diesmal gab es keine Wahl, die Jane Austen Experience war vorbei und alle Gäste würden Baddesley Hall sofort verlassen, obwohl Kommissar Hayes alle aufforderte, in der Gegend zu bleiben, falls sie für weitere Befragungen gebraucht würden.

Sobald sich der Schlüssel im Schloss drehte und wir den Raum betraten, schnappte sich Morrie Quoth und hielt ihn vor sich, sodass sie sich Nase an Schnabel gegenüberstanden. »Lass uns nicht im Ungewissen. Was hast du gefunden?«

»Krächz.« Quoth hob einen Flügel und ließ einen kleinen, silbernen USB-Stick auf das Bett fallen. Morrie schnappte ihn sich mit funkelnden Augen.

Während Morrie seinen eigenen Laptop zur Hand nahm und eifrig tippte, begann Quoth sich zu verwandeln: Seine Flügel zogen sich zusammen und formten dünne Arme, die sich ausdehnten, während sich seine Muskeln wie Ballons aufblähten und sein Körper sich in sich selbst drehte. Seine Brust füllte sich, und seine Beine beugten sich nach vorne und verlängerten sich.

Lydias Augen weiteten sich, als sie den umwerfenden nackten Mann anstarrte, der auf der Bettkante saß, wo vorher noch ein dürrer schwarzer Vogel war. »Egal, wie oft ich ihn das machen sehe, es ist immer noch bemerkenswert.«

»Ja, ja, das weiß er.« Morrie winkte mit einer Hand. »Spuck es aus, Vogel. Beschreibe den Raum. Was hast du noch gesehen?«

»Du hattest recht mit dem Telefon«, sagte Quoth. »Ich konnte es nirgends finden. Alice muss es bei sich gehabt haben. Ihr Zimmer war ein echtes Chaos, überall Kleidung, ihr ganzer Koffer war mit Thermounterwäsche gefüllt.«

Ich lächelte darüber. »Das glaube ich. Sie schien eine wirklich praktisch veranlagte Frau zu sein.«

»Auf ihrem Schreibtisch stand ein Laptop. Er war passwortgeschützt, sodass ich nicht darauf zugreifen konnte. Ich fand den USB-Stick an der Seite, also zog ich ihn heraus und brachte ihn zu dir. Im Müll lagen ein paar zerrissene Dokumente. Ich habe ein paar herausgezogen und konnte ein bisschen lesen. Das Erste war ein Zeitungsausschnitt aus Oxford über den Skandal, der Hathaway seine Professur kostete. Der Zweite war über eine Anhörung an einer anderen Hochschule, ein Plagiatsfall zwischen Hathaway und Gerald. Dann war da noch das Studentenmagazin, das die Gewinnerin eines Aufsatzwettbewerbs abdruckte, der Beitrag handelte von den unerwünschten sexuellen Avancen ihres Studienberaters. Schließlich gab es viele Formulare und Dokumente mit Grafiken darauf. Ich hatte sie nicht alle verstanden, aber sie sahen aus wie Krankenakten.«

»Medizinische Unterlagen?« Das hatte ich nicht erwartet.

»Ja. Eine davon war die Krankenakte einer Frau namens Hera Hathaway, von der ich aufgrund der Daten annehme, dass sie Hathaways verstorbene Frau war. Dann gab es noch all diese anderen Akten, aber ich verstand nicht, wonach ich suchte ...«

»Diese?« Morrie drehte den Computer um und zeigte eine Reihe von verschiedenen Diagrammen.

»Ja, so sahen sie aus.«

»Das sind DNA-Tests. Alice hatte sie in ihren Akten, aber seltsamerweise scheinen sie nicht in Hera Hathaways offiziellen Unterlagen enthalten zu sein.« Morrie drehte den Bildschirm wieder um. »Hast du sonst noch etwas gefunden?«

»Ja«, sagte Quoth. »Ich habe das Notizbuch von Alice gesehen. Ich habe mir nur ein paar Seiten angesehen, bevor die Polizei kam und ich abhauen musste, aber es ist eine erschreckende Lektüre. Es scheint, dass Professorin Carmichael schon lange ein Geheimnis hütet, und nachdem Hathaway sie letztes Jahr gedemütigt hat, hat sie beschlossen, dass es an der Zeit ist, an die Öffentlichkeit zu gehen. Julius Hathaways Frau war auch seine Schwester.«

28

»Was?« *Das kann nicht sein. Das ist … das ist nicht möglich.*

»Wie ekelhaft!«, kreischte Lydia.

»Das ist ja herrlich«, sagte Morrie und faltete seine Hände ineinander. »Und ich nehme an, diese medizinischen Akten sind der Beweis dafür?«

»Anscheinend ja. Professorin Carmichael hat als medizinische Autorität für Alices Artikel fungiert. Sie hatte Alice auch eine Liste mit Namen ehemaliger Doktoranden von Hathaway gegeben, die bereit sein könnten, sich zu den Vorwürfen der sexuellen Belästigung zu äußern, um dem Artikel einen #metoo-Blickwinkel zu geben, der ihn weltweit verbreiten würde. Gerald hatte ihr auch die Kontaktdaten seiner Freundin Hannah gegeben, aber Alice hatte viele Fragezeichen daneben, als ob sie nicht sicher war, dass Hannah reden würde.«

»Aber wie ist das überhaupt möglich? Man kann doch nicht einfach seine Schwester heiraten.«

»Ich habe hier einige von Alices Notizen in einer Datei

gefunden«, sagte Morrie und ließ seinen Blick über den Bildschirm schweifen. »Ihr zufolge scheint es so abgelaufen zu sein: Hathaway und seine Schwester wuchsen als verwöhnte Kinder reicher, wenn auch etwas exzentrischer Eltern auf, die selbst Cousins zweiten Grades waren, ...«

»Widerlich!« Lydia schnaubte.

»... und Jane-Austen-Besessene. Alles an ihrem Zuhause und ihrem Leben war perfekte Regency-Harmonie, außer ihrer Ehe. Als Hathaway noch ein Kind war, gab es eine bittere Scheidung. Sein Vater zog ihn auf, und die Mutter zog mit Hera nach Osteuropa und änderte ihren Namen und ihre Identität, um die Verbindung zur Familie Hathaway für immer abzubrechen. Die Kinder sollten sich nie wiedersehen und die Eltern hofften, dass sie sich gegenseitig vergessen würden. Aber im Geheimen recherchierte Hera den Aufenthaltsort von Julius und nahm Kontakt auf. Sie waren damals beide im Teenageralter, und ihre Faszination für die Scheidung ihrer Eltern und die Verschwörung, die sie voneinander fernhalten sollte, entwickelte sich zu einer verbotenen Romanze. Hera kam nach England, um die Universität zu besuchen, und die beiden trafen sich und setzten ihre Beziehung fort, wobei die gemeinsame Liebe zu den Idealen der Regency-Zeit sie verband. Da die Mutter ihre Identität geändert hatte, wurde dies bei der Heirat nie erwähnt. Es kam erst ans Licht, als bei Hera die Krankheit diagnostiziert wurde und das Krankenhaus DNA-Tests an Christina durchführte, um festzustellen, ob sie die Gene ebenfalls geerbt hatte. Dabei stellte sich heraus, dass ihre elterlichen Gene eng miteinander verwandt waren, zu eng, um etwas anderes als Bruder und Schwester zu sein. Anscheinend wurde das Ganze mit viel Geld von Julius vertuscht, dann starb die Mutter und es wurde vergessen.«

»Woher weiß Alice das alles?«

»Ich weiß es nicht«, sagte Morrie und durchsuchte den

USB-Stick. »Aber sie hat Kopien von Briefen zwischen Julius und Hera, die die ganze Sache beweisen. So wie sie sich lesen, war Julius derjenige, der die Fäden zog und sein Charisma gegen Heras Schwäche ausspielte, um seine Schwester dazu zu verführen, ihre Beziehung zu vertiefen. In Anbetracht seiner anderen Belästigungsvorwürfe ergibt das ein ziemlich anschauliches Bild.«

»Vögelt Alice nicht Christina?«, meldete sich Heathcliff zu Wort. »Von dort stammt wahrscheinlich die Information.«

»Aber würde Christina ihren eigenen Vater beschuldigen?« Ich erinnerte mich daran, wie sie auf der Treppe vor ihm zurückgeschreckt war. Sie wollte ihm unbedingt gefallen, aber sie hatte auch Angst vor ihm. »Ich kann mir nicht vorstellen, dass sie will, dass solche Informationen an die Öffentlichkeit geraten.«

»Vielleicht wusste sie nicht, dass Alice Kopien dieser Briefe hatte.« Morrie rieb sich das Kinn. »Vielleicht weiß sie gar nichts über die Abstammung ihrer Mutter. Vielleicht hat sich Alice auf andere Weise Zugang zu Hathaways Akten verschafft.«

»Wie auch immer sie an diese Informationen gekommen ist, es ändert unsere Sicht auf das, was hier passiert ist«, sagte Quoth und fuhr sich mit den Fingern durch sein langes, feines Haar. »Der Mörder von Alice wollte sie davon abhalten, diese Geschichte zu veröffentlichen. Hathaways Mörder hasste ihn wegen eines seiner vielen Verbrechen. Und die Worte an Minas Tür verwirren mich immer noch, aber sie machen mir auch große Angst.«

»Ich glaube immer noch, dass Gerald es getan hat«, sagte ich und hakte die Punkte mit meinen Fingern ab. »Er war sauer auf Professor Hathaway, weil er seine Arbeit plagiiert und seine Karriere ruiniert hat. Er ist ein großer Kerl und ein Grufti, du kannst mir nicht erzählen, dass er nicht genug über Schwerter weiß, um diesen Mord zu begehen. In der Nacht des Balls hatte er einen Riss in seinem Hemd und einen Fleck auf seinem Mantel, und er hat so viel Alkohol getrunken, als würde er etwas Schlimmes vertuschen wollen.«

»Okay, aber warum hat er dann Alice getötet? Wenn diese Geschichte herausgekommen wäre, würde sie ihm doch sicher helfen, wieder an der Universität zugelassen zu werden?«

»Du vergisst etwas. Alice hat herausgefunden, dass Gerald der Mörder ist. Sie wollte sein Geheimnis ausplaudern, aber warum sie es mir sagen wollte, anstatt zur Polizei zu gehen, kann ich nur vermuten. Vielleicht hat sie mit Hannah gesprochen und sie hat Gerald verraten, ich weiß es nicht. Er musste sie loswerden, bevor sie ihn bloßstellte. Vielleicht hat er ihr deshalb LÜGNERIN auf die Brust geschrieben, für den Fall, dass sie bereits etwas an ihren Redakteur geschickt oder in ihre Notizen geschrieben hat.«

Morrie rieb sich das Kinn. »Deine Erklärung passt zu den Fakten, bis auf eine Kleinigkeit – warum sollte Gerald DU BIST DIE NÄCHSTE an deine Schlafzimmertür schreiben?«

Ich zuckte mit den Schultern. »Ja, da bin ich auch etwas überfragt. Vielleicht meinte er, dass Lydia Hathaways nächstes Opfer sein würde und Gerald sie rettete, indem er ihn getötet hat ...«

»Das klingt so, als ob du die Fakten verdrehst, um deine Theorie zu untermauern, anstatt eine Theorie zu haben, die zu den Fakten passt.« Morrie tippte mit den Fingern auf den Laptop. »Ich glaube, Professorin Carmichael ist unsere Mörderin.«

»Du hast sie doch nicht mehr alle, wenn du das glaubst.«

»Ich versichere dir, dass jede Jury mich für völlig zurechnungsfähig halten würde. Gerald ist einfach nicht ganz dicht. Warum nach draußen gehen, wenn man einen perfekten Mord vom Haus aus arrangiert hat? Warum die Worte an deine Tür schreiben? Er kannte dich und Lydia nicht einmal. Aber

Professorin Carmichael konnte Hathaway nicht ausstehen. Er hat sie gedemütigt und sie hat ihm öffentlich gedroht, ihn dafür bezahlen zu lassen. Sie wusste, dass sie seine Karriere zerstören konnte, wenn der Artikel herauskam, aber ihn auf dieser Veranstaltung zu sehen, war einfach zu viel. Vielleicht traute sie Alice nicht zu, die Geschichte zu schreiben. Was auch immer der Grund ist, sie beschließt also, dass er sterben muss. Sie war im Vorzimmer in seiner Nähe und hatte reichlich Gelegenheit, ihm Schlaftabletten in den Wein zu geben. Dann wird ihr klar, dass Alice herausfinden würde, dass sie es war. Vielleicht hat sie gemerkt, dass sie bei ihren Interviews irgendwo einen Fehler gemacht hat. Also tötet sie Alice und versucht, das Wort LÜGNERIN zu benutzen, um ihre Beweise zu diskreditieren, falls jemand Alices Dateien finden sollte. Was die Worte an unserer Tür angeht, so hat Carmichael gehört, wie Cynthia darüber sprach, wie clever wir beim Aufklären von Morden wären. Sie wollte dich verscheuchen, bevor du in den Fall involviert bist.« Morrie lehnte sich zurück und knackte mit den Fingerknöcheln, ein selbstzufriedenes Grinsen im Gesicht. »James Moriarty – ein Punkt. Böse, schwertschwingende Professorin – null Punkte.«

»Feier nicht zu früh. Wir haben den Mörder noch nicht gefasst«, erinnerte ihn Heathcliff.

»Alles zu seiner Zeit. Es sieht so aus, als ob die Antwort auf die Frage, wer unsere Opfer getötet hat, in Alices Dateien zu finden sein wird«, sagte Morrie. »Ich werde mich an die Arbeit machen.«

Quoth ging hinaus, um weiter die Polizeibeamten zu belauschen. Da wir nichts zu tun hatten, machten Heathcliff und ich einen Spaziergang durch die Halle, die sich gerade leerte. Gäste strömten die Treppe hinunter und riefen dem gestressten Personal Anweisungen zu. Sicherheitskräfte liefen vorbei, bellten Befehle in ihre Headsets und standen im Weg rum. Cynthia stand in der Mitte des Balkons, eine Flasche Wein in der Hand und mit einem Ausdruck völliger Verzweiflung im Gesicht.

»Hey Cynthia«, rief ich und winkte. Sie schreckte auf, als wir hinter ihr auftauchten.

»Es tut mir so leid, dass das Wochenende so enden musste.«

»Oh, es ist eine Katastrophe!«, rief Cynthia und schwappte mit der Flasche umher. Ich bemerkte, dass sie mehr als halb leer war.

»All diese Gäste verlangen eine Rückerstattung, wir müssen uns eine andere Unterkunft suchen und ich habe eine Küche voller kornischer Wildhühner für das Essen heute Abend, die völlig vergeudet werden.«

»Ich weiß, dass es jetzt schlecht aussieht, aber ich bin sicher, dass sich alles zum Besten wenden wird.« Ich fühlte mit ihr. Sie hatte sich wirklich Mühe gegeben, ein wundervolles Wochenende zu gestalten, und dann wurden zwei Menschen in ihrem Haus ermordet. »Sie wissen, wie sehr die Leute einen Skandal lieben, besonders einen blutigen. Warten wir ab, bis sich das in der Jane-Austen-Gemeinde herumspricht, und in einem Jahr wird die Jane Austen Experience wieder ausverkauft sein.«

»Sie sind ein süßes Mädchen«, lallte sie. »Kein Wunder, dass Gladys und Mabel dich so geliebt haben. Nein, ich fürchte, die Jane Austen Experience wird den Weg des Dodos gehen. Wenigstens hat Grey noch andere Pläne, sonst würden wir wohl nicht überleben. Möchten Sie etwas Wein?«

Wir lehnten ab und überließen sie ihrem Kummer. Ich wollte sie fragen, was sie mit den »Plänen« ihres Mannes meinte, aber sie war offensichtlich nicht in der Lage, eine vernünftige Antwort zu geben. *Ist es nicht seltsam, dass Grey nicht hier ist? Würde er nach einem Mord nicht nach Hause kommen, um zu sehen, wie es seiner Frau geht?* Ich hatte den Mann noch nicht kennengelernt, aber ich hatte nicht den besten Eindruck von ihm.

Ich ging mit Heathcliff über den Treppenabsatz und durch Cynthias Büro auf den privaten überdachten Balkon zu. Ich drehte mich um, um die richtige Tür zu finden, und bemerkte, wie der Zipfel eines schwarzen Ledermantels über das Samttau huschte, das Cynthias Privatflügel abriegelte.

»Das ist Gerald«, flüsterte ich.

Heathcliff lehnte seinen Kopf neben meinen. »Tu so, als hätte ich etwas Lustiges gesagt«, knurrte er.

Ich verstand sofort, was er von mir wollte, warf den Kopf zurück und lachte. Aus dem Winkel konnte ich weiter um die Ecke schauen, und der Bereich war gut genug beleuchtet, dass ich eine klare Sicht hatte. Gerald lehnte an der Wand und ließ seinen Blick über den Treppenabsatz schweifen. Er warf einen letzten Blick in die Runde und verschwand dann im dunklen Flur. Heathcliff und ich wechselten einen hitzigen Blick. Heathcliffs glühende Augen forderten, dass wir uns nicht einmischen sollten.

Natürlich folgten wir ihm. Zum Glück hatte ich mein Musselin-Kleid gegen mein »Jane Austen is my Homegirl«-T-Shirt und Jeans getauscht, sodass ich leicht über das Seil steigen konnte. Der Korridor bog um eine Ecke. Wir schlichen bis zum Ende und sahen, wie Gerald durch eine Tür schlüpfte.

Wir rutschten über den Teppich und drückten uns an die Wand. Ich spähte durch die Tür in ein opulentes Schlafzimmer, die Suite von Cynthia und Grey, wie ich anhand der auf dem Bett verstreuten Kleidung und dem Tablett mit Teegeschirr auf dem Schrank vermutete. Gerald stand vor einem großen Schminktisch und ließ eine Handvoll Goldschmuck aus einem großen Etui in die tiefen Taschen seines schwarzen Trenchcoats fallen.

Ich riss meinen Kopf nach hinten. Mein Ellbogen stieß gegen die Vase auf dem Tisch hinter mir. Sie wackelte in der Luft. Heathcliff stürzte sich auf sie. Seine Finger streiften den Rand und ließen die Vase vom Tisch taumeln, wo sie auf den Marmorboden krachte.

SCHEPPER!

Gerald stürzte zur Tür. Das Licht wurde von einem Messer in seiner Hand eingefangen, während sein Mantel um ihn herumflatterte, als wäre er ein übergewichtiger Neo. Er stürzte sich auf mich. Heathcliff schubste mich den Flur entlang und rief: »Keine Widerrede! Lauf einfach weg!«

Ich sprintete den Flur hinunter. Gerald folgte mir und prallte gegen die Wände, während Heathcliff sich bemühte, ihn zu bändigen. Meine Brust brannte. *Er ist verrückt und gefährlich. Finde einen der Sicherheitsleute und …*

RUMMS.

Ich stolperte über das Samttau und schlug hart auf dem Boden auf. Der Schmerz schoss mein Bein hoch. Ich schnappte nach Luft und rollte mich auf die Seite, gerade rechtzeitig, um zu sehen, wie Gerald mit dem Messer in der Hand über mir stand.

»Ich will Ihnen nicht wehtun, Mina«, sagte er. »Wenn Sie mir versprechen, niemandem zu erzählen, was Sie gesehen haben, dann muss ich nicht …«

Er kam nicht mehr dazu, seinen Satz zu beenden. Heathcliff sprang ihm auf den Rücken und rammte Gerald das Messer in die Seite. Gerald brüllte auf, stolperte nach vorne und versuchte, Heathcliff abzuwerfen. Daraufhin versenkte Heathcliff seine Zähne in Geralds Hals. Die Gäste schrien auf und taumelten auf dem Treppenabsatz hin und her.

»Heathcliff, pass auf!«, keuchte ich.

Aber Heathcliff hörte mich nicht. Wie ein wildes Tier stürzte er sich auf das Raubtier, das seine Partnerin bedrohte. Er stürzte sich auf Gerald, seine Augen wild und seine Gesichtszüge von wilder Wut verzerrt. Gerald schlug zurück und die beiden krachten gegen die Brüstung. Mit einem ekelerregenden *KNIRSCH* knackte das Holz und die beiden stürzten über die Kante.

29

»Heathcliff!«, schrie ich.

Die Welt verengte sich. In Zeitlupe sah ich wie erstarrt und hilflos zu, wie die beiden Männer über die zerstörte Brüstung stürzten und verschwanden. Als er fiel, begegneten Heathcliffs wilder Blick meinem, und in seinen Augen sah ich nichts als Glücksgefühle. Ihm war es egal, dass er gleich mit dem Kopf auf dem Boden aufschlagen würde.

Er wollte nur mein Leben retten, und nun kostete es ihn sein eigenes.

RUMMS.

Schreie und Rufe hallten von unten herauf. Die Welt kam wieder ins Blickfeld, rau, schnell und erschreckend. Noch immer nach Luft schnappend, zwang ich mich auf die Beine. Grüne und pinke Neonlichter tanzten vor meinem Auge und blendeten mich. Ich hielt mich an der Wand fest und kämpfte mich zur Treppe vor.

Heathcliff, nein, nein, nein, nein ...

Ich zwang meine Beine, sich zu bewegen, um zur Treppe zu laufen. Ich hielt mich am Geländer fest und stürzte nach unten, wobei ich meine Augen von der Mitte des Raumes abwandte. Ich musste es sehen, aber ich wollte es nicht sehen.

Lass mich nicht in diesem Abgrund zurück, wo ich dich nicht finden kann.

Auf der letzten Stufe gaben meine zitternden Beine nach. Ich brach in einem Haufen zusammen und spürte kaum, wie meine Knie auf dem Marmorboden aufschlugen. Warme, starke Arme legten sich um mich und hüllten mich in eine Umarmung. Ein Geruch nach Grapefruit und Vanille wehte mir in die Nase und holte mich in mich selbst zurück.

Morrie.

»Bist du verletzt?«, fragte er und seine Stimme klang besorgt.

»Ist Heathcliff ...«, schluchzte ich.

Morrie lachte und sein Atem kitzelte mein Gesicht. »Ihm geht es gut, meine Hübsche. Sieh es dir selbst an.«

Ich wagte einen Blick. Gerald lag in der Mitte des Bodens und stöhnte vor Schmerzen. Ein Blutfleck breitete sich an seiner Seite aus, wo Heathcliff das Messer hineingestochen hatte. Heathcliff kniete auf Geralds Rücken, aber seine Raubtieraugen durchsuchten immer noch den Raum. Er hob eine riesige Faust und schlug sie auf Geralds Hinterkopf.

»Erhebe nie wieder ein Messer gegen Mina«, keuchte Heathcliff und unterstrich jeden Satz mit einem weiteren Schlag seiner Faust.

»Junger Mann, lassen Sie das!« Hayes stürmte herein. Es brauchte ihn und zwei seiner Beamten, um Heathcliff von Gerald wegzuziehen. »Was machen Sie mit diesem Mann? Das ist Körperverletzung!«

»Ich glaube, meine Rippen sind gebrochen«, stöhnte Gerald und versuchte, sich auf die Seite zu drehen.

»Was ich tue, ist Ihr Job«, dröhnte Heathcliff. »Dieser Mann ist der Juwelendieb von Argleton und der Mörder von Professor Hathaway und Alice Yo.«

Ein kollektives Aufstöhnen ging durch die versammelte Menge.

»Was?« Geralds Gesicht verzog sich. »Das ist nicht wahr.«

»Es stimmt also nicht, dass ich gerade gesehen habe, wie Sie Frau Lachlans Schmuck gestohlen haben, und es stimmt auch nicht, dass ich Sie aufhalten musste, bevor Sie Mina mit dem Messer abgestochen hätten?« Heathcliff sträubte sich gegen die Polizisten. »Wenn Sie mir nicht glauben, überprüfen Sie seine Taschen.«

Gerald stöhnte und ließ seinen Kopf auf den Marmor sinken. Hayes bückte sich, kramte in seiner Tasche und holte eine Handvoll goldener und diamantenbesetzter Halsketten und Ohrringe heraus. »Was zum ...?«

»Mein Schmuck!« Cynthia stürmte nach vorne und stöberte in den Juwelen. Als sie mehr und mehr Stücke aus Geralds Tasche zog, ging das Raunen in ein Gemurmel über. »Das war die Halskette von Greys Großmutter. Er hat sie mir geschenkt, als er mir einen Antrag gemacht hat.«

Cynthias Gesicht verzog sich vor Wut. Sie beugte sich herunter und gab Gerald eine Ohrfeige. »Wie können Sie es wagen? Sie mieser, verachtenswerter kleiner Mann ...« Sie beugte sich vor, um ihn erneut zu ohrfeigen, aber Hayes hielt sie am Handgelenk fest.

»Gnädige Frau, Sie müssen zurücktreten, oder ich werde auch Sie von meinen Beamten festhalten lassen.«

Widerstrebend trat Cynthia zurück, umklammerte ihre Juwelen und starrte Gerald mit großen Augen an.

»Hören Sie, ich kann es erklären«, flehte er.

»Nein, das können Sie nicht«, rief Heathcliff. »Wir wissen, dass Sie schuldig sind. Sie haben gehört, wie Christina vor dem Ball auf der Suche nach ihrem Schmuck war. Sie haben

Professor Hathaway mit Schlaftabletten betäubt, um die Juwelen zu stehlen, und dann die Szene so inszeniert, dass es so aussah, als ob der Dieb durch das Fenster entkommen wäre. Dabei haben Sie aus Versehen Ihr Hemd zerrissen. Wir wissen, dass Sie Hathaway gehasst haben, weil Sie behauptet haben, dass er Sie plagiiert und Ihre Freundin verletzt hat ...«

»Schön, ich habe die Juwelen gestohlen!«, schrie Gerald. »Ich bin der Argleton Juwelendieb. Ich war verzweifelt. Ich hatte gehofft, meinen Abschluss in einem anderen Land machen zu können, irgendwo, wo mein Name nicht durch Hathaways Lügen ruiniert wurde. Ich habe ihn gehasst, sicher, aber ich habe ihn nicht umgebracht!«

»Warum war dann Ihr Hemd zerrissen?«, rief ich. »Und Sie hatten Blut auf Ihrem Trenchcoat. Ich habe es gesehen.«

»Ich habe Ihnen doch gesagt, dass es kein Blut war, sondern Rotweingelee.« Geralds Augen funkelten, als sein Blick meinen traf. »Außerdem, wie hätte ich es tun können, wenn ich bis nach dem Ende des ersten Tanzes draußen war?«

»Draußen?«

»Ja, ich hatte gerade eine erschütternde Nachricht erhalten und bin rausgegangen, um eine zu rauchen und meine Gedanken zu sammeln.« Gerald sah Lydia stirnrunzelnd an. »Sie hat im Flur rumgehangen und mit einem Typen geknutscht und ich konnte das in dem Moment nicht ertragen, weil es mich an die andere Sache denken ließ, also bin ich wieder reingegangen, um etwas zu trinken.«

»Gerald sagt die Wahrheit«, meldete sich Hannah zu Wort. »Ich habe ihm gesagt, dass ich schwanger bin und dass ich mich entschieden habe, das Baby zu behalten.«

»Deshalb war ich in der Bar auch so aufgelöst. Wie sollte ich ein Baby ernähren? Mit meiner Beratertätigkeit kann ich kaum meine eigenen Rechnungen bezahlen. Deshalb habe ich heute versucht, an die Juwelen zu kommen. Es war ein Risiko, aber ich dachte mir, dass in dem Chaos sie für mehrere Stunden niemand vermissen würde.«

»Aber Gerald, ich habe dir doch gesagt, dass es nicht deine Aufgabe ist«, gurrte Hannah. »Ich habe jemand anderen gefunden, der der Vater meines Babys sein soll.« Sie klimperte mit ihren Wimpern Heathcliff entgegen.

»Haltet sie von mir fern!« Heathcliff fing wieder an, sich ernsthaft zu wehren.

»Wir werden sehen, ob der Rest Ihrer Geschichte stimmt«, sagte Hayes. »Gerald Bromley, Sie sind festgenommen. Sie müssen nichts sagen, aber es könnte Ihrer Verteidigung schaden, wenn Sie bei der Befragung etwas verschweigen, auf das Sie sich später vor Gericht berufen ...« Die Polizisten ließen Heathcliff los und umzingelten Gerald.

Ich eilte an Heathcliffs Seite. »Ich kann nicht glauben, dass du das getan hast. Bist du verletzt?«

Er schüttelte den Kopf. »Zum Glück hat Geralds großer Körpermasse meinen Sturz abgefangen.«

»Morrie, ruf einen Krankenwagen. Ich werde dich untersuchen lassen.« Ich umarmte Heathcliff fest. »Bitte tu das nie wieder. Überlass das Fliegen Quoth, okay?«

»Vorsichtig.« Er zuckte zusammen. »Du rammst Rippen in weiche Stellen.«

Es gab keine weichen Stellen an Heathcliff, nur sein Herz. Ich ließ von ihm ab. Heathcliff versuchte, aufzustehen, aber ich drückte ihn wieder zu Boden. »Wenigstens hast du es geschafft, den Juwelendieb zu fangen«, murmelte er. »Jetzt können wir den Rest der Detektivarbeit vielleicht den echten Ermittlern überlassen.«

»Unwahrscheinlich«, sagte ich. »Wir haben immer noch einen Mörder auf freiem Fuß. Wenn Gerald, der rundliche Matrix-Cosplayer, Professor Hathaway und Alice Yo nicht getötet hat, wer dann?«

30

»Mir ist langweilig«, stöhnte Lydia und warf ihren Schuh an die Wand. »Kannst du noch mal jemanden über die Brüstung werfen?«

Wir hatten uns in unserer Suite verschanzt und versuchten, Zeit zu schinden, während Morrie sich durch Alices Dateien wühlte, um herauszufinden, wer sie getötet hatte.

»Je mehr du Morrie mit deinem ständigen Geplapper ablenkst, desto länger sitzen wir hier fest«, knurrte Heathcliff. »Ich möchte dich daran erinnern, dass das allein dein Verdienst ist. Wenn du uns nicht erpressen würdest, diesen Mord aufzuklären, könnten wir schon längst wieder im Laden sein.«

»Es reicht. Ich habe genug.« Lydia stand auf und deutete mit dem Finger auf Quoth. »Ich halte es in diesem Raum keinen Moment länger mit diesem ungehobelten Zigeuner aus! Du da, mit deinem beneidenswerten Haar. Wir werden eine Runde durch die Gärten drehen.«

»Verwende nicht das Wort Zigeuner«, zischte ich.

»Ich bin mir nicht sicher ...«, begann Quoth.

»Das war keine Bitte, sondern ein Befehl!« Lydias Gesicht rötete sich.

Quoth warf mir einen hilflosen Blick zu, aber Lydia zerrte ihn schon weg. *Morrie wird wahrscheinlich schneller arbeiten, wenn sie uns nicht ablenkt. Ich hoffe nur, Lydia macht meinen armen Quoth nicht kaputt.* Die Tür schlug zu, und sie waren verschwunden.

»Ah, gesegnete Stille«, sagte Heathcliff grinsend, lehnte sich in die Chaiselongue und hob eine kleine Flasche Whisky an seine Lippen. Wir hatten ihn von den Sanitätern untersuchen lassen, die festgestellt hatten, dass er sich nichts gebrochen hatte, aber ein paar Rippen geprellt waren. Er wurde angewiesen, in den nächsten Wochen keine anstrengenden körperlichen Aktivitäten zu unternehmen, und hatte eine Handvoll Schmerztabletten bekommen, die er in bester Heathcliff-Manier mit Whisky heruntergespült hatte.

Heathcliff und ich kuschelten uns aneinander, tranken Whisky und unterhielten uns leise, während Morrie arbeitete. Nach einiger Zeit zog Morrie seine Kopfhörer ab.

»Hmmmm«, schnurrte Morrie. »Das ändert die Dinge.«

»Hast du noch mehr über Alices Artikel herausgefunden?«, fragte ich.

»Nein.« Morrie drehte seinen Laptop um. »Aber ich habe *das* hier gefunden.«

Er drückte eine Taste. Auf dem Bildschirm wurde ein Video abgespielt, das einen Blick auf das obere Ende eines Stuhls, eine weiße Wand und ein Bogenfenster zeigte, das genauso aussah wie das in unserem Zimmer. *Diese Aufnahme wurde in Baddesley Hall gemacht.* In der Ecke des Bildschirms stand die Zeit 1:03 Uhr in der Nacht, in der Professor Hathaway ermordet worden war. Draußen vor dem Fenster war es stockdunkel, und das grelle Licht im Inneren des Raumes erhellte Alices Gesicht, als sie ins Bild kam und sich bückte, um die Kamera einzustellen. Nachdem sie sich vergewissert hatte, dass die Kamera richtig eingestellt war und aufnahm, setzte sie sich auf den Stuhl vor dem Bildschirm. Tränen liefen ihr über die Wangen.

»Wenn Sie dieses Video finden«, sagte Alice schniefend, »liegt es daran, dass ich tot bin. Ich, Alice Yo, war es, die Professor Hathaway getötet hat.«

31

»Was?«

»Schhhh«, Morrie hob einen Finger an seine Lippen. »Sieh weiter zu.«

Ich beugte mich über Morries Schulter, um den Bildschirm näher zu betrachten.

»Ich habe es getan.« Alice hielt inne und nickte dann. »Ich habe es getan, weil ich in seine Tochter Christina verliebt bin. Er wollte nicht akzeptieren, dass sie lesbisch ist. Er wollte nicht, dass wir zusammen sind, und ich wollte nicht, dass sie noch mehr verletzt wird. Ich hatte genug. Ich wollte einen Artikel schreiben, um ihn zu diskreditieren, aber mein Redakteur wollte ihn nicht veröffentlichen, weil er nur aus Lügen bestand, die ich erfunden hatte. Deshalb nahm ich das Schwert und stieß es durch ... durch seine Brust.«

Tränen kullerten ihr über die Wangen. Sie tat nichts, um sie wegzuwischen. »Ich nehme dieses Geständnis in der Hoffnung auf, dass mein letzter Wunsch erhört wird. Bitte, wenn Sie etwas finden, veröffentlichen Sie nichts von meinen Beweisen über Professor Hathaway. Vernichten Sie alle meine Forschungen. Zerreißen Sie meine Notizen und löschen Sie alle

Dateien von meinem Computer. Es sind sowieso alles Lügen und ich will nicht, dass meine geliebte Christina durch irgendetwas verletzt wird. Bitte, wenn Sie das sehen, bitte ...« Ihre Stimme wurde brüchig. Die Kamera schaltete sich aus und der Bildschirm wurde schwarz.

Ich kann es nicht glauben. Irgendetwas an dem Geständnis störte mich, aber ich konnte es nicht genau zuordnen. Morrie drückte auf »Replay« und wir sahen es uns noch einmal an. Ein Schauer lief mir über den Rücken.

»Scheiße«, hauchte Morrie.

»Das hat Alice gemeint, als sie sagte, sie könne nicht zur Polizei gehen«, sagte ich. »Sie wollte sich nicht stellen, aber sie wollte, dass ich die Wahrheit erfahre, falls ihr etwas zustoßen würde.«

»Es ist ihr etwas zugestoßen. Ihr wurde der Kopf eingeschlagen. Aber warum?«

32

Ich warf einen Blick aus dem Fenster auf die Menschenmassen, die sich auf der Treppe vor dem Haus tummelten. Jemand von ihnen hatte Alice Yo getötet, aber warum? Wenn es nicht darum ging, Hathaways Mord zu vertuschen, dann wohl, um zu verhindern, dass ihr Artikel veröffentlicht wurde. Aber wer wusste von dem Artikel, und warum sollten sie ...

Plötzlich wurde mir klar, was an Alices Videogeständnis falsch war.

»Gib das her.« Ich versuchte, Morrie den Laptop aus der Hand zu reißen, aber er drückte ihn fest an seinen Körper.

»Vorsicht mit meinem Schatz«, schmollte er. »Ich habe dich auf der Tanzfläche gesehen. Ich traue dir mit diesem Computer nicht.«

»Hör auf mit den Spielchen und hör mir zu, das Video ist eine Fälschung.« Morrie und Heathcliff sahen überrascht auf. »Ich meine, es ist wirklich Alice, die da spricht, aber sie filmt es nicht selbst. Es ist jemand anderes im Raum, hinter der Kamera, der sie dazu bringt, das zu sagen, was sie sagt. Ich glaube, sie hat Hathaway gar nicht getötet.«

»Interessant.« Morrie stützte seinen Kopf auf seine Hände. »Wie kommst du darauf?«

»Zeig mir das Video von Anfang an«, sagte ich und bereitete mich innerlich darauf vor, Alices tränenüberströmtes Gesicht erneut zu sehen. Morrie drückte auf Play.

»Wenn Sie das Video finden, liegt es daran, dass ich tot bin ...«

»Nein, geh weiter zurück. Geh ganz an den Anfang, wo sie mit der Kamera herumfummelt.«

Morrie spulte ein paar Bilder zurück. Alice stand auf und beugte sich nach links, um etwas an der Kamera einzustellen.

Ich tippte mit dem Finger auf den Bildschirm. »Ich habe Ashley bei uns in der Wohnung beim Vloggen zugesehen, also habe ich schon oft gesehen, wie jemand seine Kamera vor einer Aufnahme einstellt. Sie lehnen sich immer an die Seite, wo die Knöpfe sind. Nur habe ich neulich gesehen, wie Alice ihre Kamera benutzt hat, es ist genau die gleiche Kamera, die Ashley benutzt hat. Die Knöpfe sind auf der gegenüberliegenden Seite.«

»Also hat sie den Bildschirm gespiegelt«, knurrte Heathcliff. »Kann man das nicht einfach mit diesen schicken Apps machen?«

Ich zeigte auf den Zeitstempel in der Ecke des Bildschirms. »Diese kleinen App-Dinger würden den Zeitstempel nicht beibehalten. Morrie, kannst du bestätigen, dass es Rohmaterial ist?«

Morrie tippte auf ein paar Tasten. »Ja, dieses Video wurde direkt von der Kamera hochgeladen, nichts wurde verändert.«

»Ich weiß nicht«, sagte Heathcliff. »Es wirkt ein bisschen fadenscheinig.«

»Das sehe ich auch so, aber mir fällt keine andere Erklärung ein, die zu den Fakten passt«, sagte ich. »Da sind die ganzen Pausen im Video und die Art, wie sie immer wieder nach links schaut, als ob sie sich an jemanden wenden würde, der dort sitzt. Vielleicht eine Leseaufforderung?«

Morrie rieb sich die Wange. »Okay, okay, angenommen, du hast recht. Was sollen wir damit machen? Zur Polizei zu gehen ist eine Möglichkeit, aber dann bekommen wir Ärger, weil wir den Datenträger haben.«

»Wir sollten ihn einfach abgeben und sagen, dass wir ihn auf dem Gelände gefunden haben. Aber das wäre sowieso egal. Sie werden sagen, dass es nicht genug Beweise sind.« Ich ließ meinen Kopf in meine Hände fallen. »Ich weiß nicht, was ich tun soll.«

»Wir lösen den Mord«, knurrte Heathcliff. »Das ist das Einzige, was wir tun können.«

»Meine Güte, haben wir etwa unsere Meinung geändert?« Morrie grinste.

»Ich will nicht, dass ein sadistischer Bastard, der unschuldige Frauen dazu bringt, ihre eigenen Geständnisvideos zu machen, in die Nähe von Mina oder meinem Laden kommt. Vergiss nicht, dass der Mörder eine Nachricht an ihrer Tür hinterlassen hat. DU BIST DIE NÄCHSTE. Nur über meine verdammte Leiche.«

»Einverstanden. Aber wenn wir das herausfinden wollen, brauchen wir mehr Zeit«, rief Morrie. »Unsere Verdächtigen schwinden.«

»Ich weiß.« Ich streckte meine Hand aus. »Gib mir dein Handy.«

Morrie sah erschrocken aus. Er drückte das kleine Rechteck an seine Brust, als wäre es sein Erstgeborenes. »Warum brauchst du mein Handy?«

»Weil du diese schicke Technik hast, mit der Anrufe nicht zurückverfolgt werden können. Und die App, die du mir gezeigt hast, die deine Stimme verzerrt.«

»Oh, du wirst etwas Illegales tun«, stellte Morrie grinsend

fest. Er warf mir das Telefon zu. »Ich werde dir nicht im Weg stehen.«

Bitte, lass mich das nicht bereuen. Mit klopfendem Herzen wählte ich die Privatnummer von Kommissar Hayes, die Morrie natürlich in seinem Handy hatte, und klickte auf die App. Er nahm nach dem zweiten Klingeln ab. »Hayes«, schnauzte er in seiner geschäftsmäßigen Art, gerade als Quoth und Lydia wieder ins Zimmer kamen. Heathcliff brachte sie zum Schweigen, während er sie auf das Bett bugsierte.

»Guten Tag, Kommissar Hayes«, sagte ich und bedeutete ihnen mit einer hektischen Geste, still zu sein und die Tür zu schließen. Meine Stimme hörte sich an wie ein tiefer, sexy Roboter. »Wie ich höre, haben Sie alle Hände voll zu tun mit einer weiteren Mordermittlung. Ich hasse es, Ihre Zeit in Anspruch zu nehmen, aber ich fürchte, diese Angelegenheit ist von größter Wichtigkeit.«

»Wovon reden Sie?«, fragte er. »Wer ist da?«

»Sie können mich einen besorgten Freund nennen. Ich bin besorgt, weil ich eine Bombe in einer der Kühe auf dem Feld hinter Baddesley Hall platziert habe. Ich kann sie jederzeit von meinem Aussichtspunkt hier aus zur Explosion bringen. Ich will das eigentlich nicht tun, aber ich werde dazu gezwungen sein, wenn Sie meinen Forderungen nicht nachkommen.«

Quoths Augen traten aus seinem Kopf hervor. Heathcliff starrte mich mit einem so intensiven Blick an, dass mein ganzer Körper zu einer Kugel zusammenschrumpfen wollte. Morrie lehnte sich zurück und verschränkte die Hände hinter seinem Kopf. Sein selbstgefälliges Lächeln verriet dem ganzen Raum: »Ich habe dieses Monster erschaffen«.

Ja, das hast du, du Wichser.

»Was sind Ihre Forderungen?«, fragte Hayes und klang dabei müde.

Ich dachte schnell nach. »Alle, die in Baddesley Hall sind,

sollen dortbleiben. Ich will nicht, dass auch nur ein einziges Auto das Gelände verlässt, oder ich werde die Bombe zünden. Außerdem soll ein Paket mit einer Erstausgabe von Jane Austens *Mansfield Park* und einer Flasche Whisky aus den Kellern von Baddesley für mich abgegeben werden. Sobald ich sehe, dass das Paket abgelegt wurde, werde ich die Bombe entschärfen, und jeder wird auf mein Wort hin gehen können.«

»Oh, oh«, hüpfte Lydia auf und ab. »Kann ich ein Pony haben? Ich wollte schon immer ein Pony haben, aber Vater hat gesagt, dass sie furchtbar teuer sind, dafür, dass sie kaum eine Kutsche ziehen können.«

Ich rollte mit den Augen. *Na schön, wenn wir schon mal dabei sind, uns lächerlich zu machen ...* »Und ich hätte gerne ein reinrassiges Pony, das mit dem Buch und dem Whisky zurückgelassen wird.«

»Ich kümmere mich darum«, sagte Hayes mit fester Stimme. »Wie kann ich Sie erreichen?«

»Gar nicht.« Mit einem Aufschrei legte ich auf und warf das Telefon auf das Bett, als wäre es aus geschmolzenem Blei.

Tränen kullerten Morrie über das Gesicht. »Ein Pony?«, stotterte er und hielt sich den Bauch, während ein Lachen durch seinen Körper schallte. »Ich hoffe, du bist stolz, meine Hübsche. Das war das Mutigste und Tollkühnste, was du je getan hast.«

»Ich fühle mich nicht stolz. Ich fühle mich *furchtbar*. Alle da draußen werden in Panik geraten, und die Polizei wird wertvolle Ressourcen für diesen Schwindel verschwenden, nur damit wir eine Chance haben, den Mörder zu finden.« Ich sackte neben Heathcliff in mich zusammen. »Du hattest recht. Warum tun wir das? Wir sollten das den Experten überlassen.«

Morrie schnaubte. Er setzte sich auf und drückte mir einen zärtlichen Kuss auf die Wange. »Du wärst wirklich eine schlechte Gaunerin. Dein lästiges Gewissen kommt dir ständig in die Quere.«

»Ich fand es sehr lustig!«, meldete sich Lydia vom Fenster aus. »Sieh mal, die Polizisten wuseln überall herum wie kleine Ameisen. Sie zwingen alle zurück ins Haus.«

»Ja, gut.« Ich zuckte mit den Schultern. »Ich habe uns etwas Zeit verschafft. Jetzt lasst uns den Mörder finden.«

»Wie sollen wir das denn machen?«

»Ganz einfach, Herr IQ 173. Wir werden den Fall so lösen, wie es echte Detective im Fernsehen tun.«

33

Wir hatten kein Whiteboard, wie die Polizisten in den Filmen es immer hatten, aber wir hatten ein riesiges impressionistisches Gemälde gegenüber dem Bett und ich fand einen Block Haftnotizen in den Tiefen meiner Handtasche. Das würde reichen.

Heathcliff, Morrie, Quoth und Lydia saßen nebeneinander auf dem Bett. »Oh, spielen wir Scharade?«, rief Lydia. »Was für ein Spaß! Ich fange an, soll ich?«

»Nein.« Ich klebte zwei Post-ist in die Mitte der improvisierten Tafel, je einen für Professor Hathaway und Alice. Darunter klebte ich zwei weitere für die Nachricht, die an unsere Tür geschrieben wurde, und für die gefälschte Selbstmordaufnahme.

»Das sind die vier Verbrechen, auf die wir uns konzentrieren müssen.« Ich deutete auf die Post-it. »Sie hängen alle irgendwie zusammen. Wir sind davon ausgegangen, dass ein und dieselbe Person alle vier Verbrechen begangen hat, aber wir wissen von Frau Scarletts Mord, dass wir das nicht immer annehmen können. Was verbindet sie?«

»Hathaway«, antwortete Morrie sofort. »Er steht im

Mittelpunkt des Ganzen. Und die Jane Austen Experience, denn wir wissen, dass der Mörder jemand aus der Halle war.«

»Wissen wir das?«

»Ich habe mehrere mathematische Modelle durchgespielt, und angesichts der Anordnung der Mitarbeiter und Gäste zu der Zeit ist es unmöglich, dass es jemand von außerhalb war.«

»Alles klar.« Ich hielt einen weiteren Zettel hoch. »Und wenn wir recht haben und Alice es nicht selbst getan hat und Gerald auch nicht der Mörder war, haben wir eine Hauptverdächtige. Professorin Carmichael.«

»Wie lauten unsere Beweise?«, fragte Morrie und rieb sich das Kinn.

Ich zählte mit meinen Fingern ab. »Sie hasste Hathaway. Sie hat öffentlich geschworen, ihn zu ruinieren. Und sie gab Alice die Informationen über Hathaways verstorbene Frau, also wissen wir, dass sie in Kontakt standen. Sie hatte eine medizinische Ausbildung, also hätte sie gewusst, wie man ihm die Pillen verabreicht und wie man die Klinge richtig führt. Und sie hatte ein Motiv, Alice zu ermorden, um ihre Spuren zu verwischen. Wenn Alice verraten hätte, wie sie an die Informationen gekommen war, hätte die Polizei sofort Carmichael verdächtigt.«

»Und die Nachricht an deiner Tür?« Heathcliff zeigte auf die Tafel. »Glaubst du immer noch, dass sie dich als Bedrohung ansieht?«

»Das ist immer noch eine Möglichkeit, aber vielleicht haben wir die Nachricht falsch interpretiert«, sagte ich. »Wir dachten, sie bedeute 'du bist die Nächste' im Sinne von 'du bist die Nächste, die abgestochen wird'. Was wäre, wenn es bedeutet: 'Du bist das nächste Opfer von Hathaways wandernden Händen'? Während wir darauf gewartet haben, dass der Ballsaal geöffnet wird, hat Professorin Carmichael Lydia auf Hathaways Schoß entdeckt. Sie machte ein angewidertes

Gesicht und schritt davon. Vielleicht ist sie nach oben gegangen, hat die Nachricht an unsere Tür geschrieben, um Lydia zu warnen, und ist dann wieder heruntergekommen und hat Hathaway getötet ...«

»Mina hat recht. Vielleicht sehen wir die Sache ganz falsch«, sagte Quoth. »Was ist, wenn dieser Mord kein Racheakt war, sondern ein Akt der Liebe?«

»Was meinst du damit?«

»Auf dem Video bittet Alice darum, dass ihre Dateien vernichtet werden sollen. Wenn der Mörder das hinzugefügt hat, dann vielleicht nicht, um seine Spuren zu verwischen, sondern um zu verhindern, dass diese Informationen an die Öffentlichkeit gelangen und jemanden verletzen, der ihm wichtig ist. Wie du schon sagtest, geht es bei Alices Tod darum, ihren Artikel zu stoppen. Deshalb hat der Mörder LÜGNERIN auf ihre Brust geschrieben.«

Ich beugte mich vor und küsste Quoth auf die Lippen. »Du bist ein Genie.«

»Hey, wo bleibt mein Kuss?«, protestierte Morrie.

»Und meiner auch«, knurrte Heathcliff.

»Keine Küsse für mich, danke.« Lydia winkte mit der Hand. »Ich bin nicht so scharf auf diesen Feminismus, von dem du sprichst.«

»Ich tappe immer noch im Dunkeln«, sagte Morrie. »Warum ist Quoth ein Genie? Ich bin das Genie.«

»Quoth hat herausgefunden, wer der Mörder ist. Du kannst es nicht sehen, weil du immer noch dabei bist zu lernen, was es bedeutet, zu lieben«, sagte ich. »Heathcliff versteht es.«

»Verdammt richtig«, knurrte Heathcliff.

Morries niedergeschlagenes Gesicht ließ das Herz in meiner Brust flattern, vor allem, als ich mich an die Worte erinnerte, die er mir erst vor ein paar Stunden entgegengeschleudert hatte. *Er gibt sich Mühe.* »Denk doch mal nach. Wer ist so vernarrt in Christina, dass er bei dieser Farce von Regency-Sitten perfekt mitspielt? Wer ist der Vertraute des Professors und wusste wahrscheinlich, welche Pillen er genommen hat? Wer ist ein erfahrener Schwertkämpfer, der keine Probleme hätte, einen tödlichen Schlag zu landen?«

»Der seine Liebe durch schreckliche Poesie erklärt?«, fügte Quoth hinzu.

»Ich glaube, du bist auf der richtigen Spur, kleines Vögelchen«, hauchte Morrie. »Erinnerst du dich an Hathaways Dokumentarfilm?«

Morrie schob seinen Laptop zur Seite und rief das Dokumentarvideo über Hathaways Leben auf, das bei der Gedenkfeier gezeigt worden war, und fror es bei einer Szene ein, in der David Christina aus einem Auto half. Ihre Hand ergriff seine, als er ihr half, ihren Sonnenschirm zurechtzurücken. Sie dankte ihm mit ihrer üblichen atemlosen Art, und sein ganzes Gesicht leuchtete vor Liebe auf. Er betete sie an. *Zu schade, dass sie lesbisch ist ...*

Oh nein, ...

Jetzt, wo Alice aus dem Weg geräumt war, würde Christina nicht nur vor der Demütigung bewahrt werden, wenn der Artikel veröffentlicht würde, sondern sie würde auch wieder eine alleinstehende Frau sein.

Morrie sprang zu einer Szene, in der David mit der Kamera über seine Rolle als Hathaways Assistent sprach. »Ich mache alles für ihn. Ich organisiere seinen Terminkalender, stelle seine Unterlagen zusammen, recherchiere, gehe ans Telefon, betreue ihn bei Auftritten und mache ihm Tee. Ich verwalte sogar seine Medikamente.«

Lydia schnappte nach Luft und hob die Hand vor ihr Gesicht, als würde sie gleich in Ohnmacht fallen. »Ich kann es nicht glauben. Der Mörder ist David Winter.«

34

»Natürlich«, hauchte Morrie. »Es macht absolut Sinn. David ist in Christina verliebt und kennt ihren Vater sehr gut. Er würde alles tun, um Christina vor der Demütigung zu bewahren. Das schmächtige Mädchen kommt kaum mit einem abgebrochenen Nagel zurecht, geschweige denn, dass sie erfährt, dass ihre Eltern eine inzestuöse Ehe führen. David hofft wahrscheinlich, dass Christina, sobald er Alice losgeworden ist, ihn heiratet und sie das perfekte Regency-Paar werden. Deshalb konnte er Alice nicht einfach umbringen, sondern musste dafür sorgen, dass ihre Glaubwürdigkeit zerstört wurde, damit die Geschichte von Hathaway und seiner Schwester nie ans Licht kommt.«

»Ist er noch im Gebäude?« Heathcliff richtete sich auf und griff nach seinem Schwert.

»Wir haben ihn während unseres Spaziergangs mit Professorin Carmichael sprechen sehen«, sagte Lydia mit großen Augen. »Was ist hier los? Ihr wollt David doch nicht etwa wehtun, oder? Er sammelt Münzen, um Himmels willen. Er ist keine Gefahr für andere.«

»Wie kannst du so etwas sagen?«, sagte ich. »Du hast David

doch neulich bei der Fechtvorführung gesehen. Er war *brutal*. Nur weil jemand gute Manieren und langweilige Hobbys hat, heißt das nicht, dass er nicht zu Grausamkeit fähig ist, genauso wie Menschen, die vielleicht etwas anders aussehen oder sich ruppig oder gefühllos verhalten, freundlich und liebevoll sein können.« Den letzten Teil sagte ich mit einem Blick auf Heathcliff und Morrie.

»Wo ist mein Schwert?« Morrie suchte unter den Laken.

»Und meins?« Heathcliff lugte hinter die Vorhänge.

»Vielleicht sollten wir nicht damit rechnen, dass es zu einer Messerstecherei kommt«, sagte Quoth zaghaft. »Wir sollten mit der Polizei sprechen.«

»Wir haben keine Zeit!«, rief ich. »Sie sind mit meiner dummen Bombendrohung beschäftigt und wenn wir recht haben, hat David noch einen weiteren Mord zu begehen. Es gibt nur noch eine Person, die Informationen hat, die Christina schaden könnten.« Ich sprang auf die Füße. »Er wird Professorin Carmichael umbringen.«

DIE POLIZEI HATTE den Großteil der Gäste und des Personals auf dem Flur und in der Eingangshalle versammelt. In der unteren Etage wandte sich Hayes mit einem autoritären Ton an alle und forderte sie auf, ruhig zu bleiben. Cynthia schwankte, eine zweite oder dritte Flasche Wein in der Hand. Quoth, der wieder seine Rabengestalt angenommen hatte, stieß sich von meiner Schulter ab und hockte sich auf den Kronleuchter. Er schaute sich im Raum um und kehrte einen Moment später zurück.

Carmichael ist nicht hier, und David und Christina auch nicht. Wir sollten es in ihrem Schlafzimmer versuchen.

Professorin Carmichaels Suite befand sich auf dem gegenüberliegenden Flur. Ich drängte mich durch die Menge und trat absichtlich auf jeden Zeh und jedes Schienbein, mit dem ich in Berührung kam. »Verzeihung«, murmelte ich. »Verzeihung. Tut mir furchtbar leid.« Mit schnalzenden Zungen und bösen Blicken teilte sich die Menge vor mir wie das Rote Meer und schloss sich um Heathcliff und Morrie.

»Mina, warte!«, rief Heathcliff.

»Heathcliff, da sind Sie ja. Ich habe schon überall nach Ihnen gesucht.« Ich warf einen Blick über die Schulter, um zu sehen, wie Hannah sich mit solcher Wucht auf ihn stürzte, dass er rückwärts in Morrie flog und alle drei zu Boden stürzten.

Keine Zeit zum Stehenbleiben. Quoth grub seine Krallen in meine Schulter. Ich marschierte den Flur hinunter zu Professorin Carmichaels Zimmer. Ihre Tür war geschlossen und ich konnte bei dem Lärm in der Halle nichts dahinter hören. Ich drehte den Griff. Es war nicht abgeschlossen.

Er ist bereits hier.

Ich atmete tief durch, lehnte mich gegen die Tür und stieß sie auf. Quoth beugte sich vor und reckte seinen Hals durch den winzigen Spalt in der Tür.

Die meisten Lichter sind aus, außer dem im Flur und einer Lampe neben dem Bett. Im Schatten stehen zwei Gestalten, die sich streiten. Mina, ich denke, du solltest nicht ...

Zu spät, dachte ich zurück. *Wir müssen ihn aufhalten.*

Quoth schlug mir einen Flügel ins Gesicht, um mich aufzuhalten, aber ich schubste ihn von meiner Schulter und stürmte nach vorne, schlüpfte in den Raum und zog die Tür hinter mir zu. Im Gegensatz zu unserer Suite, wo die Tür direkt in unser Zimmer führte, hatte die Professorin einen kurzen Flur mit Türen zu ihrem Badezimmer und einem kleinen Sitzbereich. Ich drückte mich mit dem Rücken an die Wand und schlich mich in Richtung des Schlafzimmers am Ende des Flurs.

»Bitte, töten Sie mich nicht«, flehte Professorin Carmichael. »Ich verspreche, dass ich es niemandem erzählen werde.«

Nein. Das werde ich nicht zulassen.

»David, du musst aufhören«, schrie ich, stürzte mich nach vorne und griff nach der Schattengestalt. »Wir wissen, was Sie getan haben ...«

Die Worte erstarben in meiner Kehle, als der Mörder in den Lichtkegel trat. Ein geschärftes Schwert hing in der Luft, die Klinge glitzerte. Dahinter erkannte ich die selbstgefälligen, perfekten Züge von Christina Hathaway.

35

»Christina?« Ich keuchte. »Aber was ...«

»Sie dachten, der süße David steckt dahinter?«, spottete sie. »Als ob ein solches Geschöpf zu diesem Chaos fähig wäre. Ich bin es, die von Jane Austen in den Wahnsinn getrieben wurde, weil ich mich ständig an fiktive Manieren gehalten habe, während mein Vater sich zu jedem Menschen in seinem Leben abscheulich verhalten hat, vor allem zu meiner Mutter.«

»Sie ... haben das alles getan? Sie haben Ihren eigenen Vater getötet?« Ihre Worte ergaben keinen Sinn.

»Sie ist verrückt!«, schrie Professorin Carmichael und sprang über das Bett. »Holen Sie Hilfe! Rufen Sie die Polizei!«

Blitzschnell schoss Christina durch den Raum und positionierte sich zwischen dem Bett und der Tür. Die Klinge zielte direkt auf die Kehle von Professorin Carmichael. Die Professorin taumelte rückwärts und fiel aufs Bett.

»Es wäre unklug, wenn Sie sich bewegen würden«, rief Christina mit ihrer Singsang-Stimme. »Mina, Süße, ich glaube, ich möchte, dass Sie sich dort drüben an die Wand stellen. Wenn Sie sich bewegen oder um Hilfe rufen, werde ich Sie ausnehmen wie einen Fisch und dabei kein bisschen Reue empfinden. Und zwar schnell, wenn ich bitten darf.«

Mit klopfendem Herzen tat ich, was sie verlangte, und drückte mich mit dem Rücken gegen die Wand. *Heathcliff, Morrie, ich könnte jetzt eine waghalsige Rettungsaktion gebrauchen.*

Vom Bett aus stöhnte Professorin Carmichael. Ich suchte den Raum nach Quoth ab, aber es war so dunkel, dass ich keine Chance hatte, ihn zu sehen. Ich hoffte, dass er Hayes und Wilson finden würde, aber selbst, wenn, was konnte er als Rabe schon ausrichten? Und wenn ein nackter Mann auf die Polizisten zustürmte, würden sie ihn wahrscheinlich für den Bombenleger halten und ihn erschießen.

Quoth, wenn du mich hören kannst, renn bitte nicht auf Hayes zu. Hole dir Morries Kleidung aus unserem Zimmer. Oder finde Lydia. Bring sie dazu, draußen zu schreien. Dann rennen sie alle weg. Bitte, sie ist allein, aber ich glaube, sie könnte uns alle töten, wenn sie es wollte.

Angst durchströmte mich. Ich konnte meinen Blick nicht von der geschärften Spitze von Christinas Schwert abwenden, die direkt auf Professorin Carmichaels Herz gerichtet war.

Christina hat gesagt, dass sie Fechtunterricht genommen hat. Sie weiß genau, was sie tut. Im Scheinwerferlicht sah ich ihr schadenfrohes Lächeln. *Sie ist verrückt. Völlig durchgeknallt.*

»Sie haben meine ungeteilte Aufmerksamkeit«, sagte ich und versuchte, Zeit zu schinden. »Können Sie mir sagen, was hier los ist, denn ich bin wirklich verwirrt.«

»Netter Versuch«, sagte sie, ohne ihren Blick von Carmichael abzuwenden. »Sie und ich sind keine Feinde vom selben Intellekt, die Katz und Maus spielen. Ich werde mich nicht hinsetzen und meine Züge von *Angesicht zu Angesicht* wie bei einem Schachspiel skizzieren. Das hier ist nicht Schach, sondern Solitär. Sie sind nur ein Staubkorn auf dem Tisch.«

»Nun gut. Ich bekenne mich zu Ihrem überlegenen Intellekt.«

»Das sollten Sie auch.«

»Bevor Sie den Rest Ihres Plans ausführen, könnten Sie mich in einem Punkt aufklären?« *Bitte, Quoth, Heathcliff, Morrie, irgendjemand ...* »Warum haben Sie Ihren Vater getötet?«

»Mein ganzes Leben lang habe ich in der Fantasiewelt meines Vaters verbracht. Es war egal, was ich wollte, ich war seine perfekte Regency-Prinzessin, die einzige Frau, die sein Herz nach Mutters Tod heilen konnte. Er nahm mich aus der Schule und unterrichtete mich zu Hause aus, damit er sichergehen konnte, dass ich nie etwas über Dinge lernte, die fröhlich und lustig waren. Er brachte mich dazu, eine Liste von Fertigkeiten zu beherrschen, Klavier, Stickerei, Kalligrafie ... die Art von fadenscheinigen Beschäftigungen, die den Geist einer Regency Lady beschäftigten. Ich wollte Geige lernen, aber er verbot es mir, damit ich durch die Kraft der Musik nicht zu »emotional« wurde. Ich durfte nicht mit anderen Männern sprechen, nur mit ihm und David. Alle Privatlehrer, die er für mich besorgte, waren Frauen. Ist es da ein Wunder, dass ich mich nach ihren Berührungen und Zärtlichkeiten sehnte?«

Christinas Stimme wurde härter. »Als ich sechzehn war, habe ich Papa gesagt, dass ich lesbisch bin. Weißt du, was er sagte? 'Nein'. Nicht: 'Du hast meine Unterstützung, meine Tochter' oder sogar 'Ich verstehe es nicht, aber ich liebe dich trotzdem'. Einfach nur 'Nein'. Ich durfte nicht lesbisch sein, weil es in den Büchern der lieben Jane keine Homosexualität gibt. Können Sie überhaupt verstehen, wie sich das anfühlen muss?«

»Nein«, flüsterte ich. »Das kann ich nicht.«

»Papa hat wirklich geglaubt, dass er Mr Darcy ist und dass jede junge Frau, die ihm begegnet, seine Elizabeth ist, und dass er sie nur zermürben muss, bis sie seine Liebe akzeptiert. Das hat er auch mit meiner Mutter gemacht. Er hat sie zermürbt und sie in einer unheiligen Zeremonie geheiratet, weil er es nicht ertragen konnte, ohne sie zu sein. Seine egoistische Leidenschaft und sein Wunsch, zur unschuldigen Liebe seiner Kindheit zurückzukehren, vergifteten ihre Knochen so sicher, als hätte er sie selbst ermordet. Das werde ich ihm nie verzeihen, ebenso wenig wie eines seiner jüngeren Verbrechen. Aber das ist unwichtig, denn er ist tot und ich bin fast frei.«

»Wie lange wussten Sie schon, dass Ihre Eltern ... Geschwister waren?«, flüsterte ich.

»Ich hatte den Verdacht, dass etwas nicht stimmt, nachdem Mami gestorben war und Papa all diese Treffen im Krankenhaus hatte und wir dann ein paar Jahre lang nicht viel Geld hatten. Aber ich kannte die Fakten erst, als ich die Unterlagen sah, die Professorin Carmichael Alice vor ein paar Wochen geschickt hatte. Alice hielt sich für so verschwiegen, aber als sie plötzlich anfing, all diese Fragen über Papa zu stellen, hackte ich mich in ihren Computer und fand sie. Ich wusste, dass sie den Artikel schreiben und Papa ruinieren würde, und ich musste ihn töten, bevor das passiert.«

»Damit Sie frei sein konnten?«, fragte ich und begann langsam zu verstehen. *Bei Isis, das ist ja furchtbar. Was für eine traurige, furchtbare Geschichte.*

»Papa hat seit Jahren keinen Artikel mehr geschrieben«, sagte Christina ganz ruhig. »Ich mache die Recherchen. Ich schreibe seine Keynotes. Den ganzen Tag, jeden Tag, nichts als Jane, Jane, Jane, während er die Lorbeeren erntet und meine Worte benutzt, um junge Frauen in sein Bett zu locken. Die Situation war unerträglich. Also beschloss ich, meine Umstände zu verbessern. Da er von mir verlangt, dass ich ihm jeden Abend seine Tabletten hinstelle, fing ich mich mit einigen seiner Schlaftabletten an. Eine Pille, einmal pro Woche, damit er es nicht merkt. Dann gab ich ihm die Tabletten vor dem Ball in seinen Tee gemischt und ließ ihn gefühllos im Stuhl sitzen. Nachdem das erledigt war, wartete ich, bis fast alle Gäste den Ballsaal betreten hatten, und dann gingen David und ich hinein und nahmen unsere Plätze ein.

Danach genoss ich den ersten Gang und ein Glas Wein, bevor ich David bat, mich ins Bad zu begleiten. Natürlich ist er so vernarrt und ahnungslos, dass er nicht einmal gemerkt hat, dass die Stelle, an der ich ihn warten ließ, gar nicht vor einem Badezimmer lag. Er wartete vor einer Tür zu einem Dienstbotengang, der zwischen den Küchen und dem Vorzimmer führte. Ich schlich mich den Gang entlang, betrat den Vorraum, stach meinen Vater nieder, öffnete das Fenster, legte den Stofffetzen auf den Nagel und nahm meinen Schmuck mit.« Sie zupfte die Handschuhe an ihren Händen hoch. »Es war kein Problem, meine Handschuhe und mein Kleid in einer Mülltonne hinter der Küche zu entsorgen und sie durch ein passendes Set zu ersetzen, das ich zuvor dort versteckt hatte, bevor ich zu David zurückkehrte und wir unseren Platz im Saal wieder einnahmen.«

»Ein sehr genialer Plan«, sagte ich. »Aber warum haben Sie die Nachricht an unsere Tür geschrieben? Wollten Sie verhindern, dass Lydia das nächste Opfer Ihres Vaters wird?«

Sie lachte und es klang wie das Klirren von zerbrochenem Glas. »Um Himmels willen, nein. Ich war zu sehr in meinen Plan vertieft, um mich um seine nächste Eroberung zu kümmern. Die Nachricht war nicht für Lydia, sondern für Sie.«

»Warum ich?«

»Cynthia prahlte mit Ihrem Intellekt und Ihrer Fähigkeit, Rätsel zu lösen, die die Polizei nicht lösen konnte. Mir wurde klar, dass mein Tatort nicht nur die Polizei täuschen musste, sondern auch Sie. Ich dachte, dass es zu meinem Vorteil wäre, wenn ich Sie verscheuchen könnte. Es scheint, dass Sie entweder zu stur oder zu dumm waren, um den Hinweis zu verstehen.«

»Es ist das Erste, zu stur«, sagte ich und meine Stimme zitterte. »Aber warum haben Sie Alice, Ihre eigene Freundin, getötet, warum ein Video erstellt, in dem sie den Mord an Hathaway gesteht?«

»Sie wollte die Geschichte über meinen Vater schreiben!«, schrie Christina. »Ich habe sie angefleht, es nicht zu tun, aber sie sagte, es müsse sein. Als sie die Leiche meines Vaters sah, ahnte sie, dass ich es getan haben könnte, und dann hat sie nachts die Juwelen in meiner Tasche gefunden, als sie sich in mein Zimmer schlich. Also habe ich ihr gesagt, dass ich sie umbringe, wenn sie die Wahrheit verrät, und ich habe sie dazu gebracht, das Video zu filmen, um mich abzusichern. Aber dann habe ich gesehen, wie sie Mina an der Orangerie angesprochen hat und ich wusste, dass sie Ihnen die Wahrheit sagen würde, also habe ich sie getötet, bevor sie es tun konnte. Verstehen Sie nicht? Ich musste sie töten. Sie hat mir keine andere Wahl gelassen. Die Geschichte hätte in allen Zeitungen gestanden und sie wären hinter mir her gewesen. Die Presse hätte mich gejagt und ich hätte mich nie von der teuflischen und verdammten Jane Austen meines Vaters befreien können. Das ist alles, was ich will, und sobald ich mit ihr fertig bin ...« Sie stach mit der Schwertspitze in Richtung Professorin Carmichael, die wimmerte. »... werde ich endlich wirklich frei sein.«

»Was ist mit mir?«, fragte ich schwach und mein Herz klopfte gegen meine Brust.

»Sie? Sie sind etwas, womit ich nicht gerechnet habe.« Christina tippte sich mit dem Finger ans Kinn, eine Geste, die mich ein wenig an Morrie erinnerte. »Sie sind wirklich selbst schuld. Ich habe Sie gewarnt, aber Sie haben es nicht beachtet. Ich fürchte, dass ich Sie nicht am Leben lassen kann.«

36

»Christina, Sie müssen das nicht tun«, flehte ich. »Wenn Sie Ihre Geschichte erzählen, werden alle auf Ihrer Seite sein. Ihr Vater war ein schrecklicher Mann, und was er Ihnen und Ihrer Mutter angetan hat, war falsch. Sie sind das Opfer hier. Bitte, werden Sie nicht zum Bösewicht.«

»Dummes Mädchen«, grinste Christina. »Es gibt keine Bösewichte in Jane Austen.« Sie drehte sich zu mir um und stürzte sich auf mich, die Klinge ihres Schwertes auf mein Herz gerichtet.

Es ist vorbei. So werde ich sterben.

Die Zeit verlangsamte sich. Neonfeuerwerk blitzte vor meinen Augen auf und Erinnerungen flackerten in meinem Kopf auf: Heathcliff, der mich im Badezimmer gegen die Wand drückte und mich mit seinen Augen so wild und verzweifelt ansah; Quoth, der neben mir auf dem Bett lag, während unsere Herzen im Gleichklang schlugen; Morrie, als er die Worte »Ich liebe dich« sagte.

Das Fenster zerbrach. Glas klirrte auf dem Boden. Ein

riesiger schwarzer Vogel flog auf Christina zu, knallte in ihre Brust und ließ sie taumeln.

Quoth!

Christina taumelte zurück. Ihr Mund stand vor Überraschung offen. Quoth schlug ihr mit seinen Flügeln ins Gesicht und versuchte, sie dazu zu bringen, das Schwert fallen zu lassen.

Quoths Auftritt verschaffte Professorin Carmichael wertvolle Zeit, um Christina auszuweichen und zur Tür zu fliehen. Leider gewann ihre Angst die Oberhand und sie sank wie erstarrt vor dem Bett auf die Knie.

Ich stürzte nach vorne, um Quoth zu helfen, aber ich kam zu spät. Christina fand ihr Gleichgewicht wieder, packte Quoth am Hals und riss ihn von ihrem Gesicht. Ihr Gesicht verzog sich vor Wut, als sie ihn gegen die Wand schleuderte.

»Kräää ...« Quoths Blut spritzte gegen die Wand. Er prallte auf den Boden und kam zitternd zum Liegen und blieb still und stumm. Mein Herz pochte in meinen Ohren. *Nein, nein, bitte. Nicht mein kostbarer Quoth.*

Christinas Augen huschten von mir zu Carmichael. Sie sprang auf das Bett und stieß ihr Schwert nach der Professorin. Die Klinge schnitt durch Carmichaels Schulter und glitt mit Leichtigkeit in ihr Fleisch. Christina zog die Klinge heraus, während Professorin Carmichael aufschrie und die Wunde umklammerte. Blut sickerte durch ihre Finger und spritzte auf die Vorderseite ihres Musselin-Kleides. Ein beißender Geruch verpestete die Luft.

Quoth gurrte und schleppte seinen schlaffen Flügel über den Boden. Ich stürzte auf ihn zu, aber Christina war schneller.

»Wenn du den Vogel so sehr liebst, dann sieh zu, wie ich ihn ausweide!«, schrie sie.

»Nein, Quoth!« Ich warf mich auf den Boden und breitete meinen Körper über ihm aus.

Christina hob ihr Schwert. »Gut. Du wirst auch sterben ...«

Ein Blitz aus Haut, ein Vorhang aus Haaren und ein wilder Schrei. Ich blinzelte, und Christina lag auf dem Boden. Ihr Kopf prallte gegen den Holzboden. Ein nackter Körper drückte sie zu Boden und rammte seinen Fuß in ihren Unterarm, um die Klinge aus ihrem Griff zu reißen.

»Sie ...«, keuchte sie. »Sie waren ein Vogel! Wie haben Sie ...«

Ihre Augen rollten in ihrem Kopf zurück.

»Was ist passiert?«, verlangte Heathcliff zu wissen und schwang sein Schwert im Zimmer herum. »Wo ist David?«

»Es war nicht David«, hauchte ich. »Es war Christina.«

Quoth rückte zur Seite, sein Gesichtsausdruck verlegen. Er lehnte sich gegen mich und umklammerte seinen Arm. Heathcliff beugte sich hinunter, um Christina zu untersuchen. Ihr Kopf rollte zur Seite und Blut rann ihr über das Gesicht. Ich wartete, während mein Herz mir bis zum Hals schlug.

Christina bewegte sich nicht.

»Das ist nicht fair!«, heulte Morrie und warf frustriert sein Schwert weg. »Wir hätten sie in einem Wettstreit der Klingen besiegen sollen. Es ist Jahre her, dass ich jemanden mit einem Schwert aufgespießt habe. Ich hatte mich schon so darauf gefreut!«

»Sie ist nicht tot, aber sie ist bewusstlos. Bist du verletzt?« Heathcliff stand auf und schloss mich in seine Arme. Seine Hände strichen sanft über meinen Körper. »Hat sie dich geschnitten?«

»Ich ... Mir geht es gut, aber Quoth ... er hat mich zwar gerettet, aber sie hat ihn vorhin ziemlich hart gegen die Wand geschleudert.« Ich griff nach seinem Körper, aber er war nicht mehr da. *Wo ist er hin? Ist er ...?*

»Krächz?«

Morrie drückte einen grinsenden Raben an seine Brust.

»Armes, armes Vögelchen. Es tut mir so leid, dass wir an dir gezweifelt haben. Was hat sie mit dir gemacht?«

»Krääääää ...« Quoths schwacher Schrei zerrte an meinem Herzen.

»Juuuuuuuhuuuuuu, Mina? Morrie? Mürrischer?« Lydia gurrte aus dem Flur. »Der dumme Vogel hat mich hierhergeführt, und ich habe den netten Detective mitgebracht, nur für den Fall, dass es einen Zünder gibt, was auch immer das ist ...«

Hayes erschrak, als er die Suite betrat. Er schaltete das restliche Licht an und sah Carmichael auf dem Bett, die sich die blutige Schulter hielt, Christina, die regungslos auf dem Boden lag, überall verstreute Schwerter und Morrie, der einen Raben umarmte. »Was ist hier passiert?«

»Wonach sieht es denn aus? Christina hat auf mich eingestochen, Sie Idiot!«, brüllte Carmichael.

»Uns geht es gut«, krächzte ich und umklammerte Heathcliff. »Wir sind nur aufgewühlt. Christina und Professorin Carmichael brauchen einen Krankenwagen.«

»Christina wird einen Bestatter brauchen, wenn ich mit ihr fertig bin.« Morrie kuschelte sein Gesicht in Quoths Federn. »Niemand tut meiner Mina oder meinem Vögelchen weh.«

Hayes kratzte sich am Kopf. Er riss ein Walkie-Talkie von seinem Gürtel und übermittelte eine Nachricht an Wilson. »Wir haben Sanitäter hier, aber wir können Sie im Moment nicht in ein Krankenhaus bringen. Das ganze Gebäude ist immer noch abgeriegelt ...«

»Schicken Sie einfach jemanden mit medizinischem Material und ein paar Medikamenten her. Ich fürchte, ich stehe kurz vor einem Schock.« Professorin Carmichael knüllte ein Stück der Bettdecke zusammen und drückte es auf ihre Wunde. »Warum umarmen Sie diesen Raben?«

»Krächz?«

»Weil«, sagte Morrie. »Weil er zur Familie gehört und ich ihn liebe. Ich kann das jetzt sagen, weil ich mir meiner Gefühle bewusst bin. Ich liebe diesen seltsamen kleinen Vogel, und ich liebe Heathcliff, und ich liebe Mina, und ich liebe sogar Sie, Detective Hayes. Wollen Sie auch eine Umarmung?«

Trotz der schrecklichen Situation ließen Morries Worte mein Herz vor Liebe anschwellen. Ich ließ mich gegen Heathcliff sinken und legte meinen Arm um Morrie, sodass ich Quoths Hals streicheln und sein winziges Herz spüren konnte, das unter seinen Federn wie wild schlug. *Meine Familie. Wir sind alle in Sicherheit.*

Morries Liebesgeständnis an mich und die Art, wie er Quoth hielt, heilte etwas in mir. Es war das letzte Puzzleteil, das sich zusammenfügte und ein Bild offenbarte, das strahlender und realer war, als ich es je für möglich gehalten hätte. Ich wusste, dass meine drei Jungs sich genauso umeinander kümmerten, wie sie sich um mich kümmerten.

Eine Ecke des Briefes meines Vaters kratzte an meiner Brust. Vor lauter Aufregung hatte ich das ganze Wochenende kaum an ihn oder den Brief gedacht. Das war genau das, was ich gewollt hatte, aber jetzt spielte es keine Rolle mehr. Was auch immer der Grund dafür war, die Realität war, dass mein Vater mich im Stich gelassen hatte. Aber Quoth, Heathcliff und Morrie, sie waren für mich da. Sie waren jetzt meine Familie.

37

»Ein weiterer Tag, ein weiterer Mord aufgeklärt.« Morrie lehnte an der Seite des Gebäudes und tippte auf seinem Telefon herum. »Wenn ich nicht immer noch versuchen würde, ein kriminelles Imperium zu leiten, würde ich es vielleicht in Erwägung ziehen, uns als beratende Detective anzubieten.«

Heathcliff stieß die Ladentür auf. Ein Fellknäuel schoss aus der geschwärzten Tiefe und wickelte sich um Heathcliffs Gesicht. »Miiiiaaaaauuuuuu!« Grimalkin heulte auf und ließ jeden Bewohner von Argleton wissen, wie abscheulich sie behandelt worden war, als man sie für eine Nacht und einen Tag im Laden eingesperrt hatte.

»Schon gut, schon gut.« Heathcliff riss sie von seinem Gesicht. »Ich hole dir etwas zu essen.«

Grimalkins Ohren spitzten sich. Sofort sprang sie herunter und trottete in Richtung ihres Futternapfes davon. *Katzen sind wirklich die Meister der Manipulation in der Natur.*

Ich ging durch den Laden und schaltete dabei Licht und Lampen an. Draußen war die Sonne bereits unter den Horizont gesunken und ich konnte kaum noch einen halben Meter weit sehen. Wir waren noch so lange in Baddesley Hall geblieben und hatten Hayes und Wilson darüber informiert, was wir aufgedeckt hatten. Sie fanden David gefesselt in Christinas Schrank, seine eigenen Seidenstrumpfhosen als Knebel in den Mund gestopft. Es schien, dass sie ihn genug gemocht hatte, um ihn nicht zu töten. Er hatte unsere Geschichte bestätigt. Er wusste, dass Christina heimlich mit Alice zusammen war, und er hatte Christina vor der Gedenkfeier durch den Garten begleitet, als sie ihn anhalten ließ, um das Gespräch zwischen Alice und mir zu belauschen.

Der Mord war also aufgeklärt und wir hatten darauf warten müssen, dass die Polizei herausfand, dass die Bombendrohung ein Scherz gewesen war und uns alle gehen ließ. Ich fühlte mich schrecklich dabei, aber wenn ich es nicht getan hätte, hätten wir Christina nicht rechtzeitig erwischt und Professorin Carmichael wäre ihr nächstes Opfer geworden. Lydia hat ihr Pony nicht bekommen, was zumindest ein Vorteil war. Ich konnte mir nicht vorstellen, wie wir das Tier in Nevermore halten sollten.

»Hör auf, diesen Ort zu beleuchten wie die Blackpool Illuminations«, brummte Heathcliff, als er hinter seinem Schreibtisch zusammensackte. Als Vergeltung schnippte ich die Snoopy-Lampe über seinem Kopf an. Er wedelte mit einer Hand vor seinem Gesicht. »Ekelhaft. Hier riecht es nach Kunden. Wie viele Leute hast du dieses Wochenende reingelassen, Quoth?«

Quoth klappte den Ordner auf und zeigte auf die Übersicht des Wochenendes. Heathcliff starrte auf die Zahl. »Du hast das Komma an die falsche Stelle gesetzt.«

»Habe ich nicht. So viele Bücher kann man zu Weihnachten verkaufen, wenn man kein Grinch ist.« Quoth verwandelte sich in seine Vogelgestalt, setzte sich auf den Kronleuchter und starrte auf Heathcliff herab, als wolle er ihn herausfordern, es besser zu machen.

Während Heathcliff ungläubig auf die Zahl starrte, sammelte ich meine Nerven. »Leute, ich muss euch etwas sagen.«

Quoth flatterte sofort vom Kronleuchter herunter und ließ sich auf meiner Schulter nieder. *Jetzt?*, fragte er in meinem Kopf.

Ich nickte.

»Was?«, verlangte Heathcliff.

»Sag es mir nicht«, fügte Morrie hinzu. »Du hast beschlossen, dass wir nächste Woche zu einem Jane-Austen-Tanzabend gehen werden. Ich gehe los und kaufe ein paar Schienbeinschützer.«

So schnell ich konnte, erzählte ich von den Lichtern, die ich gesehen hatte, und was Dr. Clements bei meinem Termin gesagt hatte. »Es tut mir leid, dass ich es euch nicht früher gesagt habe. Ich wollte es, aber ich hatte Angst. Wenn man darüber spricht, wird es real. Ich wollte einfach mehr Zeit mit euch verbringen, Spaß haben, Morde aufklären und Bücher einordnen, bevor das Licht ausgeht.«

»Du hast es Quoth erzählt«, sagte Morrie. Er sah verletzt aus.

»Das habe ich. Weil ich den Trost brauchte, den nur er geben konnte.« Ich schaute sie alle drei nacheinander an. »Dieses Wochenende hat uns gezeigt, warum diese verrückte Sache, die wir machen, tatsächlich zu funktionieren scheint. Wir alle haben unseren Stärken. Morries Gehirn arbeitet auf unglaubliche Weise. Heathcliffs Loyalität und Leidenschaft beschützt uns alle. Quoths Freundlichkeit bringt uns dazu, bessere Menschen sein zu wollen. Ich liebe euch alle. Das tue ich.« Tränen stachen mir in die Augen. »Ich weiß, dass das verrückt ist, aber ich kann nicht anders. Ihr habt euch verdammt noch mal in mein Herz geschlichen und ihr werdet es nicht mehr verlassen.«

»Wir werden nie gehen«, knurrte Heathcliff. »Aber so etwas darfst du nicht vor uns verheimlichen.«

»Einverstanden. Ich werde das nicht noch mal tun. Ich verspreche es.« Ich hielt meine Hand über mein Herz. »Wenn es euch tröstet, ich habe jede Minute davon gehasst.«

Heathcliff drückte mich an seinen Körper. »Ich hasse es, dass ich das nicht in Ordnung bringen kann«, grollte seine Stimme an meinem Ohr. »Nimm einfach meine Augen. Ich verschwende sie eh nur mit dem Lesen von Büchern und Etiketten auf Whiskyflaschen.«

»Bücher lesen ist nie eine Verschwendung«, schniefte ich. »So habe ich mich das erste Mal in dich verliebt.«

»Hey, wenn sie jemandes Augen bekommt, dann meine«, mischte sich Morrie ein. »Deine sind zu dunkel. Blau mit ihrem Teint wäre *großartig*.«

»Sie sollte meine haben«, sagte Quoth leise. »Sie funktionieren besser als eure menschlichen Augen.«

»Ich nehme niemandem die Augen weg«, sagte ich lachend, auch wenn mir die Tränen über das Gesicht liefen. »Aber ihr müsst vielleicht manchmal meine Augen sein, wenn das für euch in Ordnung ist? Die Dinge könnten sich für mich sehr schnell ändern und ich will keinen von euch dabeihaben, wenn ihr ein Problem damit habt, wie es enden wird.«

»Sag nicht so einen Scheiß«, knurrte Heathcliff. »Ich könnte dich genauso schnell vergessen wie meine eigene Existenz.« Er presste seine Lippen auf meine und zerstörte meine letzten Zweifel mit einem Kuss, der von meinen Lippen bis in meine Adern zischte. *Und schon wieder hat er mir den Atem geraubt.*

Wie zum Beweis griff Heathcliff hinter seinen Schreibtisch und schaltete eine rote japanische Laterne ein, die ich dort gelassen hatte. »Du erhellst den Raum«, murmelte er.

Quoth kuschelte sich an meine Wange. *Ich werde immer für*

dich da sein, versprach er. Ich löste mich von Heathcliffs Kuss und drückte meine Lippen auf Quoths weiche Federn.

Morrie trat zu unserer kleinen Gruppe und sein arrogantes Grinsen schwankte an den Rändern. »Zwing mich nicht, es noch einmal zu sagen«, murmelte er.

Ich klopfte mit dem Fuß.

Morrie seufzte. »Na gut. Ich liebe dich, Mina Wilde. Und ich liebe Sir Grumpelstein und auch diesen dummen Vogel. Zufrieden?«

»Ekstatisch.« Ich schlang meine Arme um sie alle und hielt sie fest. Meine Männer aus Fleisch und Blut und Komplikationen, in jeder Hinsicht besser als ihre fiktiven Gegenstücke. Ich wollte sie nie, nie wieder gehen lassen.

»Bleibst du über Nacht?«, fragte Morrie mit hoffnungsvoller Stimme.

»Das würde ich sehr gerne. Du hast keine Ahnung, wie sehr. Aber nicht heute Nacht«, seufzte ich. Lydia belagert Morries Bett, was bedeutet, dass wir sowieso nichts Jugendfreies machen könnten. In meiner Tasche vibrierte mein Handy. *Schon wieder.* »Ich muss noch etwas erledigen.«

38

Als ich aus dem Uber stieg, schlug mir das Herz bis zum Hals. Obwohl ich heute schon einem verrückten Mörder gegenübergestanden hatte, war es dieses Treffen, das meinen ganzen Körper vor Angst erzittern ließ.

Vor mir lag die Wohnung, in der ich aufgewachsen war. Die zerbrochene Vordertür hing an rostigen Scharnieren. Aus den Tiefen des Nachbarhauses brüllte jemand Obszönitäten. Die Küchenfenster des anderen Nachbarn waren mit Zeitungspapier verdunkelt, ein sicheres Zeichen dafür, dass sie drinnen Drogen brauten. Alte Autoteile und überquellende Mülltonnen verunreinigten den Bürgersteig.

Das war einmal mein Zuhause gewesen, aber das war es nicht mehr.

Ich holte tief Luft, stieg die Stufen hinauf und steckte meinen Schlüssel ins Schloss. Ich stieß die Tür einen Spalt auf und vergewisserte mich, dass sie nicht im Flur wartete, um mich zu ermorden. Wenn doch, würde ich es ihr nicht verübeln. Da ich nichts sah und hörte, schob ich die Tür weiter auf und trat ein.

»Hey, Mama.«

Sie blickte vom Küchentisch auf. Die roten Ringe um ihre Augen ließen sie älter aussehen. Als sie meine Anwesenheit registrierte, zerbrach ihr ganzes Gesicht vor aufgestauter Emotion. »Mina? Wo warst du denn? Ich war so besorgt, als du nicht auf meine Nachrichten geantwortet hast. Ich war kurz davor, die Polizei zu rufen!«

Eine Welle der Abwehrhaltung stieg in mir auf, aber ich unterdrückte sie. Meine Unterlippe zitterte. »Ich weiß, Mama. Es tut mir leid.«

»Du bist ...«

»Es tut mir *leid*. Ich habe mich in letzter Zeit wie eine richtige Kuh benommen.« Ich stelle meine Tasche im Flur ab. »Kann ich dir einen Tee machen? Ich würde wirklich gerne reden.«

Mama nickte in Richtung Küche. Ihr ganzer Körper sackte in ihrem Sitz zusammen und sie rang ihre Hände. Ich beobachtete sie, während ich den Kessel füllte und auf den Herd stellte. Warum rannte sie nicht auf mich zu, um mich zu umarmen und zu berühren, so wie sie es sonst immer tat? Irgendetwas hielt sie auf ihrem Platz fest und sie beobachtete mich stattdessen mit wachsamen Augen. Ich hasste mich selbst dafür, dass ich sie so tief verletzt hatte.

»Wo bist du gewesen?«, fragte sie mit heiserer Stimme. »Warum hast du nicht auf meine Anrufe geantwortet? Ich habe im Laden angerufen, aber Allan hat mir gesagt, dass du in Baddesley Hall bist. Dann habe ich gehört, dass es einen Mord und eine Bombendrohung gegeben hat. Eine Bombendrohung, Mina! Du hättest mir sagen können, dass es dir gut geht.«

Als ich unsere beiden Lieblingstassen und einige Kekse aus der Dose holte, bemerkte ich, dass die Küche gründlich geputzt worden war. Überall war noch etwas Glitzer zu sehen, aber das lag nur daran, dass Glitzer der Herpes der Bastelwelt war, egal wie sorgfältig man putzte, man konnte nicht verhindern, dass er sich ausbreitete.

»Ich weiß. Es tut mir wirklich leid. Ich wollte anrufen, aber die Polizei hat uns nicht erlaubt, zu telefonieren, solange das Gebäude abgeriegelt war. Es war wirklich nicht so aufregend, wie sie es dargestellt haben, nur ein paar dumme Kinder aus der Gegend, die sich einen Scherz erlaubt haben.« *Spiel es so weit wie möglich herunter, sonst wird sie nicht akzeptieren, was du als Nächstes sagst.*

»Was hast du überhaupt da oben gemacht? Ist das jetzt, wo du mit Morrie zusammen bist, dein Leben, dass du dich in großen Häusern herumtreibst und dir zu fein bist, mit deiner Mutter zu reden?«

»Bitte denk das nicht! Erstens: Ich bin nicht mit Morrie zusammen. Cynthia Lachlan hat mich zu ihrem schicken Jane-Austen-Wochenende eingeladen, weil ich geholfen habe, den Namen ihres Mannes im Mordfall von Frau Scarlett reinzuwaschen. Ich wünschte, du hättest Baddesley Hall sehen können, Mama. Es war der Wahnsinn. Das Zimmer, in dem ich gewohnt habe, war viermal so groß wie diese ganze Wohnung. Es gab einen vergoldeten Kamin!«

»Das klingt außergewöhnlich«, sagte Mama und ihre Stimme wurde leiser.

Ich fand die Zuckerdose versteckt hinter einem Stapel Anleitungsblätter für die Seifenherstellung, die noch immer die Narben der Glitzer-Einhorn-Kacke-Attacke trugen. »Wenn ich jemals wieder eingeladen werde, nehme ich dich mit. Ich glaube, es würde dir wirklich Spaß machen.«

Der Teekessel pfiff. Ich schenkte uns Tee nach unserem Geschmack ein und stellte ihren Tee vor ihr ab. Mama rührte ihn nicht an, ihre Augen folgten mir, als ich um den Tisch herumging und mich ihr gegenübersetzte.

Ich nippte an meinem Tee und die heiße Flüssigkeit gab mir

den Mut zu sagen, was ich sagen musste. »Es tut mir leid. Ich weiß, dass ich das schon hundertmal gesagt habe, aber ich muss es noch einmal sagen. Ich habe dich ignoriert, weil ich wütend war, und das war falsch. Ich verspreche, dass ich das nicht mehr tun werde.«

»Ich verstehe dich nicht mehr!«, schoss Mama zurück. »Ich versuche, mich um dich zu kümmern und dich zu beschützen! Ich dachte, du wärst nach Hause gekommen, weil du mit deinem Augenlicht so viel Hilfe brauchst. Aber seit Ashley getötet wurde und du in dieser Buchhandlung arbeitest, stößt du mich von dir. Du schnauzt mich an, wenn ich dir helfen will. Du hörst mir nicht zu. Du benimmst dich wie ein verwöhnter Teenager, und das sieht dir gar nicht ähnlich!«

»Du hast recht, ich habe mich schrecklich benommen. Das war meine Schuld. Ich war wütend, dass ich nach England zurückkommen musste. Ich wollte in New York sein und in der Modebranche arbeiten. Ich wollte nicht, dass sich die Dinge ändern, und habe diesen Groll an dir ausgelassen.« Ich setzte meine Tasse ab. »Das hört jetzt auf, und zwar alles. Von jetzt an verspreche ich dir, dass ich dir sagen werde, was in meinem Leben los ist und was ich brauche, damit du mir helfen kannst. Am besten fange ich damit an, dir zu sagen, dass ich letzte Woche einen Augenarzt in Barchester aufgesucht habe. Ich war dort, weil ich seltsame Lichter gesehen habe, flackernde Neonfarben.«

Mama schnappte nach Luft und hielt sich die Hände vor den Mund. »Mina, nein. Warum hast du mir das nicht gesagt?«

»Es ist schon gut, Mama. Ich hatte Angst. Ich habe es geheim gehalten, denn wenn ich darüber rede, wird es real, und wenn es real ist, bedeutet das, dass ich blind werde. Aber das Wichtigste war, dass ich es jemandem erzählt habe, meinem Freund Allan. Er hat mich dazu überredet, den Termin wahrzunehmen, und ich bin froh, dass ich es getan habe. Ich mag meine neue Spezialistin, Dr. Clements. Ich bin froh, dass sie sich um mich kümmern wird. Ich stelle sie dir vor, wenn ich das nächste Mal einen Termin habe.«

»Was hat sie über die Lichter gesagt?«

Ich holte tief Luft. »Sie hat mir gesagt, dass die Degeneration meiner Netzhaut schneller voranschreitet, als mein Arzt in New York zunächst dachte. Sie glaubt, dass ich noch etwa achtzehn Monate Zeit habe, bevor ich mein Augenlicht vollständig verliere.«

Mama weinte. Tränen kullerten über ihre Wangen und fielen auf die »Seifgasmus«-Poster auf dem Tisch. Ich legte meine Hand auf ihre und nahm mir vor, dass ich sie später mit diesem schrecklichen Namen aufziehen würde.

»Es ist okay. Das ist es wirklich. Als ich dieses Wochenende im Haus festgesessen habe, wurde mir klar, dass alles, wovor ich so viel Angst hatte, passieren würde und dass ich damit umgehen kann. All das, was ich für wichtig hielt, ist nicht das, was im Leben wirklich zählt. Vielleicht kann ich keine Modedesignerin mehr werden, aber das heißt nicht, dass ich mich in eine Ecke verkrieche und zum Sterben zusammenrolle. Das bin nicht ich, und ich habe es satt, so zu tun, als ob es so wäre. Also bitte weine nicht. Denn ich habe deswegen genug geweint.«

»Oh, Mina.« Mamas Tränen tropften auf meinen Arm. »Du gehst so tapfer damit um.«

»Eigentlich nicht, aber ich versuche, mich zu bessern.« Ich schenkte ihr ein schwaches Lächeln. »Deshalb habe ich auch beschlossen, dass ich ausziehe.«

Was?

Ich ziehe aus?

Die Worte sind mir einfach aus dem Mund gefallen. Ich hatte nicht vorgehabt, sie auszusprechen, aber sobald sie zwischen uns in der Luft hingen, wusste ich, dass sie richtig waren.

»Du wirst ... was?« Mama verzog verwirrt den Mund.

»*Ich* ziehe aus. Hier kann ich nicht mehr leben. Ich bin dreiundzwanzig Jahre alt. Vier Jahre lang habe ich allein in einem fremden Land gelebt. Ich kann nicht erwarten, dass ich wieder bei dir einziehe und damit glücklich bin. Ich muss unabhängig sein.«

»Aber wer wird sich um dich kümmern?«

»Ich muss das selbst tun«, sagte ich. »Mir ist klar geworden, dass ich, seit ich die Nachricht erhalten habe, so sehr mit Trübsal und Trauer beschäftigt war, dass ich mir keine Gedanken darüber gemacht habe, wie ich nach dem Verlust meines Augenlichts leben möchte. Diesen Luxus kann ich mir nicht länger leisten. Und weißt du was? Die Menschen leben schon seit Tausenden von Jahren ohne ihr Augenlicht *und* haben großartige Dinge getan. James Holman hat die Welt zu Fuß umrundet. Helen Keller war politische Aktivistin. Stevie Wonder verzaubert Millionen mit seiner Musik. Ich habe über diesen Kerl namens Homer gelesen, der die berühmteste Geschichte der Welt geschrieben hat.«

Mama runzelte die Stirn. »Ein blinder Mann hat den *Esel Wonky Donkey* geschrieben? Hat er auch die Bilder gezeichnet?«

»Ähm ... ja. Klar hat er das. Ich will damit sagen, wenn sie damit umgehen konnten, kann ich das auch.« Ich schob ihr ein Flugblatt über den Tisch. »Dr. Clements hat mir das gegeben. Das sind Programme, die mir beibringen, wie ich mit einem Stock einkaufen gehen und mich sogar schminken kann, obwohl ich nichts sehe. Und ich könnte einen Blindenhund bekommen. Ich habe mir schon immer einen Welpen gewünscht!«

Mama nahm eine von Dr. Clements' Hochglanzbroschüren in die Hand. »Das sieht so teuer aus, Mina.«

»Es gibt finanzielle Unterstützung für die Ausrüstung, die ich brauche, und für alles andere muss ich einfach sparen. Zum Glück habe ich ein paar nette Tricks gelernt, falls ich mal eine zusätzliche Einnahmequelle brauche.« Ich grinste ich sie an. »Es ist an der Zeit, dass ich aufhöre, Trübsal zu blasen, wenn ich etwas nicht ändern kann, und anfange, die guten Dinge in meinem Leben zu genießen.«

»Aber auszuziehen ist ein so großer Schritt ... bist du dir da sicher?«

»Ich war mir noch nie in meinem Leben über etwas so sicher«, sagte ich und hob eines ihrer Poster auf. »Außer, dass 'Seifgasmus' ein schrecklicher Name ist. Was hast du dir dabei gedacht? Kann ich die für dich nochmal neugestalten? Im Ernst, sie sind schrecklich.«

Sie warf ihre Arme um mich. »Oh, Mina. Ich bin so froh, dass du wieder da bist.«

»Ich auch.«

»Lass uns nie wieder streiten.« Mama drückte mir einen Kuss auf die Stirn. »Was ist mit deinem Vater?«

Ich griff in meine Tasche und berührte den Brief. »Ich weiß es nicht. Ich bin mir nicht sicher, ob ich schon bereit bin, ihm die Hand zu reichen. Aber ich muss auf deine Unterstützung zählen können, wenn ich mich dazu entscheide. Nur weil du keine Beziehung mit ihm willst, heißt das nicht, dass ich es nicht will.«

»Na gut.«

Ich grinste. »Wenn ich es tue, wirst du es als Erste erfahren.«

Mamas Lächeln erhellte unsere schmuddelige Küche. »Jetzt, wo ich dich wieder habe, kann ich dir eine wichtige Frage stellen?«

»Sicher.«

»Wirst du James Moriarty heiraten? Denn es wäre viel

einfacher, die ganze Ausrüstung zu bekommen, wenn du einen reichen Ehemann hättest, der alles bezahlt. Und vielleicht könnte er mir auch gleich ein neues Auto besorgen, wenn er schon dabei ist. Oh, und eine dieser Wannen, die deine Füße massieren, während du fernsiehst, und einen Nerzmantel und eine Tiffany-Halskette ...«

39

»Entschuldigen Sie.« Eine Kundin trat an den Schalter heran und legte ein Abenteuerbuch für Kinder im Taschenbuchformat ab. »Ich habe dieses Buch vor etwa einem Monat gekauft.«

»Ja, ich erinnere mich an Sie.« Ich lächelte. Ich hatte der Frau einen rassigen Reverse-Harem-Roman von KT Strange für ihren Strandurlaub verkauft, und die Abenteuergeschichte für ihre Nichte. »Hat Ihrer Nichte ihr Geschenk gefallen?«

»Oh, sie hat ihren Kopf nicht mehr aus dem Buch genommen, das ich ihr geschenkt habe«, lächelte die Frau. »Darum bin ich nicht hier. Ich bin nicht glücklich mit der Wahl, die Sie für mich getroffen haben. Ich wollte mich in einer turbulenten Romanze verlieren, aber ich habe dieses Buch in wenigen Minuten durchgelesen und ich muss Ihnen sagen, dass die Handlung ziemlich jugendlich war, und ich habe den Love Interest überhaupt *nicht* gemocht. Nächstes Mal sollten Sie darauf hören, was ein Kunde will und …«

»Ähm …« Ich starrte auf das Cover und hatte Mühe, mein Lachen zu unterdrücken. »Gnädige Frau, das ist das Buch, das wir für Ihre Nichte ausgesucht haben. Das Buch, das Sie ihr geschenkt haben, sollte eigentlich für Sie sein.«

»Oh.« Die Frau hob ihre Hand zum Mund. »Oh, nein.«

Sie ließ das Buch auf den Tresen fallen und stürmte davon. Ich konnte mich nicht länger zurückhalten und brach in Gelächter aus. Heathcliff schaute über sein Buch hinweg.

»Beachte mich gar nicht.« Ich wischte mir die Tränen aus den Augen. »Es tut gut, wieder im Laden zu sein.«

Es *tat* gut. Hayes war bereits vorbeigekommen, um uns mitzuteilen, dass Christina in eine psychiatrische Einrichtung eingewiesen werden würde, was mir als die beste Lösung erschien. Ich hoffte, sie würde ihre Hauben behalten dürfen. Der Riss in Geralds Hemdmanschette passte zu einem Stofffetzen, der an einem der früheren Tatorte des Argleton-Juwelendiebstahls gefunden worden war. Bei einer Durchsuchung seines Hauses wurden Juwelen gefunden, die er aus den Häusern seiner British Heritage-Kunden gestohlen hatte. Hannah hatte ihm den Laufpass gegeben und begann, den Laden zu besuchen, sehr zu Heathcliffs Bestürzung und zu meiner diebischen Freude. Morrie hatte Quoth nicht ein einziges Mal mehr »Vögelchen« genannt, und die Jungs zankten sich weniger als sonst. Lydia war so nervig wie eh und je, aber sie hatte die meiste Zeit damit verbracht, das Dorf zu erkunden und ihren neuesten Plan auszuhecken, sodass wir uns kaum noch Sorgen um sie machen mussten. Das Einzige, was das Leben verbessern könnte, wäre, wenn Heathcliff etwas Weihnachtsschmuck aufhängen würde.

KLONK. KLONK. KLONK. Lydia schleppte einen übergroßen Koffer die Treppe hinunter. Morrie hatte den Fehler gemacht, ihr seine Kreditkarte zu leihen, damit sie sich eine angemessene Garderobe kaufen konnte. Aber wenn man bedachte, wo sie hinwollte, war es vielleicht gut, dass sie etwas Übung im Heben schwerer Sachen hatte.

»Ich kann immer noch nicht glauben, dass du der British Army beigetreten bist«, sagte ich.

»Oh, Mina, höre auf, dich so aufzuregen. Es wird so viel Spaß machen!« Lydia klatschte in die Hände. »Wenn ich einen Soldaten finden will, der mich heiratet, muss ich dorthin gehen, wo die Soldaten sind. Außerdem dachte ich, du würdest dich freuen, dass ich das patriarchalische Joch abwerfe und den Schilling des Königs nehme …«

»Eigentlich ist es jetzt der Schilling der Königin«, sagte ich.

»Nerv mich nicht mit deinem Feminismus, ausgerechnet heute!« Lydia wirbelte herum und entblößte die maßgeschneiderte scharlachrote Militärjacke mit goldenen Borten und Schulterklappen, die sie bei Frau Maitland gekauft hatte. »Sehe ich nicht absolut umwerfend aus? Meinst du nicht, dass ich mir einen wunderbaren Soldaten zum Heiraten angeln werde?«

Ich brachte es nicht übers Herz, ihr zu sagen, dass sie gleich nach ihrer Ankunft auf dem Stützpunkt in Uniform sein würde. Es gab Probleme, die ich nicht lösen konnte. »Klar, Lydia. Du siehst toll aus.«

»Wollt ihr mich denn alle nicht verabschieden?« Sie stemmte die Hände in die Hüften.

»Auf Wiedersehen«, murmelte Heathcliff, ohne von seinem Buch aufzusehen. Von seinem Platz auf dem Kronleuchter aus schüttelte Quoth vehement den Kopf.

Ausgezeichneter Selbsterhaltungstrieb, sagte ich in meinem Kopf. *Da oben bist du viel sicherer.*

Morrie beugte sich vor und schlang seine Arme um sie. »Viel Glück, Lydia«, sagte er. »Wir werden dein nerviges Gesicht hier vermissen.«

»Heißt das, du wünschst dir, dass ich bleibe?« Lydia klimperte mit den Wimpern.

»Nein!«, riefen Heathcliff, Morrie und ich unisono.

»Krächz!«, ergänzte Quoth.

»Miau!«, fügte Grimalkin hinzu, um das Ganze abzurunden.

Lydia lachte. Sie warf ihre Arme um mich. »Dich werde ich am meisten vermissen, Mina. Du erinnerst mich ein bisschen an meine ältere Schwester Lizzie, auch wenn du nicht so herrisch und bieder bist. Ich kann immer noch nicht glauben, dass sie diesen Mr Darcy heiratet.«

Ich lachte. »Ich werde dich auch vermissen, Lydia. Komm uns besuchen, wenn du mal wieder in Argleton bist.«

»Das werde ich nicht tun. Nicht für eine sehr lange Zeit!« Sie blies mir einen Kuss zu, als sie auf die Straße eilte, um ihre Taschen in den Kofferraum eines wartenden Ubers zu legen. Ich sah ihr hinterher und hatte einerseits Angst, dass sie keine Stunde durchhalten würde, während ich mir andererseits sicher war, dass sie in kürzester Zeit Generalin sein würde.

Als ihr Auto vom Bordstein wegfuhr und die Straße hinunterrollte, ließ sich Morrie auf einen Stuhl fallen. »Den Göttern sei Dank.«

Ich lächelte. »Hey, am Ende haben wir Lydia alle gemocht.«

»Ich habe das erfolgreichste kriminelle Imperium in der entwickelten Welt geleitet, aber diese Frau raubt mir jeden Nerv.« Er hob eine schlaffe Hand in meine Richtung. »Holst du mir bitte eine Tasse Tee, ja?«

»Hol ihn dir selbst.« Ich schlug ihm auf den Arm. »Ich muss noch ein paar Kisten auspacken.«

»Wie kannst du noch mehr Sachen für Jos Wohnung haben?« Morrie hatte mir gestern Abend geholfen, in das Gästezimmer in Jos Haus zu ziehen. Es war ein winziges Zimmer, gerade groß genug für das Einzelbett, das ich auf Gumtree gefunden hatte, und einen Kleiderständer. Aber es war ein Palast im Vergleich zu meinem letzten Zimmer, das gar kein Zimmer war, sondern ein Wintergarten, dessen Fenster mit

Pappe abgeklebt waren. Jos Wohnung war fantastisch. Sie hatte eine Regendusche, eine Heizung und eine Espressomaschine in der Küche und ein anatomisches Skelett im Bad, aber *darüber* wollen wir nicht reden, und absolut keine Mutter in Sicht.

»Ich habe ihr gesagt, dass sie einfach hier einziehen soll«, murmelte Heathcliff und blätterte die Seite um.

Ich war schwer in Versuchung gewesen, als er mir das Angebot unterbreitet hatte, aber tief in meinem Herzen wusste ich, dass ich nicht bereit war, es anzunehmen. Wir hatten zwar alle die drei beängstigenden Worte gesagt, aber die Sache mit mir und den Jungs war immer noch so kompliziert. Ich brauchte Zeit, um auf mich allein gestellt zu sein, bevor ich diesen Schritt wagte. Aber wenigstens wohnte Jo in der Nähe, sodass ich sie jederzeit besuchen konnte, ohne ein Vermögen für Mitfahrgelegenheiten auszugeben oder durch meine alte, unheimliche Nachbarschaft zu laufen.

»Nein, nicht noch mehr Klamotten.« Ich zog eine Kiste hinter dem Schreibtisch hervor. »Weihnachtsdekoration.«

»Nein.« Heathcliffs Buch fiel zu Boden.

»Doch!« Ich öffnete die Kiste und enthüllte Schnüre aus leuchtendem, glitzerndem Lametta. Sofort wurden meine Augen von den schillernden Farben angezogen, und der Rest des Raumes fiel in den Schatten. »Das ist der neueste Plan meiner Mama. Anscheinend wurde Sylvias Laden von einem Gefahrenstoffteam geschlossen, nachdem eines ihrer Seifen-Sets explodiert ist. Jetzt verkauft sie diese 'Designer'-Weihnachtsdekoration mit einem Aufschlag von zweihundert Prozent.« Ich hielt eine Schnur aus Lametta hoch, an der Miniaturbücher hingen. »Nimm das andere Ende davon. Wir werden es vorne an Heathcliffs Schreibtisch aufhängen.«

»Nein, das machen wir nicht.« Heathcliff verschränkte die Arme.

»Doch, das tun wir. Keine Diskussion. Schluss mit der

netten Mina. Wenn ich hier weiterarbeiten soll, musst du mich meine kreativen Ideen ausprobieren lassen. Der Laden muss Gewinn machen, damit ich mehr Geld verdienen kann, denn ich brauche Hilfsmittel und einen Blindenhund. Und auch ein neues Paar Docs.«

»Miau?« Grimalkins Kopf tauchte hinter dem Gürteltier auf und ihre Schnurrhaare zuckten vor Sorge.

»Keine Sorge, Kätzchen.« Ich streichelte Grimalkin den Kopf. »Ich verspreche dir, dass mein Hund dich nicht jagen wird.«

»Miau!« Grimalkin schnappte nach dem Lametta und griff eines der winzigen Bücher mit ihren Zähnen an, als wollte sie demonstrieren, was mit jedem Blindenhund passieren würde, der es wagte, die Schwelle des Ladens zu überschreiten.

»Woher kommt denn diese Dreistigkeit?«, fragte Morrie, als er Heathcliff zur Seite schob, um das Lametta hochzuhalten. »Versteh mich nicht falsch, es erregt mich. Aber es sieht dir nicht ähnlich, das Kommando zu übernehmen.«

»Es kommt von mir. Ich habe beschlossen, dass ich nicht so wie Christina enden will.«

»Du meinst, weggesperrt in einer Anstalt?«, wagte Heathcliff, mit einem Zwinkern in den Augen, zu sagen. »Um irgendeine blödsinnige Geschichte zu erzählen, wie sich ein Rabe in einen Menschen verwandelt hat?«

»Krächz!«, fügte Quoth stolz hinzu.

»Oder meinst du, wie eine schwertschwingende Verrückte? Ich denke, wir sind uns alle einig, dass das in keiner Situation der ideale Ausgang ist.« Morrie rieb sich das Kinn. »Du bist viel zu unkoordiniert für ein Schwert.«

Ich streckte mein Bein aus und tat so, als würde ich nach ihm schwingen. Leider schätzte ich den Winkel falsch ein und schwang am Ende so weit nach vorne, dass ich das Gleichgewicht verlor und hinfiel.

»Gut. Ich gebe dir recht damit.« Ich hob meine Hand, und Morrie half mir auf. »Es gibt hier nur zwei schwertschwingende Verrückte, und das seid ihr beide. Es tut mir nur leid, dass ich euch nicht in Aktion gesehen habe.«

»Nächstes Mal«, versprach Heathcliff.

»Ich gebe dem Vogel die Schuld«, fügte Morrie hinzu. »Wenn er nicht gewesen wäre, hätte ich meine doppelte *Riposte* mit Sprungkick vorführen können.«

»Krächz!«

Ich lachte. »Was ich meinte, war, dass Christina so von Untätigkeit zerfressen war. Sie konnte ihrem Vater und den Dingen, die er getan hatte, nicht die Stirn bieten, also hat sie weiter in der Schublade gelebt, in die er sie gesteckt hatte, bis sie eines Tages einfach ausgerastet ist. Mir ist klar geworden, dass ich dasselbe mit meinen Augen gemacht habe, indem ich mich selbst in diese Schublade gesteckt habe, in der ich die Dinge, die ich liebte, nicht ohne Sicht genießen konnte. Und ich habe Dinge ignoriert, an die ich nicht denken wollte, wie den Zeitreiseraum und das Treffen mit Victoria und den Brief meines Vaters und die ganze Sache mit dem Blut. Jetzt sehe ich, wie einschränkend es ist, sich in eine Schublade zu stecken und sich zu verstecken. Wie Christina keine Welt sehen konnte, in der sie ihrem Vater einfach sagen würde: »Ich bin lesbisch und ich hasse Jane Austen«, und ihr eigenes Leben lebte. Und jetzt wird sie diese Chance nie bekommen.«

»Auf eine seltsame Art und Weise bewundere ich sie«, sagte Morrie und hielt eine kleine Hirtenfigur hoch. »Sie hat hier ein kleines, willkommenes Chaos angerichtet. Oooh, ein Krippenspiel. Können wir das da drüben auf den Tisch stellen?«

»Ja. Ich hatte eigentlich die Idee, dass wir einen Stall aus Büchern machen könnten.« Ich stellte zwei Hardcover hin und legte ein drittes als Dach darauf. Morrie arrangierte die Porzellanfiguren im Inneren.

Und das Gürteltier könnte Gott sein. Quoth schob es mit seinem Schnabel an seinen Platz.

»Nein«, knurrte Heathcliff.

Ich ignorierte ihn. »Und dann brauchen wir nur noch das Jesuskind und ... Morrie! Joseph und der erste weise Mann können doch nicht knutschen!«

»Warum nicht? Ich dachte, so etwas würde man in Scheunen machen«, grinste Morrie böse.

»In dieser nicht.« Ich schob die Figuren wieder an ihren Platz und grinste Heathcliff an. »Du hast nicht viel über Christina gesagt. Ich erinnere mich, dass du Mitleid mit ihr hattest, als du gesehen hast, wie sehr sie ihren Vater fürchtete.«

Heathcliff rutschte in seinem Stuhl hin und her. »Erinnere mich nicht daran. Ich wünschte nur, diese Angst hätte sie nicht so hässlich gemacht.«

Ich war mir sicher, ich wusste, worauf er anspielte, aber ich wollte, dass er darüber sprach. »Willst du es mir genauer erklären?«

»Hindley«, hauchte Heathcliff. Das Wort prickelte auf meiner Haut und trug die ganze Bosheit Heathcliffs in sich. »Mein ganzes Leben lang hat er mich mit Grausamkeit behandelt. Er hat gesagt, ich wäre ein Monster und ich habe es geglaubt. Wie könnte ich auch nicht, wo ich doch so anders war als alle anderen in *Sturmhöhe*? Als ich Cathy sagen hörte, dass sie mich niemals heiraten könnte, wusste ich natürlich, dass es daran lag.« Er rieb sich über die Wange und deutete auf seine dunkle Haut. »Christinas Vater hat sie auf eine andere, aber nicht weniger zerstörerische Weise behandelt. Er hat sie zu einem Monster gemacht. Sie hat es verdient, frei von ihm zu sein.«

»Aber hätte sie Alice töten müssen?«

»Natürlich nicht. Sie war verzweifelt. Das kann ich

verstehen. Ich kann es nicht verzeihen, aber ich kann es verstehen.«

Die Ladenglocke bimmelte und unterbrach unser Gespräch. Quoth zog sich in eine Ecke zurück. Heathcliff hob sein Buch auf und deutete damit an, dass ich mich um den Kunden kümmern sollte.

Ein Mann betrat den Raum. Er trug einen scharfen Anzug und ein gebügeltes weißes Hemd. Er sah gut aus, wie ein Immobilienmakler, mit glattem Haar und jungenhaften Gesichtszügen. Er marschierte geradewegs auf den Tresen zu und streckte Heathcliff die Hand entgegen.

»Die Biografien sind die Treppe hoch und dann links«, murmelte Heathcliff, ohne aufzublicken. Er kannte die Sorte.

»Ah, aber was ist, wenn ich keine Biografie will?«

»Dann verschwinden Sie.« Heathcliff blätterte die Seite um.

Der Mann lachte und streckte eine Hand aus. »Herr Heathcliff. Erlauben Sie mir, mich vorzustellen. Mein Name ist Grey Lachlan. Lassen Sie mich raten: Der große Kerl ist James Moriarty. Und Sie müssen die unbezwingbare Mina Wilde sein.«

Er drehte sich mit seinem aalglatten Lächeln zu mir um, und ein seltsam flaues Gefühl machte sich in meinem Magen breit. Sofort hatte ich das Bedürfnis, mich zu einer Kugel zusammenzurollen und mich vor diesem Mann zu verstecken, auch wenn ich nicht sagen konnte, warum.

Wenn Grey Lachlan mein Unbehagen spürte, ließ er es sich nicht anmerken. Er grinste breit über sein ernsthaftes Gesicht. »Meine Frau hat mir erzählt, wie Sie alle den Mord an ihrer Freundin Gladys aufgeklärt und die Jane Austen Experience gerettet haben. Wir sind Ihnen unendlich dankbar.«

»Ja, gut.« Heathcliff setzte sich und verschränkte die Arme vor der Brust. »Die Biografien sind die Treppe hoch und dann links.«

»Nein, nein. Ich bin wegen etwas noch Besserem als Büchern gekommen.« Grey Lachlan stellte seine Aktentasche auf den Tresen und tauchte mit seinen Händen in ihre Tiefe. Er zog einen Umschlag heraus und legte ihn vor Heathcliff auf den Tisch. Ich zuckte zusammen, als ich bemerkte, dass der Umschlag mit Wachs versiegelt war. »Ich würde gerne Ihre Buchhandlung kaufen. Und ich bin bereit, Ihnen ein Angebot zu machen, das Sie nicht ablehnen können.«

»Überlegen Sie sich das noch mal«, knurrte Heathcliff. »Ich lehne ab.«

Grey wedelte mit dem Umschlag vor seinem Gesicht herum. »Sie sollten einen Blick hineinwerfen, Herr Heathcliff.«

»Nein.«

Grey seufzte. Er ließ den Umschlag auf den Schreibtisch fallen. »Lassen Sie mich eines klarstellen. Ich bin ein mächtiger Mann, mächtiger als Sie es sich vorstellen können. Sie wollen mich nicht zum Feind haben. Wenn Sie nicht mit mir kooperieren, habe ich andere Mittel zur Verfügung. Ich schlage vor, dass Sie dieses Angebot ernsthaft in Erwägung ziehen, denn ich *werde* den Nevermore Bookshop bekommen, auch wenn ich dafür über Ihre Leichen gehen muss.«

FORTSETZUNG FOLGT

In Buch 4, Memoiren eines Würgers, droht ein ermordeter Schriftsteller Minas Autorenveranstaltung zu sprengen, während eine biblische Plage ihren Verstand.

Https://books2read.com/nevermoredeutsch4

(Blättere weiter, um einen spannenden Auszug zu lesen).

Du kannst nicht genug von Mina und ihren Jungs bekommen? Lies eine kostenlose alternative Szene aus Quoths Sicht sowie weitere Bonusszenen und Extrageschichten, wenn du dich für den Steffanie Holmes Newsletter anmeldest.

http://www.steffanieholmes.com/newsletterdeutsch

VON DER AUTORIN

Als ich dieses Buch schrieb, wurde mein Land von einer der größten Tragödien heimgesucht, die wir je erlebt haben. 50 Menschen, die in zwei Moscheen in Christchurch ihren täglichen Gebeten nachgingen, wurden von einem Terroristen niedergeschossen. Die Anschläge haben das ganze Land in einen Schockzustand versetzt – das waren mehr unschuldige Tote, als normalerweise in Neuseeland in einem Jahr ermordet werden. Ist es das, was wir sind? Sind wir nicht mehr sicher? Waren wir jemals wirklich sicher?

In den darauffolgenden Tagen habe ich damit gekämpft, Worte aufs Papier zu bringen. Angesichts eines so überwältigenden Akts des Hasses sah ich keinen Sinn mehr darin. Was nützten meine albernen Geschichten über Liebe und Akzeptanz gegen eine solche Welt?

Es stellte sich heraus: alles.

Denn dieses Verbrechen war nur möglich, weil es nicht genug Liebe gab. Weil die Gemeinschaft, die angegriffen wurde, schon seit einiger Zeit gesagt hatte, dass sie sich nicht sicher fühlt. Weil kleine Taten der Liebe, genau wie kleine Taten des Hasses, eine Menge ausmachen können. Mit Liebe würde es

Angriffe wie in Christchurch nicht geben. Mit Liebe würde sich jeder sicher fühlen können.

In den Tagen und Wochen nach dem Anschlag kam eine ganze Nation zusammen, um zu trauern. Die Regierung hat schnell gehandelt. Und in meiner kleinen Bibliothek zu Hause, unter Tränen und mit Liebe im Herzen, schrieb ich ENDE unter dieses Buch.

Stolz & Vorahnung ist zu meinem Lieblingsbuch der ganzen Reihe geworden. Während mein Land in sich gegangen ist und stark und mächtig und voller *aroha* (Liebe) herauskam, hat Mina tief gegraben und ihre Stärke gefunden. In diesem Buch akzeptiert sie zum ersten Mal, was mit ihr geschieht, und beginnt, nach vorne zu schauen, anstatt sich an die Vergangenheit zu klammern.

Sie sieht die Liebe, die sie in ihrem Leben hat – nicht nur von den Jungs, sondern auch von ihrer Mutter, ihren Freunden und sich selbst – und in der Sicherheit dieser Liebe kann sie sich von der Angst befreien. Sie findet ihre Stärke. Sie fühlt sich sicher. Sie ist frei.

Was uns unterscheidet – unsere Rasse, unsere Religion, unsere komischen Augen – ist nicht so wichtig wie das, was uns verbindet – unsere Liebe, unsere Menschlichkeit, unsere Stärke.

Ich hoffe, ich wünsche, ich glaube ..., dass wir mit mehr Liebe in der Welt alle frei sein können.

Kia kaha, aroha nui.

(Sei stark, voller Liebe).

Steffanie

MEMOIREN EINES WÜRGERS
AUSZUG

»Oh, Scheiße, oh, Scheiße …«

KRACH.

»Kommt wieder zurück, ihr Mistkerle!«

Ich stöhnte auf, kroch tiefer unter meine Decken und hielt mir das Kissen über den Kopf. *Was ist denn jetzt schon wieder los?*

Seit sechs Wochen wohnte ich mit meiner neuen besten Freundin, Jo Southcombe, zusammen. Bis jetzt war es überwiegend großartig gewesen. Im Gegensatz zu der schmuddeligen Wohnung, in der ich aufgewachsen bin, hatte Jos Wohnung edwardianische Elemente wie hohe Decken, Bilderleisten und schöne Kamine sowie eine anständige Heizung, bequeme Möbel, die nicht nach Müllhalde rochen, und eine Kaffeemaschine, die ich heiraten würde, wenn Menschen und leblose Gegenstände heiraten dürften.

Es war auch ziemlich cool, am Ende des Tages zu einem Glas Wein und einem freundlichen Gesicht nach Hause zu kommen. Vor allem nach all der zusätzlichen Arbeit, die ich im Nevermore Bookshop geleistet hatte. Nicht nur die Versorgung meiner drei Freunde Heathcliff, Morrie und Quoth war ein

Vollzeitjob, sondern ich hatte auch beschlossen, ein Veranstaltungsprogramm auf die Beine zu stellen, um mehr Umsatz in den Laden zu bringen. Ich hatte für die nächsten drei Monate Besuche von Autoren, Kunstausstellungen, Vorträge zur lokalen Geschichte und sogar eine Geisterjagd geplant. Das war super aufregend und hat viel Spaß gemacht, aber auch eine Menge zusätzlicher Arbeit verursacht. Jo war großartig darin, sich meine Leidensgeschichten anzuhören und mir Ratschläge zu geben.

Aber Jo war auch … *einzigartig.* Sie war die Pathologin des Bezirks, was bedeutete, dass sie a) rund um die Uhr arbeitete, sodass sie manchmal um drei Uhr nachts eine Flasche Wein mit mir teilen wollte, und b) ihr Haus mit den seltsamsten und makabersten Dingen füllte. Neulich öffnete ich den Kühlschrank, um etwas zu essen, und fand drei Petrischalen mit Bakterien auf dem unteren Regal. Dann gab es da noch das anatomische Skelett hinter dem Duschvorhang. Als ich »Barry« das erste Mal begegnet bin, habe ich mich so erschrocken, dass ich über den Badewannenrand gestolpert bin und die Flasche Britney Spears-Parfüm zerbrochen habe, die ich »ironischerweise« gekauft hatte, aber insgeheim geliebt hatte, und die Türklingel, die Monty Pythons »Always Look on the Bright Side of Life« spielte, wenn jemand vorbeikam. Letzte Woche hatte sie ein Projekt über forensische Entomologie begonnen und im Wohnzimmer ein Regal mit mehreren Gläsern aufgestellt, die mit toten Mäusen und verschiedenen lebenden und sehr ekligen Fliegen, Ameisen, Wespen, Käfern und Heuschrecken gefüllt waren.

Ein weiteres Krachen ertönte aus dem Flur. Seufzend warf ich die Decke weg, zog mir einen übergroßen Iron Maiden-Kapuzenpulli über und steckte meinen Kopf aus der Tür.

»Jo, was ist los?«

Meine Mitbewohnerin tanzte im Wohnzimmer herum und klatschte in die Luft. Ich blinzelte in das schummrige Licht. *Was macht sie da?*

»Lernst du schon wieder so eine Art Jäger- und Sammlertanz auf Youtube, denn ich glaube, das muss noch besser werden …«, meine Worte erstarben auf meinen Lippen, als ich kleine Objekte bemerkte, die um Jos Kopf herumflogen. *Sind das Insekten? Sag mir nicht, dass ihr wissenschaftliches Experiment entkommen ist …*

Mein Blick fiel auf den Boden zu Jos Füßen, wo Glasscherben über den Teppich verstreut waren. *Bitte lass das nicht die südamerikanischen Feuerameisen sein.*

»Argh!« Ich schrie auf und sprang zurück, als sich etwas Großes und Schwarzes auf mein Gesicht stürzte. Das Insekt sauste an mir vorbei und knallte gegen die Tür, wo es herumhing, und die Aussicht bewunderte. »Töte es! Töte es!«, schrie Jo.

Ich schnappte mir den nächstgelegenen Gegenstand, eine Nachbildung eines ägyptischen Kanopengefäßes, und schlug zu. Das Keramikgefäß zersplitterte in Stücke, während das schwarze Insekt völlig unversehrt den Flur entlang flitzte.

»Was war das?«, fragte ich und sah zu, wie es über das Porträt von Sir Bernard Spilsbury huschte, er war der Vater der Forensik, wie ich in einer fünfundvierzigminütigen Vorlesung aus dem Stegreif erfahren hatte, nachdem ich Jo neulich unschuldig danach gefragt hatte.

»Es ist eine Heuschrecke! Ich habe aus Versehen das Glas umgestoßen und es ist zerbrochen und jetzt sind sie überall in der Wohnung.« Jo schlug mit einem Anatomie-Lehrbuch gegen die Wand. Sie ließ ein zufriedenes »Ja!« hören, als sie ihr Ziel traf und einen hässlichen braunen Fleck auf der Wand hinterließ, bevor sie noch mal ausholte und erneut zuschlug.

»Willst du mir sagen, dass es in der Wohnung von Heuschrecken wimmelt?« Ich duckte mich, als sich ein weiteres wütendes Insekt auf meinen Kopf stürzte.

»Es ist weniger ein Gewimmel als vielmehr ein Schwärmen!«

Ich bedeckte meinen Kopf mit meinen Armen und duckte mich in die Küche. Heuschrecken flogen wie ein Wirbelwind durch den Raum, prallten an den Fenstern ab und stürzten sich auf das schmutzige Geschirr, das sich in der Spüle stapelte. In Sekundenschnelle verwandelten sie den Kräutergarten auf der Fensterbank in einen nackten Schmutzfleck.

Ich fummelte unter der Spüle herum, kaum fähig, die Etiketten auf den Reinigungsmitteln zu lesen. Meine Finger schlossen sich um eine Spraydose. *Fliegenspray.*

Bei allen Göttinnen lass das funktionieren.

»Geht zurück nach Ägypten, ihr Scheißkerle!«, brüllte ich, zielte mit der Dose auf die wimmelnden Insekten und drückte meinen Finger nach unten.

Ein Strahl weißer Flüssigkeit schoss aus der Düse. Ich schwang meinen Arm herum und lachte, wie verrückt, als ich die Insekten damit einsprühte. *Nehmt das, ihr miesen kleinen Wichser!*

»Oh nein, das ist Ölspray!«, schrie Jo.

Was? Scheiße!

Ich ließ meinen Arm sinken, als ein riesiger Strahl aus der Düse schoss und die Wand hinter dem Herd traf. Ölige Blasen explodierten in der ganzen Küche und bedeckten den Boden, die Wände, Jos viktorianisches Apothekenset und auch mich mit einer Schicht aus glitschigem, klebrigem Öl.

»Das tut mir leid«, stöhnte ich und drehte die Dose um, um das Etikett zu lesen. Wie konnte ich nur das Wort »Antihaft-Ölspray« in großen Buchstaben übersehen?

Wahrscheinlich, weil ich blind werde, deshalb.

»Wir haben sie nur wütend gemacht.« Jo duckte sich, als ein dunkler Schwarm auf ihren Kopf zuraste. Sie kroch über den Boden und griff nach dem Knauf der Haustür. »Beeil dich, Mina!«

Ich kletterte hinter Jo her, als sie die Tür aufriss und die Treppe hinuntersprang. Ich knallte die Tür hinter uns zu und zuckte zusammen, als die Heuschrecken auf das Buntglasfenster einschlugen.

Ein eisiger Wind peitschte um meine nackten Beine. Meine Füße sanken in den eisigen Schnee. Ich drückte meinen Kapuzenpullover an meine Brust. »Es tut mir leid. Ich dachte, es wäre Insektenspray.«

»Nein«, Jo wischte sich einen Ölfleck von der Wange. »Definitiv kein Insektenspray. Falls es dich tröstet: Es tut mir leid, dass ich das Glas zerbrochen und einen Heuschreckenschwarm in unserer Wohnung losgelassen habe.«

Ich winkte mit einer Hand. »Ich bin sicher, das passiert ständig. Was sollen wir jetzt tun?«

Jo hob eine Augenbraue. »Ich dachte daran, ihnen einfach das Haus zu geben?«

Ich konnte meine Füße nicht mehr spüren. »Oder wir könnten einen Kammerjäger anrufen?«

»Ich denke, das würde funktionieren.« Jo schaute auf ihre Uhr. »Oh, scheiße. Ich muss los. Ich komme zu spät zur Arbeit, und Cal wird schon auf mich warten, um die Leiche vorzubereiten.« Sie kramte in ihrer Tasche nach ihren Autoschlüsseln.

»Du kannst jetzt nicht einfach gehen. Was ist, wenn die Heuschrecken rauskommen? Wie soll ich in mein Zimmer kommen? Ich brauche Kleidung.« Ich deutete auf meine nackten Beine, die jetzt einen kräftigen Blauton annahmen.

Jo zuckte mit den Schultern. »Ich habe keine Ahnung. Ich habe ein paar alte Klamotten hinten im Auto. Du kannst dich umziehen, während ich dich zum Buchladen fahre, wenn du willst. Es ist ja nicht so, dass die Jungs nicht daran gewöhnt wären, dich ohne Kleidung zu sehen.«

»Aber unsere ganzen Sachen ...«

Sie riss die Autotür auf und kletterte hinter das Lenkrad. »Vergiss die Wohnung. Wir machen sie dem Erdboden gleich, streuen Salz in die Erde und suchen uns eine neue. Mit einem Whirlpool und einer dieser Mehrkopfduschen. Komm schon, Mina. Ich habe eine Leiche zu zerlegen und du hast drei heiße Typen, die dir mit Palmwedeln Luft zufächeln und dir geschälte Trauben servieren. Was darf's also sein?«

Seufzend zog ich den Saum meines Kapuzenpullis über meinen Hintern und kletterte neben Jo ins Auto. »Ich dachte, das Zusammenleben mit dir würde mich vor Chaos und Chaos bewahren, statt es herauszufordern.«

»Du kannst nicht immer Recht haben«, sagte Jo, als sie losfuhr. »Sieh es doch mal positiv. Wenigstens waren es Heuschrecken und nicht noch eine Leiche.«

Ich stöhnte auf. Sie hatte keine Ahnung, wie recht sie hatte. Kurz vor Weihnachten war ich zu Gast bei der Argleton Jane Austen Experience gewesen, wo zwei Menschen getötet worden waren. Dazu kamen noch die anderen Morde, in die ich verwickelt war – meine ehemalige beste Freundin Ashley und die Mitglieder des Clubs der verbotenen Bücher in Argleton. Wenn ich nie wieder eine Leiche zu Gesicht bekomme, wird es zu früh sein.

Entspann dich, sagte ich mir, als ich in dem Gerümpel hinter Jos Sitz nach ein paar Klamotten kramte, die ich anziehen konnte. *Alles, was mich diese Woche erwartet, ist eine Buchsignierung, ein Autorenworkshop und ein paar sexy Stunden mit den Jungs. Es ist ja nicht so, als ob irgendwelche Mörder anwesend sein werden.*

Oder?

~

Willst du weitere Geheimnisse des Nevermore Bookshops aufdecken? Dann hol dir Buch 4, Memoiren eines Würgers.

Https://books2read.com/nevermoredeutsch4

Mein erstes Anzeichen dafür, dass wir nicht mehr in Kansas sind, ist, dass jemand die Autotür aufzieht und mir meine Kate Spade-Tasche aus den Armen reißt.

»Hey!«, schreie ich, denn niemand fasst meine Kate an und überlebt, um damit zu prahlen. Ich schwinge meine Faust, um dem Dieb eins auszuwischen, aber er ist zu schnell. Mein Schlag prallt an seinem Arm ab.

»*Ich* werde Ihre Sachen nehmen, Fräulein«, sagt der Dieb mit ernster Stimme. Wenigstens ist es ein höflicher Krimineller. Die Menschen in Emerald Beach werden wirklich anders erzogen.

»Danke, Seymour. Sie müssen meine Tochter entschuldigen. Sie weiß nicht, wie man sich unter Menschen verhält.« Papa klingt müde. In letzter Zeit hört er sich oft so an. Früher hatten wir eine Vater-Tochter-Beziehung wie aus einem Hallmark-Film. Wir hätten darüber gelacht, dass ich versucht habe, Seymour auszuschalten, wer auch immer dieser verdammte Seymour ist. Aber das war, bevor ich unser Leben zerstört habe. Jetzt ist alles, was ich tue, ein weiteres Ärgernis für ihn, denn es ist *völlig normal*, dass irgendwelche Leute ihre Hände in meinen Schoß stecken und mir meine Sachen wegnehmen.

Aber ich schätze, das ist jetzt unser neuer Alltag.

Unser neues Leben. Mit unserem Kofferträger namens Seymour.

Ich wünschte, ich hätte besser aufgepasst, als Papa mir von unserem Umzug nach Emerald Beach erzählt hat. Wahrscheinlich hat er Seymour erwähnt. Aber ich war ein bisschen damit beschäftigt, mein Körpergewicht in Marsriegeln zu essen und alles und jeden in Reichweite zu zerschmettern.

»Lassen Sie die Schlüssel bei mir, Sir«, sagt Seymour zu Papa. »Ich parke das Auto für Sie und bringe den Rest Ihrer Sachen rein. *Sie* wartet schon auf Sie.«

Seymour flüstert *Sie*, als wäre es ein Gebet, ein Flehen. Wer ist diese Frau, die nicht einmal einen Titel hat? Wer ist nicht Madame oder Lady oder Frau Dio für ihre Angestellten, sondern einfach nur *Sie*?

Ich steige aus dem Auto aus. Die Sonne trifft mich wie ein Güterzug aus Feuer. Ja, ich bin definitiv nicht mehr in Kansas. Und mit Kansas meine ich Witchwood Falls, Massachusetts. Oder Cedarwood Cove, Massachusetts – je nachdem, wer fragt. Ich bin weit weg von zu Hause.

Anders als Dorothy schlage ich nicht die Absätze meiner magischen Schuhe zusammen, die mich dorthin zurückbringen. Egal wie kochend heiß, basic oder albern Emerald Beach auch sein mag, es kann nicht so schlimm sein wie das, vor dem ich davonlaufe.

Dank mir haben wir kein Zuhause mehr, zu dem wir zurückkehren können.

Meine Schuhe knirschen auf den Kieselsteinen. Das Haus erhebt sich über mir – eine riesige Wand aus Marmor, Glas und Schrecken. Ich erinnere mich daran, wie Papa es mir beschrieben hat, also muss ich es nicht sehen, um zu wissen, dass es verdammt protzig ist, mit gebleichten weißen Säulen, die einen geschnitzten Säulengang stützen, übergroßen Eichentüren und wahrscheinlich einer schlecht geschnitzten Kopie von Michelangelos David in der Mitte des plätschernden Brunnens, und Gold; Gold, das überall glitzert. Die Häuser hier sind wahrscheinlich alle gleich, als hätten Paris Hilton und ein griechischer Tempel ein Baby gehabt.

Mein neues Zuhause.

Ohne meine Handtasche fühle ich mich nackt, also umklammere ich meinen Stock ein bisschen fester als sonst, während ich auf das sich abzeichnende Gebäude unseres neuen Lebens zusteuere. Die Türen öffnen sich knarrend und ich bin überrascht, eine dunkle Stimme zu hören.

»John. Du hast es noch rechtzeitig geschafft, wie ich sehe.«

Sie klingt nach heißem Kakao und Rasierklingen.

»Cali.« Papa sagt ihren Namen mit einem Hauch von Ehrfurcht in seiner Stimme. »Ich möchte dir meine Tochter vorstellen.«

»Hallo, Fergus.« Meine neue Stiefmutter sagt meinen Namen steif und testet seinen Klang auf ihrer Zunge.

»Fergie«, sage ich. »Alle nennen mich Fergie.«

Ja, mein Name ist Fergus und ich bin ein Mädchen. Es ist die lächerlichste Geschichte überhaupt. Vor Jahrhunderten, als meine Vorfahren noch ein Haufen schwertschwingender Clanmitglieder in Schottland waren, versprach ein reicher Gutsherr dem erstgeborenen Sohn jeder Generation, eine große Geldsumme, wenn er Fergus hieße. Und obwohl kein einziger Cent dieses Geldes jemals zustande kam, hat mein Clan nie die Gelegenheit für leicht verdientes Geld verstreichen lassen, also ist der Name geblieben. Ich sollte ein Junge sein, bis zu dem Moment, als ich aus meiner Mutter herausgeschossen kam, und so wurde ich Fergie.

»Hey, Fergalicious.« Papa benutzt seinen Kosenamen für mich, während er mich mit diesem müden Ton in der Stimme anstupst. »Ich freue mich so, dass du endlich Cali, deine neue Stiefmutter, kennenlernst.«

Juchhu.

Ich will keine verdammte Stiefmutter, schon gar nicht diese Frau. Aber wie bei allem, was seit dem Vorfall passiert ist, habe ich auch hier keine andere Wahl.

Eine Hand ergreift meine und schüttelt sie, der Griff ist fest und knapp – Cali macht mir klar, dass sie mir das Handgelenk brechen kann, wenn sie die Gelegenheit dazu hätte. Sie hat irgendeinen hochrangigen Job in der Fitnessbranche – ich habe Papa nie gefragt – und ich stelle mir vor, dass dies der Händedruck ist, den sie für alle Steroid-Typen verwenden muss.

Auch wenn ich Papa zuliebe nett sein will und auch wenn diese Frau alle möglichen Fäden für mich gezogen hat, obwohl sie mich nie getroffen hat, kann ich nicht anders.

Ich erwidere den Druck.

Ich werde nicht die Schwächere sein.

Ich lasse mich nicht über den Tisch ziehen oder zum Narren halten.

Nicht dieses Mal.

Calis Fingerknöchel knacken. Sie lässt meine Hand fallen.

»Endlich sind meine beiden Lieblingsfrauen zusammen«, sagt Papa mit gespielter Fröhlichkeit in der Stimme. »Ich bin überzeugt, dass ihr euch prächtig verstehen werdet.«

»Kommt rein.« Calis Tonfall wird steif und förmlich. Es ist die Stimme von jemandem, der nicht die Absicht hat, sich »blendend zu verstehen«. Sie hält mir die Tür auf, und ich folge Papa in das riesige Foyer. Mein Stock streicht über den Boden, die Kugelspitze rollt über kalten Marmor. Das Geräusch hallt durch drei Stockwerke und das Echo macht mich völlig wahnsinnig. Ich habe noch nie in einem so leeren Raum gestanden. Ich meine, in Einkaufszentren und Konzerthallen schon, aber die sind immer voll von wogenden Körpern, Lärm, Aufregung und Geschäftigkeit. Dieses Haus trieft vor bedrückender Stille.

Dies ist ein Haus der Geheimnisse.

Gut. Vielleicht wird es auch meins fest verschlossen in seinen Mauern halten.

Calis Absätze klacken auf dem Marmor. »Wir haben schon gegessen, aber ich kann Milo bitten, euch etwas aufzuwärmen. Ihr müsst nach der langen Fahrt hungrig sein.«

»Das wäre fantastisch. Du hast keine Ahnung, wie sehr ich Milos Essen vermisst habe. Fergie?«, fragt Papa mich.

»Ich bin nicht hungrig.«

Ich beiße mir auf die Lippe und fühle mich schlecht, weil meine Stimme so schnippisch klingt. Papa will so sehr, dass es klappt. Ich habe ihm in den letzten Monaten viel Mist zugemutet. Ich habe das Gefühl, dass ich bereits mit Cali auf falschem Fuß stehe, und wir sind kaum durch die Eingangstür. Aber dieses Haus, diese Frau, das ist einfach zu viel. Ich versuche, meine Stimme ruhig zu halten. »Kann ich mein Zimmer sehen?«

»Folge mir«, bellt Cali. Ihre Absätze *klick-klacken* auf der Treppe. Sie wartet nicht auf mich und hält mich auch nicht am Arm fest, was mich ihr gegenüber ein wenig erwärmt. Mein Stock stößt an die unterste Stufe und ich gehe weiter, bis ich den Handlauf erreiche. Ich drehe meinen Stock in der Hand, damit er mir die Tiefe und die Anzahl der Stufen anzeigt, und steige ihr nach. Papa schnauft hinter mir her. In dieser Leere aus Bohnerwachs und Bleichmittel kann ich die muffige Klimaanlage unseres Volvos und die Snackkrümel, die an uns beiden kleben, riechen.

Wir gehören nicht in ein Haus wie dieses, mit einer Frau wie Cali.

Vielleicht sieht Papa das bald ein.

Die Treppe führt immer höher und höher und höher und verwirrt mich. Ich bin verloren in einem Labyrinth, mit einem Minotaurus in der Mitte. Aber das ist nicht fair – das Monster ist nicht meine neue Stiefmutter.

Das *echte* Monster habe ich in Massachusetts zurückgelassen.

Cali führt uns einen breiten, großen Flur hinunter. Die Absätze meiner Stiefel sinken in den dicken, weichen Teppich. »Dein Vater und ich haben ein Zimmer im Ostflügel«, sagt sie schroff. »Luella, das Hausmädchen, wohnt außerhalb. Seymour und Milo wohnen im Anbau hinter dem Pool. Neben deinem Bett befindet sich ein Rufknopf, falls du sie brauchst. Du und Cassius wohnen in diesem Flügel. Ihr teilt euch ein Bad.«

Stimmt – ich muss Cassius noch kennenlernen. Meinen neuen Stiefbruder.

Ich weiß nichts über ihn. Ich habe nie gefragt. In den letzten Wochen war ich wie betäubt, weil mein Leben und meine Zukunft in einem von mir selbst verursachten Inferno untergegangen sind. Ich habe kaum daran gedacht, zu essen, geschweige denn, mich um das Kind zu kümmern, mit dem ich das Haus teilen werde. Er ist ungefähr zwölf Jahre alt oder so, riecht wahrscheinlich eklig, redet nur in Grunzlauten und wird einen unerträglichen Musikgeschmack haben. Ich erinnere mich, dass Papa gesagt hat, dass es noch einen Bruder gibt – er ist ein paar Jahre älter als ich, aber er wohnt nicht mehr hier.

Cali stößt eine Tür auf. »Ich nehme an, das ist ausreichend.«

»Es ist wunderbar, vielen Dank.« Papa drückt meine Hand. »Fergie, was denkst du?«

Ich kann gar nichts sagen. Meine Lippen sind wie zugeklebt.

Ich bleibe in der Tür stehen und begrüße die Leere meines neuen Zimmers mit eisigem Schweigen.

»Es ist ganz in Rot und Gold dekoriert«, sagt Papa. »Deine Stiefmutter hat einen guten Geschmack.«

»Ich pfeife auf Farbmuster und Kissen«, spottet Cali. »Livvie hat das gemacht.«

Ich weiß nicht, wer Livvie ist, aber Papa weiß es offensichtlich, denn er lacht, als hätte Cali etwas total Lustiges gesagt. Ich versuche, das Unwohlsein zu ignorieren, das sich in meinen Magen gräbt.

Papa hat schon ein ganzes Leben in Emerald Beach, mit Cali und Livvie. Er hat diese Welt, die völlig getrennt von mir ist.

Haben sie Livvie zu ihrer Hochzeit eingeladen? Denn mich haben sie nicht eingeladen.

Ich sollte nicht hier sein. Sie wollen mich nicht hier haben.

Ich schaffe es, mich nach vorne zu schleppen und gehe im Raum herum, wobei ich die Kanten der Möbel berühre. Es gibt nicht viel, was mir lieb werden könnte. Ein Bett mit einem Bettgestell aus Messing, ein zotteliger Teppich, der den gesamten Boden bedeckt, eine hohe Kommode, ein Schreibtisch und ein gepolsterter Sessel unter dem Fenster. Meine Füße stoßen auf ein paar seltsame Dellen im Teppich, Stellen, an denen etwas Schweres die Fasern zerdrückt hat. Ich frage mich, was es war, dass früher in der Mitte des Bodens gestanden hat.

Meine Taschen sind bereits neben der Tür zum begehbaren Kleiderschrank gestapelt. Seymours Werk, nehme ich an. Der ganze Raum ist größer als unser altes Haus.

»Wir lassen dich in Ruhe, damit du dich zurechtfindest.« Papa küsst mich auf den Scheitel. »Komm runter in die Küche, wenn du etwas essen willst. Sie ist hinten rechts im Haus, durch das Wohn- und Esszimmer.«

Sie gehen und schließen die Tür hinter sich. In dem Moment, in dem sie zufällt, lasse ich mich ins Bett sinken und gönne mir eine einzige Träne – ein salziges Tröpfchen für das verdammte Chaos, das ich in meinem Leben angerichtet habe.

Das ist alles, was ich verdiene.

Ich fahre mit den Fingern über den herrlichen, seidenen Stoff der Bettdecke. Diese Livvie mag Cali ein spöttisches Grinsen entlocken, aber sie hat Geschmack.

Das Zimmer riecht sogar gut, nach frischen Blumen. Ich wette, Seymour hat irgendwo ein Gesteck hinterlassen.

Ich hasse mich selbst.

Vor zwei Wochen stand ich auf einer Brücke und wollte runterspringen, um meinen Papa von der Last meiner Fehler zu befreien. Jetzt ertrinke ich in einer verdammten Villa in Seidenbettwäsche und Dienern und kann nicht einmal dankbar dafür sein. Als wir gegangen sind, habe ich die meisten meiner Besitztümer, sogar meinen Jiu-Jitsu-Gi, in den Müll geworfen. Ich kann es nicht ertragen, irgendwelche Erinnerungen daran zu haben, wie mein Leben eigentlich sein sollte.

Papa sagt, dass ich neue Klamotten bekommen werde, sobald wir uns eingelebt haben. »Das meiste von deinen Sachen wird in Emerald Beach nicht funktionieren, Fergie. Die sind da unten ganz anders.«

Er hat sich noch nie Gedanken darüber gemacht, ob ich irgendwo dazu passe.

Seit dem Vorfall hat sich alles verändert.

Du hast Glück gehabt, erinnere ich mich. *Dein Fehler wurde ausgelöscht. Du kannst neu anfangen. Neuer Name. Ein neues Leben. Wie viele andere Menschen haben diese Chance?*

Aber ich *will* weder einen neuen Namen noch ein neues Leben noch eine neue Mutter. Ich will mein altes Leben zurück. Ich will meine 1540 SAT-Punkte und meine Meisterschaftsgürtel und dass das schlimmste in meinem Leben der Stress ist, meinen Aufsatz für Harvard zu schreiben.

Die Luft bewegt sich.

Die Haare in meinem Nacken stehen mir zu Berge.

Ich höre ein Knarren, als die Tür zum angrenzenden Badezimmer aufschwingt.

Jemand ist in meinem Zimmer.

Jetzt lesen:
http://books2read.com/elite1deutsch

POISON IVY

Ich würde alles tun, um hineinzukommen. Ich würde sogar zu ihnen gehören.

Victor. Torsten. Cassius – der Sportler, der Künstler, der
Stiefbruder.
Der Poison Ivy Club.
Rücksichtslos.
Verbunden.
Gewalttätig.
Unantastbar.

Sie regieren die Stonehurst Academy mit eiserner Faust.
Wenn du nach Harvard, Princeton oder Yale willst, werden sie
dich dort reinbringen.
Garantiert.
Aber vorher wollen sie ihr Pfund Fleisch haben.
Ein Deal ist ein Deal – du gibst ihnen, was sie wollen, und sie
lassen deine Träume wahr werden.

Und sie wollen mich.

In ihrem Bett.
In ihren Armen.
Als Teil ihrer Gang.

Ich würde alles tun, um auf eine Eliteuniversität zu kommen.
Ich würde lügen. Ich würde betrügen.
Ich würde auf die Knie gehen.
Ich würde töten.
Aber diese drei dunklen Prinzen werden niemals mein Herz
bekommen.

Dies ist ein zeitgenössischer, dunkler Liebesroman für
Erwachsene mit drei finsteren Kerlen und einem furchtlosen
Mädchen. Er ist für Leser ab 18 Jahren gedacht.

Jetzt lesen:
http://books2read.com/elite1deutsch

ÜBER DIE AUTORIN

Steffanie Holmes ist *USA Today*-Bestsellerautorin für paranormale, gothische, düstere und fantastische Bücher. In ihren Büchern geht es um kluge, witzige Heldinnen, Geheimbünde, gruselige alte Herrenhäuser und Alphamännchen, die *immer* bekommen, was sie wollen.

Steffanie ist von Geburt an blind und wurde 2017 mit dem Attitude Award for Artistic Achievement ausgezeichnet. Außerdem war sie Finalistin für den Women of Influence Award 2018.

Steff ist die Gründerin von *Rage Against the Manuscript* – einer Ressourcensammlung mit kostenlosen Inhalten, Büchern und Kursen, die Autor*innen dabei helfen, ihre Geschichte zu erzählen, ihre Leser*innen zu finden und eine erfolgreiche Schreibkarriere aufzubauen.

Steffanie lebt mit ihrem Mann, einer Horde streitsüchtiger Katzen und ihrer mittelalterlichen Schwertsammlung in Neuseeland.

Steffanie Holmes Newsletter

Hol dir ein Gratisexemplar von *Cabinet of Curiosities* – ein Steffanie Holmes-Kompendium mit Kurzgeschichten und Bonusszenen – wenn du dich für den Steffanie Holmes-Newsletter anmelden.

http://www.steffanieholmes.com/newsletterdeutsch

Tritt mit Steffanie in Kontakt

www.steffanieholmes.com
steff@steffanieholmes.com